Scandaleux projet

---

Une aventure si tentante

CYNTHIA ST. AUBIN

# Scandaleux projet

*Traduction française de*
ELSA GANEM

PASSIONS

HARLEQUIN

*Collection :* PASSIONS

*Titre original :*
CORNER OFFICE CONFESSIONS



**HARPERCOLLINS FRANCE**
83-85, boulevard Vincent-Auriol, 75646 PARIS CEDEX 13
Service Lectrices — Tél. : 01 45 82 47 47 - www.harlequin.fr
ISBN 978-2-2804-8764-1 — ISSN 1950-2761

Composé et édité par HarperCollins France.
Imprimé en juillet 2023 par CPI Black Print (Barcelone)
en utilisant 100% d'électricité renouvelable.
Dépôt légal : août 2023.

FSC www.fsc.org
MIXTE
Papier issu de sources responsables
FSC® C159065

Pour limiter l'empreinte environnementale de ses livres, HarperCollins France s'engage à n'utiliser que du papier fabriqué à partir de bois provenant de forêts gérées durablement et de manière responsable.

# - 1 -

Ce n'était pas le moment de repenser au baiser.

Cela s'était produit dix ans plus tôt, mais Arlington Banks avait encore son goût sur la langue. La saveur ambrée de la bière apportée en douce à cette soirée organisée après la remise des diplômes. Le goût d'adrénaline, métallique et piquant. Elle pouvait encore sentir ses doigts sur sa peau, les frissons qui l'avaient électrisée tout entière…

Elle jeta un coup d'œil à son reflet dans les portes en métal brossé de l'ascenseur et rentra une mèche de cheveux rebelle dans le chignon qu'elle avait passé des heures à essayer de rendre naturel.

Tournant la tête d'un côté, puis de l'autre, elle parvint à vérifier si son maquillage convenait malgré la ligne entre les portes qui partageait son reflet en deux parties.

Partagée, c'était exactement comme ça qu'elle se sentait. D'un côté, elle savait qu'accepter un entretien professionnel avec Samuel Kane, directeur général de Kane Foods International, était sans doute la pire idée de sa vie. Mais de l'autre, c'était la meilleure option qu'elle avait, compte tenu des circonstances.

Les *circonstances.*

Un mot plutôt poli pour le chaos vertigineux dans lequel elle s'était mise dernièrement.

Les ongles enfoncés dans les paumes de ses mains, elle regardait les numéros s'allumer sur le tableau à droite des portes. 12… 13… 14… Encore dix étages avant d'atteindre celui des bureaux de la direction.

L'ascenseur s'arrêta avec un « ding ! » qui la fit presque sursauter.

Elle prit une profonde inspiration en espérant que la petite boule dans sa gorge reprenne sa place habituelle.

Mais non.

Après s'être avancée dans le couloir, elle arriva devant une immense double porte à la française.

Elle y était.

Les Kane n'avaient jamais fait dans la modestie. En tout cas, pas pendant les quinze ans où elle les avait côtoyés.

Un bourdonnement mécanique retentit tandis qu'elle s'approchait, et les portes s'ouvrirent doucement vers l'intérieur.

Une vaste surface de marbre s'étendait devant elle avec, de chaque côté, un majestueux escalier orné de rampes en fer forgé. Le lustre formait un tourbillon de gouttes de cristal éternellement suspendues dans un violent vortex. Un immense plafond bleu voûté était parsemé de nuages cotonneux et de chérubins joueurs. Sur les bords, des détails architecturaux peints en trompe-l'œil représentaient des sculptures artisanales.

Un trompe-l'œil.

Par expérience, elle savait que les yeux n'étaient pas la seule chose que la famille Kane était capable de tromper.

Elle n'aurait su dire combien de temps elle resta là, bouche bée, quand une voix douce la ramena au présent.

— Vous devez être mademoiselle Banks.

Détournant le regard du plafond, Arlie remarqua le comptoir d'accueil installé contre le mur. Derrière le bois marqueté et laqué, une brune menue avec des lunettes de grand couturier lui adressait un sourire chaleureux. Une petite plaque sur le bord surélevé du bureau indiquait qu'il s'agissait d'Evelyn Norris, la réceptionniste.

— Oui. J'ai…

— Un entretien avec M. Kane à 9 heures. Oui, Mlle Westbrook m'en a informée.

— *Samuel* Kane, précisa Arlie.

Elle ne voulait pas imaginer ce qui se passerait si elle se retrouvait dans le bureau du mauvais Kane. Même s'il n'y avait pas de bon Kane, selon elle.

— Oui, je vois ça, dit Evelyn en regardant l'écran surdimensionné sur son bureau. Veuillez vous asseoir, je vais l'informer de votre présence.

— Bien sûr.

Arlie réajusta la sangle de son sac et alla prendre place dans un confortable fauteuil en cuir. Avec la hauteur sous plafond, les talons de ses escarpins claquaient comme des coups de feu.

Comme ses chaussures, le reste de sa tenue avait été sélectionné avec une précision chirurgicale. Une jupe crayon moulante, mais pas trop. Un chemisier blanc décolleté qui révélait un peu de peau, mais pas trop. La coiffure était l'élément qui lui avait donné le plus de peine. Devant le miroir, à pester contre ses cheveux longs et épais couleur de blé, elle avait d'abord pensé que les laisser lâchés était trop décontracté, puis qu'une demi-queue donnait l'impression d'être indécise, avant d'opter pour un chignon simple.

Elle sortit son téléphone de son sac et fit défiler ses mails jusqu'au message qui avait chamboulé son monde.

Bonjour,

Je vous contacte de la part de M. Samuel Kane qui a souhaité que je vous informe qu'un poste de styliste culinaire senior était à pourvoir immédiatement chez Kane Foods International. Le salaire de départ serait de 85 k$ par an avec de nombreux avantages. Si cela devait vous intéresser et que vous vouliez en apprendre plus sur cette opportunité, merci de nous contacter dès que possible.

Cordialement,

Charlotte Westbrook

(Assistante de direction de M. Parker Kane.)

Arlie avait failli effacer le message dès qu'elle avait vu ce nom. La clarté des souvenirs qu'elle gardait du patriarche de la famille Kane était alarmante. Son regard d'acier froid. Sa bouche fine qui ne souriait jamais. Les façons élaborées qu'il avait trouvées pour que, en tant que fille de la cuisinière en chef de la famille Kane, elle se sente inférieure.

Mais M. *Samuel* Kane, c'était autre chose…

Aîné de la fratrie Kane, et de son jumeau Mason d'une petite heure, Samuel était un directeur général multimillionnaire, intello, toujours le nez dans les bouquins. Ce nom ainsi que le « si cela devait vous intéresser » avaient définitivement attisé son intérêt. Elle avait lu cette expression à peu près soixante-dix-huit fois !

Ce n'était pas l'opportunité qui l'intéressait particulièrement, bien que le poste corresponde parfaitement à ses qualifications.

Non. Ce qui lui importait, c'était de ne pas avoir à choisir quelle facture elle pourrait payer le mois prochain. C'était de ne plus avoir à fournir des services haut de gamme à des tables d'hommes d'affaires aisés qui parvenaient parfois à la reluquer et l'insulter en même temps. Ce qui lui importait, c'était de ramasser les décombres de sa vie après le désastre total de ces six derniers mois.

— M. Kane aura quelques minutes de retard, l'informa Evelyn. Il vous transmet ses sincères excuses.

Comme si un Kane était capable d'être sincère !

Ses brèves rencontres avec Mason le lui avaient bien appris. Prétentieux, populaire et insistant, Mason avait commencé à la draguer à la seconde où elle avait franchi le seuil de l'école privée qu'ils fréquentaient. Tout le monde voulait réussir, à Lennox Finch Academy. Certaines battaient des records et voyaient leur nom inscrit au tableau d'honneur.

L'unique distinction d'Arlie dans ces couloirs avait été d'être la seule fille à avoir résisté aux charmes autoproclamés de Mason Kane. Pendant quatre longues années, il lui avait demandé de sortir avec lui de manières de plus en plus théâtrales et créatives, pour être rabroué à chaque fois. Pendant ce temps, l'attention d'Arlie était focalisée sur le timide et sérieux Samuel.

Elle sortit son portfolio en cuir de son sac, et la fierté qu'elle ressentit tandis qu'elle parcourait les photos sur papier glacé provenant de livres de cuisine, magazines et publicités desserra peu à peu l'étau qui comprimait sa poitrine.

Des verres de thé glacé avec leurs perles de condensation qui donnaient soif. Des steaks à point, des gouttes de jus rose sur la blancheur des plats. Des brocolis rôtis d'un vert éclatant avec du gros sel marin parsemé comme des pétales de rose.

Elle était douée pour ça. Elle était capable de sublimer un plat en le prenant en photo. Cette pensée était comme un baume apaisant sur la blessure béante qu'avait causée la perte du travail de ses rêves.

Rendue plus douloureuse par le fait que… c'était sa faute.

— Mademoiselle Banks, M. Kane est prêt à vous recevoir.

Evelyn contourna le bureau en inclinant légèrement la tête pour l'inviter à la suivre.

Elles marchèrent jusqu'à un autre ascenseur. Evelyn passa son badge devant un tableau avant d'appuyer sur le bouton.

L'appareil ne pouvait que monter.

— Nous sommes arrivées, dit Evelyn en lui souriant.

Le légendaire vingt-cinquième étage ressemblait moins à un bureau qu'à un appartement de grand standing. Du parquet plein bois. Des tapis persans. Des pièces avec des cabinets de curiosités pleins d'objets d'art et de la moquette épaisse.

Juste en face de l'ascenseur, un immense miroir avec un cadre doré surplombait une table sur laquelle étaient posées un ensemble de photos.

Arlie s'approcha, submergée par une vague de nostalgie qui faillit la faire trébucher.

Les chevaux de concours des Kane. Les Kane posant avec des chiens de race. Les Kane tenant en l'air les carcasses molles de canards et d'oies. Les trois enfants Kane alignés devant la gigantesque cheminée aux statues de lions de Fair Weather Hall.

Même enfant, Arlie avait toujours été fascinée par le concept de fratrie. En regardant cette photo aujourd'hui, elle ressentait toujours cette pointe d'envie. Elle se souvenait de la regrettée Mme Kane lui expliquant qu'elle avait choisi le nom de ses trois enfants d'après les romans de détectives qu'elle aimait tant : Marlowe, sa seule fille ; et ses jumeaux : Mason et Samuel.

Il était là. Le Samuel Kane qu'elle avait rencontré pour la première fois quand ils avaient tous les deux treize ans. Ce garçon maussade aux yeux verts et aux cheveux noirs qui portait des lunettes, et se tenait toujours au moins à un mètre de son jumeau et de sa sœur. Arlie aurait parié son Nikon D6 que la main gauche de Samuel, que l'on ne voyait jamais, tenait un livre dans son dos.

— Mademoiselle Banks ?

— Désolée, répondit Arlie en se dépêchant de rattraper Evelyn.

— Le bureau de M. Kane, annonça cette dernière avant de taper trois fois à une grande porte en bois.

— Entrez, dit une voix étouffée, étrange mélange d'irritation et d'ordre.

L'estomac d'Arlie se souleva sans prévenir alors qu'Evelyn tournait délicatement la poignée sculptée et passait sa tête dans l'entrebâillement.

— Mlle Banks, déclara-t-elle.

— Bien.

Evelyn fit un pas en arrière et serra le coude d'Arlie pour l'encourager avant de s'éloigner dans le couloir.

Le cœur battant contre ses côtes comme un petit oiseau pris au piège, Arlie se tint droite, leva la tête et entra d'un pas… qu'elle espérait assuré.

Sa première pensée quand elle vit Samuel Kane à côté d'un bureau d'à peu près la taille d'un wagon de train fut que, au lieu de son portfolio, elle aurait dû se vêtir d'une armure. Parce qu'à la seconde où ses yeux se posèrent sur lui, ses genoux décidèrent de se transformer en guimauve.

Elle avait pourtant répété cette scène un millier de fois dans sa tête afin de se préparer convenablement à cette rencontre !

Visiblement, elle avait lamentablement échoué.

Le Samuel Kane qu'elle avait inventé pour ses entraînements mentaux était une version légèrement plus âgée de l'adolescent calme et studieux qu'elle avait connu. Grand et mince, avec un grand front, signe d'un éventuel début de calvitie. Vêtu d'un costume de grand couturier.

Elle avait eu raison à propos du costume.

En revanche, elle s'était complètement trompée concernant la façon dont il lui allait.

Sa veste était pendue à un portemanteau en acajou à gauche de son bureau, ce qui donnait à Arlie le loisir d'admirer la chemise bleu pâle qui collait à ses larges épaules et un torse clairement forgé par des heures, des jours et probablement des années passés à la salle de sport. Une cravate couleur saphir était piquée d'une épingle en forme de lion. Sous la ceinture en cuir couleur fauve qui soulignait sa taille fine, le pantalon à pinces ajusté moulait les muscles puissants de ses longues jambes.

Et il y avait son visage.

Les fois où elle allait à Fair Weather pour aider sa mère à servir le repas lors de grandes réceptions organisées par les Kane, elle inventait des excuses élaborées pour apercevoir furtivement Samuel installé dans la bibliothèque familiale, une pile de livres à côté de lui sur la table de style Régence. Elle l'observait en douce tourner page après page, ne marquant des pauses que pour remonter ses lunettes sur son nez avec le bout de son index gauche à intervalles réguliers.

Jeune, il avait une allure très romantique avec ses lèvres délicates, ses pommettes saillantes et sa mèche de cheveux noirs tombant sur son front.

Aujourd'hui, il avait toujours les cheveux noirs et les mêmes lèvres, mais les années et une bonne dose de testostérone avaient élargi sa mâchoire, la ciselant en un affleurement menaçant au-dessus de l'angle net de son col amidonné. Au-delà des changements dans les traits de son visage, il donnait l'impression que chaque part de son insatiable soif de connaissance avait été distillée en une force brute. Prédatrice. Impitoyable.

— Arlie Banks, dit-il en contournant son bureau. Merci d'être venue. Entre, je t'en prie.

Elle n'avait pas réalisé qu'elle s'était figée sur le seuil de la porte. Elle s'empressa de s'avancer.

Il lui tendit la main.

Après une seconde d'hésitation, elle glissa sa main moite dans la sienne et fut surprise par le courant électrique qui la traversa quand il referma ses doigts sur les siens.

— Merci d'avoir pensé à moi pour ce poste, dit-elle en essayant de paraître calme et confiante tandis qu'elle croisait les yeux verts et dorés de Samuel.

— Ce n'est pas le cas.

Elle essaya d'ignorer sa pointe de déception.

Il l'invita à s'asseoir sur la chaise en face de son bureau.

— C'est Marlowe, précisa-t-il en se glissant dans le fauteuil en cuir à large dossier.

— Oh.

Ce fut la réponse la plus intelligente qu'elle trouva.

Marlowe Kane, une classe en dessous et plusieurs niveaux de sophistication sociale au-dessus, l'avait ignorée pendant toutes les années du lycée. Quelque temps après l'université, elle avait été surprise de recevoir une demande d'ami de sa part sur un site de réseau professionnel. Et stupéfaite de découvrir que Marlowe avait troqué ses pompons de cheerleader contre un master en gestion et un poste de contrôleuse d'entreprise à Kane Foods International.

— Elle a mentionné le fait que tu étais la directrice artistique de *Gastronomie*, mais que tu les avais récemment quittés, reprit Samuel.

Elle sentit une goutte de sueur couler dans son dos comme

un insecte rampant alors qu'elle priait intérieurement pour qu'il ne lui demande pas de détails.

— C'est exact, répondit-elle.

— Pourquoi ?

# - 2 -

Samuel Kane avait fait gagner des millions de dollars à Kane Foods International en décryptant les gens. Un sourcil qui frémissait, une lèvre qui se retroussait, un regard nerveux sur le côté. Autant de petits signes qui pouvaient s'avérer très significatifs.

À cet instant précis, les traits d'Arlie Banks trahirent une violente bataille intérieure. À vrai dire, il avait plus de mal qu'il ne le pensait à étudier ses réactions. Pas parce que ses grands yeux bleu ciel rendaient sa concentration compliquée. Ni parce qu'il était submergé par une envie inexplicable de retirer l'épingle qui maintenait sa coiffure en place pour voir si ses cheveux descendaient encore en cascade dans son dos comme quand elle était au lycée.

Ce n'était pas pour ces raisons, non.

— Pourquoi ai-je quitté *Gastronomie* ? répéta-t-elle.

À l'évidence, elle cherchait à gagner du temps.

— Oui. C'est bien ce que je t'ai demandé.

Elle écarquilla les yeux une fraction de seconde et ses dents s'enfoncèrent dans sa lèvre inférieure d'une manière qui donna à Samuel l'impression que son pantalon était soudain trop serré au niveau de son entrejambe.

Elle avait peur.

Il pouvait presque le sentir dans son parfum, mélange enivrant de fleurs sauvages, de pluie et de soie.

— Le directeur du marketing et moi avions des différends

artistiques insurmontables, expliqua-t-elle en remuant sur sa chaise tout en tirant le bord de sa jupe.

Elle mentait.

S'il était du genre à avoir des scrupules, il aurait pu se sentir coupable. Il savait que sa question était déloyale. Bien qu'elle soit pertinente pour l'entretien, la réponse d'Arlie n'avait pas d'importance.

Elle avait déjà le poste.

À la seconde où elle était entrée dans son bureau, il avait su qu'elle serait parfaite.

Pas comme styliste culinaire senior, même si ses recherches lui avaient confirmé qu'elle était amplement compétente. Mais comme instrument dans un plan qu'il avait élaboré pour évincer son jumeau dépensier et coureur de filles, Mason, de Kane Foods International.

Sa motivation était aussi simple qu'essentielle : avoir le champ libre vers la direction d'une entreprise qu'il avait développée de son mieux alors que son jumeau faisait tout pour causer sa perte. L'absence, en cet instant, de Mason ne faisait que confirmer sa résolution. Comme à son habitude, son frère ne s'était pas montré à l'entretien qu'ils étaient censés conduire ensemble.

Durant bien vingt minutes, il avait fait attendre Arlie dans le couloir pendant qu'il bouillonnait dans son bureau.

Toute sa vie, il avait attendu Mason.

Cela avait commencé le jour de leur naissance : il avait passé sa première heure sur cette terre tout seul dans la nurserie pendant que leurs parents enthousiastes et une armée d'infirmières amadouaient Mason pour qu'il fasse tranquillement son arrivée. À l'époque du lycée, il attendait dans la voiture avec le chauffeur que Mason ait terminé de fricoter avec ses admiratrices.

Encore la semaine passée, il avait failli devenir fou

quand Mason, en plus d'être arrivé une demi-heure en retard à un rendez-vous avec un important investisseur que Samuel avait courtisé pendant deux ans, avait réussi à recevoir tous les mérites pour la conclusion de l'accord. Leur père, Parker Kane, avait chaudement félicité Mason. Comme il le faisait si souvent.

Certaines choses ne changeaient jamais.

Contrairement à Arlie Banks.

La fille de ses souvenirs se déplaçait dans Fair Weather Hall avec un charme naturel. Insouciante et sans prétention. Mason, bien sûr, avait cherché à la séduire. Sans succès.

Lui aussi avait eu un petit béguin pour elle.

Mais à cette époque, bien qu'étant un adolescent aux hormones en ébullition, il était aussi extrêmement timide. Aligner trois mots devant une fille était une aventure qu'il n'avait jamais réussi à mener à son terme !

La femme assise en face de lui pouvait faire tourner la tête de n'importe quel homme. Si sa taille était aussi fine qu'à l'époque, des courbes dangereuses remplissaient désormais sa jupe et son chemisier.

Mason était un homme mort. Un seul coup d'œil à Arlie, et il enfreindrait l'unique règle collective stricte : pas de romances au sein de l'entreprise.

— Je sais que des différends créatifs peuvent être problématiques, reprit-il, conscient d'avoir hésité un peu trop longtemps avant de répondre. Cela ne devrait pas être un souci ici puisque je crois que tu connais déjà notre directeur artistique. Mon frère, Mason.

— Vraiment ?

La surprise s'ajouta à l'inquiétude sur son visage, laissant brièvement apercevoir la fille qu'il avait connue.

— Oui, répondit-il. En fait, il était censé être là pour…

— Oh ! mais ne serait-ce pas Arlie Banks ?

Samuel porta les yeux vers Mason qui entrait dans son bureau, un grand sourire aux lèvres.

— Ne t'énerve pas, ajouta vivement ce dernier en posant son porte-documents Louis Vuitton sur la table pour lever les mains en l'air. Je me suis retrouvé coincé dans les embouteillages.

*Bien sûr*, pensa Samuel. Si « embouteillages » était un code pour « blonde avec de longues jambes et plusieurs années de moins que lui ».

— Très heureux que tu nous fasses l'honneur de ta présence, rétorqua-t-il.

Avec l'attitude d'un homme qui se sert toujours sans en demander la permission, Mason prit une chaise et l'approcha de celle d'Arlie – un peu trop près, au goût de Samuel –, puis enleva sa veste et la jeta nonchalamment sur le bord du bureau.

— Qu'est-ce que j'ai raté ? s'enquit-il.

Samuel se demanda quelle image Arlie se faisait d'eux aujourd'hui. C'était de vrais jumeaux, mais en réalité leurs habitudes bien distinctes avaient commencé à effacer les similarités qu'ils avaient pu partager autrefois.

Si Samuel devait son physique sculpté à une routine sportive intense, Mason avait la musculature d'un amateur de fêtes autour d'une piscine, et le bronzage qui allait avec. Le soleil avait aussi doré quelques mèches de ses cheveux qui avaient besoin d'une coupe.

D'après la manière dont elle s'humectait furtivement les lèvres avec le bout de sa langue et recroisait les jambes dans la direction de Mason, Arlie semblait apprécier cet effet.

Samuel ravala son agacement. Après tout, c'était le but qu'il recherchait, non ?

— Ça fait combien de temps, Arlie ? demanda Mason en passant une main dans ses cheveux décoiffés.

— Dix ans, répondit-elle. Plus ou moins.

Dix ans, cinq mois, dix jours. Non, Samuel ne comptait pas. Il s'avérait juste que la dernière fois qu'il avait vu Arlie était le soir de leur remise de diplôme, un événement qui occupait une place importante dans sa mémoire.

C'était la seule et unique fois qu'il avait tiré parti de l'image de son jumeau en prétendant être lui.

— Comment se fait-il que tu aies toujours l'air d'avoir vingt ans ? demanda Mason en se penchant en avant comme pour observer le visage d'Arlie.

Samuel se retint de lever les yeux au ciel. Impossible de calculer exactement le nombre de fois où il avait entendu son frère prononcer cette phrase !

— Aussi charmante que puisse être cette conversation, intervint-il, nous devrions peut-être poser à Mlle Banks des questions en lien avec ses qualifications ?

— *Mlle* Banks ? répéta Mason, moqueur. Quelle horrible formulation pour quelqu'un qui t'a vu nu.

Samuel prit sur lui pour rester calme. Un homme moins cérébral et maître de lui aurait probablement bondi par-dessus le bureau pour étrangler son frère avec sa cravate Armani. Cela dit, il aurait préféré que l'on évite de lui rappeler cette humiliation qu'il avait subie le soir de leur seizième anniversaire.

Manifestement, les souvenirs d'Arlie étaient tout aussi nets, d'après le rose vif qui apparut sur ses joues.

— Oh ! détends-toi, Samuel, dit Mason. On peut bien échanger quelques nouvelles.

Prenant une profonde inspiration, Samuel s'éclaircit la voix et reprit :

— Quoi qu'il en soit, Kane Foods International a décidé d'étendre ses activités à l'industrie de la santé et du bien-être et, dans ce but, nous aurons besoin d'adopter un angle marketing très différent de celui que nous utilisions avant…

— Ce que mon frère coincé du cul essaie de dire, c'est que nous avons besoin de quelqu'un pour donner l'impression que nous n'avons pas fait que distribuer des confiseries qui filent le diabète depuis la moitié du XIXe siècle.

— Kane Foods fournit aux familles des produits de qualité depuis 1834, enchaîna Samuel, s'efforçant de garder son calme.

— Avec seulement cinq dollars américains en poche et un chariot qu'il a construit lui-même, précisa Mason avec ironie, Damien Hetherington O'Kane a créé l'entreprise qui fait aujourd'hui vingt-six milliards de bénéfices par an. Si on ne fait pas gaffe, dans une minute, tu nous sors des photos en noir et blanc de chaînes de fabrication de caramel au beurre salé. Bon sang, Samuel, tu parles comme papa !

Cela blessa Samuel plus que tout ce que son frère avait pu dire jusqu'ici.

Parker Kane, patriarche et président émérite de Kane Foods International, l'homme qu'il avait idolâtré – et que son jumeau avait alternativement défié et ignoré depuis leur arrivée conjointe sur cette planète – préférait Mason au point que c'en était embarrassant.

Principalement pour Samuel. Mais aussi parfois pour le conseil de direction et l'équipe exécutive qui devaient accepter qu'il excuse sans discuter les absences et les retards fréquents de Mason.

— J'ai de l'expérience avec les changements d'image de marque, intervint Arlie.

Pour la troisième fois depuis qu'elle était entrée dans son bureau, elle remit une mèche derrière son oreille délicate.

Elle représentait à la perfection le côté sauvage qui, Samuel en était sûr, se cachait sous son apparence calme.

— J'adorerais en entendre plus à ce sujet, dit Mason, redevenu sérieux.

Si Samuel ne le connaissait pas aussi bien, il aurait pu croire qu'il était vraiment intéressé.

— Chez Stride Global, nous avons commencé en tant que fabricant de sachets de vitamines, mais avons fait une transition vers les shots d'energy drinks et packs de gel pour la gueule de bois, expliqua-t-elle.

— Sacrée conversion, fit remarquer Mason avant que Samuel ait le temps de réagir.

À une époque, ils auraient pu prononcer cette phrase à l'unisson. Ce genre de phénomène de jumeaux avait disparu à peu près au moment où ils avaient atteint la puberté. Tout comme son instinct protecteur de grand frère.

— En effet, répondit-elle. Je dois admettre que mettre en valeur des petits paquets en aluminium est un défi majeur, mais mettre l'accent sur les ingrédients sans OGM a aidé.

Mason acquiesça, feignant de réfléchir.

Samuel se leva et contourna son bureau.

— Laisse-moi te poser une question, Arlie.

Elle tressaillit.

Intéressant.

— C'est bientôt la Supply Side West, dit-il. Le plus gros événement de l'année pour les acteurs de l'industrie de la santé et du bien-être.

— J'en ai entendu parler.

Les yeux d'Arlie croisèrent les siens avant qu'elle s'en détourne aussitôt.

*Très* intéressant.

— Un certain nombre de partenaires importants viennent

et nous pourrions jouir d'une présence solide. Te sens-tu capable d'y participer ? s'enquit-il.

— Absolument, répondit-elle trop rapidement.

— Bien sûr, il n'y aura pas que le travail, intervint Mason. Je sais de source sûre que nous organiserons plusieurs soirées et événements pour remercier nos clients qui pourraient profiter de tes compétences.

— Un point de vue artistique ? demanda Arlie en regardant Mason.

— Plutôt une énergie.

Le large sourire de Mason montra l'une des dix mille raisons pour lesquelles ils n'étaient plus des jumeaux identiques : une petite cicatrice au coin de sa bouche qui blanchissait quand elle était étirée.

— Je serais heureuse d'apporter les deux.

Le sourire d'Arlie égalait celui de Mason.

Samuel se mordit l'intérieur de la joue assez fort pour sentir un goût de fer.

— Arlie, nous serions ravis de t'offrir le poste de styliste culinaire senior, dit-il.

L'ironie sur le visage de son jumeau suggérait qu'il envisageait déjà plusieurs autres postes à lui proposer.

Bien. Bien, mais extrêmement agaçant.

Arlie se leva et lui tendit la main.

— J'accepte.

Mason le coiffa au poteau en la serrant avec enthousiasme.

— Heureux de te compter parmi nous !

Samuel se contenta d'un petit signe de tête.

De toute façon, il pouvait se souvenir de la sensation de sa peau sur la sienne quand il le souhaitait.

Parce que, le soir de leur remise de diplôme, il avait fait semblant d'être son frère pour embrasser Arlie Banks.

# - 3 -

Arlie poussa l'énorme porte en bois de Retrospect, la friperie de luxe dans le quartier à la mode de Fishtown à Philadelphie.

— Je suis à vous tout de suite, dit une voix grave et chaude venant du fond de la boutique.

— Je l'espère bien ! répliqua Arlie avec bien plus d'assurance qu'elle n'en ressentait.

Le rideau noir derrière le comptoir s'ouvrit brusquement, et la propriétaire du magasin apparut.

Il était facile de comprendre pourquoi l'élite fortunée de Philadelphie faisait la queue pour lui donner ses billets. Avec ses grands yeux de la couleur du miel, ses lèvres charnues couvertes d'un rouge à lèvres bordeaux, ses cheveux d'onyx tressés aux tempes et tombant en boucles naturelles, Kassidy Nichols retenait toute l'attention. Un effet amplifié par la robe blanche simple mais élégante qui moulait ses formes et faisait ressortir sa peau d'un beau marron sépia.

— Vous savez que vous ressemblez beaucoup à mon ancienne meilleure amie Arlington Banks ? J'aurais bien aimé vous la présenter, mais ce sera difficile. Elle ne répond plus à mes nombreux coups de téléphone.

À vrai dire, Arlie redoutait ces retrouvailles.

Major de leur promotion à la Lennox Finch Academy, Kassidy s'était liée d'amitié avec elle parce qu'elles partageaient le même désintérêt pour *Gatsby le Magnifique* dans le cours d'anglais de première année. Ce qui était ironique, compte tenu de la foule de camarades riches parmi laquelle toutes deux, issues de familles de la classe moyenne, évoluaient.

Passant pour la rebelle à côté d'Arlie qui suivait toujours les règles, Kassidy avait été diplômée en droit à Harvard et fait une année dans le cabinet d'avocats le plus prestigieux de Philadelphie avant de créer le scandale dans sa famille en annonçant que ses talents intellectuels considérables seraient mieux utilisés en aidant des vêtements vintage délaissés à trouver un foyer. Dès la première année, elle avait remboursé le prêt qu'elle avait contracté pour créer Retrospect. La deuxième, elle avait gagné assez d'argent pour acheter comptant un bel appartement à Rittenhouse Square.

— Je suis tellement désolée, murmura Arlie. J'ai été très occupée ces derniers temps et…

— Désolée ? Non, *moi* je suis désolée. On prend l'American Express, le liquide, les chèques et, parfois, les virements de comptes suisses, mais je crains que les excuses boiteuses ne soient pas acceptées.

— Votre Honneur, je plaide coupable d'avoir violé les termes du contrat de meilleures amies.

Arlie sentit sa poitrine se détendre en voyant les traits de Kassidy s'adoucir légèrement.

— Puisque c'est votre première infraction, mademoiselle Banks, la Cour substituera votre peine à deux dîners et un marathon *Bridgerton*. À condition que tu apportes le vin.

— Je le jure.

Arlie posa une main sur le comptoir et leva l'autre.

— Bon, dit Kassidy avant de la scruter de la tête aux

pieds. Vas-tu m'expliquer pourquoi tu donnes l'impression d'auditionner pour le rôle de la secrétaire de Christian Grey ?

Zut !

Arlie prit une grande inspiration et se prépara à donner la réponse qu'elle avait répétée pendant le trajet.

— Je viens de passer un entretien d'embauche.

Sachant que Kassidy lisait en elle comme dans un livre ouvert, elle essaya de chasser toutes pensées concernant Samuel Kane de sa tête. En vain. Comme en signe de protestation, son esprit afficha des clichés de ses moments préférés passés avec lui. La façon dont il occupait son bureau comme un requin.

Et ses yeux ! L'intensité de son regard.

Il avait deviné qu'elle mentait. Elle en était sûre. Elle espérait juste qu'il n'avait pas deviné l'étendue de son mensonge.

— Crache le morceau, Banks, ordonna Kassidy, la ramenant à la réalité. Tout de suite.

— Ce n'est qu'un travail temporaire dans une grande entreprise, répondit-elle en essayant de paraître enjouée. Juste un boulot de consultante à temps partiel.

Les boucles parfaites de Kassidy reflétèrent la lumière tandis qu'elle secouait la tête avec un air contrit.

— Mademoiselle, ne vous ai-je rien appris ?

— Quoi ? demanda Arlie en espérant gagner du temps.

Kassidy croisa les bras sur sa poitrine.

— Tu es la pire menteuse que j'ai jamais connue. Donc, je répète : crache le morceau.

— Tu te trouves devant la nouvelle styliste culinaire senior de Kane Foods International.

— Kane Foods International, répéta Kassidy comme si le moteur de son brillant cerveau était grippé. *Kane* Foods International ?

Arlie se contenta de hocher la tête. Sa meilleure amie lui avait appris à savoir quand il valait mieux ne rien dire.

— Eh bien, maintenant je connais la raison de ce chignon désastreux, fit remarquer Kassidy. C'est pour cacher la cicatrice de ta lobotomie.

— Je sais.

— Ce sont les *Kane*. Les Kane qui t'achètent, te vendent, écrasent ta petite entreprise, mangent ton âme et détruisent ta famille pour agrandir leur hangar à bateaux. Ceux dont on disait qu'ils représentaient tout ce qui clochait dans la distribution des richesses. Ceux à qui on a juré de ne jamais ressembler.

— Je sais, répéta Arlie.

Elle sentit sa gorge se serrer et des émotions indésirables l'envahir.

— Tu es sûre, Arlie ? Après ce qui s'est passé entre ta mère et papa Kane ?

— On peut éviter de parler de ça ? rétorqua Arlie, surprise par son brusque accès de colère.

Dès l'instant où le mail de Samuel était arrivé dans sa boîte, elle avait étouffé une envie de crier rien qu'en voyant ce nom. En pensant à ce que Parker Kane avait fait à sa mère. À sa famille.

— Du calme, Banks.

La main douce et chaude de Kassidy serra la sienne.

— Désolée, dit-elle avec un long soupir. Je ne peux pas y réfléchir maintenant. Pas avec tout ce qui se passe.

— Écoute, je sais que ça a été dur pour toi depuis que tu as démissionné de *Gastronomie*.

Depuis qu'elle avait été *licenciée*. Ce qu'elle avait omis de préciser à Kassidy.

La culpabilité s'ajouta à son dégoût d'elle-même.

Elle était peut-être devenue une menteuse accomplie,

ces derniers temps, mais c'était le premier mensonge délibéré qu'elle racontait à sa meilleure amie depuis qu'elles se connaissaient.

— Écoute, Arlie, si c'est une question d'argent, je...

— Non, l'interrompit Arlie, sentant les larmes monter.

Elle envisagea de quitter la boutique en courant avant que Kassidy puisse lui poser la question inévitable qui ouvrirait les vannes.

— Hé, murmura cette dernière, son humour moqueur constamment sous-jacent laissant place à une inquiétude sincère. Ça va, ma belle ?

Elle hocha la tête... et éclata en sanglots.

Kassidy la prit aussitôt dans ses bras, lui offrant son premier câlin depuis la mort de sa mère, cinq ans plus tôt. Elle avait perdu son père d'un cancer l'année dernière, mais leur lien avait toujours été ténu. En prendre conscience ne fit que renforcer ses sanglots.

— Allons, allons, murmura Kassidy en lui caressant doucement le dos. Ça va aller. Tout va bien se passer.

Arlie n'arrivait pas à se souvenir d'une fois où elle avait cru ces mots. Elle resta là, se laissant aller dans les bras de son amie.

— De toute façon, je connais la vraie raison de tout ça, reprit cette dernière.

L'estomac d'Arlie se noua.

— Ah bon ?

— Bien sûr. Tu essaies juste de trouver un moyen de vivre ton fantasme d'adolescente avec Samuel Kane.

— Non !

Arlie s'écarta et s'essuya les paupières, évitant de regarder Kassidy. Qui la connaissait trop bien.

Depuis qu'elle avait posé les yeux sur Samuel ce matin, elle ne pensait qu'à ça. Les scénarios les plus crus lui passaient par la tête, interrompus seulement par des crises de panique.

Son préféré, c'était Samuel poussant les objets de son bureau pour l'allonger dessus. Elle imaginait sentir son souffle chaud dans son cou. Le bois lisse et frais contre sa joue. Ces mains qui avaient tenu tant de livres remontant sa jupe sur ses hanches, ne s'arrêtant que pour écarter sa culotte avant de la remplir avec sa…

— Oh mon Dieu ! s'exclama Kassidy.

Son amie affichait un petit sourire narquois tandis que la fossette dont elle avait toujours été jalouse apparaissait au coin de ses lèvres.

— Tu le fais, là ! lâcha Kassidy. Tu fantasmes sur Samuel !

— C'est injuste, marmonna Arlie. C'est comme quand on te dit « Ne pense pas à un éléphant rose ».

— Ou au membre studieux de Samuel Kane.

Arlie haussa les épaules.

— Le fait est qu'il n'y avait rien entre Samuel et moi quand nous étions ados, et il n'y a toujours rien entre nous aujourd'hui, décréta-t-elle.

— Je t'en prie, dit Kassidy en se dirigeant vers l'entrée de Retrospect pour arranger un bouquet de fleurs sur la table ronde. Je n'ai jamais vu un homme et une femme faire autant d'efforts pour donner l'impression de ne pas être amoureux.

Une vague grisante de plaisir inattendu submergea Arlie.

— N'importe quoi, marmonna-t-elle.

— Je suis sérieuse.

Kassidy enleva une pivoine et la replaça cinq centimètres plus à gauche avant de reprendre :

— C'était pathétique. Tu le matais du coin de l'œil chaque fois qu'il avait le nez dans un bouquin.

— C'est peut-être vrai, mais il ne savait même pas que j'existais.

Kassidy ne dit rien, mais quelque chose dans la manière dont elle se raidit alerta Arlie.

— Quoi ?

Elle rejoignit son amie près de la table.

Même si elle n'égalait pas Kassidy en termes d'intelligence, elle avait passé une décennie à l'étudier comme les météorologues analysaient les cartes du temps, et pour les mêmes raisons. Son avenir immédiat avait souvent été déterminé par un sourire malicieux ou un regard mystérieux de sa meilleure amie.

— Kassidy, qu'est-ce que tu me caches ?

— Cette information ne t'aidera pas.

— À moi d'en juger.

— Il voulait t'inviter au bal de promo.

Arlie eut l'impression d'avoir reçu une gifle.

Le temps sembla ralentir tandis qu'elle fixait son amie.

— Comment le sais-tu ? s'enquit-elle.

— Parce qu'un jour il m'a traquée après un cours de trigo et m'a demandé quelle était la probabilité pour que tu dises oui.

— Et qu'est-ce que tu lui as répondu ?

Kassidy pinça les lèvres et inspira.

— Je lui ai répondu… que ce n'était pas à moi de le dire.

— Mais c'était à toi de *me* le dire ! s'exclama Arlie. Pourquoi tu l'as gardé pour toi ?

— Parce que j'aurais gâché la surprise s'il te l'avait demandé ou tu aurais déprimé s'il ne l'avait pas fait.

Évidemment, vu comme ça…

Arlie ressentait un mélange étrange de plusieurs choses. L'excitation à l'idée que Samuel ait voulu sortir avec elle, la déception qu'il ne le lui ait jamais demandé, la confusion quant à la raison.

— D'accord, reprit-elle. Mais je suis une grande fille, aujourd'hui. On est des adultes. Il a besoin d'un styliste culinaire pour son entreprise, j'ai besoin d'un travail. C'est purement professionnel. Point.

— Si tu le dis. Mais sois prudente.

— La prudence est la seule option que j'ai.

Et elle le pensait.

Avec ses parents décédés et une réputation ternie, son travail chez Kane Foods International était tout ce qui la séparait de la ruine.

Ce qui expliquait pourquoi elle avait menti pour avoir ce poste.

— Bon !

Passant devant elle pour appuyer sur le bouton de la défroisseuse vapeur branchée derrière le comptoir, Kassidy ouvrit une housse à vêtement et en sortit une superbe robe en soie couleur crème.

— Alors, tu commences quand ? s'enquit-elle.

— Officiellement, lundi. Officieusement, ce soir. Mason m'a invitée à une soirée d'investisseurs sur le yacht de sa famille.

— Mason Kane…

Un sourire rêveur détendit les traits de Kassidy.

— Le jumeau que j'aurais choisi, murmura-t-elle. Malgré ses notes désastreuses.

— Toi et Mason Kane ? demanda Arlie, incrédule.

— Tu serais surprise de voir ce que peut faire l'amour d'une femme bien, répliqua Kassidy, un sourcil levé avec cette expression hautaine d'une souveraine qui s'adresse à ses sujets.

— En parlant de Mason, je suis censée le retrouver au

Corinthian Yacht Club à 18 heures. C'est pour ça que je suis venue. J'ai besoin d'emprunter une robe avec laquelle je pourrais dire : « Je suis faite pour un yacht. »

— Moi qui croyais que c'était pour me présenter tes excuses pour ta triste performance en tant que meilleure amie.

— Aussi, ajouta-t-elle avec son sourire le plus désarmant. Tu peux m'aider ?

Kassidy laissa échapper un rire moqueur.

— Elle me demande si je peux l'aider !

Elle rangea le manche de la défroisseuse dans son étui et fit un pas en arrière pour observer Arlie.

— Petit 38, dit-elle. À peine. Promets-moi que tu vas manger quelque chose, sur ce fichu bateau.

— Croix de bois, croix de fer.

En fait, son appétit avait diminué en même temps que son salaire. Même si dépenser son argent dans des restaurants gastronomiques n'était pas son genre.

— J'ai exactement ce qu'il te faut, déclara Kassidy.

Elle disparut derrière le rideau et réapparut quelques minutes plus tard avec une housse qu'elle pendit à une patère. Elle fit descendre la fermeture Éclair et sortit la robe avec un grand : « Tada ! »

Arlie poussa un petit cri de surprise.

D'une couleur entre le lilas et le vieux rose, le corsage de la robe dos-nu avait un décolleté plongeant devant et était resserré à la taille. La jupe, composée de couches asymétriques de mousseline légère, était aérienne. Un coup de vent et on verrait sa jambe.

— Oh ! Kassidy. Elle est splendide !

— C'est une Halston, précisa cette dernière en passant sa main sur la robe. Le prototype d'un modèle de leur collection printemps 1972. En gros, la perle des robes de cocktail. Je l'ai trouvée à la vente aux enchères d'une mondaine qui s'en débarrassait après les complications d'une liposuccion.

— Elle est parfaite.

— Tu m'étonnes !

Kassidy referma la housse et la posa à plat sur le comptoir.

— Je devrais peut-être l'essayer ? demanda Arlie.

— Inutile, répondit Kassidy en s'approchant du mur au fond de la boutique où étaient disposées des chaussures. Tu chausses toujours du 40 ?

— Oui, mais…

— Celles-là.

Elle lui tendit une paire de sandales à lanières et talons hauts.

Arlie envisagea brièvement de protester, mais se ravisa.

— Je ne pourrai jamais assez te remercier, dit-elle.

— Je n'ai pas besoin de remerciements. Je veux juste que tu ne disparaisses plus jamais de ma vie.

— Plus de disparition, assura Arlie. Promis.

— Bien.

Appuyée contre le comptoir, Kassidy tapa sur l'écran d'un iPad posé sur un support en chrome.

— J'attends un rapport complet de la soirée, ma belle.

— Comme tu voudras.

Après une révérence, Arlie se dirigea vers la porte.

— Banks !

— Votre Honneur ?

— Quoi qu'il arrive, dit Kassidy, la transperçant de son regard calme et pénétrant, ne l'embrasse pas.

Avec la grâce aérodynamique d'un requin, le *Dolce Vita IV* fendait les eaux même quand il était parfaitement immobile. Sa coque était de la couleur du ciel juste avant l'aube.

Au-dessus, d'élégants ponts blancs étaient disposés en gradins. Sur chacun d'eux, des gens avaient commencé à se rassembler.

De la musique s'élevait de la passerelle, entrecoupée d'un rire féminin.

Arlie se figea. Elle connaissait ce rire.

Pas *elle*. Pas *ici*. Ce n'était pas possible.

Elle observa discrètement les gens qui la dépassaient pour monter à bord.

Personne ne l'avait vue. Elle pouvait encore retourner à sa voiture. Elle présenterait ses excuses dans un mail poli. En disant avoir eu un problème de véhicule. Ou n'importe quoi pour éviter de faire un pas de plus vers l'équivalent émotionnel… du *Titanic* !

— Moi qui pensais être en retard.

La voix de Mason Kane l'enveloppa comme une vague chaude.

Il approcha, les bras tendus, un sourire malicieux aux lèvres. La lumière du soleil couchant s'accrochait à ses cheveux, donnant à sa peau hâlée un éclat flatteur. Il avait renoncé à sa veste et sa cravate, et avait remonté les manches de sa chemise jusqu'aux coudes, avec cette désinvolture que seuls les riches pouvaient adopter.

— Tu l'es, dit-elle, lui souriant faiblement en retour. Comme moi.

Le sourire de Mason s'élargit. À l'évidence, il était devenu très doué pour flirter, et elle n'avait pas pu manquer sa façon de faire passer rapidement ses yeux vert et doré sur son visage, ses cheveux relevés en chignon, ses épaules nues et sa robe.

— On devrait y aller, non ? s'enquit-il en lui offrant son bras.

Avec un coup d'œil vers le yacht, elle calcula les chances qu'elle avait de pouvoir refuser l'offre de Mason.

Aucune.

Prenant son bras, elle monta la passerelle couverte d'un tapis rouge et arriva dans un brouhaha de conversations et de musique.

Mason saisit deux flûtes de champagne sur un plateau en argent présenté par un serveur.

— Santé, dit-il en lui tendant une flûte avant de trinquer avec elle. À ton avenir chez Kane Foods International.

Arlie, priant pour que sa main tremblante ne la fasse pas renverser le contenu sur sa robe, porta le verre à ses lèvres et but une gorgée. Le pétillant du champagne lui apporta un semblant de réconfort.

S'attendant à ce que Mason l'abandonne à tout moment, elle fut surprise quand il resta à ses côtés alors qu'elle se frayait prudemment un passage dans la foule agglutinée en haut de la passerelle.

— Alors, je fais les présentations ou tu préfères d'abord casser ton verre ? s'enquit-il.

Il jeta un coup d'œil au pied de la flûte qu'elle serrait au point que ses articulations étaient blanches.

Elle prit une autre gorgée et osa un rire décontracté.

— Peut-être les deux, répondit-elle.

— Je comprends. Ça fait beaucoup, si tu n'es pas habituée.

Pour la deuxième fois, elle fut surprise. L'empathie était une qualité dont il semblait manquer, quand ils se côtoyaient, dans leur jeunesse.

Scrutant le fond du pont, elle se sentit soulagée quand elle ne *la* trouva nulle part. Si seulement sa chance pouvait durer…

Un autre serveur s'approcha d'eux avec des hors-d'œuvre

dont l'odeur la fit saliver. Elle n'avait pas réussi à avaler une bouchée depuis son café du matin.

En observant les mini-bœufs Wellington disposés au hasard, elle se dit aussitôt que ce plateau avait besoin de quelque chose de vert pour mettre en valeur l'intérieur appétissant parfaitement rosé du filet. Des brins de romarin ou de la sauge ciselée. Une poignée de roquette poivrée.

Et l'arrangement n'allait pas du tout. Ce genre de petits morceaux exigeaient qu'on leur offre du contraste pour accentuer l'imperfection parfaite de leur croûte dorée.

L'appareil-photo qu'elle portait si souvent comme une couverture de survie contre sa poitrine lui manquait.

Le monde semblait bien plus sûr quand il était contenu dans le viseur d'un objectif. Dans ce petit espace, la vie pouvait être arrangée exactement comme elle le souhaitait.

— Mademoiselle ?

Le serveur lui souriait poliment, attendant qu'elle se serve.

Elle prit une petite serviette et choisit la bouchée la plus proche. Mason l'imita et enfourna le hors-d'œuvre dans sa bouche.

— Pas aussi bon que celui de ta mère, fit-il remarquer. Mais pas mal quand même.

Arlie fut forcée de l'admettre.

Sa mère était une remarquable cuisinière. C'était elle qui lui avait patiemment expliqué comment les teintes opposées sur le cercle des couleurs se mettaient en valeur quand elles étaient placées côte à côte.

« On mange d'abord avec les yeux, lui disait-elle en essuyant ses mains sur son tablier avant de placer un petit bouquet de sauge près d'un chapon parfaitement doré. Ne l'oublie jamais. »

Elle ne l'avait jamais oublié.

Tout comme elle n'avait jamais oublié les restes que sa

mère gardait toujours pour elle et l'équipe des cuisines. Elle appelait cela des « Scooby snacks ».

— Je suis surprise que tu t'en souviennes, dit-elle. C'était il y a si longtemps.

— J'ai une bonne mémoire quand cela concerne la nourriture, répondit Mason avec un sourire carnassier qui creusa une fossette dans sa joue. Et les femmes.

— Oh ! je m'en souviens.

— Marlowe ! s'écria Mason avec enthousiasme.

L'élégante sœur de Mason et Samuel s'approcha d'eux, le corps drapé dans une robe couleur banquise.

— Tu es particulièrement jolie ce soir, lui fit remarquer Mason en déposant un baiser sur sa joue.

— Arlie. Une rumeur dit que tu nous as rejoints.

Le sourire de Marlowe n'atteignait pas ses yeux bleu clair, comme ceux de son père. Ses cheveux, eux, étaient ceux de sa mère, raides et presque platine, et encadraient son visage avec un carré au menton.

— Arlie, voici Neil Campbell, mon fiancé.

Neil avait les cheveux noirs, des traits typiquement américains et des yeux un brin trop proches l'un de l'autre. Ce qui, apparemment, ne les empêcha pas de se plonger avec un air gourmand dans le décolleté d'Arlie avant de remonter. Si Marlowe l'avait remarqué, elle ne le montra pas.

— Enchantée de vous rencontrer, déclara Arlie en serrant la main qu'il lui tendit.

— Moi de même.

Il le disait souvent, à en juger la façon dont l'expression sortit naturellement.

— Où est Samuel ? demanda Mason en scrutant la foule.

Marlowe leva les yeux au ciel et fit un signe de tête derrière elle.

— Devine, répondit-elle avec un petit rire qui contenait

un étrange mélange d'amusement et d'exaspération fraternelle. Il a trouvé le seul groupe de personnes qui semblent s'amuser encore moins que lui.

L'estomac d'Arlie se noua tandis qu'elle suivait le regard de Marlowe.

Samuel, portant toujours sa cravate et sa veste, avec un groupe d'hommes aux visages solennels et tenues aussi formelles.

Elle ne savait pas trop si c'était le champagne ou une impression vertigineuse de déjà-vu, mais elle se sentit un peu instable sur ses sandales à talons.

Samuel était aussi raide que lors de la soirée de remise des diplômes du lycée. Le dos droit, les épaules carrées, le visage dénué d'émotion.

Seule différence, sa cravate avait été légèrement desserrée, le nœud à cinq centimètres en dessous de l'intersection de son col amidonné.

Arlie savait qu'il ne pouvait pas se permettre d'être plus détendu.

Et elle fut saisie d'une envie inexplicable de lui arracher sa cravate, lui enlever sa veste et faire sauter chaque bouton de sa chemise sur le plancher laqué !

Comme s'il avait cueilli ses pensées dans les airs, il s'interrompit au milieu d'une phrase, et se tourna vers elle. Son regard s'arrima au sien, et il lui sembla qu'elle venait d'entrer dans une bulle de silence, troublée seulement par le battement tonitruant de son cœur.

Une chaleur qui n'avait rien à voir avec le champagne se répandit en elle pour s'installer en bas de son ventre.

Samuel Kane avait voulu l'amener au bal de promo.

C'était idiot qu'elle, une femme adulte avec une multitude de problèmes, soit encore obsédée par cette information plusieurs heures après l'avoir découverte. Ce n'était qu'un bal de lycée après tout.

Qui prenait l'importance qu'on lui donnait.

Autrefois, le timide Samuel, qui évitait les contacts humains directs, l'avait assez appréciée pour prendre son courage à deux mains et demander conseil à Kassidy.

Arlie sentit une petite pointe de triomphe tandis que Samuel clignait des yeux, se tournant brusquement vers les hommes qui attendaient son attention.

— Ne devrions-nous pas le sauver des banquiers investisseurs qui lui rebattent les oreilles avec le Project Impact ? demanda Mason. Qu'en penses-tu, Arlie ?

— Il n'a pas l'air de vouloir spécialement être sauvé, répondit-elle, en jurant voir une très légère teinte rouge sous les pommettes saillantes de Samuel.

— C'est exactement pour cela qu'on devrait le faire, rétorqua Mason, lui offrant un sourire de pirate.

Ressentant une attraction magnétique inexplicable quelque part derrière son nombril, Arlie leva les yeux vers lui.

— D'accord.

# - 4 -

Samuel avait envie de casser quelque chose.

Des investisseurs qui avaient le pouvoir de changer à jamais l'avenir de Kane Foods se disputaient son attention. Il les sollicitait depuis plus d'un an. Six séjours à Aspen. Des parties de pêche à Key West. Des week-ends à Vegas.

Après tout ce travail, ils lui offraient finalement ce qu'il avait toujours voulu, et il n'écoutait pas un mot de ce qu'ils disaient !

À cause d'*elle*.

À cause de cette robe.

À cause de la torture que représentait Arlie Banks.

Il l'avait suivie des yeux tandis qu'elle se déplaçait dans la foule aux côtés de Mason. Mason lui proposant du champagne. Trinquant avec elle. Lui souriant.

Il avait failli se mordre la langue quand son frère s'était penché pour lui murmurer à l'oreille quelque chose qui avait provoqué chez elle un éclat de rire la rajeunissant de dix ans.

Il les avait observés se diriger vers Marlowe, la main de Mason dans le creux du dos d'Arlie. Puis, alors qu'il était à la fois ravi que son plan fonctionne et en train de mourir à l'intérieur, Arlie l'avait regardé.

Pas avec ce regard nerveux et rapide qu'elle lui avait lancé dans son bureau le matin même.

Non. Elle le regardait vraiment. Ou plutôt, elle regardait

*en lui.* Comme si elle le connaissait. Comme si elle savait quelque chose sur lui.

Et son regard pénétra jusqu'à son âme… en passant par son entrejambe.

— Tout va bien, Samuel ? demanda Henry Campbell, le père du fiancé de sa sœur, son accent britannique snob dissimulant la tension que son visage exprimait.

— Toutes mes excuses, monsieur Campbell. Je crains de ne pas avoir entendu.

Avec ses petits yeux ronds, son ventre rebondi et son costume gris foncé, Henry Campbell ressemblait à un pigeon vexé.

— Je disais que j'ai parlé avec votre père et nous sommes prêts à avancer, mais…

Mais.

Mais un ange passa et la tête de Samuel se retourna instinctivement vers Arlie, contemplant les pans de tissu de sa robe qui s'écartaient pour révéler sa cuisse pâle.

Une cuisse qu'il imaginait aisément contre sa hanche pendant qu'il goûterait sa bouche, écartant sa culotte pour…

— Si votre attention est requise ailleurs, nous pourrons discuter de notre investissement pour le département des bonbons gélifiés à un autre moment, décréta Henry Campbell.

Ce dernier n'avait plus l'air simplement vexé ; il semblait très énervé, à présent. L'équipe de larbins coincés qui ne le lâchaient jamais aussi, d'ailleurs.

— Pardonnez-moi, dit vivement Samuel.

Il fit de son mieux pour détourner son attention de la scène qu'il semblait ne pas pouvoir chasser de son esprit.

— Bien que nous soyons ravis à l'idée d'avoir Campbell Capital comme partenaire, je suis sûr que vous êtes conscients de l'attachement de mon père pour ce département, expliqua-t-il, redevenu le directeur général de Kane Foods. C'est la toute première chaîne qui a été automatisée dans le bâtiment original des confiseries Kane. Quand nous serons arrivés à un arrangement raisonnable…

— Un arrangement *raisonnable* ? l'interrompit Henry Campbell en haussant un sourcil. Je pensais que le pourcentage dont nous avons parlé lors de notre dernière conversation téléphonique était plus que généreux.

Un frisson parcourut Samuel.

Il adorait cette partie.

Déchiffrer son adversaire. Identifier ses faiblesses. Découvrir exactement où et comment appliquer la bonne pression pour obtenir ce qu'il voulait.

Parce qu'il y parvenait toujours.

— Il le serait si vos analystes n'avaient pas grandement sous-estimé les revenus récurrents du département, répondit-il, se délectant de l'embarras évident de Henry Campbell.

— Messieurs, puis-je vous emprunter mon frère ?

En entendant la voix de Mason, Samuel serra les poings. Même sans se retourner, il savait qu'Arlie était avec lui. Si le picotement vif qu'il sentait à la base de sa colonne vertébrale n'était pas une preuve suffisante, l'éclat dans les yeux de Henry Campbell et ses acolytes était révélateur.

— Nous sommes en pleine discussion, Mason. Cela ne peut-il attendre ? répliqua Samuel.

— Non, répondit Mason en croisant les bras sur sa poitrine.

Samuel retint un soupir.

— Messieurs, pouvons-nous remettre notre discussion à plus tard ? s'enquit-il.

Henry Campbell acquiesça sèchement avant de disparaître dans la foule, ses satellites dans son sillage.

Une fois qu'ils eurent tous disparu, Samuel concentra toute son attention sur son frère.

— Qu'est-ce qu'il y a ?

Mason arborait un sourire jovial exaspérant.

— J'ai pensé que tu pourrais vouloir présenter *Mlle Banks* à certains membres de notre équipe. Vu que tu es notre directeur général.

— Tu donnes l'impression de très bien te débrouiller.

— Je crains que l'on me réclame d'urgence au bar.

Samuel suivit la direction du regard de son frère et vit un petit groupe de demoiselles aux longues jambes.

Évidemment.

Comme il l'avait si souvent fait auparavant, Mason lui refilait la seule tâche qui lui avait été confiée ce soir.

Manifestement, il faudrait trouver d'autres stratagèmes pour les réunir, Arlie et lui.

— Bien, dit Samuel.

— *Mademoiselle Banks*.

Mason s'inclina devant la jeune femme, imitant la formalité de Samuel lors de son entretien, et se dirigea vers le bar.

Seul face à Arlie, Samuel eut l'impression que dix années s'évaporaient et qu'il redevenait l'adolescent à la langue liée qu'il avait toujours été en sa présence. Il essaya désespérément de se rappeler les mannequins qu'il avait mises dans son lit, les entreprises qu'il avait achetées et revendues, les milliards qu'il avait gagnés.

Le sourire timide d'Arlie réduisait tout cela à néant.

— Tu n'es vraiment pas obligé de me présenter, dit-elle.

— Cela ne me gêne pas.

— C'étaient des investisseurs, les personnes avec qui tu discutais ?

Samuel la regarda siroter son champagne. Ses lèvres rose framboise…

— Oui, répondit-il en essayant de ne pas penser au goût qu'elles pourraient avoir s'il l'embrassait.

— Et les négociations se passent bien ?

— Jusqu'ici, oui.

— Est-ce que vous cherchez des fonds pour le développement du département nutrition et bien-être que tu as mentionné ce matin ?

Voyant dans les yeux d'Arlie le malaise dont il était la cause, il eut envie de tout lui dire.

Lui dire que, quand ils étaient adolescents, il rédigeait des introductions pour des conversations, pour se retrouver complètement mutique chaque fois qu'elle entrait dans la pièce. Lui expliquer que, à l'université, il s'était forcé à s'exprimer en public et assister à un cours de débat difficile à caser dans son emploi du temps chargé, simplement pour apprendre à parler aux autres. Pour s'entraîner à transformer ce qu'il y avait dans sa tête en mots. Il aurait aimé lui dire tout ce qu'il avait entrepris pour ne pas être aussi muet qu'il l'était à cet instant.

Mais il se limita à un « Oui ».

Arlie lui jeta un regard agacé. Buvant la dernière gorgée de son champagne, elle posa sa flûte vide sur le plateau d'un serveur qui passait par là.

— Écoute, Samuel. Je te suis extrêmement reconnaissante pour l'opportunité que tu m'offres de travailler pour Kane Foods, mais il est évident que tu n'apprécies pas que je sois ici ce soir. Je ne suis pas particulièrement ravie non plus, mais je suis là. Donc soit on fait semblant d'avoir une conversation, soit je m'excuse et quitte ce bateau. Alors ?

La colère rendait ses iris plus sombres et ses joues

rouges sous les boucles blondes dans lesquelles il avait envie d'enrouler ses doigts…

— Tu ne peux pas.

— Bien sûr que si, rétorqua-t-elle avec un regard provocateur.

— Non, dit-il en lui indiquant d'un geste la passerelle désormais fermée. Tu ne peux pas.

Le *Dolce Vita* avait levé l'ancre.

Malgré la peur qui la tenaillait, Arlie afficha un grand sourire avant de se retourner vers Samuel.

— Eh bien, je crois que tu vas être obligé de me supporter.

À cet instant précis, le rire de Mason s'éleva au-dessus du brouhaha général, suivi par un chœur de gloussements féminins.

Si elle avait passé moins de temps à étudier Samuel, elle aurait pu ne pas remarquer le durcissement subtil de ses traits.

— On dirait bien, répondit-il.

Elle fit signe à un serveur et prit une autre flûte.

— Et vous, monsieur ? s'enquit le serveur.

— Non, merci.

— N'est-ce pas tout l'intérêt de ces soirées d'entreprise ? demanda Arlie. Une plus grande tolérance envers l'alcool ?

— Cela émousse les sens et délie la langue. Un choix trop malheureux, dans des circonstances comme celles-là.

— Quelque chose me dit que tu as déjà pu faire un choix malheureux ou deux, dans ta vie.

Elle se mordit la langue presque aussitôt qu'elle prononça ces mots. Pourquoi avait-elle dit ça ?

— Arlie Banks !

Oh non… C'était *elle*.

Taegan Lynch. Commère. Fouineuse. En un mot,

peste professionnelle. Et directrice du marketing chez *Gastronomie*. La seule et unique personne, en dehors de son ancienne patronne et de la directrice éditoriale, qui savait exactement pourquoi elle avait quitté son précédent poste.

Elle se redressa tandis que Taegan s'avançait vers Samuel et elle.

Son visage était difficile à déchiffrer, mais c'était le risque quand on faisait un grand usage de Botox et d'autres produits du genre. Ses cheveux bruns tombaient sur ses épaules, encadrant son profond décolleté. Ses dents d'une blancheur éclatante scintillaient presque entre ses lèvres traitées au collagène. Son tailleur-pantalon ample tombait sur des escarpins Louboutin qui égrenaient un staccato menaçant sur le pont.

Arlie regarda Samuel en espérant ne pas déceler en lui le genre de désir que Taegan semblait provoquer chez chaque individu de sexe masculin.

Elle perçut de la curiosité et une évaluation consciencieuse de la situation. Ce qui était dangereux pour elle.

— Ma chérie, que fais-tu sur ce bateau ? demanda Taegan en déposant un baiser collant de gloss sur ses joues.

Elle résista à l'envie de les essuyer avec le dos de sa main.

— Je pourrais te poser la même question, répliqua-t-elle.

— Je suis invitée par Parker Kane. Il est entré en contact avec nous pour une chronique dans le numéro d'automne de *Gastronomie*.

Taegan regarda Samuel, attendant clairement à être présentée.

— Taegan, voici Samuel Kane, le directeur général de…

— Oh ! je sais exactement qui il est, l'interrompit Taegan. Parker a insisté pour que je vienne et me présente. Mais si j'interromps…

Elle ne finit pas sa phrase, défiant Arlie d'essayer de l'arrêter.

— Pas du tout, intervint Samuel. Mlle Banks et moi discutions tranquillement. Elle vient juste de rejoindre notre équipe en tant que styliste culinaire senior.

— Vraiment ? s'exclama Taegan avec un sourire carnassier. Eh bien, vous venez d'acquérir une ressource très talentueuse. Je sais que nous étions tous très peinés quand elle nous a quittés si soudainement.

Arlie sentit ses joues picoter.

— Cela vous dérangerait-il si je vous l'empruntais juste un instant ? demanda Taegan.

Samuel jeta un rapide coup d'œil à Arlie, une question subtile mais indéniable dans le regard. Voulait-elle qu'il parte ?

Même si elle était très tentée de lui répondre : « S'il te plaît, ne me laisse pas seule avec elle », Arlie craignait les conclusions qu'il aurait pu en tirer.

Elle hocha donc imperceptiblement la tête.

— Je suppose que j'ai monopolisé Mlle Banks assez longtemps. Ravi de vous avoir rencontrée, Taegan, dit Samuel avec un hochement de tête poli avant de disparaître dans la foule.

Taegan prit le bras d'Arlie comme si c'était une vieille amie et la guida vers un canapé sur le pont arrière du yacht.

Arlie la suivit, les jambes raides et le cœur battant.

Taegan s'installa et lui fit signe d'en faire de même.

Bien qu'elle eût préféré, et de loin, se jeter par-dessus bord, elle s'assit au bout du canapé.

— Comme je sais que tu es pressée d'aller rejoindre tes collègues, j'irai droit au but.

— Je t'en prie, dit Arlie en essayant de garder une expression neutre malgré la peur qui oppressait sa poitrine.

— Dois-je comprendre que les Kane ne sont pas au courant des circonstances de ton départ de *Gastronomie* ?

Le cœur d'Arlie se serra. Elle savait que cela arriverait. Elle l'avait senti à la seconde où elle avait entendu le rire de Taegan.

— En effet, répondit-elle.

— Et je suppose que tu aimerais que cela reste ainsi ?

Le mélange des conversations et de la musique semblait de plus en plus aigu, comme si Arlie se trouvait dans un film catastrophe une seconde avant la fin du monde.

— Qu'est-ce que tu veux, Taegan ?

— Des informations.

— Quel genre d'informations ?

— J'ai appris que Kane Foods prévoit de développer une branche nutrition et bien-être. Vu comme tu es adepte du partage *accidentel* de renseignements confidentiels et que tu es manifestement proche de Samuel Kane, j'ai pensé que tu pourrais me donner un petit avant-goût de ce qu'ils ont prévu.

— En quoi cela serait-il pertinent pour *Gastronomie* ?

— Cela ne te regarde pas. Concentre-toi sur la façon dont tu vas me fournir ce dont j'ai besoin.

— Je crains que ce soit impossible. J'ai signé une clause de confidentialité.

— Oh ! Arlie.

Taegan sourit et posa une main sur la sienne d'une manière qui aurait donné l'impression à quiconque qu'elle avait dit quelque chose d'incroyablement drôle.

— Cela ne t'a pas arrêtée, la dernière fois, ma chérie.

Arlie leva les yeux à temps pour voir Samuel qui regardait brièvement dans sa direction.

— Taegan, s'il te plaît. Je ne m'attends pas à ce que

tu le comprennes, mais je ne suis pas sûre que tu saches vraiment ce qui s'est passé entre Hugh et moi.

Son estomac se noua en mentionnant ce prénom.

Le charismatique responsable marketing d'un magazine rival l'avait invitée à dîner et boire du vin contre la promesse d'une potentielle offre de poste juste pour lui soutirer des informations, ce qui lui avait valu de se retrouver impliquée dans un procès pour espionnage industriel.

— Ce n'est pas nécessaire, répondit Taegan. J'ai juste besoin que tu sois utile.

— Je ne serai utile d'aucune façon qui pourrait compromettre le projet de Samuel, affirma-t-elle en baissant la voix.

Le rire de hyène de Taegan lui fit froid dans le dos.

— Même si je trouve ta loyauté ironique, cela pourrait-il apaiser ta conscience de savoir que Samuel Kane est encore plus impitoyable que son père, dans les affaires ? s'enquit Taegan.

Arlie réprima à grand-peine la vague de colère qui la submergea mais ne put s'empêcher de fusiller Taegan du regard.

— Non, c'est faux ! rétorqua-t-elle.

— Vraiment ? Parle-lui de Millhaven Foods. Petite entreprise familiale, pas très développée. Achetée pour bien moins que ce qu'elle valait. Démantelée. Tout l'héritage d'une famille détruit.

C'était un schéma qu'Arlie ne connaissait que trop bien.

— Ils ont pu remercier Samuel Kane, poursuivit Taegan. Il est extrêmement persuasif, quand il cherche à obtenir ce qu'il veut…

Cette affirmation s'appliquait-elle toujours au domaine des affaires ? se demanda Arlie, qui n'aima pas du tout la lueur étrange qui brillait dans le regard de Taegan.

— Ce genre de chose arrive pour toutes les entreprises, fit-elle remarquer. Cela ne signifie pas que…

— Je ne sais pas pourquoi tu fais comme si tu avais le choix. À moins que… tu veuilles que j'aille voir Samuel tout de suite pour lui dire ce que je sais sur ta… *démission*.

Elles regardèrent toutes les deux dans sa direction.

Entouré d'hommes à l'apparence de plus en plus débraillée, Samuel se tenait toujours aussi raide que s'il avait un piquet soudé à sa colonne vertébrale.

Comme s'il sentait son regard dans son dos, il tourna la tête vers elles.

Arlie s'imagina Taegan s'avancer vers lui… Les traits de Samuel changer en découvrant les révélations qu'elle lui avait faites… Ses yeux devenir noirs et vides comme ceux d'un requin.

Oh ! Seigneur ! Elle ne pourrait pas le supporter.

— Si j'arrivais à obtenir les informations que tu veux, comment compteras-tu les utiliser ? s'enquit-elle.

— Disons juste que je suis en contact avec une compagnie qui pourrait mettre en vente un certain produit avant que Kane Foods sature le marché. Ce serait un véritable bouleversement pour tous ses employés. Pour Kane Foods, ce ne serait qu'un bip sur le radar. Rien qu'une égratignure, affirma Taegan en haussant les épaules.

— Mais cela ne reviendrait pas aux oreilles de Samuel Kane ?

Taegan se rapprocha d'elle avec un petit sourire moqueur.

— Tu as l'air affreusement impliquée dans ses intérêts, pour une toute nouvelle employée. Y aurait-il quelque chose que je devrais savoir ?

— Promets-le-moi, dit Arlie, ignorant sa question.

— Je te le promets, répondit Taegan en lui tendant la main.

Arlie la fixa pendant quelques battements de cœur avant de la serrer, ressentant immédiatement le besoin d'aller se laver.

— Bien ! s'exclama Taegan en se levant du canapé. Je suis contente que l'on ait trouvé un arrangement. Vivement notre partenariat.

Deux heures plus tard, Arlie avait mal aux joues à force de sourire, et son estomac protestait, attendant autre chose que le petit morceau de bœuf Wellington qu'elle avait réussi à avaler au début de la soirée.

En quête de solitude, elle s'était écartée de la foule et échappée à l'étage inférieur utilisé par l'équipe du traiteur.

Des personnes de son monde, finalement. Un monde qu'elle connaissait bien.

Seule sur le pont le plus bas, elle contempla le reflet de la pleine lune sur les vagues dans le sillage du moteur.

Elle se sentit craquer. L'angoisse qu'elle avait combattue toute la soirée lui revint en une bourrasque perverse. Ses poumons refusaient de se remplir malgré sa respiration rapide et haletante tandis que tout son corps commençait à trembler. Des larmes lui piquaient les yeux et elle se mordit la lèvre pour les empêcher de couler. Se cramponnant à la rambarde, elle lutta pour se ressaisir.

Elle ne pouvait pas craquer ici.

— Étrange soirée, non ?

Elle sursauta et se retourna brusquement.

Dans l'ombre, elle ne put que discerner la silhouette d'un homme assis seul sur un banc, un verre à la main.

Samuel.

Il se pencha en avant, son profil se détachant de la fenêtre éclairée derrière lui.

Elle inspira longuement et lentement l'air frais de la nuit, et se retourna pour s'adosser au garde-fou.

— Je pensais que tu ne buvais pas, à ce genre d'événement, dit-elle, essayant de paraître plus à l'aise qu'elle ne l'était.

Les glaçons tintèrent tandis qu'il remuait son verre.

— Je fais une exception ce soir.

Elle l'entendit se lever, perçut ses pas sur le pont tandis qu'il s'approchait d'elle.

Ses épaules furent enveloppées de chaleur, et une sensation de confort soudaine et inattendue la fit presque soupirer d'aise.

Il lui avait donné sa veste.

Elle remua, autant pour sentir le tissu soyeux du vêtement encore empreint de la chaleur de Samuel que pour s'assurer qu'elle n'avait pas rêvé. En inclinant la tête, elle frotta sa joue sur le col de la veste et un parfum emplit ses narines. L'odeur de Samuel…

— Merci, murmura-t-elle.

Il se plaça à côté d'elle et, côte à côte, ils regardèrent au loin, leurs coudes se touchant. Ce point de contact devint rapidement l'axe de conscience d'Arlie.

— J'ai fait beaucoup de mauvais choix, dit soudain Samuel, reprenant le fil de leur précédente conversation.

Il porta le verre à ses lèvres et but une gorgée.

Arlie se rappela la remarque de Taegan. « Plus impitoyable que son père. »

— Si tu veux parler de votre fête d'anniversaire pour vos seize ans, tu n'as pas à t'inquiéter, répliqua-t-elle alors qu'un film de ses souvenirs passait dans sa tête. Je ne pense pas que quelqu'un se rappelle ce qui s'est produit ce soir-là.

Quel mensonge !

Si une seule image persistait à ce jour, c'était celle de

Samuel Kane nu sous la pleine lune. À la fois gêné et divin. Son plongeon parfait dans l'eau sombre. Il était remonté à la surface juste à côté d'elle. Son odeur était plus enivrante que le whisky qu'ils avaient bu pendant toute cette longue soirée d'été.

— Je ne m'inquiète pas, dit Samuel, ses lèvres sensuelles affichant un mécontentement évident. Et je préférerais que cela n'arrive plus jamais.

C'était précisément à cet instant qu'il avait réalisé que, contrairement à ce que Mason lui avait fait croire, personne d'autre n'avait retiré son maillot de bain.

— Ne sois pas si dur avec toi-même, Samuel. Je ne pense pas que quelqu'un ait déjà eu une première expérience avec le whisky qui se soit bien terminée.

— En fait, ce n'était pas ma *première* expérience.

— Oh ! s'exclama-t-elle, feignant d'être choquée.

Tout un bateau plein d'investisseurs et de cibles pour de potentielles acquisitions, et ils étaient là, à discuter de leurs frasques à l'époque du lycée.

Son cœur palpitait comme un oiseau nerveux. Samuel Kane discutait avec elle.

Avec *elle*.

Combien de fois avait-elle eu ce genre de fantasme, allongée sur son lit une place, son baldaquin de princesse au-dessus d'elle et un attrape-rêves accroché au mur ?

Une rafale de vent lui caressa le visage. Les voiliers rasaient l'eau autour d'eux, leurs sillons blancs tels les ailerons de requins géants. Un instant parfait.

— Mon père cachait les clés de sa réserve d'alcool, reprit Samuel.

*Mon père.*

Elle dut faire des efforts pour écouter le reste de la phrase après ces deux mots, cette référence désinvolte à l'homme qui avait détruit la vie de sa mère, et par extension, leur famille.

— Ah bon ? demanda-t-elle.

— Oui. Imagine ma surprise quand je les ai trouvées dans un exemplaire creusé du *Prince* de Machiavel. Naturellement, j'ai été curieux.

— Naturellement. Qu'as-tu fait ?

— Des recherches.

Il marqua une pause et pencha la tête. Puis sa main monta lentement vers le visage d'Arlie.

Pendant un instant de pure félicité, elle l'imagina se poser sur sa joue, pour guider sa bouche vers la sienne jusqu'à ce que leurs lèvres se rencontrent… Quelque chose de lourd et chaud se répandit dans son ventre tandis qu'elle réalisait que c'était ce qu'elle voulait.

Ce qu'elle désirait ardemment.

— Un cil, dit Samuel alors que son pouce caressait sa pommette. Fais un vœu.

Plongeant dans ses yeux émeraude pleins de nostalgie, et reflétant la lueur de la lune et des étoiles piquées comme des diamants sur le velours saphir du ciel, elle fut incapable d'empêcher les mots de sortir de sa bouche.

— J'aurais aimé savoir que tu voulais m'inviter au bal de promo.

# - 5 -

Samuel pouvait compter sur les doigts d'une main les fois où il avait été vraiment surpris.

Anticiper un événement ayant le pouvoir d'affecter sa vie était sa spécialité, et il passait énormément de temps à concevoir des plans en vue de telles occasions.

Il n'avait rien prévu pour cet instant.

Il se retrouvait la bouche ouverte, à cligner des yeux comme si dix ans de sa vie s'étaient évaporés et que c'était le Samuel de dix-sept ans qui se tenait devant Arlie Banks.

Cette dernière lui prit son verre de la main et en but une gorgée sans demander la permission.

— Après notre rendez-vous ce matin, je suis allée voir Kassidy Nichols, dit-elle. Ma meilleure amie du lycée, tu te souviens ?

Il ne trouva que quelques images d'elle dans sa mémoire.

— Quand je lui ai dit que j'allais travailler chez Kane Foods, elle a mentionné qu'autrefois tu lui avais demandé conseil pour m'inviter au bal de promo, enchaîna-t-elle sans attendre sa réponse.

Elle se tut, le regarda bien en face, attendant une confirmation de sa part.

— C'est vrai.

— Pourquoi tu ne l'as pas fait ?

Il imagina une réponse toute faite du genre : « Je savais que personne ne te l'avait proposé et j'étais désolé pour toi. »

Il aurait pu dire cela et mettre fin à cette conversation qui le mettait mal à l'aise.

Il aurait pu. Mais…

— Je me suis dégonflé, avoua-t-il.

Ils restèrent silencieux pendant un long moment.

— J'aurais dit oui, murmura soudain Arlie.

Elle prit une autre gorgée de whisky avant de lui rendre son verre.

— Pourquoi ? s'enquit-il.

Elle se pencha sur le garde-fou, sa cascade de cheveux blonds rendus presque argentés par la lueur de la lune.

— Parce que… je t'aimais bien, répondit-elle.

Sous le choc, il vida son verre. Il n'était absolument pas équipé pour gérer ce genre de révélation.

Tout ce qu'il ne pouvait pas dire brûlait au fond de sa gorge.

« Moi aussi, je t'aimais bien. Tu me plaisais même beaucoup. Tu étais chaleureuse et gentille, et la première fille qui n'était pas séduite par mon frère. »

Son frère.

La raison pour laquelle Arlie Banks était sur ce bateau.

Lui aurait-elle fait cet aveu si elle avait connu ses manigances ?

Les ruines de son esprit logique l'alertèrent qu'il était en danger imminent de faire capoter son plan, mais il était incapable de prononcer des mots qui la blesseraient. Des mots qui l'enverraient peut-être dans les bras de son frère pour trouver du réconfort…

Cette simple vision lui cisailla le cœur.

Il voulait être celui qui la réconforterait.

Il voulait la prendre dans ses bras.

Il la voulait dans son lit.

Il découvrait maintenant avec ironie le défaut inattendu

de son plan. En engageant Arlie, il ne l'avait pas rendue interdite seulement pour Mason.

Il l'avait rendue interdite pour lui aussi.

C'était une telle torture de se tenir près d'elle après qu'elle avait fait cet aveu. De savourer son sourire sexy en sachant qu'elle ne serait jamais à lui.

— De mon point de vue, tu me dois une danse, dit-elle en regardant le pont supérieur où la foule s'était assemblée sur la piste de danse.

Elle lui prit son verre pour le poser sur une table à proximité, puis retira la veste qu'il avait posée sur ses épaules.

Glissant ses petites mains froides dans les siennes, elle le tira vers un coin du pont sous un entrelacement de guirlandes lumineuses.

— Ce n'est pas « *I Left My Heart in San Francisco* », mais ça ira, dit-elle.

— C'était le thème du bal ? demanda-t-il, sachant très bien que c'était le cas.

Elle afficha un sourire assez grand pour révéler la petite fossette au coin gauche de sa bouche.

— Côté décor, oui. Ce que tu aurais su si tu étais venu.

— Pour te voir danser avec un autre ? répliqua-t-il, un peu trop vivement à son goût.

— En parlant de danse, tu as une décision très importante à prendre.

— Laquelle ?

— Première ou dernière ?

— Pardon ?

— Si on doit reproduire une danse du bal de promo auquel on n'est jamais allés ensemble, il faut décider quelle partie de la soirée on refait.

Personnellement, il préférait la partie où ils auraient fui le hall de Lennox Finch pour s'amuser dans la limousine confiée avec insistance par son père. Pas pour que ses enfants s'adonnent au sexe sur les larges banquettes, mais pour que les autres lycéens les remarquent.

— Quelle est la différence ? s'enquit-il.

Bien qu'il ait participé à de nombreux événements caritatifs dansants, il se limitait généralement à un rapide passage sur la piste.

— Au début du bal, tu aurais une main dans la mienne et l'autre sur mon épaule, expliqua-t-elle. Vers la fin, j'aurais mes bras autour de ton cou et tu aurais les tiens autour de ma taille.

— Je n'en suis pas si sûr.

Il se rapprocha d'elle, resserra le nœud de sa cravate comme une ode au jeune garçon guindé qu'il était.

— J'étais un garçon très timide.

— C'est vrai, dit-elle en desserrant le nœud avec ses doigts délicats. Mais j'étais une fille *très* persévérante.

Ils se regardèrent dans les yeux pendant ce qui parut être une éternité.

— La dernière.

— Alors ce sera la dernière danse, déclara-t-elle en enlevant ses chaussures. Je m'en étais débarrassée à la fin du bal.

Il posa ses mains sur les courbes délicates de ses hanches. La chaleur de sa peau passait à travers le tissu fin et soyeux.

— Avec qui y es-tu allée, finalement ? demanda-t-il en essayant de paraître simplement intéressé.

— Kassidy.

Ses seins se plaquèrent contre son torse alors qu'elle levait les bras pour entrecroiser ses doigts derrière sa nuque tout en commençant à se balancer au rythme de la musique.

— Je peux t'assurer que l'on a fait sensation, précisa-t-elle.

— Je n'en doute pas.

Il se mit à bouger en rythme avec elle, le bas de son dos lui faisant mal à force de tenter de garder une distance correcte entre son entrejambe et le sien.

— Tu te souviens que les chaperons de Lennox Finch utilisaient une bible pour mesurer la distance entre les couples ? lui demanda Arlie.

— Vaguement. Je n'étais pas un habitué de ce genre de soirées.

À son grand désarroi, il sentit son sexe gonfler de désir. Formidable ! Il était officiellement redevenu adolescent, érection inopportune incluse.

— Mais tu es venu à la fête après la remise de diplôme, fit-elle remarquer.

Flûte !

Il espérait qu'elle n'en parlerait pas.

À cette époque, Mason et lui se ressemblaient assez pour que les professeurs et certains amis les confondent fréquemment. Jusqu'à ce qu'ils ouvrent la bouche.

Ce que Mason avait beaucoup fait, ce soir-là.

Après avoir embrassé la moitié des filles de dernière année, il était allé voir Arlie qui, pour la première fois, avait semblé écouter attentivement ce qu'il avait à dire.

Samuel se souvenait de la panique qu'il avait ressentie quand son frère s'était penché pour murmurer quelque chose à l'oreille d'Arlie avant de disparaître par la porte de derrière de la maison où ils étaient réunis. Et là, leurs camarades de classe qui organisaient la fête avaient annoncé qu'ils allaient jouer à « Sept minutes au paradis ».

Se glissant furtivement dans la petite salle de bains, Samuel avait étudié son reflet dans le miroir. Il avait ensuite enlevé sa veste et sa cravate, et les avait rangés dans la penderie en tissu près d'une pile de serviettes avant d'ouvrir les trois premiers boutons de sa chemise.

Les mains tremblantes, il s'était ébouriffé les cheveux pour ressembler le plus possible à Mason.

Puis il avait enlevé ses lunettes, les avait cachées derrière un flacon de lotion quelconque et était retourné dans la salle à manger en suivant les murs du bout des doigts pour s'orienter.

Par chance, les autres élèves avaient pensé qu'il agissait ainsi parce qu'il était ivre, ce qui joua en sa faveur.

Leur hôte n'eut plus qu'à tirer les noms de Mason et Arlie pliés en deux dans un saladier en plastique rouge.

Sous les sifflets et les hululements, Arlie et lui s'étaient rendus dans le placard. Dès que la porte s'était refermée sur eux, ils avaient été brusquement plongés dans le noir.

Craignant que ses mots le trahissent comme ils l'avaient si souvent fait, il n'avait rien dit et s'était penché vers elle.

Timidement au départ, leurs lèvres s'étaient effleurées. Chaudes, sèches et douces. Le souffle d'Arlie sucré comme du miel était chaud sur ses joues.

Cédant à un besoin profond plus qu'une simple envie, sa langue avait glissé contre la sienne avec insistance. Il en voulait plus.

Puis il avait trouvé la douceur de ses seins sous le coton fin de son chemisier. Elle avait gémi quand il avait caressé de son pouce son téton dur comme une perle. Elle avait pris sa main pour la guider sous sa jupe et la presser contre la chaleur humide de sa culotte.

— S'il te plaît…, avait-elle murmuré.

Cela avait suffi à le faire craquer. Pas parce qu'elle le désirait, lui. Mais parce qu'elle croyait qu'il était son frère.

Rompant leur baiser, il s'était écarté, le souffle court.

Et aujourd'hui, dix ans plus tard, les mêmes sensations.

Sauf qu'il n'était plus dans un placard mais sur le pont du *Dolce Vita*, Arlie Banks dans ses bras, les yeux écarquillés, et les lèvres gonflées et brillantes. Le bord de sa robe légère était remonté sur sa taille et il avait glissé sa main dessous.

Il avait la bouche en feu. Le sang palpitait dans ses veines jusqu'à lui faire mal entre les jambes.

Bon sang ! Qu'avait-il fait ?

— Je suis désolé, marmonna-t-il en s'éloignant brusquement d'elle. Oh ! mon Dieu, je suis tellement désolé. Je ne pensais pas…

— Tout ce temps, murmura-t-elle en posant sur lui des yeux brillant de désir. Je savais que c'était toi.

# - 6 -

Clairement, on la punissait.

Assise à la longue table laquée de la salle de réunion au vingt-cinquième étage de Kane Foods, Arlie écoutait sagement tandis qu'on la présentait à l'équipe de direction. Tous lui adressaient des signes de tête polis et des sourires accueillants.

Tous, sauf un.

Samuel l'avait à peine regardée depuis qu'elle avait mis un pied dans la salle. Il était assis, le regard rivé sur le porte-documents en cuir ouvert devant lui comme s'il contenait les secrets de la vie, voire de l'univers.

Cela aurait dû l'ennuyer. Mais elle éprouvait une pointe de triomphe.

Personne à cette table, pas même Parker Kane lui-même, ne savait que, moins de douze heures plus tôt, la main de Samuel Kane s'était glissée sous sa jupe.

Et ce n'était pas la première fois.

Après leur séance dans le placard, dix ans auparavant, son départ brusque et son silence de plomb avaient annihilé tous ses espoirs que ce baiser puisse mener à autre chose.

Les événements de la veille avaient été étrangement similaires. Samuel s'était rapidement dégagé et avait fui sans dire un mot, puis l'avait soigneusement évitée jusqu'à ce que le *Dolce Vita IV* arrive à quai environ trente minutes plus tard.

Après être rentrée chez elle, seule, elle avait passé une nuit très longue et très solitaire à s'agiter dans le lit de l'appartement qui avait été un refuge après son départ de *Gastronomie*. Le passé et le présent s'étaient entremêlés en même temps que les versions d'elle séparées par dix ans et des océans de douleur.

— Mademoiselle Banks ?

Elle sortit aussitôt de ses pensées.

— Oui ?

— Je disais que nous avions une tradition, à Kane Foods, quand nous accueillons un nouveau membre, déclara Tanya McKay, vice-présidente des ressources humaines. C'est très simple. Juste une question à laquelle nous répondons tous.

— Bien sûr, répliqua Arlie en espérant être capable de prononcer quelque chose d'à peu près intelligent.

— Que voudriez-vous faire pour contribuer à la réussite de Kane Foods ?

Baissant les yeux sur la table qui lui semblait faire la longueur d'un terrain de football et coûtait probablement plus que n'importe quelle maison dans laquelle elle avait vécu, les mots qui sortirent de sa bouche sans qu'elle puisse les arrêter la mirent dans l'embarras.

— Un karaoké ?

Des rires amusés montèrent, mais cessèrent quand Parker Kane promena son regard noir sur l'assemblée.

— Nous sommes impatients de voir vos contributions à l'équipe, enchaîna vivement Tanya. Mason a dit beaucoup de bien de vous.

Arlie ne put s'empêcher de remarquer que Samuel se raidit à la mention du nom de son frère. Comme il l'avait fait plus tôt quand leur père s'était excusé de la part de Mason.

Ses longs doigts serrant son stylo Montblanc, Samuel

donnait moins l'impression de prendre des notes que de les graver dans le papier crème de son carnet.

Elle essaya de ne pas penser à sa surprise quand elle lui avait dit qu'elle avait toujours su que c'était lui et pas Mason, dans le placard avec elle.

— À moins que quelqu'un d'autre ait une affaire urgente, la séance est levée, décréta Parker Kane d'une voix forte.

Il ne manquait plus que le coup de marteau !

Alors que tout le monde quittait la salle de réunion, Arlie sentit une main attraper son coude.

— Félicitations pour avoir survécu à votre première réunion.

Ericka Cheng, vice-présidente du marketing et bras droit de Mason, lui souriait d'un air espiègle.

— Je sais que vous vous êtes probablement sentie dépassée par les guides de la marque que j'ai balancés sur votre boîte mail ce matin, mais voudriez-vous aller prendre un café par hasard ? lui proposa Ericka.

Avant de répondre, elle ne put s'empêcher de jeter un regard vers Samuel qui quittait la pièce comme si le diable lui courait après en pointant une fourche enflammée vers ses fesses parfaites. Il n'avait visiblement aucune intention de lui offrir un café, donc…

— C'est très gentil de votre part, répondit-elle en rangeant son planner. Où voulez-vous que l'on aille ?

— Dans la cuisine. Il s'avère que, en plus d'être une romancière talentueuse, notre Charlotte Westbrook fait le meilleur cappuccino de Philadelphie.

Ericka regarda vers le bout de la table, où une rousse en jupe crayon et chemisier boutonné jusqu'en haut se figea pendant qu'elle rassemblait une pile de papiers.

— Ericka, fit Charlotte, les joues rouges. Tu avais promis de ne le dire à personne.

— Détends-toi, Charlotte. Arlie est l'une des nôtres, répliqua Ericka avec un clin d'œil. Et le bouche à oreille est la meilleure stratégie marketing, au cas où je ne te l'aurais jamais dit.

— Tu me le dis quasiment tous les jours, fit remarquer Charlotte en levant les yeux au ciel.

Une pile de dossiers et un ordinateur pressés contre sa poitrine, Charlotte se rapprocha d'elles. Arlie put alors voir la beauté de la « gardienne des plannings » de Kane. Des yeux ocre, des cheveux de la couleur d'un bon cabernet, des lèvres dignes d'une publicité, des boucles en forme de chats pendant à ses oreilles délicates.

— La dernière chose dont j'ai besoin, c'est que Parker Kane sache que, quand je ne gère pas son existence, j'écris des romans croustillants, dit-elle en baissant la voix, visiblement gênée.

— Au contraire ! rétorqua Ericka. Je suis convaincue que les lire améliorerait de manière significative son humeur, ce qui serait dans l'intérêt de tous. Cela dit, tu te joins à nous pour un café ?

— J'adorerais, mais j'ai des rapports comptables à finir et je n'ai même pas commencé à choisir les menus pour le banquet de récompense à Supply Side West, répondit Charlotte. Sans parler de coordonner l'excursion des cadres dans les dunes pour l'événement de remerciements aux fournisseurs à Fort Funston.

— C'est réglé, décréta Ericka. Tu prends le café *avec* nous. Les patronnes vont se serrer les coudes.

Charlotte écarta une mèche de ses lunettes à monture noire.

— Toutes les deux, vous êtes des patronnes. Moi, je ne suis que la fille qui travaille pour les patrons, précisa-t-elle.

— Qu'est-ce que je t'ai déjà dit à propos de ce genre de pensées négatives ?

Charlotte laissa échapper un petit rire sans joie.

— Répète-le-moi quand on me criera dessus parce que j'ai apporté le café de Parker Kane dans le mauvais mug.

— Si c'était moi, il se débrouillerait !

Ericka regarda sa montre et ajouta :

— Donnez-moi cinq minutes pour répondre à un ou deux mails et on se donne rendez-vous dans la cuisine à 11 h 30 ?

Arlie jeta un coup d'œil à l'horloge en bois sculpté dans le coin de la salle de réunion. Cela lui laissait le temps d'avaler la canette de boisson énergisante qu'elle avait glissée dans son sac à main.

Quand elle descendit les dix étages jusqu'au cube vide qui lui servait de bureau, elle découvrit Samuel qui l'attendait, raide, les mains dans le dos.

Elle se figea.

Quand il se retourna, elle sentit son estomac remuer à l'instant où leurs yeux se croisèrent.

— Mademoiselle Banks, dit-il avec un signe de tête poli.

Bien qu'elle soit tentée de l'informer que de telles formalités n'étaient pas nécessaires après que sa langue s'était récemment introduite dans sa bouche, elle soupçonnait que cela n'aiderait pas sa cause.

Enfin, *ses* causes.

Premièrement, conserver son poste.

Deuxièmement, garder ses distances avec Taegan Lynch.

Troisièmement, se retenir de sauter sur les genoux de Samuel Kane.

— Monsieur Kane, répliqua-t-elle en tâchant d'adopter le même ton calme et formel.

Forçant ses jambes à fonctionner, elle s'avança et posa ses affaires sur son bureau.

— Je t'en prie, assieds-toi, dit-elle, lui indiquant l'une des chaises disposées devant son bureau.

Elle lui avait proposé de s'asseoir afin de découvrir exactement pourquoi il était venu. Si c'était en rapport avec le travail, il pourrait très probablement lui en parler debout. Pour repartir aussi vite que possible. Si c'était pour des excuses, en revanche… Il voudrait sans doute le faire en étant assis en face d'elle.

Il hésita.

Et s'assit.

Mince.

Elle fit de même.

— Arlie, je voulais juste… te présenter mes excuses. Pour ce qui s'est passé. Sur le yacht.

— *Ça* ? répliqua-t-elle en riant, essayant d'imiter la légèreté de Kassidy. Inutile de t'excuser. J'avais déjà oublié !

Oublier ?

Comme si c'était possible !

— Ah bon ?

Les yeux de Samuel passèrent de son visage à son bureau presque vide.

Elle chercha vivement à dire quelque chose pour effacer sa remarque. N'importe quoi pour que Samuel ne la regarde pas avec ce regard moitié désolé, moitié blessé.

Mais c'était trop tard. Alors autant enfoncer le clou.

— Bien sûr. Je veux dire, si j'avais reçu un dollar pour chaque baiser alcoolisé, je n'aurais même pas besoin de travailler, expliqua-t-elle.

Le rire qu'elle avait voulu désinvolte s'avéra aussi strident que le sifflement d'une bouilloire rouillée.

Samuel défroissa les plis sur son pantalon.

— Bien. Je suis soulagé d'entendre que tu n'as pas été offensée, fit-il remarquer.

— Pas le moins du monde. C'était un accident sur la route des souvenirs. Rien de bien grave. Cela ne voulait rien dire, et j'espère…

— Toc-toc !

Arlie leva les yeux et vit Mason appuyé contre l'encadrement de la porte, tel le mannequin d'une pub pour un après-rasage hors de prix ou un autobronzant renommé.

Samuel bondit de sa chaise comme si ses articulations avaient été remplacées par des ressorts.

— Désolé de vous interrompre, dit Mason, ses dents parfaites dévoilées par un sourire amusé. Je venais chercher *Mlle Banks* pour aller boire un petit café.

— Tu ne nous interromps pas, répondit vivement Samuel. Je partais justement.

— Oh ! s'exclama Arlie. En fait, j'étais censée aller retrouver Ericka Cheng. Elle voulait…

— Vous savez ce que vous devriez faire, tous les deux ? l'interrompit Samuel. Il y a un tout nouveau bistro qui a ouvert dans l'immeuble du Five Penn Center. Leur expresso vient directement de Trieste. Vous devriez y aller avant que le *Phillymag* les fusille avec une critique acerbe.

— Depuis quand ai-je le droit de quitter l'immeuble un jour de semaine avant midi sans risquer une croix dans la colonne des dépenses impardonnables de ton petit carnet en cuir ? s'enquit Mason d'un ton moqueur.

Il leva un sourcil malicieux en regardant son frère visiblement troublé alors qu'il entrait dans le bureau et s'installait sur la chaise que son jumeau venait de quitter.

— Tu me fais passer pour un tyran du pointage, répliqua Samuel avec une tentative de rire nonchalant.

— Ce n'est pas bien difficile.

Mason fit un clin d'œil à Arlie.

Quel renversement de situation étrange par rapport à seulement quatre jours plus tôt, songea Arlie. Elle était assise derrière un bureau face aux jumeaux Kane.

— Alors c'est pour ça que vous n'êtes pas venue, fit remarquer une voix.

Ericka et Charlotte étaient dans l'entrée, Ericka les bras croisés sur sa poitrine, et Charlotte se mordant la lèvre et fixant ses chaussures comme si elle les découvrait seulement maintenant.

La seule question qui vint à l'esprit d'Arlie à cet instant fut : « Pour quel Kane craque Charlotte ? »

Il n'y avait qu'un moyen de le découvrir.

Elle se leva.

— Messieurs, veuillez m'excuser. J'ai promis à ces deux jolies demoiselles de prendre un café avec elles. Et puis, Ericka va me mettre au courant des projets pour Supply Side West.

Mason se leva.

— Je dois discuter avec Angela du même sujet. Et si je me joignais à vous ? suggéra-t-il.

Arlie vit les lèvres de Charlotte s'entrouvrir et le rose monter à ses joues.

— En fait, dit Charlotte d'un air peiné, vous êtes en retard pour votre rendez-vous de 11 h 30 avec Laurel Greaves, la directrice commerciale de Neutratanicals, non ? Vous avez déjà annulé deux fois.

— Bien sûr, marmonna Mason en feignant l'exaspération. Je ne serais rien sans vous, Charlotte.

Les joues de Charlotte devinrent écarlates tandis qu'elle le regardait sortir.

Mason, donc.

Charlotte avait clairement le béguin pour Mason.

— Je vais vous laisser aussi, dit Samuel.

Il les salua d'un signe de tête avant de quitter le bureau à grandes enjambées.

L'imagination d'Arlie avait toujours été fertile, mais cette fois elle n'en avait pas besoin.

Elle avait lutté contre cette évidence toute la nuit et toute la matinée. Elle avait même l'impression qu'elle l'avait fait toute sa vie.

Leur baiser de la nuit dernière avait été comme une gorgée d'eau après des années passées dans le désert sans croiser une seule oasis.

Cela n'avait servi qu'à éveiller son désir pur et doux. Une douleur qui vibrait dans les recoins les plus profonds de son être.

Elle voulait Samuel Kane autrefois.

Elle le voulait toujours aujourd'hui.

Détournant son attention de l'homme qui était devenu le centre de son monde en moins de vingt-quatre heures, elle se tourna vers Ericka et Charlotte.

— On y va ?

# - 7 -

Samuel n'aimait pas les erreurs.

Les erreurs coûtaient cher.

La veille, il en avait fait une.

Comme chaque matin depuis qu'il avait huit ans, le moteur grinçant et incessant de son esprit le réveilla à 4 heures pile avec un accès d'effroi inexplicable. Il resta allongé dans l'obscurité, incapable de s'empêcher d'interpréter de manière détaillée et minutieuse chaque faux pas commis la veille. Un catalogue de preuves détaillant ce qu'il avait toujours considéré comme vrai.

Peu importaient les efforts qu'il fournissait, la vitesse à laquelle il courait, l'échec le suivait comme son ombre.

Ce matin n'avait pas fait exception.

Jusqu'à…

Jusqu'à ce que son esprit arrive au moment où il avait tenu Arlie dans ses bras et qu'ils s'étaient embrassés. Elle était si douce. Si passionnée.

Cela allait complètement à l'encontre de son plan mais, bon sang, que c'était bon !

Chaque cellule de son corps lui avait ordonné de la soulever, de lui faire enrouler ses jambes autour de sa taille et de la prendre sur la surface horizontale la plus proche.

C'était certainement ce qu'aurait fait son frère.

Mais il n'était pas son frère.

Lui, il était névrosé, compliqué, cérébral. Alors il s'était excusé pour quelque chose qui n'exigeait pas d'excuses.

Parce que ce baiser ne signifiait rien pour Arlie. Elle le lui avait affirmé. Et en riant, en plus !

Rationnellement, il savait que c'était la meilleure issue possible étant donné l'entorse qu'il avait faite à son plan.

Mais son cœur ne réagissait pas rationnellement.

Il réagissait à Arlie.

Malgré tous ses efforts, il ne pouvait pas effacer la sensation de sa peau contre la sienne…

Il aurait pu passer un coup de téléphone, en rentrant chez lui. Il avait une longue liste de numéros de femmes prêtes à assouvir tous ses besoins et rendre sa vie plus simple.

Arlie Banks, elle, était la complication personnifiée.

Il devait prévoir une orchestration plus précise pour la prochaine rencontre d'Arlie et Mason.

L'opportunité parfaite arriva sur son bureau plus tard dans la matinée.

La directrice du marketing du domaine viticole de Willow Creek leur demandait de l'aide pour lancer une nouvelle campagne de publicité après qu'ils avaient été lâchés par l'agence qu'ils avaient engagée.

Situé à l'autre bout du pays, dans le district d'Oak Knoll de Napa, le domaine viticole de Willow Creek avait été un sujet de tension depuis son achat. Avec un passé compliqué entre mauvaise gestion fiscale et piètre planification, le domaine s'était avéré être une épine dans le pied de Samuel depuis que les papiers avaient été signés.

Par chance, les vignobles étaient à seulement une heure et demie de limousine de San Francisco, où le Supply Side West se tiendrait la semaine suivante.

Un long week-end à Napa avec le célèbre Paul Martine, photographe culinaire de renom, suffirait à persuader

Arlie de se porter volontaire. Surtout quand il lui aurait dit précisément ce qu'il espérait capturer avec ce shooting photo particulier.

Mason était, comme toujours, l'électron libre.

Samuel était à peu près sûr qu'il pouvait faire en sorte que son frère s'y rende. Willow Creek était l'un de ses repaires préférés depuis son achat. Un week-end seul avec Arlie devrait ajouter une motivation supplémentaire.

Mais il avait besoin de plus que ça.

Il avait besoin d'une garantie.

Et il savait exactement comment l'obtenir.

Prenant une profonde inspiration pour se préparer, il quitta son bureau et s'engagea dans le long couloir.

Il salua Charlotte en passant devant son espace de travail.

Elle lui répondit d'un petit signe de tête ainsi qu'à son habitude.

— Bon travail sur la réception d'hier soir, dit-il.

Comme il savait que son père était avare en compliments, il prenait soin d'en faire à Charlotte dès que la situation s'y prêtait.

— Merci beaucoup. Le service de traiteur ne m'a pas vraiment impressionnée, mais…

— Vous avez fait de l'excellent travail, Charlotte. Ne laissez personne vous faire croire le contraire.

Il avait souvent vu son visage se décomposer quand leur père s'énervait pour un détail ou un manque d'excellence.

Il connaissait ce sentiment.

— Est-il disponible ? demanda-t-il, en désignant le bureau de Mason.

— Jusqu'à 13 heures, répondit Charlotte, sans même jeter un œil à son écran.

— Merci.

Frappant à la porte de Mason, il entra avant qu'on lui en donne la permission.

Comme dans son propre bureau, on trouvait des œuvres d'art et des pièces d'antiquités que le Museum d'art de Philadelphie demandait souvent à emprunter. Mais ici, cette précieuse collection voisinait avec des emballages de bagels, des notes griffonnées, des piles de papiers et des trombones éparpillés.

— Tiens, ne serait-ce pas mon grand frère ?

Mason prit une gorgée de café et reposa son mug « Dartmouth Promo 2017 » sur la surface en acajou de son bureau, et non sur le dessous-de-verre qui avait été fourni à chaque membre de la direction. Derrière lui, les baies vitrées offraient une vue magnifique sur les gratte-ciel de Bond Street à la lumière de cette fin de matinée. Une volée d'oiseaux passa.

Samuel avait répété chaque mot dans l'intimité de son bureau, mais éprouvait une difficulté étrange à les prononcer maintenant.

Il déplaça la veste de costume abandonnée sur la chaise en face du bureau de Mason et s'assit.

— J'ai besoin…

Il marqua une pause, la bouche soudain remplie de sable.

— … d'un service.

Le sourire de Mason fut celui d'un chat ayant croqué un canari. Sans le quitter des yeux, il posa ses pieds sur la pagaille de son bureau.

— Toi, Samuel, tu me demandes un service ? Est-ce bientôt l'Apocalypse ?

Samuel préféra ne pas relever.

— Tu sais que Willow Creek est dans une situation difficile, dit-il.

— Ce n'est peut-être pas la meilleure acquisition de papa.

— Je pense proposer le shooting photo à Arlie comme premier projet, mais je suis un peu inquiet.

À la grande surprise de Samuel, une ride apparut entre les sourcils de son frère.

— À quel propos ?

— Elle ne connaît pas bien la marque. Et au-delà de ça, j'ai rencontré une ancienne collègue à elle de chez *Gastronomie* hier soir et, même si elle ne m'a rien dit de concret, j'ai eu l'impression que quelque chose de bizarre entourait son départ.

— De quel genre ?

— Encore une fois, je n'ai pas d'informations précises. C'est juste une impression.

— Est-ce que l'on parle de ce truc de psychanalyse bizarre que tu fais quand tu regardes le visage de quelqu'un et décides quelles sont leurs motivations ? s'enquit Mason, moqueur.

Ravalant son agacement, Samuel se força à sourire.

— Ce n'est pas comme cela que je le décrirais, mais oui.

— Qu'est-ce que tu voudrais que je fasse, exactement ?

Comme d'habitude, Mason était presque impossible à décrypter.

— Tu sais combien ce projet est important, fit remarquer Samuel en regardant son jumeau droit dans les yeux. J'ai besoin de quelqu'un sur place. J'ai besoin de quelqu'un en qui je peux avoir confiance.

— Je vois. Et tu as confiance en moi depuis…

Il hésita et sembla réfléchir.

— … depuis quand, au fait ? Cinq minutes ?

Samuel poussa un soupir. C'était de bonne guerre.

— Je sais que dans le passé j'ai pu paraître quelque peu… rigide, avoua-t-il.

— *Quelque peu* ? répéta Mason en riant. J'ai vu des armatures en acier plus flexibles que toi !

— Je respecte ta perception. Et c'est précisément pour cela que j'aimerais que l'on essaie de travailler davantage ensemble. J'ai pensé que ce projet pouvait être une opportunité. À condition que tu sois disponible ce week-end pour aider à faire en sorte que ça marche.

Mason glissa ses pieds sous le bureau et se redressa.

— Je m'en charge, dit-il.

— Tu es sûr ? Tu n'as pas de projets ?

— Des projets ? Quel genre de projets je pourrais avoir ?

« Le genre où ton visage serait tellement enfoui entre les cuisses d'une femme que répondre à tes mails entre 17 heures vendredi et 8 heures lundi serait impossible », se garda de rétorquer Samuel.

— Je ne sais pas, déclara-t-il. Il faut juste que je le sache maintenant pour que je puisse…

— Je ne te laisserai pas tomber, grand frère.

Mason se leva et étudia les hautes piles de papiers sur son bureau, feuilletant chaque tas comme un oracle qui lirait des runes.

— Honnêtement, Mason, tu peux arrêter avec cette histoire de grand frère ? Soixante-trois minutes ne justifient pas ce titre.

— C'est le cas sur mon carnet. Et dans mon planner aussi. Merci de me l'avoir offert, d'ailleurs.

Il leva l'agenda cousu main avec reliure en cuir que Samuel lui avait offert ironiquement pour leur anniversaire. Ce dernier s'attendait à ce qu'il l'ait mis à la poubelle dès qu'il l'avait pu.

— Tu l'utilises ? s'enquit-il, surpris.

— Tout le temps.

— Je suis content de l'apprendre.

Il se leva et se retrouva face à son frère.

Dans des moments comme celui-ci, l'étrangeté d'avoir un jumeau le frappait constamment. Mason était un miroir imprécis. Leurs cellules étaient identiques. Pourtant ils étaient et avaient toujours été très différents. Et le seraient toujours.

— J'apprécierais que tu me tiennes au courant, dit Samuel.

— Oh ! crois-moi, je le ferai.

Samuel marqua une brève pause avant de sortir.

Imaginer Mason quand il serait confronté à ce qu'il lui préparait était une chose. Imaginer Arlie si tout se passait comme il l'avait prévu en était une autre.

Il s'arrêta devant Charlotte avant de retourner à son bureau.

— Vous pensez que vous pourriez me réserver un vol pour Napa ce week-end ? s'enquit-il.

— Bien sûr. Décollage vendredi après votre réunion de 16 heures avec le comité d'organisation ?

— Oui. Retour jeudi soir. Cabine principale, pas de première classe.

— Pas de première classe ? demanda-t-elle avec un air surpris presque amusant.

Il savait que cette requête devait paraître étrange. Tous les Kane voyageaient en première classe selon le décret paternel. Quand ce n'était pas en jet privé.

— Non.

— Voudriez-vous un siège côté allée ?

— S'il vous plaît, oui.

L'idée d'être coincé côté hublot lui donnait toujours l'impression que son col était trop serré.

— C'est noté, dit Charlotte en reprenant son travail.

— Encore une chose, poursuivit Samuel.

— Oui ?

— Il y aura deux autres personnes concernées par ce voyage, et je dois être sûr qu'ils seront assis à côté.

— Pas de problème.

— Mason et Arlie Banks. Je n'en ai pas encore discuté avec Mlle Banks, mais je l'enverrai vers vous une fois que ce sera fait. Mason et elle pourront parler des projets pendant le vol.

Comme Charlotte ne disait mot, il ajouta :

— Merci, Charlotte.

Elle lui répondit d'un simple signe de tête.

Il retourna dans son bureau, et un instant plus tard reçut la confirmation des réservations pour le vol ainsi qu'une réservation au Fairmont, l'hôtel préféré de son père.

Une fois ces détails entrés dans son agenda, il commença à rédiger son mail pour Paul Martine.

> Je ne vous remercierai jamais assez d'avoir accepté ce projet à la dernière minute. La vision de mon père pour ce shooting est extrêmement précise. Quoi qu'il arrive, les plans suivants doivent ABSOLUMENT être photographiés…

En tapant les détails avec une clarté saisissante, il éprouva une sensation étrange.

Il souriait.

# - 8 -

Tout ce luxe. Cette opulence.

Arlie détestait ça !

En tout cas, elle essaya de s'en convaincre, enveloppée dans ce qu'elle pensait être des draps en coton doux comme du beurre fondu sur ses jambes fraîchement épilées.

Cela avait commencé la veille au soir avec le vol en première classe réservé par Charlotte Westbrook. Malgré un message d'excuse de la part de Mason pour lui dire qu'il prendrait un avion plus tard, un chauffeur en uniforme avec un petit écriteau « Kane » était là pour la récupérer. Le coup de grâce avait été le majordome qui l'avait rejointe dans la résidence privée des Kane sur le domaine de Willow Creek pour l'escorter jusqu'à sa chambre, qui donnait sur les terrasses des vignobles creusées dans les collines verdoyantes. Il y avait un lit à baldaquin. Un minibar pas si mini rempli de bouteilles *full-size*. Une baignoire de la taille d'une petite piscine.

Définitivement, elle détestait ça.

Elle se dit que le confort familier de son appartement de la taille d'une boîte à chaussures au-dessus d'un voisin bruyant et d'une benne à ordures souvent débordante lui manquait.

Comme à l'époque où elle était adolescente et déambulait, bouche bée, dans Fair Weather Hall, elle sentit cette pointe d'émerveillement devant le mode de vie des Kane.

La maison de sa famille était jolie. C'était un pavillon de banlieue plus que convenable pour ses parents et elle.

Porte à moustiquaire, jardin à l'arrière, porche décoré en fonction de la saison. C'était le lieu heureux et chaleureux où sa famille se retrouvait à chaque fin de journée.

Heureux, en tout cas, en ce qui concernait sa mère et elle. Ce n'était pas du tout la même histoire quand son père rentrait après de longues heures à l'usine Midvale Steel.

Cela commençait toujours bien.

Sa mère cuisinait pour eux après que les Kane avaient mangé, pris leur bain et s'étaient couchés.

Une table simple était dressée pour eux trois.

Mais tandis que son père buvait de plus en plus de bières au cours de la soirée, la conversation tournait inévitablement vers le fait que ce qu'ils mangeaient n'égalait pas ce que sa mère devait préparer pour « ces fichus Kane ».

Sa mère faisait toujours de son mieux pour apaiser son amertume, lui assurant qu'elle n'aimait pas les Kane et que sa vraie vie était ici, avec eux.

Même si c'était douloureux à admettre, Arlie en avait parfois douté.

Parce que, fréquentant elle-même la propriété des Kane, elle n'arrivait pas à imaginer que sa mère puisse préférer la petite maison de banlieue régie par les humeurs tempétueuses de son père.

Elle se retrouvait aujourd'hui, adulte, avec les mêmes pensées conflictuelles qui nourrissaient sa théorie qui voulait qu'une maison ne soit pas un endroit : c'était un état d'esprit. Le lieu dans lequel on grandissait évoluait aussi en soi, que l'on s'appelle Arlie Banks ou Samuel Kane.

En parlant des Kane, elle devait retrouver Mason dans la cuisine dans exactement quatre-vingt-dix minutes. Avec un soupir de regret, elle écarta les couvertures moelleuses et se rendit pieds nus dans la salle de bains, ouvrit le robinet de la douche en marbre en regardant avec envie la baignoire.

Si elle passait cette journée sans une mésaventure qui mettrait fin à sa carrière, elle se promit un bain d'une heure avec les sels à la lavande qu'elle avait vus dans le panier de cadeaux posé sur le bord de la baignoire.

Après une douche rapide, elle enfila le peignoir molletonné pendu au crochet doré et se maquilla.

Sans pouvoir dire pourquoi, elle passa plus de temps que d'habitude à mettre du fard à paupières et tracer un trait avec l'eye-liner taupe qui mettait en valeur les cercles couleur sable autour de ses iris. Elle s'arrêta quand vint le moment d'appliquer du rouge à lèvres.

En passant le bout de ses doigts sur ses lèvres, elle éprouva un mélange de crainte et d'admiration. La bouche de Samuel s'était posée là… Sa langue avait suivi la ligne qu'elle traçait avec son doigt…

Il l'avait embrassée.

Le contrôle dont faisait preuve Samuel pour diriger chaque aspect de sa vie avait littéralement fondu tandis que quelque chose de sauvage émergeait, menaçant de l'emporter dans l'enfer d'une passion inexprimée qui brûlait sous son calme bien élevé.

Poussant un soupir de frustration, elle sélectionna un rouge à lèvres *nude* mat.

Maintenant, la tenue.

Pour un shooting normal, elle y serait allée dans son jean préféré, des baskets et un débardeur. Mais quelque chose à Willow Creek l'incitait à être plus chic.

Elle choisit une robe fourreau en shantung. Moulante, mais n'attirant pas exagérément l'attention. Attachant ses cheveux en une longue tresse lâche romantique pour qu'ils ne la gênent pas, elle s'examina dans le miroir.

Ça irait.

Son téléphone bipa, lui annonçant l'arrivée d'un texto. Son estomac se noua quand elle vit le nom sur l'écran.

Taegan.

Le cœur battant, elle lut le message.

Tu as quelque chose pour moi ?

Sachant que son iPhone enverrait un accusé de réception à Taegan, elle tapa une réponse brève.

J'y travaille.

Et c'était vrai.

Elle avait, dans son sac, un document qu'elle avait réussi à subtiliser sur le bureau de Charlotte et dont elle avait réalisé des copies. C'était comme un boulet qui la ramenait sur terre.

Chaque fois qu'elle jetait un coup d'œil à son sac, la même question revenait aussitôt : était-elle capable de faire ça ?

Elle n'avait pas encore trouvé de réponse.

Un nouveau message de Taegan apparut.

À bientôt. Bon séjour à Willow Creek.

Arlie sentit ses cheveux se hérisser sur sa nuque tandis que son cœur battait de manière irrégulière. Non seulement Taegan savait qu'elle assisterait au Supply Side West, mais elle savait *aussi* qu'elle était venue en avance pour visiter les vignobles.

Une pensée surgit dans sa tête.

Peut-être qu'elle n'était pas la seule employée de Kane Foods que Taegan Lynch tenait sous son joug.

Elle vit qu'elle n'avait plus que quatre minutes pour aller jusqu'à la cuisine du chef.

Coinçant la sacoche contenant ses outils sous son bras,

elle quitta sa chambre et courut presque pour aller retrouver Mason à la cuisine.

En tournant dans le couloir pour arriver dans le hall principal, elle se heurta à… Parker Kane.

Avec un grognement exaspéré, il fit un pas en arrière et épousseta sa veste de costume gris clair comme s'il venait d'être bousculé par un gamin des rues crasseux.

— Pourquoi ne regardez-vous pas où vous allez ? s'exclama-t-il.

— Je suis désolée. J'étais un peu pressée.

Elle se força à le fixer bien en face, se souvenant que, plus jeune, elle craignait que le regard de Parker Kane ne la transforme en pierre.

Peut-être qu'elle n'avait pas entièrement tort.

Ses yeux bleu glacier la transpercèrent, la gelant sur place.

— Je savais que vous aviez été invitée à participer aux événements, mais j'ignorais que vous séjourneriez dans la résidence de la famille, lui fit-il remarquer, avec la répulsion d'un homme s'adressant à un cafard.

— Je… Mason a dit que, puisque nous devions faire le shooting photo ici…

— Quel shooting photo ? Je n'ai rien autorisé de tel !

Elle se mit à transpirer. Elle se sentait comme une biche prise dans les phares d'une voiture. Elle ravala la boule dans sa gorge et essaya de se redresser.

— Samuel a dit…

— Évidemment ! l'interrompit Parker Kane, la mâchoire contractée et les lèvres pincées. Samuel paraît déterminé à saper continuellement mon autorité. Il a négligé de demander l'autorisation pour ce shooting, tout comme il a négligé de demander l'autorisation de vous engager. Si on m'en avait donné l'occasion, ce qui aurait été plus que légitime, j'aurais refusé les deux !

Le cœur d'Arlie se serra et, en même temps, une petite flamme de rage s'alluma au fond d'elle, nourrie par des années de ressentiment frémissant.

— Pourquoi ça ? s'enquit-elle, le regardant dans les yeux.

— Votre réputation vous précède, mademoiselle Banks.

Pendant un instant terrifiant, elle envisagea la possibilité que, avec son réseau de connaissances et son influence considérable, Parker Kane ait appris les circonstances de son départ de *Gastronomie*.

— Je ne suis pas sûre de comprendre.

— Je suis convaincu que si.

Il la toisa d'un air dédaigneux et précisa :

— Telle mère, telle fille.

Elle ignorait ce qui la dérangeait le plus : qu'il ait le cran de lui dire cela en face ou qu'il ait aussi raison à son propos qu'il avait tort concernant sa mère.

Malgré son indignation, elle était soulagée.

Il ne savait rien, pour *Gastronomie*.

— Aussi plaisante qu'ait été cette conversation, déclara-t-elle en jetant un coup d'œil à son téléphone, je suis en retard pour le shooting non autorisé. Si vous voulez bien m'excuser.

Elle passa devant lui, faisant de son mieux pour imiter l'air hautain du genre « Ne m'emmerdez pas » qu'elle avait souvent vu prendre par Kassidy.

Les jambes tremblantes, elle traversa le hall principal avec son plafond cathédrale et ses tapis persans, et disparut dans le couloir décoré de tableaux de grands maîtres.

Si elle avait su exactement ce qui l'attendait en cuisine, elle aurait fait une pause pour se calmer.

Paul Martine, le photographe dont elle vénérait les clichés depuis qu'elle était assez grande pour atteindre l'étagère dans la bibliothèque de son quartier, se tenait derrière un appareil-photo posé sur un trépied.

Il adressa une instruction en français à l'assistante vêtue de noir à ses côtés. Arlie se figea quand il regarda au-dessus de l'appareil, remarquant son arrivée.

— Vous êtes la styliste culinaire ?

— Oui, répondit-elle, remontant la sangle de sa sacoche sur son épaule. Arlie Banks.

Elle tendit sa main moite, regrettant fortement de ne pas s'être arrêtée pour l'essuyer sur sa robe avant d'entrer.

Paul Martine la serra avec fermeté, tandis que ses yeux couleur tabac parcouraient la cuisine.

— Où est Mason Kane ? s'enquit-il. On m'a dit qu'il devait diriger le shooting, non ?

— En effet. C'est aussi ce que j'avais compris.

Aussi rapidement qu'elle en fut capable, elle se remémora leur conversation téléphonique préparatoire. Ils allaient prendre en photo le cabernet, le chardonnay et le clairet des vignobles de Willow Creek. Ericka avait terminé sa lettre en précisant qu'il y aurait de la nourriture comme décor. On avait demandé au gérant du domaine de trouver des bouteilles avec des étiquettes parfaites et il avait accepté de fournir les verres appropriés. Arlie avait téléphoné à plusieurs artisans boulangers et une fromagerie enthousiaste à l'idée de fournir des tranches de gorgonzola et de brie photogéniques pour un shooting en rapport avec les Kane.

Mason avait supervisé tout ça.

Et aujourd'hui… pas de Mason !

Elle sortit son téléphone de sa poche et vérifia si elle avait reçu des messages.

Eh oui !

Un mail d'excuses bref de la part de Mason.

Affaire pressante. Priorités urgentes. Pardon demandé.

— Je crains que Mason ne puisse être des nôtres, dit-elle.

— Merde ! s'exclama Paul Martine en français en passant ses mains dans ses épais cheveux poivre et sel qui se remirent miraculeusement en place.

Il fit les cent pas sur la longueur de la cuisine, le claquement de ses bottes de cow-boy noires en cuir d'autruche résonnant dans l'espace immense.

Ayant suivi exactement un semestre de cours de français au lycée, Arlie put reconnaître les mots « lumière », « demain » et « nuageux » au milieu d'un florilège de jurons fleuris.

— Voulez-vous bien me donner un instant ? demanda-t-elle.

Paul Martine fit un geste de la main comme s'il chassait une mouche.

Elle parcourut la liste de ses contacts sur son téléphone et prit une profonde inspiration avant d'appuyer sur le bouton « Appeler ».

— Samuel Kane.

Comme s'il n'avait pas reconnu son numéro.

Comme s'il n'avait pas mêlé sa langue à la sienne moins de quarante-huit heures plus tôt.

— Salut. C'est Arlie.

Silence.

— Je suis vraiment désolée de te déranger, Samuel. C'est juste que… je suis avec le photographe et que j'ai reçu un mail de Mason. Il semblerait qu'il ne va pas pouvoir venir.

— J'arrive.

Il raccrocha.

Elle se dit que c'était de la nervosité, pas de l'excitation, qui s'était soudain mise à frémir dans son ventre comme une volée de papillons.

— Le frère de Mason, Samuel, arrive, monsieur Martine, annonça-t-elle.

Il lui répondit d'un regard sur lequel elle préféra ne pas s'attarder.

Elle posa son sac sur le comptoir en marbre et commença à sortir ses outils.

Des gants en nitrile pour toucher les verres. Un vaporisateur. De la glycérine à mélanger avec de l'eau pour créer un effet de condensation pour le vin blanc frais. Un mini-flacon de liquide vaisselle, au cas où le vin rouge ait besoin d'aide pour faire apparaître des bulles comme cela arrivait souvent quand on le versait. Des brochettes en bois, pour que ces bulles puissent se rassembler de façon esthétique. Des morceaux de tissu et des panneaux de mousse noirs et blancs pour maîtriser et sculpter la lumière naturelle.

Elle n'aurait pas pu demander de meilleures fenêtres.

Ni une meilleure pièce, en fait.

La lumière pure et dorée du soleil levant entrait par de grandes vitres, et donnait sur les rangées de vignes méticuleusement soignées.

De l'autre côté, elle reconnut le modèle de piano de cuisine « Château Suprême » de la marque La Cornue, laqué noir aux poignées chromées.

Samuel arriva à peine cinq minutes plus tard, terriblement beau… et excessivement énervé.

Elle ne savait pas si c'était parce qu'il était sur un terrain familial ou qu'elle l'avait pris au dépourvu, mais il avait abandonné sa veste habituelle et portait une chemise impeccable bleu profond de la couleur du ciel d'été avant l'orage. Il avait remonté ses manches jusqu'aux coudes, révélant les muscles de ses avant-bras. Il ne fallait pas espérer qu'il porte un jean, elle le savait, mais son pantalon gris anthracite dévoilait sa morphologie puissante tout aussi bien.

La température dans la pièce sembla monter de quelques degrés quand les yeux de Samuel se posèrent sur elle. C'était peut-être son imagination ou un désir enfoui, mais elle aurait juré que ses lèvres s'adoucirent très légèrement et que des rides se creusèrent discrètement aux coins de ses yeux.

Puis ils se déplacèrent rapidement vers Paul Martine.

— Samuel Kane, dit-il en tendant la main.

— Je suis venu de Paris par un vol de nuit et rien n'est prêt. Rien !

Arlie se sentit rougir. Avec « se faire fouetter pour le plaisir », « se sentir incompétente devant Samuel » était tout en haut sur sa liste de trucs amusants à faire !

— Je ne suis pas sûre de comprendre, répliqua-t-elle. Les bouteilles sont là. Et la nourriture dont nous avons discuté…

— Est inutile sans les mannequins.

Elle cligna des yeux, consciente que son visage devait exprimer un air confus presque comique.

— Les mannequins ? répéta-t-elle. Nous n'avons pas parlé de mannequins, lors de la préparation.

Paul Martine fit signe à son assistante, qui lui tendit des documents.

— C'est juste là, dit-il. J'ai reçu un mail avec les détails.

Il posa violemment les feuillets sur le comptoir en marbre.

Arlie voulut les prendre, mais Samuel fut plus rapide. Il lut avec une expression impénétrable. Il en fit une boule qu'il jeta à la poubelle.

— Vous allez simplement devoir changer vos plans, monsieur Martine, décréta-t-il.

La jeune femme lui donna un petit coup de coude, les

yeux écarquillés comme pour dire : « Mais tu es devenu fou ? »

Connu pour son humeur imprévisible, Paul Martine avait déjà quitté un décor parce que son eau gazeuse n'était pas à la bonne température.

C'était son premier projet officiel, et Arlie avait vraiment besoin que ça marche.

— Je crois que ce que Samuel veut dire, lança-t-elle vivement, c'est que nous devrions peut-être juste nous concentrer sur le vin lui-même ? J'ai de jolies fougasses au romarin et je pourrais préparer une planche de charcuterie. C'est tendance, sur Instagram.

Paul Martine ne l'écoutait pas.

Son assistante lui murmurait quelque chose à l'oreille et il hochait la tête. Ils firent un pas en arrière pour observer Arlie et Samuel comme s'ils étaient des truffes primées à la vente aux enchères d'Alba.

— Oui, lâcha Paul Martine d'un ton résolu. Oui, faites ça.

— Je suis désolée, répliqua Arlie. Je ne suis pas sûre de comprendre.

Elle jeta un coup d'œil à Samuel qui, visiblement, ne comprenait pas non plus.

Paul Martine s'accroupit derrière le trépied et orienta l'objectif dans leur direction avant d'appuyer sur le déclencheur. Il jeta un coup d'œil à l'écran de son appareil avant d'acquiescer.

— Un beau mari et une superbe épouse, dit-il. *Ça marche,* ajouta-t-il en français.

— Oh ! s'exclama Arlie quand elle réalisa enfin. Oh non. Nous ne sommes pas…

— Hors de question, intervint Samuel qui semblait encore plus effaré qu'elle. Absolument pas.

— Cécile ! s'écria Paul Martine. On remballe !

— Attendez !

Arlie lança à Samuel un regard suppliant avec l'espoir d'exprimer exactement ce que cette chance signifiait pour elle.

Samuel soupira, et il hocha légèrement la tête, vaincu.

— Ces photos ne seront utilisées que pour des campagnes internationales, vous savez, fit remarquer Paul Martine. À l'étranger uniquement.

— Bien sûr, répondit Arlie, un peu euphorique.

En quinze minutes, elle avait posé le décor. Une table sur le balcon de la cuisine. Du chardonnay pour elle, du cabernet pour Samuel, un compte-gouttes d'eau distillée pour annuler l'effet encre et accentuer les tons grenat plus profonds. Entre eux, une planche en bois rustique avec des fromages arrangés de manière architecturale et un éboulement de figues.

Elle se pencha pour ajuster une tige avec une pince à épiler.

— Ça suffit ! s'exclama Paul Martine. On perd la lumière.

Samuel était assis, un Kleenex coincé dans le col de sa chemise, Cécile tapotant son front avec une éponge.

Arlie dut se mordre l'intérieur de la joue pour se retenir de sourire. Elle ne se souvenait pas avoir vu un homme avec un air aussi malheureux.

— Derrière la table. Maintenant, ordonna Paul Martine en désignant la table bistro qui dominait les vignes.

Cécile installa Arlie et Samuel comme des poupées de taille humaine.

Ils y étaient, songea Arlie, le cœur battant plus vite, soudain.

Face à face. Le bras de Samuel autour de sa taille, sa bouche à quelques centimètres de la sienne, le soleil passant à travers les verres qu'ils tenaient comment s'ils portaient un toast.

Luttant pour garder de l'air dans ses poumons, elle se força à croiser son regard.

— Je crois qu'elle a oublié un endroit, pour ton fond de teint, dit-elle en espérant faire retomber la tension entre eux.

Samuel ne réagit pas, ne sourit pas. Sa respiration s'accéléra, son souffle caressa ses joues…

Étourdie par sa proximité et l'odeur de sa peau, elle enfonça ses doigts dans le tissu de sa chemise.

— Plus près, ordonna Paul Martine. Vous êtes amoureux, mon vieux. Vous êtes impatient de l'embrasser.

Samuel baissa la tête jusqu'à ce qu'elle sente la chaleur de ses lèvres à quelques centimètres des siennes. Elle avait comme un poids dans le ventre, et une douleur agréable s'éveilla entre ses cuisses…

Bon sang, qu'est-ce qu'elle désirait cet homme !

— Oui, oui, oui ! s'exclama Paul Martine, enthousiaste. Donnez-moi plus !

*Oh ! oui, mon Dieu. Donne-moi plus, Samuel. Donne-moi tout.*

*Donne-toi à moi.*

À bout de souffle, elle leva le menton pour que ses lèvres effleurent celles de Samuel. Pour un avant-goût enivrant.

Samuel s'éloigna brusquement. L'air effarouché dans ses yeux la ramena brusquement sur terre.

Le shooting. Le photographe. L'assistante.

Seigneur ! Que faisait-elle ?

Elle ne savait pas. Et pour la première fois, elle s'en fichait. Elle avait juste besoin d'être plus près de Samuel. Et si prétendre être un couple heureux était le moyen d'y arriver, cela lui convenait. Tous ces mois de peur et de manque. De doute et de désespoir. Elle voulait quelque chose qui la fasse frémir.

Les lèvres de Samuel caressèrent les siennes. Hésitantes. Comme pour poser une question.

Puis le dernier texto de Taegan lui revint à l'esprit.

*Samuel ne voudrait pas de toi s'il était au courant.*

La nausée la fit chanceler. Avec l'impression qu'on lui avait donné un coup de poing dans le ventre, elle recula.

Samuel la fixa, perplexe.

— Je suis désolée, murmura-t-elle. Vraiment désolée. Je dois y aller.

Elle attrapa son sac, jeta ses outils à l'intérieur, se précipita dans le couloir, son téléphone et le message qu'il contenait la brûlant comme un charbon ardent.

# - 9 -

Quand Samuel entra dans la salle à manger de la résidence privée de la famille Kane à Willow Creek, son père l'attendait.

Évidemment.

Assis au bout de la table ancienne de quatre mètres cinquante, la cheminée de la taille d'un SUV crépitant derrière lui, son père ressemblait à Satan exceptionnellement bien habillé. Sa posture était la même que lors de tous leurs dîners de famille : le dos droit, les épaules carrées, les avant-bras – mais pas les coudes ! – posés sur la table devant lui. Ses paumes vers le bas comme si c'était lui et pas la gravité qui maintenait la table à la terre.

— Samuel.

Si la vie avait appris quelque chose à Samuel, c'était qu'il y avait un tas de surnoms qui pouvaient dériver de son prénom. Mais son père n'en avait jamais utilisé un seul.

Samuel était allé chez des copains quand il était petit pour des goûters imposés par sa mère, et souvent, il s'était interrogé sur la manière dont l'affection était exprimée librement et avec décontraction entre les pères et leurs fils. Un bras passé autour des épaules. Des cheveux ébouriffés par une main paternelle chaleureuse.

Chez les Kane, rien de tout cela, et Samuel avait toujours eu l'impression que le cœur de son père était une minuscule pierre froide dans sa poitrine.

Son père lui indiqua la chaise qu'il voulait qu'il prenne.

Pour la première fois de sa vie, et pour une raison qu'il n'arrivait pas à identifier, Samuel s'avança vers l'autre côté de la table et s'installa au milieu.

Comme il connaissait bien son père, il remarqua aussitôt la grosse ride entre ses sourcils parsemés de gris. En dessous, ses yeux bleus se durcirent, passant de la couleur de l'eau d'un lac à celle d'un iceberg.

— Y a-t-il une raison particulière pour que tu n'aies pas choisi de voyager dans le jet avec nous ? s'enquit son père.

— J'avais un appel en visio avec l'équipe Campbell, répondit-il en s'installant confortablement sur sa chaise. L'absence de Mason aujourd'hui t'affecte-t-elle autant ?

— Non.

Son père fit signe à la domestique aux manières apprêtées qui se précipita à ses côtés comme un colibri.

— Aisla T'Orten 105, sec, dit-il.

Samuel ne put s'empêcher de calculer le prix de cinquante millilitres d'une bouteille de whisky de cent cinq ans d'âge à 1,4 million de dollars. En gros, 100 000 dollars disparaîtraient bientôt dans le gosier de son père.

— Et vous, monsieur ? s'enquit la domestique.

— Rien, répondit Samuel avec une certaine satisfaction.

Peu de choses mettaient son père en colère autant que le rejet volontaire du luxe qu'il accordait avec tant de bonté. Ce qui était précisément la raison pour laquelle Samuel avait pris l'habitude de refuser les avantages qui lui étaient offerts. Quand il avait pris un job d'été dans une entreprise de lavage de voitures pour payer les frais d'inscription à l'université, le patriarche Kane n'avait pas approuvé.

La domestique sortit, les laissant dans un silence gênant interrompu seulement par le crépitement du feu.

— Ton frère arrivera demain. Il avait une affaire urgente à régler.

*Bien sûr*, pensa Samuel. *Comme consoler de très près une femme de la haute qui s'ennuie avec son mari.*

— Encore ? demanda-t-il, surpris par l'ironie de sa voix qui résonna dans la grande salle.

— Qu'est-ce que tu viens de dire ?

L'orage grondait dans la voix de son père.

— J'ai dit « encore ? ».

Le sang battait à ses oreilles alors que l'adrénaline coulait dans ses veines. Mais que faisait-il ? S'opposer ouvertement à son père n'était pas dans ses habitudes.

— Je crois que je n'ai pas bien compris, lâcha son père, plongeant son regard glacial dans le sien.

Samuel avait appris très tôt que plus la diction de son père devenait polie, plus il était probable que la conversation se finisse par une terre brûlée, des ego piétinés et, parfois, des larmes. Les siennes, dans son enfance. Aujourd'hui, c'étaient essentiellement celles de membres du conseil de direction, voire de directeurs commerciaux à qui Parker Kane soutirait des excuses les lèvres tremblantes et les yeux rouges.

Parfois accompagnées d'un panier de vin et de fromage.

Il était temps de renoncer. De faire marche arrière. De prendre n'importe quelle direction autre que celle où sa bouche balancerait cette bombe, songea Samuel.

Mais il réalisa… qu'il n'avait pas l'intention de s'arrêter.

— Tu ne te lasses donc jamais de l'excuser ? fit-il remarquer. D'essayer de donner l'impression qu'il s'investit à fond dans Kane Foods ?

À cet instant précis, la domestique revint, le whisky brillant comme de l'ambre dans le verre en cristal de Baccarat.

— Voici, monsieur Kane.

— Merci, dit son père avec ce ton qu'il réservait à toutes personnes en position de le servir. Mason est un franc-tireur. Il prend des risques. Il ne s'appuie pas sur des chiffres, des règles ou un planning. Mais je ne m'attends pas à ce que tu comprennes.

— Non, rétorqua Samuel, savourant le choc sur le visage de son père. C'est toi qui ne comprends pas. Mais ça changera.

— Ouf ! s'exclama Marlowe en arrivant dans la salle à manger, son fiancé obséquieux sur les talons. Vous n'avez pas encore commencé.

Dans un nuage de parfum et de cigare, ils prirent leurs places attitrées à table, en face de Samuel. Leur père se leva et déposa un baiser sur la joue de sa fille avant de tapoter affectueusement le dos de Neil.

Ce dernier tira la chaise de Marlowe avant de s'asseoir à son tour. Il passa alors un bras possessif autour de ses élégantes épaules nues.

Samuel réprima un frisson de révulsion tandis que les doigts boudinés de Neil remontaient le long de la nuque de Marlowe.

La domestique réapparut pour prendre les commandes. Un cabernet maison et la même chose que leur père pour Neil. Il « avait confiance en ses goûts ».

Lèche-bottes.

Parker Kane s'éclaircit la voix et toisa chacun de ses enfants.

— Maintenant que vous êtes là, il y a un sujet dont j'aimerais discuter avec vous.

Samuel et Marlowe se redressèrent, connaissant trop bien le carnage qui suivait souvent cette phrase.

— J'ai appris qu'un nouveau recrutement a été fait

récemment. Recrutement dont je n'ai pas été informé et que je n'ai aucunement approuvé, expliqua leur père en prenant une autre gorgée de whisky. Arlington Banks.

Samuel serra les dents.

— Je croyais que tu devais être consulté seulement pour les postes très importants, répliqua-t-il. Arlie… Arlington Banks est styliste culinaire senior.

— C'est précisément ce dont je veux parler, dit son père en se penchant en avant, le transperçant d'un regard noir. Tu suis les règles à la lettre, mais tu n'as pas réfléchi, avant de l'engager. Tu connais pourtant le genre de famille dont elle vient.

Samuel prit une longue inspiration pour atténuer la rage qui montait en lui.

— Qu'est-ce que cela signifie ?

— Après le regrettable incident avec sa mère, comment as-tu pu la faire entrer dans l'entreprise sans me consulter ?

Le regrettable incident ?

Une manière plutôt édulcorée de décrire les événements qui avaient mené à ce que la mère d'Arlie soit accusée de vol et à ce que son père se présente chez Kane Foods ivre et enragé quand elle avait été licenciée.

— Les enfants ne devraient pas être jugés pour les fautes de leurs parents, fit-il remarquer.

— Des racines pourries produisent des fruits pourris, affirma son père avant de bouger sa fourchette à salade pour qu'elle soit à exactement un centimètre de sa voisine. Comme j'en ai informé Mlle Banks ce matin.

Samuel vit rouge. Il se leva brusquement et sa chaise tomba bruyamment sur le sol en marbre.

— Tu as fait *quoi* ? s'exclama-t-il.

Faisant tourner son whisky dans son verre, son père ne prit pas la peine de le regarder dans les yeux.

— Je suis tombé sur Mlle Banks de manière inattendue et j'ai senti qu'il me fallait partager mes pensées, répondit-il, très calme. Comme je suis en droit de le faire dans ma propre maison.

— Comment oses-tu ? rétorqua Samuel d'une voix blanche.

Cette question tournait dans sa tête depuis ses dix ans. Depuis que son père avait insisté pour que sa mère, magnifique dans une robe vert émeraude jusqu'aux genoux, se change avant une soirée de charité parce qu'il trouvait sa tenue « indécente ».

Mais c'était la première fois qu'il la prononçait à voix haute.

— Peut-être devrais-tu aller faire un tour pour te calmer, lui fit remarquer son père. Tu n'as pas l'air dans ton assiette, Samuel.

De l'autre côté de la table, Marlowe lui lança un regard inquiet qui disait clairement « Ne fais pas ça ».

C'était déjà fait.

— Arlie Banks est une professionnelle passionnée et talentueuse, et sera un atout pour Kane Foods International, affirma-t-il. Tu es trop aveuglé par une rancune ridicule pour le voir.

Un affreux sourire plissa les joues de son père.

— Je ne suis pas sûr d'être celui qui est aveuglé, laissa-t-il tomber.

Samuel serra les poings. Il y avait tant de choses qu'il voulait lui dire. Mais ce n'était peut-être pas le moment rêvé.

— Vous pouvez servir, décréta son père en désignant la table avec toute la cérémonie d'un chef d'orchestre.

Ce n'est qu'à cet instant que Samuel remarqua l'équipe vêtue de blanc qui attendait nerveusement dans l'encadrement de la porte. Au signal, le personnel se précipita, posant simultanément les plats devant chacun d'entre eux avant de soulever les cloches couvrant leur repas.

— Assis, Samuel, ordonna son père en dépliant sa serviette.

— Je n'ai pas faim.

C'était un mensonge. Il était affamé. Mais pas de nourriture.

Il avait besoin de voir Arlie.

Tout de suite.

# - 10 -

Arlie se tenait sous le jet brûlant de la douche. Si cela soulageait son corps d'une partie de la tension, elle ne pouvait pas oublier Samuel. Elle l'avait dans la peau et une simple pensée vagabonde pouvait raviver son image.

Elle s'était montrée stupide aujourd'hui. Tellement stupide.

Elle savait que Paul Martine avait fait au moins quelques clichés exploitables, mais elle n'avait encore jamais quitté un shooting avant la fin.

Quitté ? Soyons honnête. Elle avait *fui en courant* ! S'était précipitée dans sa chambre où elle était restée, vérifiant régulièrement son téléphone dans l'attente d'un « Qu'est-ce qui t'a pris ? » de la part de Samuel.

Il n'était jamais arrivé.

Si seulement elle avait eu autant de chance concernant Taegan ! Elle pouvait encore voir les mots de son message s'afficher devant ses yeux.

Demain, 9 heures, Coyote Bar. Salle privée. Fortement recommandé d'apporter le nécessaire.

À une époque, Arlie était une jeune femme ordinaire. Ennuyeuse.

Une jeune femme avec un honneur intact et un joli appartement au-dessus de Fairmount Park. Qui faisait des examens de contrôle réguliers chez le dentiste. Rien à cacher.

En repensant à l'instant précis où sa vie avait déraillé, elle se forçait à affronter une question très désagréable.

Aurait-elle dû le voir venir ?

Pouvait-elle prévoir, quand elle avait accepté l'invitation à dîner de Hugh Morris, la tournure particulière que prendrait la soirée ?

« Révélation par inadvertance »…

Une expression bien banale pour une erreur ayant eu comme conséquence de démanteler la vie qu'elle avait à l'époque.

Une conversation sur ses recherches à propos des tendances en stylisme culinaire en vue d'un nouveau projet pour *Gastronomie* avait déclenché une réaction en chaîne désastreuse. Avec le résultat que l'on connaissait.

Un coup sec à sa porte la fit sursauter. Sûrement le room service.

— Une minute ! lança-t-elle.

Elle se sécha rapidement et enfila un peignoir douillet avant d'essorer ses longs cheveux avec une serviette qu'elle drapa sur ses épaules.

C'était suffisant pour récupérer son repas.

Elle sortit de la salle de bains dans un nuage de vapeur et alla ouvrir la porte.

Samuel…

Mais il ne ressemblait pas à Samuel.

C'était la colère en costume. La mâchoire serrée, les muscles contractés, les lèvres pincées. Ses yeux émeraude étincelants.

— Oh ! dit-elle. Salut.

Un sentiment angoissant de gêne fit monter la température de sa peau déjà chauffée par la douche tandis qu'il la fixait. Ses narines se dilataient alors qu'il étudiait ses cheveux, son visage, et descendait sur le peignoir blanc.

— Tu veux entrer ? ajouta-t-elle, comme il restait muet.

— Pourquoi ne m'as-tu rien dit ?

Le cœur d'Arlie se serra. Il y avait trop de réponses potentielles à cette question.

— À quel propos ? demanda-t-elle, optant pour la voie la plus sûre.

*Lâche.*

— À propos de mon père, répondit-il en entrant. À propos de ce qu'il t'a dit ce matin.

Quel soulagement !

Enfin, pas tout à fait, car l'entrée sembla soudain trop petite pour eux deux.

— Nos familles partagent un lourd passé, fit-elle remarquer. Pas toujours positif.

— Il n'avait pas le droit de…

— Je suis désolée, l'interrompit-elle, consciente que c'était une astuce faiblarde pour esquiver ce sujet qu'elle ne voulait pas aborder maintenant avec lui. Tu dois enlever ta cravate et ta veste, pour cette conversation. Je suis trop peu vêtue et je me sens légèrement vulnérable.

Il retira sa veste et la posa sur la méridienne. Leurs regards se croisèrent quand il saisit le nœud de sa cravate pour le desserrer. Avec une précision terriblement excitante, il dénoua celle-ci avant de la jeter sur sa veste.

— C'est mieux ? demanda-t-il.

Dans une autre dimension, cela se serait terminé là.

Mais pour une raison qu'elle ne pouvait expliquer, elle se rapprocha de lui.

— Presque.

Elle défit le bouton le plus haut de sa chemise. Puis un autre. Et encore un troisième.

À sa grande surprise, Samuel ne portait pas de T-shirt.

Quand elle passa un doigt sur sa pomme d'Adam, il déglutit.

Grisée par le désir, elle plongea son regard dans le sien.

L'air était chargé d'électricité, d'excitation. L'évidence de ce qu'il y avait entre eux lui donnait le sentiment d'être ivre et d'avoir les jambes en coton. Elle se sentait à la fois… invincible et terrifiée.

— Toute ma vie, j'ai pu avoir tout ce dont j'avais envie, murmura-t-il en passant son pouce sur sa lèvre inférieure. Sauf toi.

Quelque chose au fond d'elle se serra en entendant cet aveu, et sa respiration se fit irrégulière.

— Tu as envie de moi ? demanda-t-elle dans un souffle.

Le silence de Samuel répondit pour lui.

Oui.

Elle mordilla son pouce.

Il ferma les yeux, et poussa une sorte de gémissement entre souffrance et prière.

Il la fit reculer contre le mur, son corps musclé collé au sien. Les bouts de ses doigts trouvèrent sa peau nue entre les plis du peignoir, descendirent le long de son cou, de sa poitrine, pour atteindre son téton déjà dur. Il passa lentement son pouce dessus, et le pinça délicatement entre celui-ci et son index, lui arrachant un petit cri de plaisir.

Il avait fait la même chose dans l'obscurité du placard quand ils avaient dix-sept ans.

Il assaillit ses lèvres, leurs langues dansant dans une frénésie dévorante.

Elle gémit contre sa bouche quand il trouva le nœud de son peignoir. L'air frais caressa sa peau encore humide, décuplant son désir.

Samuel rompit leur baiser et descendit sur sa gorge, ses lèvres laissant une trace brûlante sur sa peau sensible.

Il plaqua sa bouche sur son mamelon. Suçant, pinçant, mordillant, à l'en rendre folle. Ses doigts s'emmêlèrent dans les mèches soyeuses de ses cheveux alors qu'il passait sa main sur son ventre… et plus bas. Délicieusement plus bas…

Son grognement d'approbation résonna dans la poitrine d'Arlie alors qu'il trouvait l'endroit mouillé entre ses cuisses et y glissait ses doigts, titillant son bouton sensible.

Sa bouche quitta son sein et il leva la tête vers elle jusqu'à ce qu'il ait toute son attention.

— Tu veux que je te fasse jouir ? s'enquit-il d'une voix rauque.

— Oh ! mon Dieu, oui. Je t'en prie, murmura-t-elle, ses genoux faiblissant déjà à cette idée.

Il garda son pouce sur son clitoris pendant qu'il glissait un doigt en elle. L'explorant. Localisant le point qui plongea soudain le monde autour d'elle dans une brume bleue.

Elle s'écroula, sa bouche mouillée contre son épaule nue.

— Tu aimes ça ?

— J'adore, répondit-elle dans un souffle tandis qu'elle luttait pour respirer et rester lucide.

Il agrippa délicatement ses cheveux avec son autre main, déclenchant en elle un frisson qui descendit le long de son dos. Il lui fit pencher la tête et elle sut instinctivement que c'était pour qu'il puisse l'observer. Pour lire dans ses yeux le plaisir qu'il lui procurait.

Elle se cambra contre sa main, mue par des années de désir étouffé. Elle avait envie de lui.

Il accéléra le rythme, suivant ses ondulations désespérées.

Les lèvres de Samuel, chaudes sur son oreille, lui murmuraient des encouragements, toutes ces choses qu'elle avait toujours voulu entendre.

— Je t'ai désirée à l'instant où tu es entrée chez nous, avoua-t-il. Je t'ai désirée quand je t'ai vue dans ta petite robe.

Ses doigts s'aventuraient en elle plus loin désormais, attisant un feu plus intense que jamais. Ses jambes se mirent à trembler et elle enfonça ses ongles dans ses bras.

— Je faisais semblant de lire en espérant que tu viendrais me voir dans la bibliothèque, poursuivit-il. Je m'asseyais et je fixais des pages pendant des heures sans en retenir un mot. Je t'attendais. Tu n'es jamais venue.

Elle ne contrôlait plus rien. Ni son corps. Ni sa vie. Ni son destin.

Elle commença à se contracter.

— Samuel…

Le message était urgent. Comme un drapeau blanc, une prière. Elle allait s'abandonner à lui.

— Oui, dit-il d'une voix vibrante. Viens pour moi.

Comme si elle avait le choix !

Submergée par des vagues de plaisir successives comme elle n'en avait jamais connu, elle céda.

Chaque partie de son corps, à la fois lourd et léger, se désintégra tandis qu'une galaxie d'étoiles explosaient derrière ses paupières fermées.

Tremblante, elle s'effondra contre lui.

— Qu'est-ce que tu veux, Arlie Banks ?

Mais elle n'avait rien à dire. Elle n'était que sensations.

Le souffle court, elle le regarda à la lueur dorée de la lampe. Ses cheveux noirs qu'il gardait habituellement si bien plaqués pendaient sur son front. Ses yeux si concentrés et perçants étaient voilés par un désir non dissimulé. Sa bouche était gonflée par leurs baisers.

Samuel Kane incarnait le chaos.

Et elle, elle voulait l'alimenter. Une certaine insouciance au fond d'elle reconnut son égal en lui, une force qui vivait en eux et suppliait d'être libérée.

— Dis-moi, insista-t-il.

Avant ce moment, elle lui aurait donné un tas de réponses.

*Je veux que tu n'arrêtes jamais de me regarder comme tu me regardes à cet instant.*

Mais il arrêtera. Quand il saura, il arrêtera.

— Toi, répondit-elle.

Les yeux toujours rivés aux siens, elle posa la main sur son membre dur.

— C'est toi que je veux, Samuel. Prends-moi.

Samuel fixa Arlie, qui ne lui avait jamais paru aussi belle qu'à cet instant. Les yeux voilés par le plaisir qu'il venait de lui donner et par le désir, les lèvres gonflées par leurs baisers, les joues rose vif, les cheveux décoiffés de la couleur du blé mouillé par la pluie.

Le regard toujours ancré au sien, elle recula d'un pas et, d'un geste déterminé, fit glisser le peignoir sur ses épaules et se tint devant lui entièrement nue.

Dans le silence qui suivit, il entendit sa propre inspiration. Il s'autorisa à contempler ses creux et ses courbes comme un littoral attendant d'être cartographié, maîtrisant le désir irrésistible d'être en elle.

À la minute où elle était entrée dans son bureau pour passer cet entretien, il avait senti son hésitation. Elle avait du mal à croire qu'elle pourrait obtenir ce qu'elle voulait. Elle pensait que ce qu'elle désirait lui serait forcément enlevé.

Il voulait qu'elle l'enlève.

Qu'elle lui prenne ce qu'elle voulait.

Avec un petit sourire sexy qui étira ses lèvres, elle lui saisit la main et l'entraîna vers le lit.

Doucement, elle lui enleva sa chemise avant de passer sa main sur son torse, son ventre. Il frissonna à cette caresse. Elle marqua une pause au niveau de son nombril, tournant avec son doigt autour du petit creux où sa vie avait commencé.

Elle défit la boucle de sa ceinture et déboutonna son pantalon. Leurs regards se croisèrent quand elle descendit la fermeture Éclair.

La respiration de Samuel était maintenant plus rapide et plus forte. Il ne restait plus qu'un boxer entre eux.

Arlie glissa un doigt sous l'élastique, trouva la perle mouillée sur son gland et l'étala en lents cercles concentriques.

Il serra les dents.

— J'ai envie de te goûter, dit-elle d'une voix voilée.

— Alors goûte-moi.

Elle se mit à genoux et libéra son érection.

Il repensa à leur premier baiser furtif dans le placard. Avec ces mêmes lèvres, elle le prit dans sa bouche, montant et descendant le long de son sexe.

— Bon sang, Arlie, que c'est bon…

Les mains posées sur ses hanches, elle le tira vers lui, accéléra le rythme, puis s'arrêta.

Il baissa les yeux vers elle.

— Regarde, dit-elle en croisant ses yeux dans le miroir en pied près du lit.

Il s'exécuta.

Il la regarda passer sa langue sur son gland gonflé, ses lèvres descendant lentement jusqu'à la base de son sexe avant de le reprendre en entier dans sa bouche.

Elle monta sa main autour de son sexe alors qu'elle bougeait à un rythme qui suivait celui du cœur de Samuel.

Il agrippa ses cheveux plus fort.

— Arlie, je ne tiens plus…

Elle en prit délibérément encore plus dans sa bouche.

Comme si elle relevait le défi.

Il s'éloigna brusquement d'elle, la remit debout et la souleva pour la poser sur lit.

Elle resta étendue, les jambes serrées.

Il s'allongea près d'elle et écarta ses genoux.

Il retrouva sa bouche, mais cette fois c'était différent. Leurs langues se mêlèrent et leur désir monta d'un cran en eux.

Arlie rompit leur baiser, à bout de souffle.

— S'il te plaît, dit-elle en levant les yeux vers lui, sa peau luisant de sueur.

— Quoi ?

— S'il te plaît, prends-moi.

Il se positionna devant elle, le regard rivé au sien tandis qu'il s'enfonçait en un mouvement long et volontaire.

Un râle grave lui échappa et il resta là un moment en attendant la confirmation qu'elle voulait qu'il continue.

Ce qu'il vit dans ses yeux faillit le faire jouir.

De l'émerveillement.

— Arlie…

— Je sais, dit-elle en tendant le bras pour écarter une mèche mouillée de transpiration sur son front. Je le sens aussi.

Il se mit à bouger.

D'abord lentement. Les muscles de son dos se contractant alors qu'il apprenait à la connaître. Elle saisit ses fesses, les serrant à chaque à-coup, et fit monter son bassin vers lui.

— Lâche-toi, murmura-t-elle.

Alors il se lâcha.

Comme jamais il ne s'était autorisé à le faire.

Il s'abandonna.

Quelles qu'en soient les conséquences.

Le plaisir enflait en lui, étouffant ses dernières pensées

et règles complexes. Il n'y avait que leurs deux corps. Le feu qui les animait.

Il avait à peine conscience des gémissements de plus en plus forts qu'Arlie poussait. De ses ongles qui s'enfonçaient dans les muscles de son dos.

Ils chevauchaient ensemble la même vague de plaisir.

Il vit l'orgasme d'Arlie déferler sur ses traits comme des nuages orageux.

Sa propre jouissance approchait, comme le tonnerre qui arrivait quelques secondes après un éclair.

— Oh ! mon Dieu, Arlie !

La charge électrique monta à la base de son dos et irradia partout en lui.

Il ne s'était jamais cru capable de pousser un cri aussi primaire. Son corps se tendit alors qu'il s'écroulait sur ses coudes et enfouissait son nez dans la chevelure douce d'Arlie.

Puis, peu à peu, il redescendit lentement sur terre.

Ils restèrent étendus en silence, son cœur battant contre le sien alors que leurs respirations ralentissaient petit à petit.

Arlie promena délicatement ses ongles sur son dos. En haut. En bas. Comme si elle mémorisait ses formes.

Il s'installa confortablement en elle, son corps se relâchant, l'arête de ses hanches se pressant contre l'intérieur des cuisses d'Arlie tandis qu'il cessait tout effort pour se soutenir.

Pour la première fois depuis aussi loin que remontaient ses souvenirs, il voulait rompre le silence. Rendre cet instant réel par le son de sa voix. Mais le rendre réel signifiait affronter les conséquences.

Or il n'était pas prêt pour ça.

Pas encore.

Il roula sur le dos.

Au-dessus d'eux, les pales du ventilateur décrivaient des cercles lents, lui faisant penser à une horloge. Les précieuses secondes qui s'égrenaient.

Arlie se mit sur le côté, son visage à moitié enfoui dans l'oreiller, un œil endormi fixé sur lui. Elle écarta une mèche de cheveux mouillés de son front.

— À quoi tu penses ? murmura-t-elle.

— Que je te dois des excuses.

— Pour quoi ? demanda-t-elle d'une voix déjà rendue plus grave par le sommeil.

— Pour tout.

La respiration d'Arlie devint plus profonde et plus lente.

Il la rejoignit dans le sommeil, laissant l'oubli effacer la douleur cuisante de sa faiblesse.

Il les avait tous les deux condamnés.

# - 11 -

Dans la littérature que Samuel avait étudiée, les femmes endormies étaient fréquemment comparées à des anges.

Arlie ressemblait bien à un ange, les cheveux étalés sur l'oreiller comme des fils d'or dans la lumière grisâtre d'avant l'aurore. Ses cils noirs effleuraient ses joues mouchetées de taches de rousseur, souvenirs d'étés heureux.

Mais les anges ne s'agitaient pas dans leur sommeil.

À 4 heures ce matin, il avait été réveillé par ses gémissements. Pendant un bref instant, il avait pensé qu'elle revivait une partie mouvementée de leur soirée.

C'était étrange comme la passion et la panique pouvaient s'exprimer de manière similaire.

Il s'était d'abord contenté d'observer, ses yeux s'habituant à la lumière de la lune pour distinguer son visage.

Il ne lui avait pas fallu longtemps pour qu'il réalise que ce n'était pas la passion qui l'animait dans son sommeil. Ses paupières tremblotaient, sa bouche formait une ligne tendue. Elle semblait terrifiée.

Malgré l'envie irrésistible de poser une main apaisante sur sa poitrine, il s'était retenu, se souvenant de ce que sa mère lui disait à propos des terreurs nocturnes, et comme il pouvait être dangereux de réveiller quelqu'un qui en était la proie.

De petits cris de protestation avaient suivi. Puis son corps avait commencé à remuer, ses pieds à donner des coups, le frappant dans le tibia. Elle luttait visiblement contre des démons invisibles.

Il avait alors su avec précision ce qu'il devait faire.

Il avait été idiot de céder à ses plus bas instincts.

Son plan d'écarter Mason était compromis. Encore une tentative avortée de contrôler son destin.

Ce qui le sauvait, c'était que, pour le moment, personne n'était au courant. S'il parvenait à faire en sorte que cela dure, il pourrait essayer d'épargner à Arlie beaucoup de douleur.

En prenant une longue et profonde inspiration, il savoura une dernière fois le spectacle d'Arlie nue et endormie.

Il quitta doucement le lit, chercha son boxer. Puis il trouva son pantalon qu'il enfila à la hâte avant de boucler sa ceinture.

— Coucou, toi.

Il se retourna et vit Arlie assise sur le matelas, les draps serrés contre sa poitrine, ses cheveux ébouriffés par la passion.

— Salut.

Il attrapa sa chemise par terre, l'enfila et commença à la boutonner.

— Qu'est-ce qui presse autant ? demanda-t-elle d'une voix détendue qui n'allait pas du tout avec son agitation nocturne. Le premier événement du Supply Side West n'a lieu que ce soir. On a encore du temps pour…

— Je dois partir.

Il se rendit dans l'entrée pour récupérer sa cravate et la glissa autour de son cou avant de la nouer gauchement.

— Approche, dit-elle. Laisse-moi faire.

— Je me débrouille.

Il lui tourna le dos, ne voulant pas voir la déception dans ses yeux.

— Samuel, qu'est-ce qui ne va pas ?

— Rien.

Cette fois, elle avait forcément remarqué la froideur dans son ton.

— Écoute, dit-elle. Cette nuit, j'ai ressenti quelque chose que je n'avais pas éprouvé depuis vraiment longtemps.

Le cœur de Samuel se serra. Il était censé lui répondre qu'il avait ressenti la même chose.

Mais il ne le ferait pas.

Arlie s'adossa contre les oreillers.

— La vérité, c'est que je n'ai pas été entièrement honnête avec toi, poursuivit-elle. Et je ne peux pas laisser les choses aller plus loin entre nous sans que tu saches tout ce qu'il y a à savoir.

Il entendit dans sa voix la même peur qu'il avait sentie le matin de son entretien. Instinctivement, il avait compris qu'elle lui cachait quelque chose, mais cela n'avait pas d'importance parce que, la seule raison pour laquelle elle était engagée, c'était pour amener Mason à commettre une erreur colossale qui le mettrait à la porte de Kane Foods.

À présent, cela n'avait pas d'importance non plus parce que la situation ne pouvait pas aller plus loin entre eux.

— C'est inutile, dit-il.

Faisant le dernier nœud de sa cravate, il la serra autour de son cou. Pour des raisons qu'il ne voulait pas analyser, ce simple geste lui apporta du confort. Le rapprochait de quelque chose qui ressemblait à sa vie normale.

— Inutile ? répéta-t-elle.

Ce n'était pas la question elle-même qui lui fit mal au cœur. C'était la vulnérabilité dans sa voix.

Il avait besoin qu'elle soit en colère contre lui. Qu'elle soit furieuse d'être traitée de cette façon.

Pas qu'elle soit blessée.

Il se tourna vers elle en espérant paraître comme son père : froid et odieux.

— Inutile de s'inquiéter, déclara-t-il. Nous avons cédé à un simple besoin biologique. Il n'y a pas de raison que cela complique les choses.

— Mais tu as dit…

— Nous étions dans le feu de l'action.

Il passa les mains dans ses cheveux en espérant leur imposer un certain ordre.

— C'était une envie d'adolescents que nous n'avions pas eu l'occasion d'assouvir à l'époque, expliqua-t-il. Quand tu prendras le temps d'y réfléchir, je suis sûr que tu seras d'accord sur le fait que continuer serait un choix désastreux pour nous deux.

— Réfléchir à quoi ?

Bon sang ! Il y avait des larmes dans ses yeux, à présent. Il ne voulait pas ça.

Il étudia son beau visage, réalisant qu'elle ne le regarderait plus jamais avec curiosité, gentillesse ou émerveillement, et certainement pas avec le désir qu'elle lui avait témoigné cette nuit.

— Kane Foods a une politique très stricte concernant les relations personnelles au sein de l'entreprise, répondit-il.

— Tu veux dire que *ton père* a une politique très stricte à ce sujet, corrigea-t-elle. Surtout avec les filles de ses anciens employés renvoyés sans motif.

Il choisit de ne pas relever ce détail.

— Vu comme tu as besoin de ce travail, je pensais que tu serais inquiète, fit-il remarquer en se retournant et se baissant légèrement pour regarder son reflet dans le miroir. Sans parler de notre histoire personnelle.

— Comment peux-tu savoir que j'ai besoin de ce travail ?

Sa voix était glaciale, cassante, menaçante.

Il ne répondit pas.

— Tu t'es renseigné sur moi, c'est ça ? s'enquit-elle.

— Je me renseigne sur tous les candidats à l'embauche.

Quand il prit son téléphone dans la poche de sa veste, il vit qu'il avait vingt-trois appels en absence !

Arlie sortit du lit, le drap froissé autour d'elle de manière encore plus jolie et plus saisissante qu'une robe de soirée.

— Et parce que j'ai si désespérément besoin de travail, je vais juste prétendre que cette nuit n'a jamais existé ? répliqua-t-elle.

Ce n'était pas du tout ce qu'il pensait, mais il ne pouvait pas se résoudre à dire les mots qui tournaient dans sa tête.

*Je ne t'ai engagée que pour me débarrasser de Mason.*

— Ce n'est pas ça, répondit-il.

— Alors c'est quoi ?

Il aurait pu partir. Maintenant. Ne pas lui donner de réponse. Aucune explication. La laisser imaginer le pire.

Il se tourna vers elle.

— Quand j'ai entendu ce que mon père t'avait dit…

— C'était ça ? Des excuses ? Crois-moi, Samuel Kane, je suis habituée depuis longtemps à ce que ton père me traite ainsi et je n'ai pas besoin de ta pitié.

— Ce n'est pas ce que…

— Je suis même surprise que tu aies daigné coucher avec moi après ce qui s'est passé chez *Gastronomie*. Tu es au courant, je présume ?

Il la regarda en clignant des yeux. Il y avait beaucoup de choses qu'il détestait, mais être pris au dépourvu faisait partie des pires.

— Non.

— Espionnage industriel. C'est pour ça que j'ai perdu mon précédent poste.

Il ouvrit la bouche. La referma. Puis l'ouvrit à nouveau. Mais rien n'en sortit.

— Ça te surprend ? demanda Arlie en traversant la chambre, le drap froufroutant derrière elle comme la traîne d'une robe de mariée. On a trouvé un accord à l'amiable, alors j'imagine que ce n'est pas apparu sur les rapports que tu as pu lire avant de me contacter.

Elle avait raison sur ce point. À part une cote de solvabilité sévèrement compromise et une quantité non négligeable de retards de paiements, ses antécédents étaient remarquables.

— Le meilleur là-dedans, c'est que je ne suis pas la seule à être au courant, reprit-elle avec un sourire sarcastique. Taegan Lynch l'est aussi. Lors de la soirée sur le yacht, elle m'a demandé de lui fournir des informations sur le Projet Impact, ou elle irait directement voir ton père.

Des souvenirs de cette soirée revinrent à l'esprit de Samuel. L'attitude d'Arlie. Sa crainte. Sa tristesse.

Son ventre se noua.

— Lui as-tu donné ce qu'elle voulait ? s'enquit-il.

Elle le regarda dans les yeux.

— Non.

Il sentit sa poitrine se desserrer.

— Mais j'y ai pensé, avoua-t-elle.

Sa voix se brisa tandis que ses épaules s'affaissaient. Comme si l'aveu rendait le fardeau plus lourd au lieu de l'alléger.

— Je suis fatiguée d'avoir peur. De penser à toutes les choses qui peuvent mal tourner. D'avoir le sentiment que, quoi que je fasse, je ne me sortirai jamais de ce foutoir que je n'ai même pas eu conscience de créer, dit-elle d'une traite.

Il se retint de la prendre dans ses bras. Il voulait tellement la réconforter que ça lui faisait mal.

— Comment ça, tu ne savais pas ? demanda-t-il.

Elle ne répondit pas. Elle se contenta d'aller prendre une sacoche près de son lit et d'en sortir un dossier qu'elle lui mit dans les mains.

— Tiens. Voilà ce que Taegan voulait. Vire-moi, dis à ton père ce que tu dois lui dire me concernant. Ça m'est complètement égal, maintenant.

Il regarda le dossier dans ses mains, essayant de classer les informations qu'Arlie venait de lui donner aussi sereinement que possible.

Ils restèrent immobiles et silencieux un court instant.

— Tu ferais mieux de partir, lança-t-elle soudain, laissant le drap tomber avant de se rendre nue dans la salle de bains. Je dois me préparer à voir nos clients cet après-midi.

Il quitta la chambre et se dirigea vers le hall.

Il fit exactement trois pas avant de s'arrêter et de poser son front contre le mur.

— Je pensais que notre nounou t'avait fait passer cette manie quand tu avais six ans.

Il se raidit en entendant la voix traînante de Mason derrière lui. Rassemblant ce qu'il pouvait de sa fierté en miettes, il se tourna vers son frère à contrecœur.

Ce dernier était impeccablement vêtu, comme d'habitude, et semblait si frais que c'en était agaçant. Comme s'il se réveillait d'une sieste de vingt ans ! Alors que lui…

— Content de te voir, Mason. Et au fait, merci de t'être occupé du shooting photo d'hier.

Mason haussa un sourcil étonné.

— Je savais que tu avais excellé lors de ton master de gestion, mais j'ignorais que le passif-agressif faisait partie de ton programme, fit-il remarquer, moqueur.

— Je t'avais demandé un service simple. Tu m'avais donné ta parole. En même temps, pourquoi l'aurais-tu tenue ?

— Peut-être que j'ai juste pensé qu'Arlie n'avait pas besoin que je la supervise. Peut-être que j'avais assez confiance en son talent et son expertise, et que j'ai senti que mon attention serait plus utile ailleurs.

— Comment s'appelle cet ailleurs ?

Au tressaillement subtil sur le visage de son frère, il sut qu'il marquait un point.

— On se voit à Fort Funston, dit Mason.

Ce n'est que lorsque Mason se fut éloigné que Samuel lui lança :

— Tu seras vraiment là ou notre père devra encore s'excuser pour toi ?

Sans se retourner, Mason marqua une pause et serra brièvement ses poings.

Une fois, juste une fois, Samuel aurait voulu que Mason se dispute avec lui. Donne des arguments. Réagisse à ses inquiétudes et les réfute sans humour, sans cette repartie qui faisait sa réputation. Juste une fois, il aurait aimé pouvoir avoir une vraie conversation sur la vie qu'ils avaient partagée depuis leur arrivée sur cette planète. Il aurait aimé que Mason l'envoie balader. Reconnaisse son existence de n'importe quelle manière.

— Je ne raterai pas ça, répondit Mason sans se retourner.

# - 12 -

Arlie fut très occupée les jours suivants et, franchement, cela lui convint très bien.

À son arrivée dans le vaste hall de convention, elle eut l'impression que c'était une métaphore de son état actuel : c'était vide et ça résonnait.

Samuel avait réussi à l'éviter depuis qu'il s'était échappé de sa chambre comme s'il était poursuivi par une horde de chiens sauvages.

Mais elle ne pouvait pas lui en vouloir. Ce qui s'était passé entre eux était désastreux sur tous les points, particulièrement à la lumière de sa révélation.

Samuel avait été très clair sur le fait qu'il était absolument inenvisageable qu'ils aient une relation amoureuse.

Une nuit de sexe fantastique, oui.

Une relation durable, jamais.

Elle n'y avait pas beaucoup réfléchi. Réfléchir était extrêmement dangereux, en ce moment.

D'un côté, elle avait rendez-vous avec Taegan ce soir et avait l'intention de la décevoir.

Puis il y avait Mason.

Avec l'absence manifeste de Samuel à toutes les réunions et événements de Kane Foods, elle s'était retrouvée à discuter avec son jumeau insouciant. À chaque fois, il s'était montré chaleureux, attentif et charmant.

Amusant. Léger et enjoué.

Tout ce que Samuel n'était pas.

Au dîner de la veille, il lui avait proposé de venir tôt pour lui tenir compagnie ce matin, pendant qu'elle préparerait personnellement les démonstrations des produits Kane Foods.

Elle avait accepté.

Elle était très concentrée, manipulant une boîte de céréale riche en fibres à la recherche de flocons parfaits, quand Mason arriva, deux tasses de café dans les mains.

— De quoi te réconforter, dit-il avec un sourire décontracté.

Elle posa sa pince et accepta volontiers la tasse. En la portant à ses lèvres, elle fut surprise par l'arôme familier de son latte préféré à la vanille et à la cannelle.

— Comment as-tu deviné ? s'enquit-elle.

— Même si j'adorerais m'en attribuer le mérite, j'ai demandé à Charlotte.

— Ah. Charlotte est fantastique.

— C'est vrai.

— Et c'est une bombe, précisa-t-elle en lui adressant un coup d'œil furtif.

— Je suppose. Si on aime le genre bibliothécaire coquine.

— Et c'est ton cas ?

Elle n'avait pas l'intention de poser cette question. Mais elle avait envie de savoir s'il y avait une chance que le béguin évident de Charlotte pour Mason Kane soit réciproque.

— Mademoiselle Banks, dit Mason en imitant la raideur formelle de Samuel, je ne suis pas sûr que ce soit une question appropriée dans le cadre du travail.

— Depuis quand cela compte pour toi ? répliqua-t-elle avec un sourire complice.

— Bien vu.

Il prit une gorgée en regardant autour d'eux comme s'il

craignait que la CIA les observe. Et peut-être que c'était le cas. Rien n'aurait surpris Arlie de la part de Parker Kane.

— Charlotte est incroyablement compétente, vraiment adorable et totalement hors de portée, reprit-il.

— Tu as oublié « complètement entichée de toi ».

Mince !

Encore une phrase qui lui avait échappé.

Mais le brusque changement d'expression de Mason en valait la peine. Il n'était pas du genre à être facilement surpris, et c'était clairement une révélation pour lui.

— Charlotte ? Qu'est-ce qui te fait penser ça ?

Le fait qu'il voulait en savoir plus était très significatif, songea-t-elle, ravie de sa découverte.

— Allons, Mason. Elle peut à peine te regarder.

— Depuis quand est-ce un signe d'intérêt ?

— Depuis qu'il y a des filles timides sur cette planète.

— Je ne l'aurais jamais deviné, murmura-t-il avec un sourire éblouissant.

— Et aurais-tu deviné qu'elle écrit des romans d'amour ?

Oh non…

Elle avait juré de garder le secret.

— Des romans d'amour ? répéta Mason, les yeux pétillants.

— Oui. Exceptionnellement bien écrits. Et très… passionnés.

— En parlant de passion, il était comment ?

Elle toussa. Heureusement qu'elle avait avalé sa gorgée, sinon elle aurait tout recraché !

— Qui ?

— Paul Martine, répondit Mason en s'appuyant contre l'une des immenses cloisons de six mètres de haut de leur stand. Mes espions m'ont parlé de son tempérament.

— De ce côté-là, il n'a pas déçu. Son assistante aura besoin d'une bonne thérapie, un jour !

— Je suis désolé de ne pas avoir pu être là. J'ai eu une urgence de dernière minute.

Une ombre passa sur les traits de Mason. Fugitive.

— Pas grave, répliqua-t-elle en haussant les épaules. Samuel est venu.

— Ça lui ressemble bien ! Toujours parfait. Que penses-tu de la villa de Willow Creek ?

— Incroyable. Mais ton père a eu l'air surpris de me voir.

— Et par « surpris », je devine que tu veux dire qu'il a réagi comme s'il venait de trouver un rat dans sa vichyssoise ?

Elle faillit éclater de rire. Elle ne s'attendait pas à ce que Mason connaisse ce côté de son père.

— Description pertinente, répondit-elle.

— Tu ne dois pas te laisser décontenancer. Depuis la mort de maman, c'est comme s'il voulait fourrer son nez partout.

— Je ne me souviens pas qu'il était spécialement agréable avant non plus.

— Il ne l'était pas, assura Mason avec un air songeur qu'elle avait rarement vu chez lui. Pardonne la métaphore banale sur mon sujet préféré, mais ils étaient comme un cocktail. Maman était le soda et papa le whisky. Elle le rendait plus léger, plus savoureux. Adoucissait son côté amer.

Elle ne s'attendait pas non plus à ce qu'il ait prêté attention à la relation de ses parents.

— À ce propos, poursuivit-il en regardant furtivement autour d'eux avant de sortir une flasque de sa poche.

Il la porta à ses lèves avant de la lui proposer.

Si Samuel était un enfant perdu, Mason était Peter Pan.

— Il est 14 h 30, fit-elle remarquer en jetant un coup d'œil à son téléphone.

Oh ! Seigneur ! Un nouveau message de Taegan.

Tu as intérêt à avoir quelque chose de bien.

— On applique les règles de la conférence, expliqua Mason, très sérieux. Les participants viennent d'un peu tous les pays. C'est sûrement l'heure de l'apéritif, dans l'un d'eux.

Ne voulant pas compromettre leur lien grandissant, elle prit la flasque et la porta à ses lèvres pour une petite gorgée.

De bourbon.

Et du bon. Il laissa une douce brûlure sur son passage, la réchauffant agréablement. Au moment où elle rendit sa flasque à Mason, son téléphone se mit à sonner dans sa poche.

Craignant que ce soit Taegan, elle sentit son cœur s'emballer. Mais non.

— C'est Kassidy. Ma meilleure amie du lycée.

Sans un mot, Mason lui prit son portable des mains et décrocha en mettant le haut-parleur.

— Mais ça ne serait pas Kassidy Nichols, le Cerveau ? lança-t-il. Je corromps ton amie.

Il y eut quelques secondes de silence du côté de Kassidy, pendant lesquelles Arlie sentit son amie fouiller dans sa base de données considérable.

— Bon courage, Mason Kane. Moi, j'essaie depuis des années sans succès, répondit Kassidy.

Arlie eut l'impression de détecter une pointe de séduction dans la voix de son amie.

— Elle a besoin d'argent pour la caution ? s'enquit Kassidy.

— Pas encore, rétorqua Mason, mais ce n'est que le début de la journée. Félicitations pour ta boutique, au fait. Marlowe m'a dit qu'il y a une queue de femmes au foyer de Philadelphie désespérées dans la rue chaque mardi.

— Ce que le Botox et le remodelage des fesses ne peuvent plus faire pour elles, je le leur donne. Enfin, en échange d'un chèque conséquent.

— Tiens-moi au courant si tu es sur le marché, Nichols. Kane Foods a besoin de plus de personnes intelligentes.

— C'est noté, répondit Kassidy avec un rire poli. Dis-moi, Mlle Arlington Banks serait-elle disponible ?

— Elle l'est.

Il enleva le haut-parleur et lui tendit son téléphone.

Avec un sourire contrit, Arlie leva un doigt pour indiquer qu'elle n'en avait pas pour longtemps. Elle s'écarta du stand pour avoir un peu d'intimité.

— Salut, dit-elle en essayant de parler comme une femme qui n'avait pas couché avec un membre de la famille Kane récemment.

— Tu l'as embrassé, c'est ça ?

— Absolument pas ! s'exclama-t-elle. Mason et moi…

— Pas Mason. Samuel.

Comment savait-elle ? Sachant qu'elle ne pouvait pas mentir à son amie bien longtemps, elle choisit la vérité. Du moins une partie.

— Techniquement, c'est lui qui m'a embrassée.

— Et ?

— Quoi ?

— Qu'est-ce que vous avez fait *d'autre* ?

Arlie sentit des gouttes de sueur perler à son front. Soudain, elle fut transportée dans le bureau du principal, le banc en faux cuir craquelé lui grattant l'arrière des cuisses.

— Je… eh bien…, bégaya-t-elle, les joues de plus en plus rouges et chaudes.

— Nom de Dieu ! Tu as *couché* avec lui ?

— Encore une fois, techniquement…

— Est-ce que tu as perdu la raison, Arlie Banks ?

— Écoute, ce n'est pas comme si j'avais prévu que cela arrive. Je suis tombée sur Parker Kane l'autre matin et il a été un vrai connard avec moi. Puis Mason n'est pas venu au shooting photo, alors Samuel l'a remplacé, et le photographe a voulu que l'on fasse les mannequins, et il m'a prise dans ses bras, et ça nous a rappelé quand on s'est embrassés sur le yacht et…

— Tu as embrassé Samuel sur le yacht il y a cinq jours et tu ne m'as rien dit ? demanda Kassidy d'une voix où perçait de la colère. Depuis quand me caches-tu des choses ?

La culpabilité submergea Arlie.

— Je suis désolée, marmonna-t-elle. Je ne sais même plus qui je suis.

Sa gorge se serra tandis que des larmes rendaient sa voix plus grave et lui piquaient les yeux. En observant autour d'elle, elle vit que Mason regardait dans sa direction. Les bras croisés, une certaine inquiétude sur son visage impassible.

— Tu es ma meilleure amie, Arlie.

Ces mots furent une bouée de sauvetage lancée par la seule personne au monde qui avait tout su sur elle à une époque.

— Tu as traversé une rivière de merdes et tu vas en sortir lavée de tout, lui assura Kassidy.

Arlie rit malgré les larmes.

— Tu as piqué ça dans *Les Évadés* ? s'enquit-elle.

— Y a-t-il quelqu'un de mieux que Morgan Freeman pour humaniser une situation désespérée ?

— Merci pour la plaisanterie, répondit Arlie en reniflant et s'essuyant le coin des yeux. J'ai vraiment beaucoup de chance de t'avoir dans ma vie.

— Épargne-moi ces bêtises sentimentales. À ton retour,

je veux des détails. Longueur. Diamètre. Technique. Et la prochaine fois…

— Il n'y aura pas de prochaine fois.

Tandis qu'elle disait cela, les souvenirs du visage calme et impénétrable de Samuel flottèrent dans son esprit. L'espoir idiot qu'elle avait eu en se réveillant et le trouvant dans sa chambre. En croyant que cela avait été aussi important pour lui que ça l'avait été pour elle. Et puis il s'était empressé d'être clair sur le fait qu'elle s'était trompée…

— Ben voyons, répliqua Kassidy, pas convaincue du tout.

— Vraiment. Cela pourrait être très mauvais pour tous les deux. Sur bien des points.

— C'est ça qui fait que c'est excitant.

Et si elle avait raison ?

— Écoute, Kassidy. Il faut que je retourne travailler.

— Tripote Mason pour moi.

— Bizarrement, je pense que cela ne servirait qu'à compliquer un peu plus la situation.

Arlie salua d'un signe de tête une participante à la conférence qui passa devant elle et semblait s'intéresser à son visage mouillé de larmes.

— On dirait que tu aimes quand c'est compliqué, lui fit remarquer Kassidy.

C'était vraiment agaçant, cette capacité qu'avait sa meilleure amie à avoir tout le temps raison.

— Je ferais mieux d'y aller, dit-elle. Je t'aime.

— Je t'aime aussi.

Arlie raccrocha, plaqua le téléphone contre sa poitrine en essayant, en vain, de retrouver un rythme cardiaque normal.

— Tout va bien ? demanda Mason qui apparut à ses côtés.

— Est-ce que les choses vont vraiment bien parfois ?

Mason leva la flasque dans sa direction.

Elle fut prise par un élan inexplicable de gratitude alors qu'elle l'acceptait et prenait une bonne gorgée de bourbon.

— Absolument essentiel pour survivre à une convention, dit-il. Au moins jusqu'à l'heure du cocktail.

— Je peux te poser une question ?

— Tant que cela ne concerne pas des calculs compliqués.

Elle savait que ce questionnement venait d'un endroit en elle qu'elle n'aimait pas spécialement. Un besoin douloureux de validation né directement du rejet de Samuel.

— Qu'est-ce que tu aimais chez moi, à l'époque du lycée ?

Regarder le sourire de Mason s'étendre, c'était un peu comme assister à un lever de soleil.

Il glissa sa flasque dans sa poche et s'appuya contre le mur à côté d'elle. Il y avait quelque chose d'incroyablement surréaliste dans le fait de regarder un visage à la fois aussi ressemblant et différent de celui de Samuel.

— Tu vas me forcer à admettre quelque chose de très peu flatteur me concernant, fit-il remarquer en grimaçant.

— J'ai du mal à imaginer que ce soit possible !

— Bon. Je me lance. Notre père trouvait la notion d'argent de poche ridicule. Selon lui, si tu ne travailles pas, tu n'as pas d'argent à dépenser.

— Ça lui ressemble bien.

— Samuel travaillait et était assez imprudent pour cacher une partie de ses économies dans son tiroir à chaussettes. Le gars plein d'initiative que j'étais faisait occasionnellement des incursions pour piquer dans ses ressources.

— Tu le *volais* ?

— J'aimais voir cela comme des emprunts entre frères. Quoi qu'il en soit, c'est lors de l'une de mes excursions clandestines que j'ai découvert un poème écrit pour une *certaine personne*.

Un haussement de sourcils peu subtil lui fit comprendre de manière assez directe qui était cette personne.

Elle.

Samuel lui avait écrit un poème.

— Et on arrive à la partie peu flatteuse, reprit Mason. Je savais que Samuel n'aurait pas le courage de te le donner, mais j'ai pensé que si je le faisais il pourrait être galvanisé. Étant donné l'antipathie qu'il éprouve depuis toujours à mon égard.

— Donc si je résume : tu ne t'es jamais intéressé à moi ?

— Bien sûr que si. J'étais un ado excité, et tu étais une fille attirante et disponible. Mais sortir avec toi n'était pas ma motivation principale.

Elle ne savait pas si c'était l'alcool ou l'étalage de lumières clignotantes et de drapeaux colorés des stands alentour, mais elle commençait à avoir la tête qui tournait.

Plusieurs séquences de son histoire personnelle avaient été réécrites, au cours de ces deux dernières semaines.

— Eh bien, murmura-t-elle en s'adossant contre le mur dans une posture imitant celle de Mason. Pour une surprise.

— Je suis plein de surprises.

— Puisqu'on est en pleines confidences. Je n'ai jamais compris pourquoi tu es le préféré de ton père. Sans vouloir te vexer.

— Je ne le suis pas.

Mason resta silencieux un moment avant de reprendre :

— Quand quelqu'un t'admire, veut être comme toi, à un moment donné, tu dois décider si cette admiration est méritée. Pour mon père, je pense qu'il est plus facile de donner l'impression à Samuel qu'il n'est pas à la hauteur qu'admettre qu'il n'est pas le genre d'homme que l'on veut imiter.

Arlie prit le temps d'assimiler ce qu'il venait de dire et éprouva une pointe de pitié pour le petit garçon qu'avait été Samuel. Pour la peine et la déception qu'il avait dû endurer.

— En ce qui concerne le fait que je suis le préféré, continua Mason, je ne pense pas que ce soit vraiment le cas.

— Je vais avoir besoin de plus de détails.

— Mon père ne fait pas mon éloge parce qu'il pense que je le mérite. Il ne me défend pas parce qu'il approuve mon comportement.

— Alors pourquoi le fait-il ?

— Car c'est facile. Quand il me regarde, il ne voit pas une meilleure version de lui-même, un homme qu'il aurait voulu être mais qu'il n'est pas.

Ce n'était pas du tout la conversation qu'elle avait imaginée.

— Tu as déjà parlé de ça avec Samuel ?

Mason éclata de rire.

— Quelles sont les chances que mon avis sur sa relation avec notre père intéresse mon frère ? Ou sa relation avec n'importe qui, d'ailleurs.

— Je ne sais pas, murmura Arlie, songeuse. Vous êtes jumeaux. On ne fait pas plus proches. Et ça vaut ce que ça vaut, mais tu es bien plus perspicace que tu aimes le faire croire.

Son visage jovial s'assombrissait progressivement.

— Parfois, il est plus facile de laisser les gens croire qu'ils te connaissent, dit-il.

— J'imaginais connaître Samuel, avoua-t-elle sans trop savoir pourquoi elle lui disait ça. Apparemment, je me trompais.

— Qu'est-ce qui te fait dire ça ?

— Millhaven Foods.

Depuis que Taegan avait évoqué cette histoire, Arlie y pensait sans cesse.

— Qui t'a parlé de ça ? demanda Mason.

Elle envisagea brièvement de lui raconter tout ce qui s'était passé entre elle et Taegan, mais le simple fait d'y songer lui donna envie de s'enfuir en courant.

— Oh. Ce n'est pas vraiment important, répondit-elle.

— Cette personne t'a-t-elle aussi dit que Samuel avait payé les frais de scolarité des quatre enfants Millhaven de sa poche ?

Arlie cligna des yeux, cette information la faisant presque chavirer.

— Non, je n'étais pas au courant.

— T'a-t-on aussi dit qu'il avait créé une bourse Millhaven à Harvard ?

— Non plus.

Elle ne savait pas trop comment réagir. Après ce qui s'était passé entre Samuel et elle le lendemain de leur nuit d'amour, elle aurait voulu découvrir qu'il était un monstre. Or c'était loin d'être le cas…

— J'apprécie ton sens de la loyauté, Mason, mais si c'est une tentative pour racheter ton frère, je crains que cela ne fonctionne pas.

Elle prit les pinces sur la surface grise du comptoir et examina les flocons dans sa pile « à garder » pour trouver la forme et la couleur idéales à ajouter au bol.

— Je ne savais pas qu'il avait besoin de se racheter, fit remarquer Mason, visiblement surpris.

— Disons juste que presque chaque rencontre avec lui s'est mal terminée.

Techniquement, ce n'était pas un mensonge. Mais ce n'était pas complètement la vérité non plus.

— Penses-tu qu'il ait encore des sentiments pour toi ?

Les paroles de Mason lui firent l'effet d'un coup de poing dans le ventre.

— Est-ce que cela aurait de l'importance ? rétorqua-t-elle, ne voulant surtout pas penser à cette éventualité. J'ai eu l'impression que ton père désapprouvait avec véhémence les histoires d'amour au sein de l'entreprise.

Mason esquissa un sourire en coin.

— Si mon père n'était pas contre un *rapprochement* entre ses employés, cela serait-il important ?

Les joues d'Arlie devinrent brûlantes.

— Non, assura-t-elle. J'admets avoir eu un petit béguin pour Samuel à l'époque, mais…

Mason éclata de rire.

— Un *petit* béguin ? Arlie, te regarder inventer des excuses pour passer devant la bibliothèque quand Samuel y était a été mon passe-temps préféré pendant trois ans !

— Écoute, beaucoup de choses ont changé, depuis.

C'était l'euphémisme du siècle !

— Et alors ? Mon frère a été un idiot froid et autoritaire depuis que tu as commencé à travailler pour nous. N'y a-t-il pas la moindre petite partie de toi qui veut voir comment il réagirait s'il pensait que toi et moi étions ensemble ?

Oh ! mais cette partie d'elle n'était pas petite…

— Peut-être, avoua-t-elle.

— D'accord. Écoute-moi bien, alors. Mon plan d'adolescent avait un gros défaut.

— Lequel ?

— Tu ne participais pas.

— Je ne te suis pas.

— Tant que Samuel ne pensait pas que tu t'intéressais à moi, il n'avait aucune raison d'intervenir. Mais aujourd'hui, s'il s'imaginait que tu pourrais me retourner mon affection…

— Que proposes-tu ?

Il regarda furtivement d'un côté puis de l'autre et se rapprocha d'elle avant de passer un doigt sous son menton pour pencher son visage vers le sien.

Un bref instant, elle put comprendre la fascination de Charlotte. Mason était un homme excessivement attirant. À l'exubérance extravagante. Tels des feux d'artifice en février. Un flamboiement solaire et une lumière aveuglante.

Il passa son pouce sur ses propres lèvres.

— On fait semblant, répondit-il.

— Et quel serait le but de ce jeu ? demanda-t-elle, des papillons voletant dans son ventre.

— Deux solutions. A, Samuel admet qu'il éprouve un truc pour toi depuis qu'il est gamin. B, on se venge et ça l'emmerde. Dans un cas comme dans l'autre, je passerai un bon moment.

Il remua lascivement les sourcils.

Arlie n'était pas particulièrement fière d'admettre que son issue préférée serait la C : les deux à la fois.

— Mason Kane, dit-elle en lui tendant la main. Marché conclu.

Au lieu de la lui serrer, il passa son bras autour de sa taille comme il l'aurait fait s'ils formaient un couple heureux en train de se promener.

Elle le regarda, l'air perplexe.

— L'entraînement mène à la perfection, affirma-t-il, pince-sans-rire.

— Si tu le dis.

— Notre soirée de remerciement aux fournisseurs à

Fort Funston a lieu ce soir. Est-ce que par hasard tu aimerais faire équipe avec moi, dans ces périlleuses dunes ?

— J'en serais ravie, répondit-elle, surprise de réaliser que c'était vrai.

— Alors c'est comme si c'était fait !

# - 13 -

Samuel Kane se retrouvait dans un enfer qu'il avait lui-même bâti.

Ce qui était le pire, selon lui.

Le décor ridiculement beau renforçait sa contrariété.

Sous ce coucher de soleil magnifique, il était forcé d'accueillir un événement destiné à des gens que, pour la plupart, il ne pouvait pas supporter.

Les voitures étaient arrivées en une procession régulière, des drapeaux guidant les invités vers une tente d'accueil parmi les dunes de Fort Funston. Derrière une table, Charlotte leur distribuait des badges nominatifs tandis que les serveurs se frayaient un chemin dans la foule avec des plateaux de flûtes de champagne et d'amuse-bouche.

Samuel se tenait parmi eux, enfreignant sa propre règle en consommant de l'alcool au travail. Il avait bu son premier verre dès qu'il avait vu Mason en grande discussion avec Arlie.

S'il en avait bu un autre assez rapidement, ce n'était pas du tout parce que Mason et Arlie semblaient former un couple parfait, avec leurs tenues coordonnées peut-être volontairement.

Arlie éclata de rire et toucha le bras de Mason.

En voyant le plaisir sur le visage de son frère, Samuel faillit faire exploser son verre dans son poing.

À cet instant, Charlotte apparut à côté de lui, tel un fantôme.

— Voulez-vous accueillir les invités ? s'enquit-elle.

Il regarda sa montre et hocha la tête. Il était l'heure.

En observant la foule, il ne s'était jamais senti aussi agacé.

Tous ces gens étaient là pour l'alcool et le buffet gratuits. Ce n'étaient que de riches idiots ennuyeux et stupides choisis par son père.

Après avoir prononcé des banalités sur le fait d'être honoré par leur présence et ravi à l'idée de travailler avec eux, il adressa un signe de tête à Charlotte, qui s'avança avec un bloc-notes, mal à l'aise.

Il savait qu'elle détestait être le centre de l'attention et s'adresser à un public.

Ce qui n'empêchait pas son père de la mettre régulièrement dans ce genre de situations pour qu'elle surpasse cette « faiblesse de caractère ».

Remarquant sa détresse, Samuel était sur le point de demander à l'assemblée de se taire quand Mason glissa deux doigts dans sa bouche et siffla comme il le faisait pour réunir ses potes dans la cour du lycée.

— Hello ! cria-t-il quand tout le monde se tut. Cette jolie dame a besoin de votre attention.

Charlotte afficha un sourire reconnaissant en rougissant.

Intéressant.

— Nous avons un total de douze buggies de dune, dit Charlotte en désignant la rangée de véhicules rouge et noir ornés de drapeaux avec le logo Kane Foods pour l'occasion. Je vais lire les noms des duos participants. Veuillez trouver votre partenaire et choisir votre véhicule.

Samuel ne l'écouta pas vraiment. Il finissait sa flûte de champagne quand elle arriva au dernier couple.

Mason Kane et Arlie Banks.

C'était exactement ce qu'il avait demandé à Charlotte d'écrire.

Mason et Arlie se tapèrent dans les mains, visiblement ravis de ce hasard, et choisirent l'avant-dernier buggy.

Après un échange bref mais amical, ce fut Arlie qui s'installa derrière le volant. Mason se pencha, son avant-bras effleurant ses seins tandis qu'il lui montrait les boutons.

Maintenant, Samuel ne voulait pas juste écraser son verre. Il voulait le manger !

— GlowFit n'est pas venu, annonça Charlotte en lui présentant sa liste. On a un buggy en trop.

— Je vais le prendre.

Charlotte le regarda, inquiète.

— Mais vous avez dit que vous ne…

— J'ai changé d'avis.

D'un pas assuré, il se dirigea vers le buggy libre, adressant à Mason un signe de tête en passant. Il s'installa dans un siège en cuir chauffé par le soleil et boucla sa ceinture avant de vérifier le tableau de bord.

Même s'il ne comptait pas participer à cette activité, il savait conduire un tel véhicule.

— Un instant d'attention, s'il vous plaît ! s'exclama Charlotte. Nous avons des cadeaux pour tous les participants, mais la première équipe à trouver le butin Kane Foods recevra deux billets pour Saint Barth !

Des applaudissements enthousiastes fusèrent.

— À vos marques. Prêts ? Partez !

Le bruit des moteurs noya les rires des participants et, un par un, les véhicules quittèrent la ligne de départ.

Arlie et Mason démarrèrent, leurs pneus chassant le sable comme un arc-en-ciel de particules.

Samuel les suivit, gardant une distance de sécurité tandis qu'ils disparaissaient au-delà de la colline dans la mer beige infinie.

Arlie jeta un coup d'œil derrière elle et, en le voyant si près, appuya suffisamment sur la pédale pour que Mason doive s'agripper au cadre noir couvert de mousse.

Samuel éprouva une sensation à laquelle il n'était pas habitué et eut la chair de poule tandis qu'il adoptait la même vitesse qu'eux.

En les suivant vers un talus pentu, émerveillé, il marqua une pause. Quand ils arrivèrent en haut, il vit un petit coin de ciel bleu apparaître entre leurs pneus et le sable.

Une partie de lui qu'il n'aimait pas se délectait du fait que Mason n'avait pas encore lâché le cadre.

Il les perdit de vue lorsqu'ils disparurent de l'autre côté du talus.

Quand il écrasa la pédale de l'accélérateur, son volant pivota brusquement sur la gauche et son véhicule fit une embardée. Son pare-chocs frappa une barre de sable, ses roues se bloquèrent, mais son corps et l'arrière du buggy continuèrent sur leur lancée. L'étrange mouvement gravitationnel sembla se dérouler au ralenti.

Un souvenir ancien lui revint brusquement à l'esprit.

Alors qu'il n'avait pas encore cinq ans, il avait laissé Mason le convaincre de se cacher dans un pneu de tracteur pendant une partie de cache-cache. Il venait de s'installer quand Mason et ses amis avaient décidé que faire rouler le pneu dans la colline vers le lac Hetherington serait amusant.

Ce souvenir lui revint avec une précision vertigineuse alors que le ciel et la terre s'inversaient. Il fit un tonneau, la ceinture de sécurité s'enfonça dans son cou et son torse, et il se retrouva la tête en bas, du sable plein la bouche et le souffle coupé.

La dernière chose qu'il entendit avant qu'une couverture noire tombe sur le monde fut le hurlement d'Arlie.

# - 14 -

Si Arlie avait dû identifier l'émotion qui prédominait à cet instant précis, cela aurait été la culpabilité. Sa comédie avec Mason avait un peu trop bien fonctionné. Ils avaient exagéré. Elle ne pouvait pas le nier.

Mason qui lui tendait des flûtes de champagne.

Mason qui ajustait son badge un peu trop près de sa poitrine.

Mason qui écartait une mèche de cheveux de son visage.

À vrai dire, elle savait que Samuel avait décidé de ne pas participer à l'activité avec les buggies. Quelques mails entre Charlotte et elle lui avaient fourni à peu près tous les renseignements dont elle avait besoin.

Alors, quand elle l'avait vu prendre le buggy qui restait, elle avait été à la fois ravie et troublée.

Voulait-elle qu'il soit jaloux ? Oui !

Voulait-elle qu'il risque sa vie ? Bien sûr que non !

Sans hésitation, elle avait insisté pour monter dans l'ambulance avec lui. À l'arrière du véhicule qui cahotait sur le chemin de sable, malgré les bips des machines et la sirène hurlante, elle avait écouté attentivement les urgentistes qui contrôlaient méthodiquement chaque partie de son corps.

Ils lui avaient posé une intraveineuse dans le bras, et, après avoir déterminé la source et la gravité de sa douleur, lui avaient administré du Dilaudid.

Voir le front crispé de Samuel se détendre sous l'effet du médicament la soulagea.

Elle se pencha vers lui et essuya délicatement le sable sur sa joue. Il prit maladroitement sa main dans la sienne et la serra.

Une fois à l'hôpital, ils attendirent deux heures avant que Samuel soit examiné, mais le verdict final fut moins grave qu'ils ne le craignaient. Fracture de la clavicule gauche. Par chance, ce n'était pas une fracture complexe qui exigeait une opération. En revanche, il devrait être ligoté comme un rôti pendant les six prochaines semaines.

— Je vais vous renvoyer chez vous avec une prescription d'antidouleurs pour quelques jours, mais je vous recommande un suivi avec votre généraliste dès que possible, lui conseilla le médecin. Avez-vous d'autres questions ?

— Non, répondit Arlie. Samuel ?

Samuel se contenta de secouer la tête.

Arlie remercia le docteur et se tourna vers Samuel.

— Je vais passer quelques coups de fil, d'accord ?

Il acquiesça d'un hochement de tête et ferma les yeux.

Dans le couloir qui sentait l'antiseptique et la cire pour le sol, elle commença par appeler Mason pour lui donner des nouvelles de Samuel, puis Charlotte, qui insista pour envoyer une voiture les récupérer.

Moins de quinze minutes plus tard, elle reçut un message l'informant que leur chauffeur était arrivé et les attendait à la sortie des urgences.

Samuel insista pour marcher, refusant le fauteuil roulant.

Ensemble, ils sortirent d'un pas traînant sur le trottoir, où un homme en costume sombre ouvrit la portière côté passager d'une longue limousine noire.

Samuel s'arrêta et regarda Arlie d'un air quelque peu désespéré.

— D'accord, dit-elle. Je vais t'aider à t'installer.

Elle saisit délicatement le bras valide de Samuel et posa la main sur sa tête pour s'assurer qu'il ne se cogne pas. Il se laissa tomber sur la banquette en cuir avec une grimace de douleur.

Arlie s'assit après lui et adressa un signe de tête au chauffeur tandis qu'il fermait la portière derrière eux.

Samuel ouvrit le minibar qui contenait diverses mignonnettes d'alcool.

— Je vais en prendre une, dit-il.

— Je ne suis pas sûre que ce soit une bonne idée.

— Mason le ferait, lui.

— Je ne sais pas si je ferais confiance aux instincts de Mason, dans cette situation particulière.

Samuel montra la mini-bouteille de vodka du doigt.

— Pourquoi est-elle si petite ?

Arlie se mordit la lèvre pour ne pas rire.

— Erreur de fabrication ?

Samuel posa sa tête contre le dossier de la banquette et ferma les yeux.

Les lumières lointaines de San Francisco brillaient à travers les vitres teintées comme un tapis d'étoiles. Ils ne retournaient pas à la villa des Kane au domaine viticole de Willow Creek, mais se rendaient dans un hôtel que Charlotte avait réservé.

— J'ai beaucoup réfléchi, ces derniers jours, déclara soudain Samuel, les yeux toujours fermés.

Le cœur d'Arlie palpita dans sa poitrine.

— Ah bon ?

— Oui. Et j'ai réalisé quelque chose. Tu aimerais savoir quoi ?

— Évidemment, répondit-elle, pas du tout sûre que ce soit le cas.

— Après mûre réflexion…, commença-t-il avant de marquer une pause pendant laquelle Arlie crut qu'il allait soit s'endormir, soit perdre le fil de ses pensées. Eh bien, je suis presque certain que j'étais amoureux de toi, autrefois.

Heureusement qu'elle était assise !

Les battements de son cœur s'accélérèrent, résonnant dans ses oreilles. Et peut-être même dans l'habitacle !

— Quel souvenir t'a fait arriver à cette conclusion ? s'enquit-elle.

— Tu te souviens quand Marlowe a fait une soirée pyjama pour ses quinze ans ?

Elle se souvenait, oui.

Elle se rappelait chaque détail.

Ce groupe de filles riches aux longues jambes et aux sourires sans appareil dentaire, contrairement au sien. Les sacs de couchage de marque. Le hangar à bateaux décoré avec des couvertures et des oreillers vert écume, la couleur préférée de Marlowe.

— Oui, répondit-elle.

— Avant la soirée, je me suis introduit dans le hangar, j'ai ouvert deux fenêtres et je me suis trouvé un endroit pratique dans l'arbre en face.

— Dans l'espoir d'assister à une bataille de polochons ?

— Peut-être. Mais une des filles s'est violemment disputée avec Marlowe en lui disant qu'en fait elle la détestait et qu'elle n'avait accepté son invitation que pour essayer de se faufiler dans la chambre de Mason.

Oh ! elle se souvenait de qui il s'agissait.

Brittany Payne.

À l'époque, c'était la plus jeune première ballerine du Philadelphia Ballet. Aujourd'hui, elle était caissière dans une banque et avait trois enfants. Comme quoi.

— Mais *toi*, poursuivit Samuel, tu t'es interposée et tu

lui as dit qu'elle ferait mieux de partir en prétextant être malade ou tu lui donnerais une bonne raison de disparaître.

— J'ai dit ça, moi ? demanda Arlie, sachant pertinemment que c'était vrai.

Elle avait eu conscience, déjà à l'époque, qu'elle venait de graver son nom sur la liste noire de Lennox Finch.

— Oui. C'est ça, mon souvenir.

Étant donné qu'une histoire d'amour sérieuse entre eux était complètement impossible pour diverses raisons, quel intérêt avait-elle à savoir cela maintenant ? Et quel rapport avec ce qu'il venait de lui avouer, à savoir qu'il était amoureux d'elle ?

Elle décida de mettre ça sur le compte de son accident et des antalgiques.

— Je suis désolé, murmura-t-il. Je n'aurais pas dû te le dire.

Sa main tomba lourdement sur le siège en cuir entre eux.

Arlie l'observa. Ses ongles soigneusement limés. Le durillon sur son pouce, à l'endroit où il tenait son stylo.

Et toute cette force, cette énergie qu'il dégageait.

Elle serra le poing pour se retenir de lui prendre la main.

— Inutile de t'excuser, dit-elle.

« Je suis à peu près certaine que je t'aimais aussi », se garda-t-elle d'ajouter.

# - 15 -

Si cette journée avait un thème, ce serait l'humiliation, songea Samuel.

D'abord, un tonneau avec ce fichu buggy. Puis un tour aux urgences dans une ambulance hurlante. Et maintenant, traverser le hall d'un hôtel avec des colonnes en marbre en blouse d'hôpital et pantalon déchiré.

Le seul point positif dans l'équation fut apporté par la personne la plus improbable : son père.

S'estimant trop important pour séjourner dans les logements rattachés au centre de convention, ce dernier avait demandé à Charlotte de leur réserver des chambres à Fairmont. Ce qui voulait dire que les participants à la conférence logeaient ailleurs et n'assisteraient donc pas à son arrivée lamentable à l'hôtel.

— Jusqu'ici, tout va bien, dit Arlie, son bras glissé sous le sien.

Ils passèrent devant un groupe d'hommes qui sortaient du restaurant, leurs rires résonnant dans le grand hall.

Arlie était étonnamment forte pour sa taille, et s'était avérée d'une grande aide pour le faire entrer et sortir de la limousine.

Ses souvenirs flous de leur trajet de retour de l'hôpital représentaient l'humiliation numéro 1 583. Maintenant que les effets des antidouleurs se dissipaient et que ses idées redevenaient plus claires, il avait le sentiment que ses déclarations inconsidérées de tout à l'heure allaient lui revenir en pleine face.

Ils atteignirent enfin l'ascenseur et montèrent jusqu'au douzième étage. Ils parcoururent le couloir heureusement vide jusqu'à sa porte. Arlie prit la carte dans son portefeuille et la passa dans le détecteur.

Ils sentirent un petit courant d'air frais quand elle alluma les plafonniers.

— Allons te mettre au lit, proposa-t-elle.

Il se figea. Pas question de glisser son corps plein de sueur et de sable dans des draps propres !

— Je ne peux pas, dit-il. Pas avant d'avoir pris une douche.

Arlie se tenait devant lui, son débardeur blanc sali, les joues rougies par le soleil, les cheveux emmêlés par le vent rassemblés en une tresse dans son cou. L'inquiétude marquait ses grands yeux bleus.

— Tu es censé ne pas mouiller ton bandage, tu te souviens ?

— Si je ne mouille pas le reste de mon corps, il est hors de question que je me glisse dans ce lit, rétorqua-t-il.

Elle souffla pour écarter une mèche de cheveux de ses yeux et se frotta les mains avec la détermination d'une infirmière sur un champ de bataille.

— Je vais voir ce que l'on peut faire, dit-elle en poussant la porte de la salle de bains.

Il y avait quelque chose de réconfortant dans la manière dont elle avait dit ça, songea-t-il en la rejoignant. Comme s'ils formaient une équipe.

— Vive les combos douche/baignoire ! s'exclama-t-elle.

Elle s'approcha du cube de marbre et de verre, ouvrit la porte et enleva la pomme de douche de son support.

— Ça devrait le faire, ajouta-t-elle.

— Je suis sûr que je peux me débrouiller. Merci pour ton aide.

Elle haussa un sourcil avec un sourire mi-amusé, mi-insulté.

— Tu ne te débarrasseras pas encore de moi, Samuel Kane.

Elle détacha le pommeau, tourna le robinet et tint le jet sur sa main jusqu'à ce qu'elle soit satisfaite de la température.

— Maintenant, monsieur. On se déshabille.

— Tu n'as vraiment pas besoin de m'aider pour ça.

— Tu oublies que je t'ai déjà vu nu. Deux fois. Il n'y a absolument aucune raison d'être aussi pudique.

Le problème n'était pas qu'elle le voie nu.

Mais ses souvenirs d'eux nus *ensemble*.

Déjà, son esprit avait lancé un diaporama. Même dans le brouillard généré par les antidouleurs, il sentit… un problème grossir.

— J'ai eu mon quota d'humiliation pour la journée, marmonna-t-il.

— Ça ira plus vite si tu coopères.

Elle desserra les liens de sa blouse d'hôpital. Avec une délicatesse experte, elle l'aida à retirer le vêtement de fortune, le jeta par terre et libéra avec mille précautions son bras en écharpe.

— Chaussures, ordonna-t-elle.

Docilement, il les enleva, le sable craquant entre la plante de ses pieds et le sol en marbre froid. Il avait perdu ses chaussettes dans la bataille.

— Ça, je peux le faire d'une main, dit-il vivement en reculant quand elle toucha sa ceinture.

— Je n'en doute pas, répliqua-t-elle, moqueuse.

La ceinture défaite et la fermeture descendue, son pantalon tomba sur ses chevilles. Il ne restait plus que son boxer, mais il ne savait pas trop s'il pourrait l'enlever seul sans se plier.

Retenant un sourire, Arlie glissa ses pouces sous l'élastique et descendit son boxer le long de ses jambes.

Jamais il ne s'était senti aussi nu de toute sa vie !

Par chance, Arlie sembla le comprendre et garda les yeux rivés sur les siens.

— Je pense que la meilleure option serait que tu te tiennes face au miroir, dit-elle. Comme ça, ton bras sera loin de l'eau.

— Ça me semble raisonnable, en effet, marmonna-t-il.

Il entra dans la douche et adopta la position proposée.

— Tu vas être trempée.

— Pas grave ! répliqua-t-elle en riant.

Elle enleva son pantalon et entra dans la douche en culotte, soutien-gorge et débardeur.

— J'ai dû participer à une centaine de lavages de voitures pour l'association « Les débutantes contre les chauffeurs ivres », quand j'étais à Lennox Finch, expliqua-t-elle en attrapant le pommeau de douche.

— Ravi d'être comparé à une voiture.

— Je t'en prie.

Elle dirigea soigneusement le jet d'eau loin de son bras blessé. L'eau chaude fut une bénédiction sur ses muscles endoloris.

Elle prit un gant moelleux, le mouilla et y versa une dose de gel douche. Puis elle se plaça derrière lui et passa le gant sur son dos avec de longs gestes délicats.

Il sentit la tension qui semblait être en lui depuis des années fondre peu à peu sous ses mains habiles.

— C'est très agréable, murmura-t-il.

Et c'était vrai.

Que l'on s'occupe de lui. Que l'on veille sur lui. Qu'on le regarde. Il n'avait jamais ressenti ça dans sa vie d'adulte.

— Tant mieux, répondit-elle.

Toujours derrière lui, elle passa le gant sur son torse, son ventre, mais s'arrêta quand elle s'approcha de son entrejambe.

— Tu veux prendre la suite ? suggéra-t-elle.

— Pourquoi ?

C'était étrange de voir comment un simple mot pouvait ébranler le mur fragile qu'il avait essayé de bâtir entre eux. En fait, il n'y avait plus aucun mur entre eux deux, mais une constatation évidente : il avait envie d'elle.

Il sentit la respiration d'Arlie s'accélérer derrière lui.

Le gant effleura son nombril, puis son sexe, et les tétons d'Arlie se pressèrent contre son dos à travers le tissu de son débardeur.

— Samuel ?

— Oui ?

— Je peux te toucher ?

— S'il te plaît, oui.

Puis le gant disparut et un grondement qu'il ne put contenir monta du plus profond de lui alors qu'il baissait les yeux, observant cette partie de son anatomie glisser entre les doigts délicats d'Arlie. Il plaqua sa main valide contre le mur en marbre.

— J'ai besoin que ce soit clair, dit-elle en continuant de caresser avec son pouce son sexe qui enflait. Est-ce que l'on est en train de céder à un simple *besoin biologique* ?

Il se retourna et savoura sa surprise quand il prit ses lèvres d'assaut.

Elle gémit contre sa bouche, s'ouvrant à lui pour autoriser son exploration avide, sa langue caressant la sienne.

L'embrasser, c'était comme la première bouffée d'oxygène en revenant à la surface après avoir failli se noyer.

Il ne s'en lassait pas.

Le bout tendre du lobe de son oreille. La peau délicate de son cou. Ses tétons doux et nacrés. Son ventre plat et ferme. Son cœur qui battait la chamade.

— Il faut que je te goûte, murmura-t-il d'une voix rauque en posant sa main sur sa culotte.

Elle sourit, et enleva son débardeur et son soutien-gorge avant de tourner le robinet pour arrêter l'eau.

Ils sortirent de la douche et retournèrent dans la chambre, leurs corps mouillés laissant une trace sur le marbre et la moquette. Avec son aide, il s'installa sur le lit, son bras blessé posé sur des oreillers.

— Retire ta culotte, ordonna-t-il.

Elle se mordit la lèvre inférieure en prenant le tissu mouillé entre son pouce et son index pour le faire glisser le long de ses cuisses sans jamais rompre le contact visuel.

— Bien. Maintenant, détache tes cheveux.

Elle obéit, libérant sa chevelure qui couvrit ses seins nus alors qu'il avançait son bras valide. Elle monta prudemment sur le lit, son magnifique corps se raidissant parce qu'elle faisait attention à lui.

— Tu es sûr ?

— Oui. Viens ici.

La main dans le creux de son dos, il la guida vers le haut du lit.

Il passa ses doigts le long de sa cuisse.

Il aurait pu continuer comme ça éternellement.

Regarder son ventre se contracter chaque fois que son doigt remontait sur la peau douce de l'intérieur de sa cuisse. La manière dont ses dents s'enfonçaient dans sa lèvre inférieure quand il s'arrêta à quelques millimètres de son sexe avant de passer à l'autre jambe.

— Tu veux ma bouche sur toi ? demanda-t-il en effleurant ses plis doux avec ses lèvres.

— Je t'en prie, murmura-t-elle en fermant les yeux.

— Dis-le-moi.

— Je veux ta bouche sur moi.

— Regarde-moi quand tu le dis.

Elle ouvrit les yeux et il vit un ciel d'été bouillonner dans son regard provocant.

— Je veux ta bouche sur moi, Samuel.

Il la fit glisser vers lui pour qu'elle se rapproche de ses lèvres. À cet instant précis, il se sentait ancré dans sa vie réelle. Une vraie personne avec une existence à part entière. Séparé de son père. Séparé de sa famille. Séparé de son identité de Kane.

Puis il y avait Arlie. Nue. Vivante. Pleine de désir. Le regard brillant.

Il voulait lui dire de ne pas en montrer autant. De ne pas en donner autant. Mais il savait qu'elle en était incapable. Elle était sincère dans tout ce qu'elle faisait. Quand elle se donnait, ce n'était pas seulement avec son corps mais avec toute son âme.

Il se pencha et embrassa un grain de beauté à l'intérieur de sa cuisse, puis un autre, suivant la constellation vers la source du plaisir le plus intense qu'il ait jamais connu.

Il la torturait et il le savait. Mais il ne voulait pas que ce moment prenne fin. Arlie était comme le matin de Noël. Une attente grisante, des cadeaux étincelants et encore intacts. Le champ des possibles.

Comme si elle sentait son hésitation, elle glissa une main sur son ventre, ses longs doigts passant dans ses boucles et écartant les plis de son sexe.

— Je suis tellement mouillée pour toi, Samuel.

Il frémit quand elle passa ses doigts sur ses lèvres. Ils avaient l'odeur et le goût de la terre et de la pluie.

Incapable d'attendre une seconde de plus, il se pressa contre elle et glissa sa langue dans son intimité.

Arlie retint brusquement son souffle.

Cette saveur… Elle était comme le péché et le salut. La douceur et la corruption. La combinaison la plus enivrante qu'il ait jamais connue.

Même s'il la léchait jusqu'au jour de sa mort, il n'en aurait jamais assez. Enfonçant le bout de sa langue dans ses plis trempés, il commença sa lente exploration. Et pendant qu'il explorait, il fit ce qu'il avait toujours fait.

Il étudiait.

Mémorisant chaque ride et courbe. Observant ce qui la faisait se mordre la lèvre, quels endroits et quels mouvements faisaient s'accélérer sa respiration. Pendant tout ce temps, il évitait le bouton chaud et sensible au sommet de sa vulve.

Les soupirs impatients qu'elle poussait exprimaient à la fois de l'excitation et de la frustration. Ses hanches ondulaient impatiemment contre lui. Son désir faisait grandir le sien.

Ses intentions étaient aussi simples qu'égoïstes : il avait besoin de la voir jouir. Il voulait qu'elle vienne sur lui, qu'elle le chevauche comme une statue de marbre au clair de lune.

Enfin, au bout d'un long moment, il lécha son clitoris.

Elle eut un hoquet. Son corps se redressa brusquement comme si un courant électrique l'avait traversée. L'orgasme arriva dans un « Oh ! » simple et torride.

S'il avait été musicien, il aurait rejoué perpétuellement cette note. Il aurait composé toute une symphonie sur ce thème. Tout ce qu'il voulait à cet instant, c'était l'entendre encore et encore. L'entendre toujours.

Quand elle serra ses cheveux dans ses mains, la douleur et le plaisir se propagèrent dans tout son corps. Il passa sa langue sur son clitoris gonflé.

Elle frissonna. Il savait que l'orgasme était proche.

Il ralentit le rythme. Il voulait la rendre aussi folle de désir que lui. Mais il ne pouvait plus s'arrêter. Il était perdu dans sa propre ascension vers le plaisir, s'abreuvant de son plaisir à elle comme le sol boit la pluie printanière.

C'était la vie.

Arlie était la vie.

Ses seins avaient pris une couleur rose et s'étaient couverts d'une fine pellicule de sueur. Son ventre frémissait et ses tétons mordorés étaient durs comme des perles.

Il accéléra le rythme, faisant vibrer sa langue contre elle, se délectant de son nectar.

— Samuel…

Elle contracta les cuisses et ouvrit les yeux tandis que son plaisir explosait sur ses traits comme une bombe.

Il aurait donné tout son héritage pour avoir un tableau d'elle à cet instant.

Ce n'était plus une femme mais une déesse capable d'exprimer la béatitude alors que le cosmos palpitait autour d'elle et en elle.

Puis elle s'effondra contre la tête de lit, le souffle court.

Un rideau de cheveux tomba sur son visage.

La main de Samuel remonta dans le creux de son dos et jusqu'à la base de son cou. Ils se regardèrent tandis que la respiration d'Arlie ralentissait. Quelque chose d'indicible passa entre eux.

Arlie se mit à califourchon sur lui, les mains caressant son torse avant de descendre sur son ventre plat.

Basculant le bassin, elle glissa sur son sexe, mais marqua une pause pour accentuer la friction quand elle atteignit son gland lisse et gonflé. Il enfonça ses doigts dans ses hanches en essayant de garder le contrôle pendant qu'elle le provoquait. Lentement. Délibérément.

Bien que le besoin d'être en elle lui ôte toute raison, il voulait la laisser profiter de cet instant, lui laisser avoir le contrôle sur son propre plaisir.

Un sourire malicieux sur les lèvres, elle le positionna entre ses cuisses en gardant les yeux plongés dans les siens alors qu'elle se baissait sur lui, l'enveloppant dans sa chaleur de satin. Centimètre par centimètre.

Elle était brûlante. Incroyablement serrée. Infiniment douce et mouillée.

— Oh ! mon Dieu…, murmura-t-il. C'est tellement bon…

— Ah oui ? demanda-t-elle en descendant encore plus lentement.

— Oui.

S'agrippant à ses épaules, elle se baissa jusqu'à ce que leurs corps se rencontrent. Ses délicieuses fesses contre le haut de ses cuisses.

— Tu es tellement belle, Arlington Banks.

Il se demanda quand quelqu'un lui avait dit ça pour la dernière fois. En fait, il préférait ne pas savoir. Même si les avocats de Kane Foods étaient des requins de la côte est, ils avaient peu de chance de réussir à l'innocenter d'une accusation de meurtre.

Elle détourna les yeux comme pour éviter le compliment.

— Oh oui, insista-t-il en portant sa main à sa joue pour guider son regard vers le sien. Tu es la plus belle femme que j'ai jamais vue.

Comme pour changer de sujet, le bassin d'Arlie commença à onduler lentement.

Il laissa sa main descendre de sa joue à la ligne délicate de sa mâchoire, puis sur son cou et son torse avant de s'arrêter sur son sein. Caressant son téton de son pouce, il la sentit se contracter autour de lui.

Elle remua, et se mit à monter et descendre sur son sexe, pour qu'il sorte presque entièrement avant de replonger en elle. Leurs peaux se touchaient avec des bruits mouillés qui lui donnaient envie de tout casser.

À commencer par la manière dont elle se maîtrisait.

Il lâcha son téton et plaqua sa main sur son ventre contracté, son pouce se glissant dans ses boucles mouillées par le désir.

Elle poussa un « Oh ! » de surprise quand il titilla son clitoris.

La main sur son torse, elle se pencha en avant et leurs bouches fusionnèrent tandis qu'elle accélérait le rythme. Il la suivit, décrivant des cercles plus rapides sur son clitoris tandis qu'elle levait et descendait le bassin.

Elle rompit leur baiser pour approcher ses lèvres chaudes et mouillées de son oreille.

— J'ai eu envie de toi dès la première fois où je t'ai vu lire *Peter Pan* dans la bibliothèque de ton père.

Son souffle brûlant lui donna des frissons.

Elle lui faisait ce qu'il avait fait pour elle. Elle lui racontait leur histoire.

— J'ai comparé chaque baiser à celui de ce soir-là dans le placard, poursuivit-elle, ponctuant son aveu d'un coup de langue sur le lobe de son oreille.

Comme il mourait d'envie de la faire jouir, il pinça délicatement son clitoris. Un frisson le parcourut et elle retint son souffle. Elle se cambra et enfonça ses ongles dans ses épaules en criant son plaisir.

La voir comme ça, la tête en arrière, abandonnée,

suffit pour le projeter dans un bonheur absolu. Un plaisir doux et sombre lui arracha un cri. Il explosa en elle, les soulevant tous les deux.

Tandis qu'ils retrouvaient un calme interrompu seulement par leurs respirations saccadées, Arlie descendit de lui et se blottit du côté où il n'était pas blessé. La jambe sur sa cuisse, l'oreille pressée sur son torse, la main sur sa hanche.

Il n'avait jamais vécu quelque chose de similaire. Une femme qui lui correspondait avec une perfection inexplicable. De nombreuses métaphores clichées lui vinrent à l'esprit, la plupart impliquant des pièces de puzzle, mais il les rejeta.

— Tu aurais dû m'inviter au bal de promo, dit-elle avec cette voix de chat endormi qu'il commençait déjà à adorer.

— Je regrette de ne pas l'avoir fait.

Il le pensait. Ayant longuement étudié la théorie de l'effet papillon, il ne pouvait s'empêcher de se demander exactement à quel point leurs vies seraient différentes, aujourd'hui, s'il pouvait retourner en arrière et changer ce détail.

— Tu sais que ton frère n'a jamais vraiment craqué pour moi ?

— Quoi ?

— Il me l'a dit tout à l'heure pendant que l'on travaillait sur l'installation du stand, expliqua-t-elle en passant son index sur son torse. La seule raison pour laquelle il me courait après, c'était parce qu'il savait que tu étais trop timide pour venir me voir. Il pensait que, vu comme tu ne l'aimais pas, l'idée de nous voir ensemble pourrait te pousser à faire le premier pas. On dirait que ça a fini par marcher.

La respiration de Samuel se fit plus rapide tandis que les battements de son cœur s'accéléraient. Mason avait en réalité essayé de l'aider ? Il n'avait jamais envisagé cette possibilité.

Tout ce temps, il avait été rongé par son ressentiment envers son jumeau, croyant qu'il craquait pour Arlie.

Et au fil des années il était devenu… un homme aveuglé par sa rancune.

Comme son père.

Et, de la même façon que lui, il avait utilisé les gens comme des pions.

Des gens comme Arlie.

La culpabilité et une haine de lui-même montèrent en lui.

Il avait attiré Arlie dans l'œil du cyclone sans réfléchir.

Et pour quoi ?

Contrôler Kane Foods et se venger de son frère ? Était-ce réellement pour ça ?

Une avalanche de honte comprima sa poitrine jusqu'à ce qu'il ne puisse plus la supporter.

— Arlie, il y a quelque chose qu'il faut que je te dise.

Son corps se tendit contre lui.

— Quoi ?

Il hésita, sachant qu'il n'y avait pas de moyen de rendre ce qu'il était sur le point de révéler moins horrible que ça l'était.

— Je n'ai pas été honnête avec toi sur la raison pour laquelle je t'ai proposé ce poste de styliste culinaire chez Kane Foods.

Elle s'assit, et le contact de son corps contre le sien lui manqua aussitôt. Elle le fixa, et il nota que ses yeux qui le regardaient avec tant d'envie quelques minutes plus tôt étaient maintenant agités par une grande inquiétude.

Il allait la faire souffrir, il le savait.

Mais il devait tout lui dire.

— La vérité, c'est que je cherchais un moyen de faire

renvoyer Mason de la compagnie et j'ai pensé que peut-être, si je t'impliquais dans l'histoire, il pourrait être tenté d'enfreindre la règle de mon père, pas de romance entre employés, dit-il d'une traite.

Bon sang ! Il aurait accepté tous les outrages pour ne pas voir cet air blessé dans les yeux d'Arlie.

— Tu m'as engagée parce que tu espérais que ton frère me séduirait et qu'il serait renvoyé ?

— Oui.

— Et que me serait-il arrivé, dans ce scénario ?

Entendre ces mots prononcés si franchement lui fit réaliser qu'en fait il n'avait pas réfléchi dans les détails aux conséquences pour Arlie.

Elle aurait été licenciée, très certainement, mais elle se serait assurée de partir avec des indemnités considérables. Et peut-être son frère comme lot de consolation.

Voilà ce qu'il s'était dit.

— Peu importe, lança-t-elle en levant une main.

— S'il te plaît. Laisse-moi parler. Juste une minute.

— Non. Je ne veux plus rien entendre.

Elle se leva et se mit à rassembler rapidement ses vêtements.

Il se déplaça prudemment jusqu'au bord du lit et s'assit avec une grimace de douleur.

— Arlie, je sais que je n'ai pas d'excuse, mais tout ce que j'ai fait, je l'ai fait avant…

— Avant quoi ? Avant que tu décides de me *tester* avant que ton frère en ait l'occasion ? rétorqua-t-elle en enfilant son débardeur.

— Ce n'est pas ça.

— Vraiment ? Alors c'est quoi ?

Les mots. Les mots le trahissaient et l'abandonnaient. Encore une fois.

Alors il demeura assis en silence, aussi vide qu'un désert. Impossible de forcer ses pensées chaotiques à sortir par sa bouche.

*Je ne savais pas que tu voulais de moi comme je voulais de toi.*

*Je ne savais pas que Mason était capable de m'aider.*

Arlie le regarda, et le dégoût qu'il lut dans ses yeux fut comme une gifle.

— L'autre matin, quand je t'ai avoué ce qui s'est passé avec *Gastronomie*, tu aurais pu me le dire, fit-elle remarquer. Mais tu m'as laissée là, à faire comme si j'avais profité de la situation. Tu m'as laissée croire que je t'avais déçue. Que c'était *moi* qui avais été malhonnête !

— Je suis désolé, murmura-t-il, incapable de croiser son regard.

— Alors on est deux ! Et moi qui étais enthousiasmée par cette opportunité alors que, manifestement, mon travail ne te satisfaisait pas.

— Arlie, tu…

— Je dois bien reconnaître un truc, l'interrompit-elle en attachant avec un élastique ses cheveux emmêlés par leur étreinte. Ton discours de tout à l'heure était assez impressionnant. C'était l'antidouleur qui parlait ou es-tu vraiment capable de jouer délibérément avec la vie de quelqu'un que tu prétends avoir aimé un jour ?

— Je ne faisais pas semblant, Arlie. C'est une partie de mon existence que je me suis forcé à oublier.

— Ça doit être pratique, répliqua-t-elle, de gros nuages assombrissant ses yeux. D'effacer toute une partie de ta mémoire. C'est un effort récent ou suis-je devenue une partie gênante de ton histoire *avant* que tu décides de m'utiliser comme appât ?

Il leva les yeux vers elle, mémorisant volontairement

chaque détail puisqu'il savait que cela pouvait très bien être la toute dernière conversation qu'ils avaient.

— Quand ta mère a été licenciée et que maman est morte six mois plus tard, c'était comme si toute la lumière et le bien dans mon monde avaient disparu, dit-il.

La colère d'Arlie sembla s'adoucir, même de manière minime, alors il continua :

— Je ne pouvais pas vivre dans un monde où j'avais tant perdu. Alors j'en ai créé un où je n'avais rien à perdre. Je sais que cela n'excuse pas ce que j'ai fait, mais je pensais ce que je t'ai dit dans la limousine. Je t'ai aimée, Arlie. Avant que je devienne une parodie de tout ce que je méprise, je t'aimais.

Il se tut, attendant sa réaction, le cœur battant.

— Je suis désolée pour ce qui t'est arrivé, Samuel. Tout comme je suis désolée que ton tyran de père ait couvert Mason d'attentions, et t'ait toujours ignoré et critiqué. Je suis désolée que tu laisses encore un homme comme lui gérer ton existence. Mais surtout, je suis désolée que tu aies pensé que le meilleur moyen d'arranger cela était d'interférer avec ma propre vie.

Elle mit son sac sur son épaule et se dirigea vers la porte.

Il mourait d'envie de lui courir après pour faire ou dire quelque chose afin qu'elle reste là, avec lui. Mais c'était exactement le dernier endroit où elle aurait dû être. Pour des raisons qu'il connaissait et aurait aimé pouvoir oublier, être loin de lui était la meilleure chose qui pouvait arriver à Arlie.

Il la laissa partir.

La porte se referma derrière elle comme un coup de feu.

# - 16 -

Retour au point de départ.

Arlie était dans l'ascenseur avec Kassidy.

— J'apprécie vraiment que tu viennes avec moi, dit-elle, faisant de son mieux pour masquer son angoisse.

Dans sa paume moite, elle serra la carte à laquelle Charlotte avait eu la gentillesse d'ajouter un accès en dehors des horaires de bureau.

— Comme si j'allais te laisser affronter ça seule, répondit Kassidy, la mâchoire contractée. Après ce que Samuel t'a fait, il vaut mieux pour lui qu'on ne le croise pas.

Arlie fut réconfortée par la colère de Kassidy.

Depuis qu'elle avait quitté Samuel, elle s'était repassé le moment où elle était partie. Elle revoyait, encore et encore, l'expression triste sur le visage de Samuel.

Comment, après ce qu'ils avaient partagé, la situation avait-elle pu dégénérer aussi vite ?

Comment Samuel avait-il pu se servir d'elle pour évincer Mason de Kane Foods ?

Quand son premier accès de colère s'était émoussé, elle avait ressenti une grande fatigue. Et de la tristesse. Une douleur constante et profonde qui l'enveloppait comme un brouillard gris.

Taegan n'avait pas attendu longtemps pour lui enfoncer un peu plus la tête sous l'eau !

Le lendemain du jour où elle ne s'était pas présentée à

leur rendez-vous, elle avait reçu un message de Taegan pour l'informer que Parker Kane recevrait bientôt une surprise.

Entre l'aveu de Samuel et ça, elle n'avait plus qu'une chose à faire : se résigner.

Elle avait envoyé deux copies de sa lettre de démission à Charlotte en lui demandant de les transmettre à Mason et Samuel.

L'ascenseur ralentit et s'arrêta au quinzième étage.

Les portes s'ouvrirent sur le couloir de marbre. Dans la lumière douce de cette fin de journée, l'ambiance était presque romantique.

— Par ici, dit Arlie, un carton vide dans les bras.

— Je suis prête à parier que Parker Kane possède une ventouse à déboucher ses toilettes en or vingt-quatre carats, fit remarquer Kassidy, moqueuse, en regardant autour d'elle.

En arrivant dans son bureau, Arlie posa le carton sur sa table de travail. Elle réalisa soudain que cet espace appartiendrait bientôt à quelqu'un d'autre. Une personne qui ne traînerait pas des casseroles derrière elle.

— Respire profondément, suggéra Kassidy en lui serrant gentiment le bras. Tu as quitté *Gastronomie* et tu as survécu. Tu survivras aussi à Kane Foods.

— Je n'ai pas juste quitté *Gastronomie*. J'ai été virée.

Ces mots lui avaient échappé, à sa grande surprise. Elle n'avait pas l'intention de le révéler maintenant. Néanmoins, elle ressentit un étrange sentiment de soulagement. Impossible de revenir en arrière, maintenant. Et puis elle devait bien la vérité à son amie.

— *Quoi* ? s'exclama Kassidy.

— J'ai été courtisée par un autre magazine. Au cours d'un dîner, Hugh, le responsable marketing avec lequel j'étais en contact, m'a posé des questions sur mon rôle dans la recherche de nouvelles tendances d'esthétiques culinaires pour les réseaux sociaux. En fait, ce n'était pas du tout moi qui l'intéressais. Il voulait simplement voler notre idée. L'autre magazine a sorti cette idée en premier, et quand l'éditrice est remontée jusqu'à moi, elle m'a accusée d'espionnage industriel.

Kassidy la regarda, bouche bée.

— Oh ! merde.

— Comme tu dis. Mais je te jure, Kassidy, qu'à la façon dont Hugh en parlait, je n'avais pas l'impression de lui révéler quoi que ce soit qu'il ne savait déjà.

Elle s'interrompit, le temps de chasser les mauvais souvenirs de son licenciement.

— Quoi qu'il en soit, reprit-elle, leurs avocats ont trouvé une clause dans mon contrat de confidentialité sur laquelle ils ont pu s'appuyer et ils m'ont fait un procès.

— Je peux comprendre qu'ils te licencient, mais un procès ? Cela semble bien… vindicatif. Surtout s'il s'agissait de divulgation par inadvertance.

— « Vindicatif » est un terme faible pour décrire la réaction de mon ancien directeur marketing. Ou même celle d'autres collègues chez *Gastronomie*.

Elle ouvrit le placard à dossiers et commença à sortir des portfolios.

— Bon sang, murmura Kassidy qui, visiblement, n'en revenait toujours pas.

— Cela s'est réglé à l'amiable, mais j'ai presque tout perdu.

Elle posa les pochettes dans le carton et s'attela à rassembler les quelques documents qu'elle avait commencés.

— En fait, j'ai tout perdu, précisa-t-elle en se tournant vers Kassidy.

Les yeux de Kassidy brillaient de larmes contenues, et Arlie sentit son cœur se serrer. Elle pouvait compter sur les doigts d'une main les fois où elle avait vu sa meilleure amie pleurer.

— Pourquoi ne m'as-tu rien dit ? demanda Kassidy.

Arlie s'était posé cette question au moins une centaine de fois et elle n'aimait pas la réponse.

La honte.

Elle avait honte de s'être laissé charmer. Duper. Et par-dessus tout, en tant que jeune fille modeste qui avait grandi parmi des gens très riches, l'idée de demander à quelqu'un en général, et sa meilleure amie en particulier, de l'aide pour se sortir d'une situation dans laquelle elle s'était mise toute seule lui donnait envie de se terrer dans un trou très profond.

Ce qui était d'ailleurs ce qu'elle avait fait.

— J'aurais pu t'aider, ajouta Kassidy. Te défendre.

— Tu détestais être avocate, tu te souviens ? Tu disais que tu aurais préféré que l'on t'arrache les ongles plutôt que de plaider la cause de quelqu'un.

— On ne parle pas de « quelqu'un », rétorqua Kassidy en prenant quelques dossiers pour les ranger dans le carton. On parle de *toi*. Je suis encore inscrite au registre de l'État de Pennsylvanie et j'ai des contacts.

Arlie n'en doutait pas un instant. Pour avoir assisté à quelques plaidoiries de Kassidy, elle avait pu voir comment les meilleurs avocats dans tous les domaines étaient attirés par le charisme et l'intelligence de son amie comme des papillons de nuit par la lumière.

— Même si j'apprécie grandement ton offre, ce qui est fait est fait, Kassidy. Et, poursuivit-elle avec un soupir, c'est pour ça que je ne t'ai plus invitée chez moi, ces derniers temps, si tu veux savoir toute la vérité. Parce que j'ai dû quitter mon appartement. J'ai déménagé dans un studio à Hunting Park. Et maintenant, je vais probablement le perdre aussi.

Kassidy passa un bras autour de ses épaules.

— Tu vas t'installer chez moi, dit-elle.

— Je ne te demanderai jamais ça !

— Tu ne le fais pas. C'est moi qui te le propose. Il est inconcevable que mon amie vive dans un studio.

Arlie se dégagea doucement de l'étreinte de Kassidy et attrapa l'énorme album photo sur la table basse pour s'occuper les mains. Pour faire quelque chose.

— Je ne sais pas, Kassidy.

— S'il te plaît, Arlie. Fais ça pour moi. Ce sera comme au bon vieux temps. Sauf que l'on pourra boire du vin et regarder tous les hommes nus que l'on voudra.

Arlie se mit à rire en se souvenant de la fois où le père de Kassidy, connu pour être strict, les avait surprises avec une bouteille de Strawberry Hill devant un enregistrement piraté du *Lagon bleu*. Elles avaient fini toutes les deux punies pendant un mois alors que c'était les vacances d'été.

— Je vais y réfléchir, dit-elle.

Quelqu'un frappa à la porte et le cœur d'Arlie s'emballa. Elle se retourna lentement, en espérant ne pas voir Parker ou, pire, Samuel.

Par chance, ce n'était ni l'un ni l'autre.

Mason était appuyé contre l'encadrement de la porte, charmant et insouciant, et peut-être un peu échevelé.

— Arlie, tu ne peux pas démissionner. Dis-moi que ce n'est pas vrai.

— C'est vrai, répondit Arlie en enroulant un mug dans un pull avant de le poser soigneusement dans le carton.

Mason traversa la pièce et se laissa tomber dans un fauteuil.

— Écoute, ce qui se passe entre Samuel et toi ne doit pas t'obliger à mettre fin à ton travail chez Kane Foods.

— Je pensais que le fait de coucher avec ton frère était une violation assez claire de la seule règle stricte de ton père.

— Attends, dit Mason, les sourcils froncés. *Quoi* ?

Les joues d'Arlie tournèrent au rouge écarlate.

— Je… Tu…, bafouilla-t-elle. À quoi faisais-tu référence ?

— À la conversation que l'on a eue dans le hall d'expo et ce qui s'est passé dans les dunes.

— Les dunes ? intervint Kassidy. Que s'est-il passé dans les dunes ?

Mason ignora sa question et regarda attentivement Arlie.

— Tu veux dire que mon frère et toi… ?

— Essaie de suivre, Kane, lâcha Kassidy. Il y a eu pelotage mutuel sur le yacht et ils se sont retrouvés au vignoble de ta famille. C'est bien ça, Arlie ?

— Oui, mais…

— Ce qui m'échappe, c'est cette histoire de dunes, l'interrompit Kassidy. Peut-être que tu pourrais m'éclairer ?

Kassidy s'installa dans le fauteuil à côté de Mason, les bras croisés.

Arlie soupira. Au point où elle en était, elle pouvait bien tout leur raconter.

Elle expliqua brièvement à Kassidy l'idée qu'avait eue Mason de rendre Samuel jaloux et la course de buggies. Puis elle décrivit le trajet en ambulance, l'hôpital, l'arrivée dans la chambre d'hôtel… et la suite.

Et enfin, vint la partie qu'elle n'était pas du tout pressée d'aborder.

Elle marqua une pause en regardant Mason dans les yeux.

— Je crains que la suite puisse te contrarier, fit-elle remarquer. Si tu préfères en parler directement avec Samuel…

— Je suis un grand garçon, répondit-il sur un ton séducteur qui devait être destiné à Kassidy. Je peux supporter.

Elle prit une grande inspiration et se lança.

— Ce soir-là, au Fairmont, Samuel m'a donné la vraie raison pour laquelle il m'avait engagée.

Mason la fixa avec attention.

— Que veux-tu dire par « vraie » raison ? s'enquit-il.

— Il espérait que, en te donnant l'opportunité de concrétiser la seule conquête qui t'avait échappé, à savoir moi, tu enfreindrais la règle de ton père sur les relations amoureuses entre les employés et te ferais renvoyer de Kane Foods, répondit-elle, lui jetant un regard inquiet.

Elle ne l'avait jamais vu en colère, mais peut-être que, là, il perdrait son flegme coutumier.

Il étouffa un soupir et s'appuya lourdement contre le dossier de son fauteuil.

Il avait perdu son insouciance habituelle et semblait songeur.

— Samuel a traversé toutes ces épreuves uniquement pour se débarrasser de moi ? murmura-t-il.

Arlie l'observa attentivement, à l'affût d'une réaction, sans trop savoir à quoi s'attendre.

Sa bouche esquissa une grimace éphémère.

— Je suis désolée, dit Arlie. J'aurais dû…

— Non, l'interrompit Mason en se levant. Non, c'est bon.

— Bon ? demanda Arlie, incrédule. Comment cela peut-il être bon ?

— Sais-tu ce que ça a dû coûter à Samuel d'enfreindre la règle *sacrée* de notre père ? Et il a comploté pour me faire renvoyer.

— Et c'est ça que tu trouves bon ? lança Kassidy.

— Oui. Il y a peut-être encore un espoir pour lui, répondit Mason. C'est la première fois qu'il veut employer un subterfuge pour son propre bénéfice. Si on oublie celle où il a prétendu être moi pour t'attirer dans le placard, le soir de la remise des diplômes. Mais je ne sais pas si ça compte.

— Tu étais au courant ? s'enquit Arlie, surprise.

Elle avait soudain l'impression que quelqu'un avait fait monter le thermostat du bureau d'une vingtaine de degrés !

— Je t'en prie, répliqua Mason. Tu ne t'es pas dit que toutes les petites nénettes BCBG du lycée étaient venues me féliciter pour avoir conclu pendant sept minutes avec Arlie Banks ?

Elle n'avait pas imaginé ce scénario.

— Bien sûr, poursuivit-il, comme tu ne m'en as pas parlé, je me suis douté que tu étais au courant aussi.

— Tu ne t'es pas trompé, avoua-t-elle.

— Ce que je trouve intéressant, c'est que ces deux événements ont un point commun : toi.

— Je ne vois pas trop ce que je suis censée faire de cette information.

Mason alla s'asseoir sur le bord du bureau.

— Je dois probablement passer pour la personne la moins bien placée pour défendre Samuel, mais je ferais remarquer qu'avoir un père comme le nôtre peut inciter à…

Il sembla chercher les bons mots.

— … des comportements loin d'être parfaits.

— C'est logique.

— Arlie, veux-tu me rendre un service ? demanda Mason.

— Lequel ?

— Prends une semaine pour réfléchir, suggéra-t-il en se levant du bureau. On peut reporter ta démission à plus tard.

— J'apprécie ton geste, mais après tout ce qui s'est passé, je pense vraiment qu'il vaut mieux que je parte.

Mason acquiesça avec un air mélancolique qui ne lui ressemblait pas.

— Je comprends, dit-il.

— Bien.

Arlie prit un carnet et l'ajouta au reste de ses affaires dans le carton avant de le caler sur sa hanche.

— Je pense que j'ai fini, ajouta-t-elle.

Kassidy récupéra son trench et la suivit vers la porte.

— Ça m'a fait plaisir de te voir, Kane, dit-elle.

— De même, Kassidy le Cerveau.

— Évite de m'appeler comme ça, à l'avenir.

Arlie aimait à penser qu'elle connaissait bien Kassidy, et ce qu'elle vit sur son visage n'était pas exactement de l'agacement contre Mason.

— J'attends avec impatience cette future occasion, lança-t-il alors qu'elles commençaient à partir.

— Arlie ?

Elle se retourna.

— Oui ?

— Comment as-tu su ? demanda-t-il avec son air malicieux habituel qui avait chassé la tristesse sur son visage.

— Comment j'ai su quoi ?

— Le placard. Comment as-tu su que ce n'était pas moi ?

Sa question la renvoya dans leur passé commun. Un montage furtif des moments importants de sa vie passa dans sa tête jusqu'à ce qu'elle arrive à la soirée en question. À travers les yeux de la Arlie de dix-sept ans, elle revit Mason sortir par la porte de derrière, pour ne réapparaître que quelques minutes plus tard dans le couloir.

L'un des copains de Mason était venu à sa rencontre en lui tapant sur l'épaule avant de lui mettre un gobelet en plastique rouge plein de bière dans la main. Et c'est là qu'il avait levé sa main gauche et, du bout de l'index, avait essayé de remonter une paire de lunettes invisible sur son nez.

Elle avait dû voir Samuel faire ce geste au moins un millier de fois !

Mason – le vrai – portait des lentilles de contact depuis son treizième anniversaire. Elle s'en souvenait parce qu'il était venu la trouver pour les lui montrer en insistant pour qu'elle se rapproche assez pour voir si elle pouvait repérer leurs bords transparents.

Bien sûr, il avait tenté de l'embrasser.

Elle sourit à ces souvenirs et, avec un petit clin d'œil, répondit :

— Simple déduction, Mason.

# - 17 -

Samuel s'était souvent dit que, dans une foule, il aurait plus facilement repéré le dos de son père que son visage.

Les sermons de Parker Kane commençaient toujours comme ça. Il regardait par la fenêtre, les mains dans le dos, son silence tel un vent arctique.

Quand il était petit, Samuel pensait que son père agissait ainsi parce qu'il était déçu par ce qu'il avait fait ou n'avait pas réussi à faire et qu'il cherchait ses mots.

Maintenant, il savait.

C'était une tactique pour déstabiliser l'autre.

Il avait été convoqué dans le bureau de son père par un message de Charlotte à 6 heures du matin.

Votre père aimerait vous voir.

Même s'il s'y attendait, cela ne l'empêchait pas d'avoir l'estomac noué. Quand il était arrivé dans les locaux à 8 heures précises, Charlotte l'avait regardé avec cette expression compatissante habituellement réservée aux gens que l'on envoyait à la potence.

Un coup d'œil au bureau de son père confirma son sort.

Près d'une enveloppe kraft se trouvait ce qui semblait être une copie imprimée d'un article du site *PhillyGossip*, avec un titre choc : « Sexe, mensonges et sucreries ! Scandale pas si édulcoré à Kane Foods ! »

En le parcourant rapidement, ses yeux s'arrêtèrent sur une série de mots qui décrivaient une situation épouvantable.

« Une source proche des Kane » ne s'était pas limitée à confirmer l'implication d'Arlie dans une « affaire d'espionnage industriel dévastateur », mais avait aussi suggéré qu'une relation romantique avec le directeur général de Kane Foods International ne pouvait pas être de nature « purement romantique ».

Ce qui suggérait implicitement, avec un lourd sous-entendu, que Samuel, et par extension Kane Foods, était coupable de pratiques véreuses.

Il n'avait aucun doute sur le fait que la « source » était Taegan, mais étant donné le contexte, il réalisa qu'Arlie n'avait jamais été la véritable cible.

— Je me suis souvent demandé, dit soudain son père sans prendre la peine de se retourner, quel plaisir tu tires à m'humilier.

Samuel serra les poings.

La discussion houleuse venait de commencer.

Il n'y avait pas de réponse à cette question. Ce n'était même pas une question. C'était une accusation. Un verdict.

Comme toujours.

— Aucun, répondit-il.

Il s'assit sur l'un des fauteuils réservés aux êtres inférieurs qui devaient s'adresser au patriarche à partir des douves.

— Mais je ne considère pas un article à sensation sur un site de ragots comme une humiliation, ajouta-t-il.

— Henry m'avait signalé que tu avais été plutôt… *distrait* sur le yacht. Il semble qu'il ait quelques doutes concernant la poursuite de son investissement. Bien sûr, je l'ai rassuré en affirmant que tu étais pleinement impliqué dans notre partenariat. J'ai donc eu l'air encore plus idiot en montrant que je ne savais pas que mon fils frayait avec une femme accusée d'espionnage industriel.

Son père parlait toujours à l'horizon de Philadelphie.

Le soleil du matin était monté assez haut pour projeter une lumière dorée sur les fenêtres des gratte-ciel.

— Au moins, elle a eu la décence de démissionner, poursuivit-il.

Un poids de plomb tomba sur l'estomac de Samuel. Perdre la confiance d'un investisseur était une chose.

Perdre Arlie en était une autre.

Mais il ne l'avait pas perdue.

Puisqu'il ne l'avait jamais eue.

Elle n'avait répondu à aucun de ses messages ni décroché à aucun de ses appels, même s'il ne savait pas ce qu'il lui aurait dit. En fait, il n'avait jamais su quoi lui dire.

— Bien sûr, j'ai contacté les médias pour qu'ils mettent de la distance entre Kane Foods et elle, reprit son père.

Samuel serra les accoudoirs du fauteuil plus fort.

— Quoi que tu décides pour moi, tu laisseras Arlie Banks en dehors de cette histoire, décréta-t-il.

Son père finit par se tourner.

— Penses-tu honnêtement que tu es en position de me faire ce genre de demande ? rétorqua-t-il sèchement.

— Je pense que je suis en position parfaite pour le faire, affirma-t-il en croisant le regard glacial de son père. Tu oublies que j'ai suivi chaque accord que Kane Foods a négocié. Je connais chaque secret, chaque coupe budgétaire, chaque patte graissée. Si tu trouves ta situation actuelle déplaisante, je peux te promettre que, si je décide de parler aux journaux à ragots ou aux médias généraux, le nom de Kane sera sur les lèvres de toutes ces sangsues pendant des années.

Le sourire tendu de son père devint méprisant.

— Je suppose que je ne devrais pas être surpris que tu retournes aussi facilement ta veste contre ta famille, fit-il remarquer. Après tout, quand la mère d'Arlie a volé…

— Non !

Samuel frappa le bureau avec son poing si fort que cela fit sauter le stylo de son père.

— Tes acolytes pathétiques ont peut-être accepté ton accusation sans poser de questions, mais maman m'a raconté la *vraie* raison pour laquelle tu t'es débarrassé de Margaret Banks !

Le visage de son père se décomposa.

— Maman allait te quitter, poursuivit Samuel, éprouvant une immense satisfaction à prononcer ces mots à voix haute. Elle allait te quitter, et Margaret allait l'aider. Et tu sais quoi ? J'aurais aimé qu'elle le fasse. Au moins, elle aurait eu quelques mois de liberté avant de mourir.

Malgré tous ses efforts, l'émotion le submergea lorsqu'il énonça cette dernière phrase.

Huit jours.

Il s'était passé huit jours entre le moment où la mère d'Arlie avait été licenciée et celui où sa mère avait appris qu'elle était en phase 3 d'un cancer du sein. Quels que soient ses plans pour s'échapper, ils avaient été rapidement rattrapés par le défilé interminable de médecins et spécialistes à Fair Weather Hall.

Le rire de son père fut aussi fin et sec que du papier de riz.

— Avec tous ces livres que tu lis, il n'est pas étonnant que tu imagines que ton existence est une tragédie, fit-il remarquer d'un ton sarcastique.

— Tu as ruiné la vie d'une innocente, mais tu n'en feras pas de même avec sa fille, répliqua Samuel, soudain empli d'une force qu'il ignorait posséder.

— Mais est-elle innocente ?

Son père écarta nonchalamment un papier sur son bureau, un geste destiné à faire savoir à Samuel qu'il n'était aucunement affecté par son accès de colère.

— Il semble qu'elle ait réussi à causer un certain nombre de problèmes, précisa-t-il. À elle, mais aussi à d'autres.

— Tu ne sais rien de ce qui s'est vraiment passé.

— Et je n'ai aucune envie de l'apprendre. Pour le moment.

Son père s'arrêta devant un buste de Platon en bronze.

— Si c'est là que nous plantons nos drapeaux, alors je suppose que ce que j'ai à proposer pourrait t'intéresser, dit-il.

— Je t'écoute.

— Je m'assurerai que nos agents de presse déclarent que nous n'avons que des remarques positives à faire concernant Mlle Banks et qu'elle part avec tout notre soutien. Si…

Il marqua une pause, savourant manifestement à l'avance les mots suivants.

— … tu acceptes de déclarer publiquement que tu n'es pas, et n'as jamais été, impliqué dans une histoire sentimentale avec elle.

— Je ne le ferai pas, répondit Samuel sans hésitation.

— Tu priverais Mlle Banks de ce genre de soutien après les difficultés qu'elle a affrontées ces derniers temps ?

Son père tentait de faire passer un acte de simple décence humaine pour un cadeau généreux.

— Au prix de mentir sur sa place dans ma vie ? Absolument, affirma-t-il.

— Et quelle place occupe-t-elle, exactement ?

— C'est à elle de la déterminer. Tout ce que je sais, c'est que je n'accepterai pas un accord impliquant son exclusion de ma vie.

Un regard amusé affina les traits de son père.

— Dis-moi, Samuel, si je te proposais de renoncer à ton poste de directeur général de Kane Foods en échange du soutien médiatique de l'entreprise pour Mlle Banks, accepterais-tu ?

Quelques semaines plus tôt, la réponse à cette question

aurait demandé des heures, peut-être même des jours de réflexion. Pendant des années, il avait travaillé, consacrant son temps, son énergie, son *âme* à l'empire de son père. Pour finalement réaliser que cela n'avait jamais été le titre, le salaire ou même le prestige qu'il voulait.

Il voulait l'héritage.

L'héritage *de son père*.

Être l'héritier de Parker Kane au sens le plus pur du terme.

Considéré. Reconnu. Accepté.

Maintenant, il s'autorisait à faire le deuil de ce rêve.

— Je pourrais, répondit-il. À une condition.

— Qui est ?

Samuel se leva et se tint face à l'homme qui avait projeté son ombre sur chaque aspect de sa vie.

— Je veux que tu me regardes dans les yeux et que tu me dises pourquoi tu m'en veux autant, déclara-t-il.

Son père fronça les sourcils, ses joues devinrent grises et ses lèvres blanches.

Une succession de petits coups enjoués résonnèrent sur la porte qui s'ouvrit.

Sous le choc, Samuel vit entrer Mason, un grand sourire aux lèvres et un gobelet à la main.

— Désolé, je suis en retard, dit-il avant de prendre une gorgée bruyante de café. La circulation. Vous en êtes où ?

Samuel n'en menait pas large. Il n'avait pas vu son frère depuis qu'il avait révélé les détails de son plan à Arlie. Mais il était presque certain que Mason savait maintenant exactement ce qu'il avait essayé de faire.

Était-ce la raison de sa présence ? Venait-il exulter devant sa chute imminente ?

Son père se détendit comme il le faisait toujours quand Mason arrivait.

— Ta présence n'était pas requise à cette réunion, Mason. Ce dont nous discutons ne te concerne pas.

— Oh ! permettez-moi de ne pas être d'accord, répondit Mason en se glissant dans le fauteuil à côté de celui que Samuel avait laissé vacant. Étant donné que mon frère a engagé Arlie Banks pour tenter de m'éjecter du poste convoité de directeur du marketing, cela me concerne directement.

Samuel ferma les yeux un bref instant. Il venait de traverser un orage. Le suivant ne s'était pas fait attendre.

Leur père resta silencieux un instant, essayant clairement de décider si se disputer avec Mason en valait la peine.

Ce n'était jamais le cas.

Conscient qu'il était encore debout, Samuel se rassit, montrant ainsi qu'il acceptait sa présence et admettait sa culpabilité.

Leur père l'imita, tirant son fauteuil en cuir au large dossier pour s'y installer, et s'éclaircit la gorge.

Quelque chose d'important allait être dit.

— Toute ma vie, j'ai travaillé pour faire de Kane un nom synonyme de qualité et d'intégrité. Et quand quelque chose menace l'héritage que j'ai tenté de bâtir, je m'en occupe de manière opportune, quelle que soit la source de cette menace. Samuel a refusé mon offre d'atténuer les dégâts qu'il a causés tout en maintenant sa position, et pour cette raison, je pense qu'il vaut mieux qu'il renonce à son poste de directeur.

— Et que recevrait Samuel en échange de cette *sortie volontaire* ? s'enquit Mason.

— Mlle Banks bénéficiera de tout notre soutien et nos recommandations pour toute candidature.

— Mmm, fit Mason en acquiesçant lentement. C'est un non, pour moi.

— Tu ne penses pas que nous devrions donner à Mlle Banks notre recommandation ? demanda leur père, en haussant les sourcils, visiblement surpris de la réaction de Mason.

L'acidité rongeait l'estomac de Samuel. *Nous*. Comme toujours, ce « nous » incluait seulement Mason et son père.

— Non, répondit Mason. Je pense que Samuel ne devrait pas renoncer à son poste de directeur général.

Samuel n'aurait pas pu dire qui, de son père ou de lui, fut le plus surpris.

— Je te demande pardon ? répliqua leur père.

— Je pense que Samuel ne doit pas renoncer à son poste.

— Peut-être serais-tu assez aimable pour partager le raisonnement qui t'amène à cette conclusion.

À cet instant, Samuel se surprit à espérer que les motivations de son frère soient purement égoïstes. Un changement de directeur pouvait envoyer un mauvais signal aux potentiels investisseurs.

— Parce que Samuel est la raison pour laquelle Kane Foods a connu un taux de croissance de 10 % chaque année depuis qu'il a été nommé directeur général et, au fond, tu sais que le renvoyer serait une erreur grossière.

Si Mason était entré dans la pièce et lui avait mis un grand coup de poing dans la figure, Samuel aurait trouvé cela justifié. Il avait joué et perdu.

Mais *ça* ?

Il était plus abasourdi par cette déclaration que par un coup de poing !

Son jumeau le défendait face au père dont il avait clairement les faveurs ? Après que Samuel avait manigancé pour le faire renvoyer de l'entreprise ?

— Ton frère a engagé une femme dans le but de te tenter d'avoir une relation qui aurait provoqué ton licenciement, fit remarquer leur père. Tu ne penses pas que cela justifie sa démission ?

— Tout d'abord, ce n'est pas juste *une femme*, dit Mason. C'est Arlie Banks, et c'est une styliste culinaire incroyablement talentueuse. Je l'aurais embauchée avec ou sans les machinations de mon frère.

Samuel se sentit horriblement mal à l'aise quand Mason le fusilla du regard.

— Ensuite, j'ai personnellement enfreint cette règle à au moins six occasions mémorables, poursuivit Mason.

— Les romances sur le lieu de travail compromettent la productivité, rétorqua leur père, pas vraiment surpris de cet aveu pour autant. Elles peuvent avoir des conséquences légales qui…

— N'as-tu pas rencontré maman en travaillant à la fontaine à soda au Sunset Drive-In de Conshohocken ? demanda Mason d'un air innocent.

— Maman ne m'a jamais dit ça ! intervint Samuel.

— Elle savait que cela aurait choqué ton âme disciplinée, répondit Mason.

— En effet, telles ont été les circonstances de notre rencontre, avoua leur père.

Sans pouvoir en être certain, Samuel aurait juré avoir vu ses yeux briller.

— Écoute, reprit Mason. Nous savons tous les trois que tu as les moyens de modeler cette histoire comme tu le veux. Mes recommandations personnelles sont de tomber sur *PhillyGossip* comme une tonne de briques. Et quand tu trouveras la source de cet article, fais-leur payer et repayer. Fais-leur regretter le jour où ils ont tapé le nom « Kane ».

Samuel ressentit une pointe de plaisir à cette idée. Que Taegan subisse le même sort qu'elle avait réservé à Arlie.

Leur père se leva et retourna à son point de prédilection devant la fenêtre.

— Et si je devais décider que la démission de Samuel reste la meilleure option ? fit-il remarquer.

— Alors tu auras la mienne, décréta Mason. Et celle de Marlowe aussi, si tu veux tout savoir.

Samuel jeta un coup d'œil à son jumeau. Une bombe aurait explosé dans le bureau qu'il n'en aurait pas été plus étonné.

Pourquoi faisait-il ça pour lui après ce qu'il avait essayé de lui faire ?

Mason lui sourit. La seule réponse qu'il pouvait donner et donnerait toujours se lisait clairement dans ses yeux. « Parce que je le peux. » Avec un soupir qui aurait pu déplacer des montagnes, leur père se retourna vers eux.

— Je suppose que, dans ce cas particulier, maintenir notre structure actuelle serait probablement la solution la plus sage, dit-il.

— La structure actuelle inclut Arlie Banks, précisa Samuel. Qu'elle veuille ou pas de moi, après tout ce qui s'est passé.

Leur père se raidit.

— Je ne peux pas imaginer une seule raison pour laquelle je devrais accepter une telle chose, rétorqua-t-il sèchement.

— Parce que cela accorde de la crédibilité à notre position concernant l'article, fit remarquer Mason. Le fait que tu aies insisté pour qu'elle reste dans l'entreprise malgré les rumeurs est pratiquement une recommandation en soi.

*Malin*, songea Samuel. *Faire appel à l'ego de leur père.*

— Bien, marmonna ce dernier. Mais s'il devait y avoir des conséquences négatives à cet arrangement, je vous tiendrai pour personnellement responsables.

Samuel exultait.

Une victoire avait été remportée.

Un coup frappé à la porte interrompit le silence tendu.

— Quoi ? s'écria leur père.

La porte s'entrouvrit, et le visage inquiet de Charlotte apparut.

— Désolée de vous interrompre, monsieur Kane. Vous avez un appel de Vibrant Health dans cinq minutes.

— Je crois que nous avons terminé, marmonna-t-il en regardant ses fils.

— Totalement terminé, dit Mason. Samuel ?

— Complètement.

Ensemble, ils sortirent du bureau.

Samuel avait les genoux comme du coton et les mains moites. En se dirigeant vers l'ascenseur, il remarqua que ses pas et ceux de Mason étaient parfaitement synchronisés. Même longueur. Même vitesse. C'étaient des jumeaux, après tout.

Ils restèrent silencieux en attendant que l'ascenseur arrive.

— Je ne sais pas trop pourquoi tu as agi comme ça, lança soudain Samuel, mais je veux que tu saches que je te suis reconnaissant. Après ce que j'ai essayé de faire, tu…

— Ce que tu as essayé de faire, c'est me virer d'un poste que je n'ai jamais apprécié en remettant sur ma route une femme que tu croyais, à tort, être ma faiblesse. Tu es un salaud. Comment as-tu osé ?

— J'avoue.

Mason salua deux employées qui baissèrent la tête et gloussèrent quand elles passèrent devant eux.

— C'est moi qui devrais m'excuser, dit-il.

Samuel n'aurait jamais pensé entendre cette phrase un jour.

— Pourquoi ?

— Pour t'avoir laissé endosser toutes ces responsabilités aussi longtemps, répondit Mason. Je crois que j'ai toujours pensé que tu le faisais parce que tu le voulais. Et pas parce que j'étais si nul que tu y étais obligé.

— Tu n'es pas nul, répliqua Samuel avec un petit sourire. Tu es juste très doué pour échapper à tes responsabilités.

— C'est vrai. Je n'ai jamais vraiment voulu ça, tu sais ? Toute cette histoire de grande compagnie.

— Ce n'est pas comme si on nous avait laissé le choix.

Et c'était vrai. Dès qu'ils avaient eu l'âge de déambuler dans les couloirs en marbre de la maison familiale, on les avait guidés dans un train d'activités soigneusement orchestrées, destinées à les préparer à la vie que leur père avait décidée pour eux.

Seulement aujourd'hui, beaucoup de choses avaient changé.

— Alors, qu'est-ce que tu vas faire ? demanda Mason.

— À quel propos ?

— À propos du fait que tu es fou amoureux d'Arlie Banks.

Samuel eut envie de nier, mais à quoi bon ?

Il était amoureux d'elle.

Il avait toujours été amoureux d'elle.

— Je l'ai blessée et elle n'a aucune raison de me pardonner, laissa-t-il tomber.

— Je l'ai bien fait, moi. Tu ne crois pas qu'il y a une minuscule chance qu'elle puisse comprendre que ce que tu as fait avait tout à voir avec notre père et rien avec elle ?

Surpris par sa perspicacité, Samuel fixa son frère.

— Peut-être que tu pourrais essayer d'avoir l'air un peu moins étonné de constater que je suis capable de témoigner de l'empathie ? rétorqua Mason avec ironie.

— Désolé, marmonna Samuel. Mais je ne sais pas

comment elle pourrait vouloir être avec moi après tout ce qui s'est passé.

Mason posa sa main sur son épaule.

— Tu es Samuel Kane. Tu as eu ton diplôme avec la mention « très honorable » et les félicitations du jury. Tu as réalisé dix-sept fusions qualifiées d'impossibles par *Forbes*. Et surtout, j'ai appris que tu étais particulièrement séduisant. Va récupérer Arlie.

# - 18 -

— Arlington Banks.

La voix de Kassidy paraissait désincarnée. Surréaliste. Étouffée par les couvertures qui empêchaient l'horrible lumière du jour d'entrer. Le monde sous ces couches moelleuses et réconfortantes était calme et facile à gérer. Doux.

— Arlington Quatermaine Banks, répéta Kassidy.

— Quoi ? marmonna Arlie sans bouger.

— Nous n'aurons pas cette conversation à travers une couverture Pottery Barn.

La voix était plus proche.

Arlie était de plus en plus douée pour identifier la direction et la distance des divers bruits sans rien voir.

Les camions-poubelles.

Les ambulances.

La télévision.

De mauvaise grâce, elle souleva un coin de sa couverture pour jeter un coup d'œil à sa meilleure amie, qui s'agenouilla à côté du canapé qui était devenu sa maison, son restaurant et son centre de loisirs depuis une semaine.

— Je t'aime, dit Kassidy en glissant la main sous la couverture pour trouver la sienne. Mais ça doit cesser.

— Quoi ?

Arlie serra ses genoux contre sa poitrine. C'était devenu sa position par défaut. Elle ne se sentait à l'aise que quand elle condensait le chaos dans la plus petite configuration possible.

— Ça fait une semaine et tu n'as pas bougé d'ici, fit remarquer Kassidy.

— Et quel est le problème ?

— Le problème, c'est que si tu attends deux jours de plus, tes fesses vont fusionner avec mon canapé. Ce n'est pas du tout le scénario que j'avais en tête quand je t'ai invitée à venir habiter chez moi.

— Désolée de te décevoir.

Cruellement et sans prévenir, Kassidy arracha la couverture et Arlie se retrouva exposée comme un vampire au soleil.

— Hé ! s'exclama-t-elle.

— Voilà ! dit Kassidy en faisant une boule avec la couverture et en la jetant à l'autre bout de la pièce. Tu vas retirer ce pyjama crado. Passer sous une douche chaude. Enfiler des vêtements d'adulte et venir avec moi au Blue Note, où je te trouverai un étalon avec qui t'envoyer en l'air.

Arlie gratta une tache sur son bas de pyjama, qui avait dû être de la crème glacée. Ou de la sauce. Elle ne savait pas trop.

— Je ne suis vraiment pas d'humeur à m'envoyer en l'air, marmonna-t-elle.

La vérité, c'était qu'elle vivait dans la peur extrême qu'aucun baiser n'égale jamais ceux de Samuel Kane. Depuis le lycée, elle avait comparé tous les baisers à leur échange furtif dans le placard. Maintenant, elle avait davantage d'éléments pour la comparaison. Les chances qu'une rencontre aléatoire dans un bar lui apporte autre chose que de la déception étaient très minces.

— Eh bien, moi, si, répliqua Kassidy. Et comme je ne te demande pas de payer de loyer, ce sera le prix de ton séjour ici. On va sortir et trouver des mecs.

Arlie calcula rapidement les probabilités qu'elle arrive à se sortir de cette situation.

Elles étaient proches de zéro.

Alors elle prit une profonde inspiration, s'assit sur le canapé et obéit à Kassidy.

En sortant de la douche, elle trouva son amie un peignoir en soie et sa trousse de maquillage à la main.

— Surprise ! s'exclama-t-elle.

— Qu'est-ce que ça veut dire ?

— Offre à ta meilleure amie très patiente une soirée nostalgie. Tu me laissais toujours te maquiller quand on sortait.

— En effet. Quand j'avais quinze ans et que ma mère ne me laissait pas porter de rouge à lèvres. Maintenant, je suis grande.

— S'il te plaît, insista Kassidy, ses grands yeux la suppliant.

— D'accord.

Arlie enfila le peignoir et se laissa guider vers la chambre de Kassidy où, trente minutes plus tard, elle contemplait son visage complètement transformé dans le miroir de la coiffeuse.

— Je ne veux pas me vanter, dit Kassidy en faisant un pas en arrière pour admirer son travail, mais… waouh !

Arlie était d'accord.

Elle avait évité de se regarder, depuis son licenciement de *Gastronomie*, en dehors d'une rapide vérification pour confirmer qu'elle n'avait pas de rouge à lèvres sur les dents ou du mascara sur la joue.

Là, elle s'observa.

Vraiment.

Elle était encore là.

Elle était toujours elle.

La sonnette de la porte d'entrée retentit.

— Je pense que c'est pour toi, dit Kassidy.

Le regard malin qui fit briller les yeux de son amie l'alerta.

— Impossible. Personne ne sait que je suis ici, répondit-elle.

Quand Kassidy ne fit aucun commentaire, le cœur d'Arlie s'emballa.

— N'est-ce pas ? demanda-t-elle, pleinement consciente de la pointe de désespoir dans sa voix. Personne ne sait que je suis là ?

— Je pense qu'il va falloir que tu ailles voir, chantonna Kassidy, un sourire mystérieux aux lèvres.

— Pourquoi me fais-tu ça ? marmonna-t-elle.

— Parce que je t'aime, voilà pourquoi !

Serrant le peignoir autour d'elle, Arlie se dirigea pieds nus jusque dans l'entrée. Elle tourna le verrou et ouvrit la porte.

Et là, sous le choc, elle trouva Samuel.

En smoking.

Saisie entre rêve et réalité, elle imagina comment ce moment se déroulerait dans l'un des feuilletons que sa mère suivait religieusement. Une lumière romantique. Un gros plan. Ses cheveux blonds cascadant sur ses épaules. Sa respiration irrégulière gonflant sa poitrine, une main plaquée sur son torse, et une voix émue qui dirait : « Oh. Que fais-tu là ? »

Mais tout ce qui lui vint fut :

— Hein ?

La bouche de Samuel s'ouvrit. Se ferma. Se rouvrit. Ce n'était clairement pas l'accueil auquel il s'attendait.

— J'ai quelque chose pour toi, dit-il au bout de quelques secondes.

Alors que le choc de le voir s'atténuait, elle prit conscience de nouveaux détails. Il avait toujours le bras en écharpe et avait coincé un porte-documents en cuir sous son coude. Il le libéra avec sa main libre pour le lui tendre.

— Traditionnellement, on offre plutôt des roses pour présenter ses excuses, tu sais ? fit-elle remarquer.

— Je me suis dit que tu apprécierais un présent plus pragmatique. Je peux entrer ?

Elle était sur le point de répliquer que, n'étant pas chez elle, il lui fallait la permission de la propriétaire, quand elle remarqua que Kassidy s'était faite particulièrement discrète.

Complice de l'arrivée de Samuel, bien sûr. Traître ! Elle réglerait cela plus tard.

Elle s'écarta.

— Joli endroit, déclara Samuel en s'avançant.

— Ce n'est pas chez moi, répondit-elle en passant devant lui pour aller s'asseoir sur le canapé. Mets-toi à l'aise.

Samuel hésita, ses yeux verts se posant tour à tour sur le canapé, la causeuse et le fauteuil en face du canapé, essayant visiblement de déterminer où il devait s'installer.

Cet homme avait été en elle et pourtant il n'arrivait pas à décider s'ils pouvaient partager un canapé !

Ressentant un élan de tendresse protectrice, elle tapota le coussin à côté d'elle.

Il s'assit, pas trop près d'elle, mais pas non plus à l'autre bout du canapé.

Il y avait du progrès.

— Je suppose que tu aimerais que j'ouvre cela maintenant ? s'enquit-elle.

— Seulement si tu souhaites mettre fin à ma torture.

À vrai dire, elle n'en était pas sûre. Dans son cocon sous les couvertures, elle avait pu alimenter les braises de sa colère. Mais là, Samuel assis à côté d'elle, elle réalisait combien elle aimait sa présence.

Le salaud !

Elle ouvrit le dossier. Son estomac se noua quand elle vit le logo de *Gastronomie*.

— Lis, suggéra Samuel.

Après être passés rapidement sur le bloc d'adresse et les formalités, ses yeux se posèrent sur un mot en particulier : « excuses ». Elle revint au début de la phrase pour la lire en entier.

> *Nous avons reçu des renseignements complémentaires de la part du conseil de M. Samuel Kane concernant les événements entourant votre départ et sommes prêts à revenir sur notre décision. Veuillez contacter nos bureaux dès que vous le pourrez pour discuter des arrangements nécessaires.*

Les mots se brouillèrent devant ses yeux alors que les feuilles tremblaient dans ses mains. Son cœur battait la chamade dans sa poitrine.

Était-ce possible ?

— Tu peux m'expliquer ? murmura-t-elle.

— Avec plaisir. J'ai transmis une copie des propos de Taegan concernant les informations sur le Project Impact qu'elle avait essayé de te soutirer par la menace, et suggéré que nous pourrions négocier un arrangement plutôt que d'en faire une affaire légale longue et embarrassante. Kane Foods est connu pour bien protéger ses employés, après tout.

Arlie le regarda en clignant des yeux.

— Mais je ne suis plus une employée de Kane Foods.

Samuel lui montra l'autre document dans le dossier.

Les doigts toujours tremblants, Arlie le lut.

C'était une lettre l'invitant à rejoindre Kane Foods International pour un salaire conséquent.

Elle étudia le visage de Samuel. Elle y vit un mélange d'émotions : de la fierté, de la peur, du remords, de l'espoir.

— Pourquoi ? demanda-t-elle.

— Je ne sais pas si tu pourras me pardonner un jour, mais j'ai besoin que tu saches que je suis désolé. Je suis désolé de ne pas avoir été assez courageux pour te dire ce que je ressentais quand on était adolescents. Désolé de m'être fait passer pour mon frère pour t'embrasser. Désolé de t'avoir embauchée en pensant que Mason t'intéressait toujours, expliqua-t-il, les yeux rivés sur elle. Et surtout, je suis désolé de ne pas t'avoir avoué, le matin après notre première fois ensemble, qu'il n'y a pas une chose que tu puisses dire ou faire qui changerait ce que je ressens pour toi.

Les larmes piquèrent les yeux d'Arlie.

Maintenant, c'était à son tour d'être sans voix.

Samuel se rapprocha et essuya délicatement une larme sur sa joue.

— Arlie, je suis venu te demander quelque chose que j'aurais dû te demander il y a bien longtemps.

— Quoi ? répliqua-t-elle en reniflant.

Il prit sa main dans la sienne.

— Arlington Banks, voudrais-tu aller au bal de promo avec moi ?

— Au bal de promo ? répéta-t-elle tandis qu'un éclat de rire montait en elle malgré les larmes. Quel bal de promo ?

— Celui qui a lieu ce soir à la salle des fêtes de Lennox Finch Preparatory.

— Mais je n'ai pas de robe.

Derrière elle, Kassidy toussa de manière exagérée.

Arlie se retourna et vit sa meilleure amie qui tenait une housse de vêtement.

Évidemment.

— Est-ce que tu chercherais ça par hasard ? s'enquit-elle. Il s'avère justement que j'ai une robe de bal juste ici.

— Tu *savais* ! s'exclama Arlie, aussi ravie qu'incrédule.

— Comment crois-tu qu'il a su où tu étais ? fit remarquer Kassidy en traversant la pièce pour poser la tenue dans le fauteuil. Ce jeune homme a non seulement sollicité mon aide, mais il a aussi demandé ma permission. Ce que, en personne bienveillante que je suis, je lui ai gracieusement accordé.

— Après m'avoir dit qu'elle me botterait les fesses si je te faisais du mal, précisa Samuel.

— Exact ! répondit Kassidy. Cette partie est extrêmement importante.

Elle agita un doigt menaçant vers Samuel, mais l'effet fut grandement compromis par son sourire.

Avant cet instant, Arlie n'avait jamais ressenti un bonheur si intense qu'il lui faisait mal dans la poitrine. Qu'il effaçait la plus grande inquiétude de sa vie. Cela était-il bien réel ?

Cela pouvait-il vraiment être sa vie ?

— Alors ? demanda Kassidy en lui donnant un petit coup dans l'épaule. Tu vas répondre à ce charmant jeune homme ou rester assise là et ruiner le maquillage que j'ai réalisé avec tant de talent ?

— Oui, murmura-t-elle en tapotant le coin de ses yeux avec la manche du peignoir. Oui, Samuel Kane, je vais t'accompagner au bal de promo.

Samuel sourit comme si c'était la première fois de sa vie. Puis il se pencha pour l'embrasser.

Elle sentit le goût salé de ses larmes sur ses lèvres quand elles touchèrent celles de Samuel.

Elle lui accordait volontiers le pardon qu'il lui demandait. Et plus encore !

— C'est bon, tous les deux, intervint Kassidy en tendant sa robe à Arlie. Ça suffit. Et toi, va t'habiller !

Arlie obéit sans protester et, quelques minutes plus tard, revenait dans le salon vêtue d'une robe vintage Versace d'un bleu profond, avec une fente jusqu'à la cuisse.

Si elle vivait encore cent ans, Arlie savait qu'elle n'oublierait jamais la façon dont Samuel l'avait regardée quand elle était sortie de la chambre. Un mélange de désir, d'émerveillement et de fierté qui attisa un feu au fond d'elle.

— On y va ? lui demanda-t-il en lui proposant son bras valide.

— Ne faites pas quelque chose que je ne ferais pas ! leur lança Kassidy tandis qu'ils descendaient l'escalier ensemble.

— Ça nous laisse de la marge ! répliqua Arlie.

Le rire de Kassidy résonna dans la cage d'escalier.

Une limousine Packard ancienne les attendait, le chauffeur se tenant prêt à ouvrir leur portière.

Samuel aida Arlie à monter et s'installa après elle.

Une fois à l'intérieur, l'air autour d'eux crépita d'une électricité à peine contenue.

Samuel caressa sa peau nue au niveau de la fente de sa robe en commençant par le genou pour remonter lentement sur sa cuisse.

— Tu vas t'attirer des ennuis, murmura-t-elle.

— Tu crois que tu peux attendre que l'on arrive à Lennox Finch ? demanda-t-il en glissant un doigt sous la soie avant de remonter jusqu'à la dentelle de sa culotte. J'ai peut-être bien un fantasme très précis dans lequel j'aimerais t'enrôler.

— Je peux si tu peux.

Faisant appel à toute sa volonté, elle attrapa la main de Samuel et la reposa sur son genou.

Ce qui était une très grosse erreur. Il était déjà dur.

— Tu veux que je m'occupe de ça ? proposa-t-elle en passant sa main sur la bosse qui tendait son pantalon. On ne peut pas te laisser entrer dans la salle de bal avec une tente entre les jambes.

Avec un grognement de frustration, Samuel imita son geste et enleva sa main de son entrejambe.

— Laisse-moi penser aux comptes de résultats une minute, marmonna-t-il.

— Je croyais que les chiffes t'excitaient tout autant.

— Tu n'as pas entièrement tort, répondit-il avec un sourire ironique.

Après un trajet qui sembla durer cinq minutes, la limousine s'arrêta devant l'immense bâtiment de l'école. Un endroit qui la ramenait des années en arrière à une Arlie bien plus jeune et intrépide.

Ils avancèrent bras dessus bras dessous le long des colonnes qui, selon Arlie, auraient été plus adaptées à un monastère qu'à une école.

La musique leur parvint quand les portes du gymnase s'ouvrirent.

Arlie se figea dans l'entrée, bouche bée.

Une bannière peinte à la main portant les mots « *I Left My Heart in San Francisco* » était accrochée juste derrière la porte. Mais ce n'était pas n'importe quelle banderole. C'était une copie exacte de celle qu'elle se souvenait avoir préparée quelques heures avant le début du « vrai » bal.

— Comment as-tu…, murmura-t-elle avant de se taire en découvrant le reste.

En dehors de quelques détails mineurs, comme un bar bien rempli, toute la décoration était identique à celle du bal de promo auquel ils n'étaient pas allés ensemble.

— Je me suis basé sur ce que j'ai pu trouver dans l'album photo, répondit Samuel en la guidant vers la piste de danse.

Tandis qu'ils s'approchaient, elle reconnut certains visages dans la foule qui remplissait déjà le gymnase.

Mason, tel James Bond, tout en noir, leva un pouce derrière le dos d'une femme qui aurait pu défiler sur un podium.

Charlotte prétendait ostensiblement ne pas le regarder.

Marlowe et Neil se tenaient à l'autre bout du bar.

Elle vit des amis et des collègues. Il ne manquait plus que Kassidy qui, selon elle, ne tarderait pas, savourant sa victoire.

Samuel s'arrêta quand ils se retrouvèrent juste sous la boule disco qui projetait des petites lumières sur les murs et le parquet du terrain de basket.

— On danse ? proposa-t-il.

— Première ou dernière danse ?

Samuel s'approcha et la serra contre lui en mettant sa main dans le creux de son dos.

Attentive à son bras en écharpe, elle se blottit contre lui. Les bras autour de sa taille. La joue contre son torse. Il posa son menton sur le haut de sa tête comme pour s'ancrer au seul point qui marquait sa place dans le monde.

— Aucune danse ne sera jamais notre dernière danse, Arlie Banks.

Alors qu'ils dansaient au sein d'une galaxie de lumières et que la musique secrète des battements du cœur de Samuel résonnait à ses oreilles, Arlie savait que c'était vrai.

Vous avez aimé *Scandaleux projet* ?
Retrouvez la suite de la série « Les héritiers Kane »
dès le mois prochain dans votre collection Passions !

ZURI DAY

# Une aventure si tentante

*Traduction française de*
HÉLÈNE ARNAUD

PASSIONS

HARLEQUIN

*Titre original :*
A GAME OF SECRETS

Protéger un secret oblige à bien mentir
À inventer des fables et de faux souvenirs
Mais la vérité réapparaît toujours
Quand les jeux que l'on mène conduisent à l'amour.

# - 1 -

— Zorro ? Ou simple cavalier solitaire ?

Le corps de Jake Eddington, tout vêtu de noir, réagit immédiatement au parfum enivrant et à l'intonation féminine sensuelle qui résonna à son oreille. Il avait toujours aimé les voix des femmes et leur souffle chaud annonciateur de plaisirs. En ce qui concernait le beau sexe, il était un expert : murmures, courbes des seins, des hanches, jolis yeux... Comme ceux qui se fixèrent sur lui lorsqu'il se retourna. Les iris bruns pailletés d'or s'alliaient parfaitement au costume de tigresse sexy que portait l'inconnue. Il observa sa minijupe rayée, ses cuissardes, sa silhouette souple. Le tout s'accompagnait d'un serre-tête orné d'oreilles, d'une queue, d'une longue crinière dorée.

Et d'un masque, bien sûr.

— À votre avis ? demanda-t-il en essayant d'identifier le peu qu'il voyait de son visage.

Il avait passé toute sa vie à la Pointe du Sable, communauté très huppée de la région de Chicago, et avait toujours fréquenté l'élite locale. Bref, il connaissait tout le monde. Mais cette femme fatale lui était étrangère – et il se promit de combler cette lacune au plus vite.

L'inconnue l'étudia, en repoussant ses boucles opulentes.

— Je dirais Zorro. Vous ne me faites pas l'effet d'un homme qui passe beaucoup de temps seul...

Jake n'eut que deux pas à faire pour se camper tout près d'elle, et il n'hésita pas.

— Et vous êtes… ?

Il inspira de nouveau son parfum, épicé et floral, puis se pencha à son oreille pour murmurer :

— Jamais encore je n'ai rencontré de féline plus sexy…

Elle se coula contre lui, la main posée sur son bras, et émit un long ronronnement. Jake ne put s'empêcher de sourire. Son sexe se dressa dans son pantalon. Il ne connaissait peut-être pas cette femme, mais il l'appréciait déjà. Beaucoup.

— Quel est votre nom ? insista-t-il.

— Pourquoi voulez-vous le savoir ? C'est un bal masqué, après tout.

— Parce qu'il serait inapproprié pour moi d'embrasser une parfaite inconnue en public.

— Et il serait mal vu pour moi de gifler un vengeur masqué, mais c'est pourtant ce qui arrivera si vous essayez.

*Du cran. J'aime ça !* D'ailleurs, ses lèvres méritaient bien qu'il prenne le risque… Néanmoins, il ne le dit pas et se contenta de placer une main sur son cœur, dans une pantomime offensée.

— Voyons ! Ces masques sont justement là pour nous permettre de laisser libre cours à nos… désirs charnels. Si vous ne le savez pas, c'est qu'il s'agit de votre premier bal !

Elle ne mordit pas à l'appât, destiné à en apprendre plus sur elle. Quelle femme mystérieuse… Jake n'était pas un dragueur invétéré mais, dans ses périodes de célibat, il ne rechignait pas à saisir toutes les opportunités qui se présentaient et, par le passé, la traditionnelle soirée costumée d'Halloween organisée par la jeunesse dorée de Chicago avait toujours été un moment mémorable pour lui. L'alcool aidant, il n'était pas rare de voir certains invités se dénuder en partie et danser langoureusement. Combien de fois avait-il ouvert la porte de l'une des dix chambres du manoir, pour trouver le lit déjà occupé ? Si lui-même n'avait jamais été surpris ainsi, c'était uniquement parce qu'il tirait toujours le verrou… Les événements récents avaient quelque peu assagi la faune nocturne de la Pointe, mais il avait assisté à assez de fêtes privées chez ses clients, tous athlètes professionnels, pour savoir que tout le monde aimait s'amuser. Jake était prudent, certes, mais il n'était pas un moine – et il n'était pas idiot. Il comprit immédiatement que la femme qui venait de l'aborder était sans doute l'une des plus belles de la soirée.

— Puisque vous ne voulez pas me donner votre nom, que puis-je savoir sur vous ?

Il examina son costume, sa poitrine généreuse, sa taille fine et son ventre plat.

— Ce costume suffit à me faire comprendre que vous êtes une tentatrice, ou du moins, que vous aimez l'aventure.

— Possible.

— Comment pourrais-je vous convaincre de faire le grand saut ? Voulez-vous danser ? Boire un verre avec moi ? Il y a une superbe salle de jeux au deuxième étage, si ça vous tente.

— Vous posez beaucoup de questions…

Elle avait raison. Il n'avait pas l'habitude d'insister auprès des femmes : dans son monde, *elles* faisaient souvent le premier pas. D'un autre côté, il n'avait encore jamais parlé avec une tigresse non plus. Autant éviter de trop réfléchir. S'il se débrouillait bien, il aurait sans doute une chance de la voir en tenue d'Ève avant la fin de la soirée.

— J'ai l'impression que c'est votre premier bal masqué, dans cette ville, et je suis prêt à vous servir de guide.

— Merci, mais je suis une grande fille.

— Dans ce cas, je vous épargnerai de longs discours sur votre beauté et le temps que j'ai passé à chercher une femme comme vous. Autant être franc : j'adorerais pouvoir vous enlever cette robe pour voir si votre peau est aussi délicieuse qu'elle le paraît.

— Carrément ?

Elle ne trahit pas la moindre émotion, mais Jake sentit la température monter de plusieurs degrés autour d'eux.

— Oui, carrément.

Une seconde passa. Deux. Cinq.

— On se calme, Zorro, dit-elle enfin en souriant, dévoilant une rangée de dents étincelantes.

Qui était-elle ? Jake avait l'habitude des divas théâtrales, des chasseuses de mari et des débutantes. Cette attitude si détachée lui fit l'effet d'une averse rafraîchissante. Son inconnue ne venait clairement pas de Chicago. Les femmes du coin n'agissaient pas ainsi. S'il ne cherchait pas de relation sérieuse, il était en revanche tout à fait ouvert à une aventure d'un soir – voire même d'un week-end entier. D'autant plus que son emploi du temps risquait d'être bien chargé dès lundi, grâce à son ami et futur associé Lincoln Trotter. Celui-ci était en bonne voie pour devenir l'un des plus grands entrepreneurs de Washington et avait été embauché comme consultant politique en vue des élections de l'année suivante. Il avait demandé à Jake d'être le cavalier officieux de sa fiancée, Sasha McDowell, pendant son séjour dans la région. Celle-ci venait d'une famille très influente de la capitale et avait prévu de passer quelques semaines à Chicago pour aider sa marraine à organiser son gala caritatif de Noël. Lincoln tenait à ce que Jake la protège des prédateurs. C'était une lourde responsabilité, qu'il n'aurait pas acceptée venant de quelqu'un d'autre… Si ce week-end était le dernier dont il pouvait réellement profiter avant le nouvel an, il avait bien l'intention de ne pas le passer seul. Bien sûr, ce ne serait qu'un flirt sans lendemain. Rien de plus. Son meilleur ami et ses aînés étaient à présent tous mariés, mais Jake n'avait pas prévu de suivre leur exemple !

La tigresse fit mine de s'en aller et il la retint, tandis que les premières notes d'un morceau de R&B s'élevèrent.

— Accordez-moi au moins une danse.

— Peut-être plus tard, lança-t-elle par-dessus son épaule.

Elle s'éloigna, lui permettant d'admirer à loisir la chute sensuelle de ses hanches et le mouvement de la queue attachée à sa jupe. Hypnotisé, Jake resta figé. Il avait eu faim en arrivant et avait prévu de se jeter sur le buffet toujours si bien garni, mais l'apparition de cette inconnue avait attisé un autre appétit au creux de ses reins, et il ne pouvait l'ignorer.

— Elle est jolie, hein ?

Il se tourna pour découvrir Claude, un ancien camarade de classe, vêtu en rockeur – avec banane et lunettes de soleil.

— Oh oui. Qui est-ce ?

— C'est ce que nous cherchons tous à découvrir. Personne ne semble la connaître.

— Il est rare de voir de nouvelles têtes ici, murmura Jake en la cherchant des yeux. Surtout ce soir.

Claude acquiesça. Tous les invités habituels de cette fête aimaient se détendre, se laisser aller et faire des folies, conscients que le bal leur offrait une opportunité d'oublier pour un temps les conventions sociales. Nul ne craignait pour sa réputation car tout le monde se connaissait depuis l'enfance. C'était bien le plus amusant : tenter de garder son identité secrète au milieu de ses amis de toujours… Ici, on était en sécurité, entre personnes du même monde, et on savait que rien de compromettant ne franchirait les portes du manoir. Cette femme devait donc connaître *quelqu'un*, pour avoir été invitée.

— Je vois que tu as enfin cédé au protocole, dit Claude en indiquant le masque de Jake.

— Oui, en partie.

Il ajusta l'accessoire inconfortable sur son visage. Depuis deux ans, il se dispensait de cette gêne. Il ne s'était pas vraiment costumé non plus, portant un simple ensemble noir sur mesure, mais la présence du masque était étrangement libératrice. Il s'était en tout cas senti plus audacieux face à la tigresse. Au final, cacher son visage avait un avantage.

— J'imagine que le mystère rend les choses plus amusantes, même si nous n'avons aucun mal à nous reconnaître les uns les autres. À l'exception de cette fille…

— Si ça ne tenait qu'à moi, je percerais bien vite son mystère, murmura Claude.

Jake dut réprimer une absurde bouffée de jalousie. Cette femme le déstabilisait. Il avait l'impression que leur relation était déjà intime, spéciale. Ridicule ! Quoi qu'il en soit, il n'aimait pas l'imaginer au bras d'un autre homme.

— Le buffet est toujours au même endroit ? demanda-t-il, pressé de changer de sujet.

— Non, on l'a installé à l'étage, cette fois. Sans doute pour libérer de la place en vue du petit jeu prévu plus tard.

Jake haussa un sourcil surpris. Il venait à cette fête depuis quatre ans et n'avait pas pris la peine de lire le détail de l'invitation. La date et l'heure lui avaient suffi.

— Il y aura une chasse au trésor nocturne, précisa Claude.

— Oh ! c'est sympa.

Retrouvant son appétit, Jake salua son ami puis se dirigea vers l'escalier. Un plan se formait déjà dans sa tête. Il allait chasser, en effet, mais sa proie était une charmante tigresse…

Marchant aussi calmement que ses jambes en coton et son cœur emballé le lui permettaient, Sasha traversa une foule d'invités, pénétra dans un salon orné d'un immense sapin de Noël, puis passa dans un couloir garni d'œuvres d'art pour s'enfermer dans l'une des quatorze salles de bains luxueuses du manoir. Enfin, elle relâcha sa respiration et se laissa tomber sur un tabouret recouvert de fourrure. Elle n'était pas ici depuis plus de dix minutes, et elle avait déjà trouvé sa cible, l'homme qui allait l'aider à mettre en route le plan audacieux, indécent et si contraire à sa nature qu'elle avait préparé quelques jours plus tôt. Elle voulait découvrir le goût de la liberté. Incognito. Elle voulait savoir ce que ça faisait de graviter dans un monde où on ne la connaissait pas et, surtout, où on ne connaissait pas son père. Nul ne savait quel poids pesait sur les épaules d'une McDowell. Après avoir rompu ses fiançailles en secret un mois avant de quitter Washington, elle voulait aussi s'offrir un fantasme, une expérience sexuelle unique sans attaches, avec un homme qui ne l'attirait que par son physique.

Elle n'avait pas connu ce genre d'intimité avec Lincoln. Entre eux, le sexe était une affaire médiocre, prévisible, frustrante. Son ex était aussi conservateur au lit qu'en politique. La seule fois où elle avait osé lui proposer d'explorer la fellation, il avait été plus choqué que si elle lui avait littéralement mordu le pénis ! La pratique la plus coquine qu'il approuvait était la levrette… Sasha avait envie de découvrir ce que les héroïnes des romances qu'elle lisait au lycée ressentaient. Elle voulait connaître l'orgasme, s'envoler dans les bras d'un amant, s'abandonner au plaisir. Ces choses-là n'arrivaient-elles que dans les histoires ?

C'était dans ce but qu'elle était venue à cette fête. Une soirée comme celle-ci était idéale pour saisir sa chance sans craindre les conséquences. Reign, la sœur d'un bon ami de Lincoln, Jake Eddington, lui avait parlé du bal au téléphone et lui avait confié à mi-voix les folies auxquelles les invités pouvaient s'adonner. Sasha avait immédiatement mis son plan en action, sans se laisser le temps d'hésiter. Et ça avait marché. À présent, elle était là, dans cette salle de bains, en train de réfléchir au moyen d'attirer Zorro dans un lit…

Un seul danger la menaçait. Jake, qui allait sûrement tenter de la surveiller pendant son séjour à la Pointe du Sable. Bien sûr, elle avait envie de le rencontrer. Elle rêvait même secrètement de faire de l'ami de Lincoln son aventure d'un soir. Hélas, il n'était pas pour elle ; ce qui ne l'avait pas empêchée de vouloir l'approcher dès que sa marraine l'avait invitée chez elle – une tâche rendue plus ardue par ses liens avec son ex et le fait que Lincoln allait sans doute lui demander de la *protéger* des autres hommes. Leur rupture, encore secrète, ne comptait pas. Sasha savait très bien pourquoi Lincoln avait si facilement accepté la nouvelle : il était convaincu qu'elle changerait d'avis au bout d'un mois ou deux, comme par le passé. Il avait tort. Elle ne reviendrait pas et elle en ferait l'annonce publique après le nouvel an. Quoi qu'il en soit, elle ne risquait pas de croiser Jake ce soir. D'après Reign, il n'avait pas prévu de venir puisque la fête se déroulait en même temps qu'un match des Bears, une équipe qu'il comptait parmi ses clients.

« Et, s'il vient, avait-elle précisé, ce sera sans masque…

— Pourquoi ? avait demandé Sasha.

— Sans doute parce qu'il est trop imbu de lui-même. Il ne porte qu'un déguisement : celui de Jake Eddington. »

Ainsi, dès son arrivée, Sasha avait fait le tour du manoir. Plusieurs hommes s'étaient dispensés du fameux masque noir, mais Jake n'était pas du nombre. Son absence l'avait soulagée. Elle la laissait libre de suivre son plan. C'était grâce à ça qu'elle avait trouvé la force d'aborder un inconnu et de flirter avec lui ouvertement, sans craindre que l'on rapporte ses paroles à Lincoln. Ou à ses frères. Ou à ses parents. Rejetant le souvenir de son ex et de sa famille, elle se concentra sur son objectif.

*Voilà. Tu as rencontré ta cible de ce soir. Et maintenant ?*

Bonne question. Pour la première fois depuis qu'elle avait mis sur pied ce projet absurde, Sasha prit le temps de réfléchir à ce qu'elle était en train de faire. Devait-elle aller jusqu'au bout et séduire un homme au hasard ? Cette chance ne se représenterait sans doute pas et l'idée lui avait paru bonne, au départ. Dans sa tête. Bien en sécurité dans sa chambre, après avoir parlé à Reign au téléphone. Celle-ci l'avait appelée pour lui dire qu'elle ne pourrait pas l'accueillir à la Pointe : elle avait dû s'envoler sur la côte ouest en urgence pour aider une amie. Elle avait paru aussi regretter de ne pouvoir assister au célèbre bal annuel d'Halloween. C'était une soirée privée, où les costumes les plus élaborés étaient de mise. Devant la curiosité de Sasha, elle lui avait décrit le manoir et lui avait même donné le code destiné à s'assurer que seuls les invités pourraient entrer. Puisqu'elle n'en profiterait pas, autant laisser sa place à une amie, non ? Quel mal y avait-il à ça ? C'était ainsi que le plan était né – un plan destiné à libérer Sasha des carcans de sa vie, en tant que fille d'ambassadeur. Depuis sa naissance, chacun de ses gestes avait été scruté, planifié. Ses tenues, son école, même ses liaisons étaient contrôlées pour éviter tout scandale. Ses parents avaient approuvé son fiancé, ce qui expliquait que leur rupture n'ait pas encore été rendue publique. Lincoln avait exigé le secret, pour le moment.

« Jusqu'à ton retour de Chicago. »

Était-il donc si sûr qu'elle lui reviendrait ? Cette fois, c'était différent. Elle avait changé. Si elle avait accepté de se taire pour l'instant, c'était uniquement parce qu'elle ne voulait pas gâcher les fêtes de fin d'année de sa famille…

Ainsi, après avoir raccroché, elle avait réservé un vol plus tôt, avait loué une voiture et retenu une chambre dans un des hôtels de luxe de la ville. Elle avait ensuite téléphoné à sa marraine pour lui dire qu'il serait inutile de venir la chercher à l'aéroport et qu'elle la rejoindrait pour le brunch prévu le dimanche, chez les Eddington. Lincoln n'avait pas paru surpris, et les parents de Sasha n'étaient pas informés de ce changement d'emploi du temps. Pourquoi auraient-ils douté de celle qu'ils voyaient encore comme une élève timide et obéissante ? Ils ignoraient tout de la femme de vingt-quatre ans confiante qu'elle était devenue.

Bref, le plan s'était bien déroulé. Elle était passée à son hôtel, y avait déposé ses affaires et s'était rendue à la fête. Elle avait pu entrer grâce au code de Reign et s'était noyée dans une foule bigarrée, bruyante, dans les parfums alléchants d'un buffet délicieux. Elle avait fait le tour des pièces, parfaitement à l'aise, avait repéré Zorro – véritable fantasme ambulant – et avait senti son estomac se nouer. Elle avait compris qu'il était celui qu'elle cherchait, qui saurait la faire monter au septième ciel. Hélas, maintenant qu'elle était arrivée là, aurait-elle le courage d'aller jusqu'au bout ?

Quelqu'un secoua soudain la poignée et elle sursauta.

— Un instant !

Elle se leva, humidifia une des serviettes prévues pour les invités et se la passa sur les joues pour se rafraîchir. Puis elle ajusta son maquillage, fit gonfler sa perruque et prit une profonde inspiration avant d'ouvrir. Un homme en costume complet de Black Panther attendait.

— Navrée, murmura-t-elle en passant devant lui.

Elle prit la pose bien connue du super-héros et lança en riant : « *Wakanda Forever !* » avant de s'éclipser. Elle descendit presque en courant une volée de marches et se retrouva devant un bar bien garni, au fond de l'une des salles. Peu de gens étaient là – et elle ne vit pas Zorro. Elle s'arrêta néanmoins pour commander un verre de vin, puis s'assit sur une chaise à moitié cachée derrière un autre sapin de Noël. De là, elle pouvait observer et réfléchir en paix. Elle passa une demi-heure à jouer les voyeuses, aidée par un second verre de vin et une assiette de snacks. Reign avait eu raison : les costumes étaient somptueux. Super-héros. Célébrités. Personnages de films. La plupart des convives dissimulaient bien leur identité. Au final, Zorro était l'un des moins « cachés » sous son simple loup noir et son costume ébène.

Soudain, sa cible apparut au sommet des escaliers, escorté par Cardi B – ou une Rihanna aux cheveux longs. Quel que soit le costume, la femme était splendide dans une robe moulante à sequins, sous ses lunettes noires, sa crinière brune et perchée sur des Louboutin. Elle s'accrochait au bras de Zorro, le dévorant des yeux. Sasha fut immédiatement jalouse et fut soulagée de voir sa rivale s'éloigner dans un grand éclat de rire. Si elle voulait agir, c'était maintenant. Avant qu'une autre ne prenne la place.

# - 2 -

Jake fronçait les sourcils. Il cherchait son inconnue depuis une heure et pensait avoir perçu son parfum en arrivant au bar. Hélas, elle n'était pas là non plus. Il s'apprêtait à repartir quand il la vit se matérialiser à quelques mètres de lui – et elle venait à sa rencontre. Le nez plongé dans son téléphone, elle pianotait sur l'écran tout en ondulant entre les groupes. Cette fois, il n'allait pas la laisser partir !

— Vous voilà ! lança-t-il en posant la main sur son bras quand elle passa à sa hauteur, le cœur battant.

— Oh. Salut, dit-elle en levant les yeux.

— Alors, la fête vous plaît ?

— Ce n'est pas mal.

Il ne put cacher sa surprise. Des centaines de gens rêvaient de s'infiltrer dans cette soirée, chaque année.

— Pas mal ? Vous ne vous amusez pas ?

Elle sourit, faisant frémir les petites moustaches de son masque, et toute la salle parut s'illuminer. Elle avait une silhouette gracieuse, une peau satinée et, sous l'éclat des lustres, il vit une petite fossette se dessiner sur son menton.

— J'ai connu des bals plus animés, mais le manoir est splendide et la nourriture excellente ! Tout ce qui me manque est cette fameuse danse que vous m'avez proposée.

— À la bonne heure ! Allons-y.

Hélas, il sentit quelqu'un le tirer par la manche.

— Prends ça.

*Elaine*. En un éclair, sa belle inconnue l'avait éclipsée…

— Je sais que tu as dit que tu n'avais pas faim, mais ces bouchées aux truffes sont un régal. Tu dois essayer !

— Désolé, murmura-t-il à sa somptueuse féline avant de prendre l'assiette que lui tendait Elaine.

Ce fut à cet instant que son amie de longue date, parfois même un peu plus, comprit qu'elle avait interrompu une conversation.

— Navrée, chérie, déclara-t-elle en adoptant un faux accent espagnol, mais cet homme m'appartient, ce soir.

Jake fut soulagé de voir la tigresse sourire.

— Vous êtes donc bien Cardi B, dit-elle. J'hésitais avec Rihanna.

Elle rit, puis adressa un clin d'œil à Jake.

— Amusez-vous bien.

Il n'eut pas le temps de l'arrêter. Déjà, elle remontait à l'étage.

— Bon sang, Elaine ! Pourquoi as-tu fait ça ?

— Je jouais mon rôle, c'est tout. Tu m'en veux ?

Pour la deuxième fois ce soir, Jake sentit la colère monter mais ne le montra pas. Il secoua la tête, goba une bouchée aux truffes et soupira.

— Tu as raison, c'est délicieux.

— Qui est cette femme ? demanda son amie.

— La tigresse ? Je ne sais pas…

— C'est rare de ne pas reconnaître un invité, ici.

— Parfois, les organisateurs pimentent les choses en conviant une star.

Elaine scruta l'escalier que la fille avait emprunté.

— Crois-tu qu'elle soit célèbre ?

— Peut-être, dit Jake en achevant son assiette. Merci de m'avoir apporté un en-cas. C'était très bon. Je crois que j'ai besoin d'un verre.

— Je t'accompagne.

*Zut.* Se débarrasser d'Elaine allait être délicat…

Il commanda une bière. Elle, un martini.

— As-tu envie qu'on aille dans un endroit plus privé ? demanda-t-elle après quelques gorgées. On pourrait finir de boire et, tu sais… organiser une petite fête entre nous.

— Tentant, murmura Jake, qui n'était pas tenté du tout. Mais ce ne serait pas sage.

— C'est bien pour ça que je te le propose !

— Pas ce soir, chérie, répondit-il plus fermement en l'embrassant sur la joue. Merci pour les rafraîchissements, mais il faut que j'aille causer avec du monde.

S'empêchant de courir à la poursuite de sa tigresse, il fit le tour du bar, bavardant avec quelques amis, échangeant deux mots avec un boxeur en vogue, et monta enfin au deuxième étage. Pourvu qu'il ne l'ait pas manquée !

L'ambiance était plus calme, ici. Les lumières tamisées et les conversations feutrées faisaient du bien, après l'agitation du bar. Plusieurs portes étaient fermées. Au fond de la pièce se trouvait la salle de jeux et des voix en sortaient. Sa tigresse y était-elle ? Le cœur battant, il jeta un coup d'œil à l'intérieur. Non. Jake fit demi-tour et s'apprêtait déjà à redescendre quand une porte s'ouvrit, et un discret « Psst… » l'appela. Il se tourna et vit par l'entrebâillement une queue de tigre s'agiter avant de disparaître. Il n'avait pas besoin de plus d'encouragements ! Après avoir jeté un coup d'œil autour de lui, il entra dans la pièce plongée dans le noir. Il sentit immédiatement son parfum enivrant.

— Pas de lumière. Déshabille-toi, mais garde ton masque, ordonna-t-elle à mi-voix sans lui laisser le temps de parler.

Il hésita. S'il avait envie d'elle, ce petit jeu lui paraissait étrange…

— À moins que tu veuilles qu'on fasse l'amour habillés, ajouta-t-elle d'une voix mutine.

Son franc-parler envoya un flot d'adrénaline dans son sang et son sexe fut soudain très à l'étroit dans son pantalon. Il verrouilla la porte de la chambre et défit sa ceinture. Le bruit de la fermeture Éclair de sa braguette fut sa seule réponse. Il entendit alors un froissement de tissu. Sa petite tigresse devait s'être glissée sous les draps. Il agit plus vite encore, aiguillonné par le désir. Dans le faible rayon de lune qui passait à travers le store entrouvert, il trouva le lit. Alors qu'il enlevait ses chaussures, il sentit un ongle courir le long de son dos. Il se redressa, récupéra un préservatif dans sa poche, puis ôta d'un seul geste son pantalon et son boxer.

Un autre parfum vint se mêler à celui que portait sa tentatrice. L'odeur de son désir. Un gémissement confirma cette impression. Cette pensée, si sexy, le poussa à oublier sa chemise pour se couler contre elle. Il percuta une cuisse chaude et nue. Une main caressa son visage. Le mélange des parfums, entêtant, l'enveloppa. Il embrassa sa cuisse, lécha sa peau, laissa ses mains explorer son corps et se rendit compte que la minijupe avait été retroussée autour de la taille de son amante. Elle portait encore ses escarpins et son masque. *Bon sang !* Elle se cala pour offrir son coin de paradis à ses lèvres, lui montrant clairement ce qu'elle attendait de lui. Comment aurait-il pu la décevoir ? Il l'embrassa à travers son string en dentelle. Elle plaça une main à l'arrière de sa tête pour l'encourager. Il écarta l'étoffe et explora la fente humide avec sa langue. C'était le nectar des dieux… Il eut presque l'impression d'entendre une musique céleste s'élever dans la chambre, mais ce n'étaient que les soupirs sensuels de sa partenaire.

— C'est si bon…

Elle remua contre sa bouche.

— Si bon. Si bon. Aah !

Jake savait qu'il était doué. Ses talents dans ce domaine étaient légendaires auprès du beau sexe. Plusieurs femmes avaient même juré que sa langue était magique ; d'autres avaient prétendu que c'était une arme de destruction massive.

Il écarta avec soin les lèvres de son amante et glissa un doigt en elle. Elle se cambra, soulevant les hanches. Il continua à la lécher, l'embrasser, la mordiller jusqu'à ce qu'elle perde tout contrôle. Il la sentit s'agiter, entendit un cri étouffé. Son sexe était dur comme la pierre. Il enfila le préservatif et vit dans la pénombre sa déesse se mettre à quatre pattes, lui présentant ses fesses splendides. Il les saisit avec admiration et les massa tout en se frottant à elle. Une seule question le hantait. Qui était cette femme ? Ils n'avaient pas encore attaqué les choses sérieuses et, déjà, il en voulait plus. Il se pencha pour embrasser les fossettes de ses reins et remarqua qu'elle avait une libellule tatouée au bas du dos. Il aimait ces choses-là et n'avait encore jamais vu ce motif. Il n'était plus temps de s'interroger. Vibrant de désir, il la pénétra d'un long mouvement du bassin.

Ce fut merveilleux. Tous ses nerfs frémirent, enfermés dans cet écrin chaud. Elle se cala contre lui, pour mieux le sentir et, les mains sur ses hanches, il ferma les yeux. Il s'abandonna à l'extase, allant et venant. Enfin, il l'allongea pour presser tout son corps contre le sien. Il l'embrassa et faillit perdre la raison. Ses lèvres si douces. Sa langue joueuse. Sa chair brûlante, moulée dans le creux de ses bras. Il souleva l'une de ses jambes pour entrer de nouveau en elle et elle s'agrippa à lui, griffant son dos. Ils trouvèrent bientôt un rythme lent, naturel. Oh ! il aurait voulu que ça ne s'arrête pas ! Mais l'orgasme pointait déjà son nez. Elle dut le sentir, car elle passa les deux jambes autour de sa taille, accueillant chaque assaut plus puissant. Elle soupira, les dents serrées, et jouit avec lui. Puis ils retombèrent sur le matelas, enlacés. Jake n'était pas très câlin mais, ce soir, il serra contre lui cette femme dont il ignorait le nom. Hélas, elle s'écarta et se leva.

— Je vais prendre une douche, annonça-t-elle. Quand je ressortirai, tu seras parti.

Réprimant sa déception, Jake se redressa sur un coude.

— Comment t'appelles-tu ?

— Mieux vaut préserver le mystère... Tu étais incroyable, ajouta-t-elle avec plus de douceur. Prends soin de toi, Zorro.

Elle ferma la porte de la salle de bains et il entendit le loquet, puis le bruit de l'eau. Épuisé et troublé, il s'allongea de nouveau un instant. Son planning des jours à venir était chargé, mais il y ajouta une tâche essentielle : découvrir l'identité de sa tigresse. Même s'il devait passer des semaines à enquêter pour y parvenir.

# - 3 -

Les premières notes rythmées d'un morceau de pop tirèrent Sasha d'un profond sommeil. Les paupières encore closes, elle attrapa son téléphone et éteignit l'alarme. Puis elle s'étira, se tourna, et ouvrit enfin les yeux. Elle se redressa d'un bond. Une légère tension entre ses cuisses lui rappela les excès de la veille. Elle l'avait fait ! Elle avait suivi son plan fou et avait couché avec un parfait inconnu. Elle avait vécu son premier coup d'un soir. Ses ébats avec Zorro avaient dépassé ses espérances… Quelle folie !

Sasha pressa un oreiller contre sa poitrine et se laissa retomber sur le matelas pour revivre chaque instant de cette rencontre. Le corps de son amant, musclé et puissant. Ses lèvres si chaudes. Sa langue experte. Son sexe formidable. D'un seul coup, elle repoussa les couvertures et se leva. Ce n'était pas le moment de fantasmer. Elle allait voir sa marraine dans moins d'une heure, ainsi que son protecteur officieux, Jake, ses parents, et tout le reste du clan Eddington. Le moment était venu de remiser son costume de femme fatale pour endosser celui, plus familier, de fille de politicien timide et effacée. C'était ce qu'on attendait d'elle. Elle n'était pas douée pour les secrets et elle allait devoir se faire violence pour taire les événements de la veille. Paraître normale après l'aventure extraordinaire qu'elle venait de vivre allait monopoliser toute son énergie.

Plusieurs heures après, son corps tremblait toujours. Elle sentait encore les fesses de son amant sous ses mains, sa peau nue au bout de ses doigts. Elle aurait presque pu se croire un peu amoureuse, si cette idée n'avait pas été absurde. Il lui avait juste fait découvrir une intimité qu'elle n'avait jamais soupçonnée. Allait-elle réussir à traverser une salle remplie de figures familières et parvenir à cacher sa joie ? Un flot de panique l'envahit à cette idée, et elle le réprima de son mieux. Elle n'avait pas le choix si elle voulait éviter ce que sa famille craignait plus que tout : le scandale. Il était hors de question que Sasha laisse une telle chose arriver. Elle devait donc remiser dans ses souvenirs cette soirée décadente et retrouver son calme avant le lever de rideau.

Quand elle quitta son hôtel et rejoignit son chauffeur, la tigresse avait définitivement disparu – tout comme son costume, abandonné dans le vide-ordures. Elle avait revêtu un tailleur-pantalon bleu marine, enfilé des escarpins assortis et un collier de perles. En montant dans la voiture, elle abandonna sa cape de pure laine sur la banquette, près d'elle. Ses cheveux épais, coupés aux épaules, avaient été lissés avec soin. Sa petite frange adoucissait ce carré strict, mettant en valeur son meilleur atout, des yeux de biche couleur noisette. Elle avait troqué son fard à paupières sombre de la veille contre un voile de poudre, un soupçon de mascara et un gloss transparent. Elle ne semblait plus avoir vingt-quatre ans, mais à peine dix-huit…

Le trajet jusqu'à la Pointe du Sable fut calme, à l'exception d'un texto de Lincoln qu'elle ignora. Elle ne voulait pas penser à lui ou aux soucis qui l'attendaient à la maison et se concentra sur le décor qui défilait. Elle avait été franche avec son ex. Elle ne regrettait pas leur rupture. Néanmoins, elle se sentait un peu coupable en pensant à Zorro. Si elle avait autant de mal à le chasser de son esprit plus tard, elle risquait de passer une journée très difficile…

La voiture prit quelques virages, puis s'engagea dans un quartier résidentiel huppé. C'était là que vivait sa marraine, dans une demeure imposante au fond d'une impasse. Elle apparut sous son porche dès que le véhicule ralentit et fit un grand signe de la main à sa filleule.

— Val !

— Sasha !

Elles s'embrassèrent.

— Eh bien ! Quel spectacle ravissant pour mes vieux yeux usés, déclara Val en observant la jeune femme.

— Ne dis pas de sottises : tu n'es pas vieille.

— Incroyable ce qu'on peut cacher sous un bon maquillage, non ? gloussa sa marraine.

Elles attendirent que le chauffeur sorte les bagages du coffre, puis les portèrent à l'intérieur. Sasha suivit Val le long d'un grand couloir, jusqu'à une chambre d'amis lumineuse aménagée dans un camaïeu de verts tendres.

— Pourquoi as-tu payé un chauffeur, chérie ? J'aurais été ravie de venir te chercher à l'aéroport.

— Ne t'inquiète pas, Val. J'ai juste dû changer mes plans à la dernière minute.

Elle lui dit que Reign avait été contrainte de partir en urgence en Californie et qu'elle avait tenu à la voir avant son départ. C'était un mensonge, mais elle allait devoir s'en contenter.

— Quoi qu'il en soit, je suis ravie que tu sois venue, reprit Val avant d'ouvrir pour elle un large dressing vide. Tu peux déposer tes affaires ici. Fais comme chez toi.

— Merci. Je déferai mes valises plus tard.

— Bonne idée.

Sa marraine la conduisit ensuite au salon.

— Valencia te fait une bise et te remercie de m'aider en son absence. Elle a promis de t'appeler la semaine prochaine.

— Comment va-t-elle ? Toujours en train de sauver le monde ?

— Tu connais ma fille ! Elle a accepté de repartir, même si j'ai tenté de la dissuader. Je suis très fière de ses missions avec Médecins Sans Frontières, mais elle me manque beaucoup. Elle avait promis de me donner un coup de main pour les fêtes, cette année.

— Clairement, tu n'as pas réussi à la culpabiliser assez…

— Non. Elle vient de quitter la Malaisie pour aller en Éthiopie. Elle y restera six mois et elle veut que je lui rende visite au printemps.

— Tu devrais !

— Y es-tu allée ?

— Non, mais tous les pays d'Afrique que j'ai pu voir étaient magiques.

— J'y réfléchirai. En attendant, concentrons-nous sur ton séjour. Je ne connais rien de mieux pour le débuter qu'un brunch chez les Eddington !

Elles se rendirent dans le hall et Val attrapa un manteau de fausse fourrure dans l'un des placards.

— Veux-tu te rafraîchir, ma chérie, ou es-tu prête à partir ? Je meurs de faim.

— Moi aussi. J'ai tellement entendu parler de ces repas que j'ai hâte d'y être.

— Tu ne le regretteras pas. Mona est la meilleure des hôtesses, promit Val.

Sasha n'en doutait pas. D'ailleurs, son impatience était aussi due à une autre raison… Si elle avait passé la nuit à rêver de Zorro, elle savait qu'une autre tentation l'attendrait au domaine Eddington – une tentation avec un nom et un visage. Elle avait toujours admiré de loin Jake, l'ami de son frère TJ et de Lincoln, mais elle ne l'avait rencontré qu'une ou deux fois en personne. À présent, elle était aussi excitée que terrifiée à l'idée de le revoir. Et s'il lui plaisait plus encore que son amant de la veille ? Cette fois, elle ne pourrait pas se permettre de céder à ses désirs…

Le manoir du bal était immense mais, en passant les grilles du domaine, Sasha dut bien admettre que cet endroit était tout aussi impressionnant. La maison principale était dressée sur une colline et, en approchant, la jeune femme sentit son cœur s'emballer. Une pointe d'angoisse monta aussi, mais elle la refoula. Le décor et le bavardage incessant de Val lui firent presque oublier qu'elle s'apprêtait à croiser un homme aussi séduisant que son amant inconnu…

Sa marraine se gara derrière la demeure, près d'un solarium tout en verre. En amoureuse de la nature, Sasha fut immédiatement séduite. De grandes plantes cachaient l'intérieur, mais elle remarqua un ruisseau qui entrait dans la serre chauffée pour alimenter un bassin. Sasha avait navigué dans les hautes sphères toute sa vie. Néanmoins, elle fut impressionnée par la richesse de cette famille légendaire.

— Oh ! quel bel homme !

Elle se tourna vers Val, puis vit un inconnu en effet très séduisant s'extraire d'une Bugatti pour ouvrir la portière passager.

— Qui est-ce ?

Val n'eut pas le temps de répondre avant que la femme sorte de la voiture – stupéfiante. Elle leur adressa un grand sourire et Sasha la reconnut tout de suite. C'était la sœur aînée de Jake, Maeve. Elle avait vu des photos de son mariage sur Internet et comprit que l'homme devait être son époux, l'avocat Victor Cortez. Ils s'approchèrent pour les saluer et Maeve enlaça Val avec chaleur.

— Vous êtes ravissante, madame Baldwin. Je suis ravie de vous revoir. Laissez-moi vous présenter mon mari, Victor.

— Enchantée. Et voici Sasha McDowell. Elle a gentiment accepté de m'aider à préparer le gala de Noël, cette année.

— Votre groupe fait toujours des miracles en offrant aux plus modestes des vêtements et des jouets à cette période de l'année. Entrons, et vous pourrez m'en parler !

Sasha prit une profonde inspiration et les suivit dans la serre somptueuse. Des oiseaux chantaient autour du bassin illuminé et une dizaine de personnes étaient déjà là, au milieu d'une armée de serveurs qui distribuaient cocktails et canapés. Un musicien jouait un standard de jazz sur un clavier. Une femme plus âgée vint à leur rencontre. Sasha ne se souvenait pas du visage de Mona, mais elle sut que c'était elle avant même qu'on les présente. Sa tranquille autorité la distinguait immédiatement comme la reine de la fête. Peu à peu, avec l'aide d'un verre de Mimosa, la jeune femme commença à se détendre, quand Jake fit son apparition.

Leurs regards se croisèrent et un courant électrique passa dans la pièce. Sasha ne s'était pas attendue à une telle réaction physique. Jake avait l'air sympathique et… chaleureux. Sa beauté avait quelque chose de magnétique, dans le pull blanc qui mettait sa peau sombre en valeur et le pantalon qui épousait la forme alléchante de ses fesses. Elle songea immédiatement à celles de son amant inconnu. Jake était rasé de près et un petit diamant brillait à son oreille gauche. Elle enregistra tous ces détails en un éclair tandis qu'il s'approchait de leur groupe avec nonchalance.

— Jake, te souviens-tu de Sasha, la fille de l'ambassadeur McDowell ? demanda Mona.

Il prit la main de la jeune femme avec douceur.

— Je me souviens d'une ado avec des couettes et un appareil dentaire, mais je n'aurais pas oublié une demoiselle aussi ravissante, dit-il en lui faisant un baisemain.

— C'est un plaisir de te revoir, parvint-elle à répondre.

— Oh ! tout le plaisir est pour moi.

— Je crois que nous devons vous féliciter, reprit Mona.

Déjà sous le charme de Jake, Sasha ne comprit pas.

— Je vous demande pardon ?

— Pour vos… fiançailles ?

— Oh ! Oui !

Elle pressa la main sur son cœur et fit de son mieux pour retrouver son calme. Elle tenta de sourire mais, à en croire le regard surpris de Val, ce ne fut pas probant.

— Merci, dit-elle néanmoins.

— Quand aura lieu le mariage ?

— Nous… Nous n'avons pas encore fixé de date.

— Et comment se porte TJ ? demanda Jake.

Elle aurait pu l'embrasser tant elle était soulagée.

— Il tient son rôle de grand frère irritant, comme toujours.

Sa plaisanterie brisa la glace, ainsi qu'elle l'avait espéré.

— Il m'a envoyé un texto, la semaine dernière, poursuivit Jake. Ton fiancé aussi, mais tu le sais déjà.

— Oui, il me l'a dit.

— Qu'a-t-il dit, exactement ?

— La réponse attendra, intervint Mona. Nous devons donner le coup d'envoi du brunch. Val, Sasha, je vous ai installées à ma table.

Elle appela tous les invités et, quand ils furent assis, présenta Sasha à ses voisines. Il n'y avait que des femmes autour de la table : Val, Mona, son amie Tami, sa belle-fille de cœur Avery, ainsi que Willow, qui travaillait avec elle dans leur société d'événementiel. La conversation s'éleva autour de Sasha sans qu'elle ait besoin de participer et elle se concentra sur sa soupe de butternut. Un plat typique cajun suivit. Sans doute était-il savoureux, mais elle n'en profita pas. Elle ne pouvait se détourner de l'homme installé à la table voisine – et qui semblait la dévorer des yeux. Pendant un instant, elle crut voir Zorro à la place de Jake… Mais c'était impossible ! Il n'avait pas été au bal. Il ne savait pas qu'elle avait couché avec un inconnu sexy dans une chambre obscure. Elle dut se faire violence pour ne pas le dévisager franchement ou aller lui avouer qu'il lui plaisait et s'abandonner à cette liberté sexuelle qu'elle venait de découvrir. Lorsque l'on apporta les desserts sur un chariot, elle parvint enfin à retrouver son appétit et à exercer les talents sociaux qu'elle avait acquis dans sa pension huppée.

Ce ne fut pas difficile. Willow et elle avaient le même âge, et partageaient de nombreux centres d'intérêt. S'interrompant un instant, Sasha choisit son dessert, un gâteau aux noix de pécan surmonté d'une boule de glace vanille artisanale et de chocolat chaud. La première bouchée la transporta dans les Alpes, où s'était trouvée son ancienne école. C'était une symphonie parfaite de caramel fondant, de fraîcheur et de cacao riche…

— Tu aimes ? demanda Willow en attaquant sa tarte aux pommes accompagnée, elle aussi, de glace.

— Mmm… C'est si bon ! répondit Sasha. Si bon…

Un peu comme ses ébats avec Zorro, songea-t-elle en sentant ses muscles intimes se crisper, mais pas autant !

# - 4 -

— Mmm… C'est si bon ! Si bon…

Jake passait juste derrière Sasha quand ces quelques mots faillirent le faire trébucher. En un éclair, il fut pris de vertige et eut du mal à poursuivre sa route. *Sasha était la tigresse ? La sœur de TJ, la fiancée de Lincoln, était la femme qui l'avait envoyé au septième ciel la veille ?* Impossible !

Il longea le bar sans s'y arrêter et s'enferma dans les toilettes, le temps de se calmer. Il passa un temps fou à se laver les mains, tout en rejouant chaque instant du bal. Il essaya de se souvenir des traits qu'il avait devinés sous le masque et de chaque détail de son amante. Quand il leva les yeux sur son reflet, dans le miroir, un gros soupir lui échappa. Non, Sasha *ne pouvait pas* être la tigresse ! Ça aurait tout gâché…

Quand il revint dans la serre, il était bien décidé à découvrir la vérité. Le repas avait heureusement pris fin et tous les invités discutaient en petits groupes. Sasha parlait avec Avery et son époux Cayden, le meilleur ami de Jake. C'était parfait. Il s'approcha, salua Cayden et lança :

— Je vois que tu as rencontré Sasha.

— Oui. Avery est très impressionnée… et ce n'est pas peu dire, répondit-il. Ma femme voudrait organiser son mariage. Elle essaie même de la convaincre de venir s'installer ici avec Lincoln, après leur lune de miel.

— Waouh. Toute une vie, réglée en un après-midi…

Il regarda les deux femmes en faisant de son mieux pour imaginer Sasha non pas en minijupe tigrée, mais mariée et devenue inaccessible à tout jamais. Cette pensée l'écœura.

— Si tu réussis, ce sera un record, Avery !

Celle-ci lui donna une bourrade amusée.

— Ne fais pas attention à eux, Sasha, dit-elle. Je fais du bon travail, tu sais. C'est pour ça que Val m'a déjà engagée deux fois. Je connais aussi Washington et je suis sûre qu'il y a là-bas des *wedding planners* qui valent leur pesant d'or ; mais mon cabinet tient à rendre chaque prestation unique, adaptée aux besoins de nos clients. Jette un coup d'œil à notre site : il y a des photos de mariages que nous avons organisés. J'avoue que je suis très fière du résultat.

— Assez travaillé, chérie. On est dimanche, lui rappela Cayden avec douceur. As-tu eu le temps de voir Bob ?

Avery jeta un coup d'œil à Tami, sa belle-mère, et Bob, qui parlaient avec les époux Eddington.

— Non. Je n'ai pas salué Derrick non plus.

Se tournant vers Sasha, elle reprit :

— J'ai hâte de te revoir pour déjeuner, la semaine prochaine, et Willow aussi. Je te promets qu'on ne parlera pas que du boulot…

Cayden l'entraîna plus loin, laissant Jake et Sasha en tête à tête. Un silence gêné s'éleva très vite. Jake examina rapidement la jeune femme de la tête aux pieds. Elle avait l'air plus petite que sa tigresse, mais ça pouvait uniquement être une question de chaussures. Il étudia son joli visage en cœur, ses yeux en amande et les lèvres qu'il avait peut-être embrassées sans le savoir.

— Pourquoi me dévisages-tu ?

— C'est ce que je faisais ? demanda-t-il sans se détourner.

— Oh oui, et ça devient un peu gênant, pour être honnête.

Sans se laisser intimider, il poursuivit son examen et elle se dandina, clairement embarrassée. Enfin, il croisa les bras.

— Depuis quand es-tu en ville ?

— Quoi ?

— Tu m'as compris. Quand es-tu arrivée à Chicago ?

— Ce matin. Pourquoi ?

— Parce que je voulais le savoir.

Saisi d'un élan de folie absurde, il se pencha sur elle et la renifla. Elle le regarda d'un air choqué, mais garda son calme. *Une parfaite joueuse de poker…* Il commençait déjà à croire que ses soupçons étaient infondés.

— Tu es… bizarre, dit-elle d'une voix mesurée.

Le parfum que portait la tigresse était reconnaissable entre mille – et ce n'était pas celui de Sasha. Néanmoins, quelque chose le gênait encore et il n'était pas prêt à abandonner.

— As-tu assisté à une fête, hier soir ?

Elle hésita un instant. Ou était-ce son imagination ?

— Une fête ?

— Tu sais, un de ces trucs où des gens se rassemblent et écoutent de la musique. Il y a de quoi manger et…

— Jake, je sais ce qu'est une *fête*.

— As-tu, par hasard, participé à un bal costumé habillée en tigresse avec une longue perruque rousse ?

Son rire lui parut un peu trop artificiel mais, une fois de plus, il se faisait peut-être des idées.

— Alors ?

— Je sais que Lincoln et TJ t'ont demandé de veiller sur moi. J'apprécie, mais tu n'as franchement pas besoin de m'interroger comme ça. C'est agaçant.

— Tu ne veux pas me dire où tu étais hier ?

— Je préparais mes bagages. Veux-tu voir mon billet d'avion ?

— L'as-tu sur toi ? répliqua-t-il.

Le regard ahuri de Sasha lui arracha un éclat de rire. Elle jeta un coup d'œil par-dessus son épaule et fit signe à quelqu'un qu'il ne voyait pas.

— Au revoir, Jake.

Il se retourna pour voir Val approcher en compagnie d'une femme qu'il avait aperçue au country club de la Pointe. Il aurait voulu poursuivre son enquête, faire n'importe quoi pour garder Sasha près de lui plus longtemps. Elle n'était peut-être pas sa tigresse, en fin de compte, mais elle était tout aussi attirante. Fiancée ou non.

*Elle* est *fiancée, donc hors d'atteinte. TJ est ton ami, il a des relations ; et Lincoln pourrait devenir ton nouvel associé à Washington. Ne fais pas de bêtise !*

Ces pensées l'accompagnèrent jusqu'au country club, où il se rendit ensuite pour disputer un match de basket avec des amis. Si Jake n'était pas doué pour obéir aux règles, il n'était pas non plus du genre à briser un couple sciemment. Sasha avait dit qu'elle n'avait pas participé au bal et il aurait dû en être soulagé. Mais ce n'était pas le cas. Lorsqu'il sortit du vestiaire, heureusement, ses réflexions avaient pris un tour nouveau. Si Sasha n'était pas sa tigresse, ça voulait dire que cette femme était encore là, quelque part. Il n'était pas patient, mais il savait faire preuve de détermination quand il le fallait. Il retrouverait son amante masquée.

Quoi qu'il en coûte.

# - 5 -

Sasha fut heureuse de pouvoir s'occuper toute la semaine qui suivit. Elle avait discuté au téléphone avec Valencia, avait accompagné sa marraine à une réunion concernant les colis de Noël que son groupe préparait et avait reçu la mission de contacter des mécènes potentiels hors de Chicago. Val lui avait même fourni une liste de noms. Appeler des inconnus n'était peut-être pas le point fort de Sasha, mais ça lui permit au moins de ne plus penser à Zorro. Ou à Jake.

Il avait été présent au bal. Il avait décrit son costume à la perfection. Comment était-ce possible ? Reign lui avait juré qu'il ne se déguisait jamais, et Zorro portait un masque ! Il n'avait même porté presque que ça, dans la chambre…

*Jake. Zorro.* Les images de ces hommes se succédaient devant elle. Très différentes, et pourtant étrangement similaires. Leur taille. Leur teint. Leur sourire. Ces lèvres… Depuis le brunch et l'interrogatoire qu'elle avait subi, une idée folle faisait son chemin dans sa tête. Une éventualité improbable. Une atroce coïncidence. Jake était Zorro. Son amant secret était le potentiel futur associé de son ex… Non. Ça ne pouvait pas être vrai. Il ne pouvait pas s'agir d'un seul et même homme. Si ? Elle chercha des photos de Jake sur les réseaux sociaux, étudia avec soin le bas de son visage, ses gestes et son maintien. Bientôt, elle ne put plus nier l'évidence. Le masque de Zorro *pouvait* avoir caché Jake. Si leur aventure avait été exquise, la situation actuelle risquait de devenir terrible. Lincoln serait dévasté et hors de lui, s'il apprenait ça. Il ne croirait jamais qu'elle avait voulu coucher avec un inconnu et s'était retrouvée par accident dans les bras de Jake. Déjà, il avait des soupçons. L'emploi du temps chargé de Sasha, ponctué de déjeuners mondains, de sorties avec Avery, Willow et Reign, l'avait empêchée de le contacter autrement que par textos. Au départ, il avait eu l'air de s'en contenter, comme il avait paru accepter leur rupture. Mais, plus les jours passaient, plus il semblait s'accrocher à l'idée de l'épouser malgré tout. Ils allaient devoir parler. Ça ne lui plaisait pas, mais comme on était vendredi et qu'elle avait un peu de temps avant un week-end surchargé, elle se décida à prendre son téléphone. Il sonna dans sa main. Elle lut le numéro – pas celui de Lincoln, mais un numéro local…

— Allô ?

— Sasha. C'est Jake.

En un éclair, l'image de Zorro vêtu uniquement de son masque passa devant ses yeux. Ses tétons se tendirent et elle crut reconnaître la voix de son amant. Un désir ardent l'envahit et elle eut du mal à le contenir. Même quand sa rupture avec son fiancé serait rendue publique, elle ne pourrait pas parler de cette soirée avec Jake. Que penserait-il d'elle ? La jugerait-il ? Il pourrait se sentir trahi et refuser de la revoir. Ça faisait beaucoup trop d'inconnues – et *elle seule* était responsable de cette situation, même involontairement. Assister à ce bal avait été une erreur. Elle allait devoir taire ses souvenirs délicieux de Zorro pour toujours. Pourtant, jamais encore elle n'avait connu un tel plaisir ! Comment ignorer ça ?

— Sasha ? répéta Jake dans l'écouteur.

— Désolée… Qu'as-tu dit ?

— Je te demandais ce que tu faisais.

— Pas grand-chose. Je lis mes e-mails, je surfe sur les réseaux. Nous venons de rentrer et Val dîne avec des amies.

Elle ne pouvait s'empêcher de sourire. Le seul fait d'entendre sa voix était un bonheur.

— Comment as-tu eu mon numéro ?

— TJ. Il était surpris que tu ne me l'aies pas donné, puisque je suis censé veiller sur toi.

— Et moi, je suis étonnée qu'il t'ait contacté en sachant que Lincoln le ferait aussi.

— On dirait que beaucoup de monde s'intéresse à votre mariage et veut t'empêcher de changer d'avis.

— C'est hélas vrai.

— J'espère que tu ne me trouves pas envahissant…

— Tant que tu ne cherches pas à m'espionner.

*Et tant que tu n'es pas Zorro…*

— Je ne fais jamais de promesses que je ne suis pas sûr de tenir, répondit-il.

Sasha gloussa et un silence confortable s'installa. Enfin, Jake reprit :

— Tu dis que Val est occupée, ce soir. Qu'as-tu prévu de ton côté ?

— Je pensais commander un repas. La semaine a été épuisante et une soirée Netflix me fera du bien.

— On ne regarde jamais Netflix seul. C'est interdit.

Oh non, pas question d'inviter Jake ! Elle n'aurait pas la force de lui résister et lui sauterait dessus en un éclair.

— Dans ce cas, tu pourrais m'emmener quelque part.

— Une femme moderne et émancipée qui me demande un rencard ? Je suis surpris.

— Je parlais juste d'un repas. Tu es mon chaperon, non ?

— C'est vrai.

— Parfait. Val m'a montré la Pointe, mais je n'ai encore pas vu grand-chose de Chicago.

— Est-ce ta première visite ?

— Je suis venue une ou deux fois, quand j'étais petite…

— Qu'aimes-tu manger ?

— N'importe quoi, tant que c'est cuit. Et savoureux.

— On devrait pouvoir trouver ça. Rien d'exceptionnel, par contre. Je suis fatigué et j'ai passé une semaine infernale.

— Pourquoi ne l'as-tu pas dit ? On peut reporter…

— N'essaie pas de me poser un lapin, maintenant que je suis décidé. Enfile un jean. Je serai là dans une demi-heure.

— J'imagine que tu connais l'adresse de Val.

— Je sais tout, murmura-t-il d'une voix de conspirateur.

Elle rit de son mieux et raccrocha, mais ses paroles lui avaient donné la chair de poule. Que ferait-il, s'il apprenait son secret ? Comment réagiraient TJ et Lincoln, ou le reste de sa famille ?

Elle passa dans sa chambre, priant pour que les détails de sa première nuit à Chicago restent un secret. Vingt minutes plus tard, fraîchement douchée, elle acheva de s'habiller. Puisque Jake avait dit que leur soirée serait simple, elle avait opté pour son jean skinny préféré, orné de cristaux blancs. Les mêmes cristaux décoraient son grand pull noir. Elle enfila des bottines plates en daim et, comme elle avait oublié son parfum chez elle avant de prendre l'avion, emprunta l'un de ceux de Val. Elle choisit des bijoux discrets et se maquilla peu. Avec ses cheveux en queue-de-cheval, elle espérait avoir réussi un look « sexy sans trop en faire ». Elle attrapa son portable, son sac et descendit chercher son manteau. Quand son téléphone sonna, elle devina que ça devait être Jake qui la prévenait de son arrivée et se figea en voyant apparaître une photo de Lincoln sur l'écran.

— Salut, dit-elle en mettant le haut-parleur pour finir de s'habiller. Je voulais t'appeler.

— Tu as l'air très occupée.

Il était contrarié. Ça s'entendait. Elle était partie depuis une semaine et n'avait pas été pressée de lui parler.

— Oui, c'est fou. J'ai eu besoin de temps pour m'adapter au rythme de Val et je n'ai pas pu téléphoner.

— Parle-moi de Chicago et de la Pointe de…

— La Pointe du Sable. C'est ravissant, très huppé.

— Comment peux-tu être débordée dans une si petite ville ?

— Val a un agenda mondain très chargé. Dès mon arrivée, nous sommes allées à un des fameux brunchs Eddington et je me suis fait quelques amies.

— J'ai lu un article à propos de leur firme dans *Forbes* quand Jake m'a proposé un partenariat, et j'admets que j'ai été très impressionné. Tu lui as parlé, n'est-ce pas ?

— À Jake ? Oui, il était au brunch.

— Tant mieux. Ça me rassure de savoir qu'il est là pour veiller sur toi.

— As-tu oublié qu'on a rompu ? Tu n'es plus responsable de moi, répliqua-t-elle.

— Ne sois pas stupide, Sasha. Je le serai toujours.

Sentant qu'une dispute approchait, elle préféra changer de sujet :

— Avery, la femme d'un des cadres de la firme, possède une entreprise d'événementiel. Nous avons mangé ensemble, cette semaine. Elle est adorable.

— Et les autres hommes ?

Cette question la surprit, mais elle n'en montra rien.

— Les frères Eddington ?

— Non, tous ceux que tu as croisés et que je devrais contacter pour leur dire que tu n'es pas libre.

— Détends-toi : les hommes que j'ai vus sont tous mariés.

— Donc il n'y avait pas de célibataire à ce brunch ?

— Pourquoi ? Cherches-tu un petit copain ?

Un reniflement accueillit sa plaisanterie. Au même instant, la sonnette retentit.

— Oh ! C'est… c'est mon chauffeur, dit rapidement Sasha. Je sors manger au restaurant. On se rappelle plus tard ?

— Bien sûr. Avec qui sors-tu, ce soir ?

— Jake. Mon chaperon.

— Tu vas manger avec Jake Eddington ?

La sonnette se fit de nouveau entendre.

— Un instant, Linc.

Elle mit l'appel sur silencieux et alla ouvrir. Jake était sur le seuil, souriant, comme une délicieuse friandise.

— Salut, dit-elle, le souffle court. Tu aurais pu te contenter d'un texto pour me prévenir que tu étais là.

Jake parut choqué.

— Si jamais mon père apprenait qu'un de ses fils était aussi cavalier, il piquerait une crise.

Il lui prit le bras avec douceur et ajouta :

— Tu es ravissante.

— Merci.

Ils sortirent pour rejoindre une voiture de sport nacrée. En ouvrant la portière pour elle, Jake remarqua son téléphone.

— Tu parlais à quelqu'un ?

— Oh ! mince ! J'ai oublié.

Elle se glissa sur le siège de cuir moelleux et reprit l'appel de Lincoln.

— Désolée, il fallait que j'ouvre la porte. On se parle bientôt, d'accord ?

— Est-ce Jake ?

— Oui.

— N'oublie pas, Sasha : nous sommes toujours fiancés.

— On sort juste manger. Je te rappellerai plus tard.

Elle raccrocha sans dire au revoir. Jake, qui avait pris place au volant, sortit de l'impasse avant de demander :

— Un problème ?

— C'est… Laisse tomber.

— Parfois, parler peut aider à y voir plus clair.

Oh ! Sasha avait envie de lui parler ! Elle voulait enfin soulager sa conscience, lui annoncer sa rupture et bien plus encore. Comme, par exemple, l'enfer qu'elle avait vécu en pension sans jamais rien dire à personne. Tous ces incidents qui avaient miné sa confiance en elle, au point qu'elle cachait à présent l'annulation de ses fiançailles à ses propres parents comme une gamine. Elle voulait avouer qu'elle avait été au bal et que ça avait été la meilleure soirée de sa vie ; qu'elle n'était pas une fille facile, malgré ce qu'ils avaient fait, mais qu'elle aurait recommencé n'importe quand. Vite. Ce soir. Oui, elle voulait dire tout ça, mais elle se tut. Ce n'était pas le moment. Ce ne serait *jamais* le moment.

— Est-ce que tu as des doutes au sujet de ton mariage ?

— Qu'est-ce qui te fait croire ça ?

— Ta réaction quand on t'a interrogée, l'autre jour. Ce coup de téléphone. Et… tu ne portes pas de bague.

Elle leva sa main, comme si elle la redécouvrait.

— J'ai oublié de la mettre.

Quelle excuse pathétique ! Très vite, elle reprit :

— Alors, où va-t-on ?

— Dans un petit troquet, au sud de la ville. Bière pression, vin, et le meilleur poulet frit de la région. Ça te convient ?

— Tout à fait.

Jamais encore Sasha ne s'était autant amusée. Le pub ressemblait à un petit bar de quartier. La musique était un mélange des hits des années 2000 et le poulet frit était délicieux, comme promis. Elle goûta presque toutes les sauces, les accompagnant d'un simple vin blanc. Jake, détendu et à son aise, retint toute son attention. Ils parlèrent de livres, de voyages. Elle découvrit bientôt qu'il connaissait couramment le français, comme elle, et l'espagnol grâce à Victor Cortez. Néanmoins, il discutait avec les habitués comme s'il avait été élevé au bout de la rue. Sasha fut surprise de se sentir chez elle. Elle ne put s'empêcher d'imaginer ses parents dans un tel endroit, et éclata de rire.

— Qu'y a-t-il ? demanda Jake.

— Je viens de penser à mon père. J'adore ce bar, mais il aurait une crise cardiaque s'il savait où je suis.

— Je comprends, dit-il en buvant une gorgée de bière.

— Merci de me l'avoir fait découvrir, en tout cas. À la maison, je ne peux pas… Comme mon père est un pilier de la scène politique, disons qu'on attend beaucoup de moi. Les apparences sont très importantes et je ne peux jamais me détendre. Cette soirée me fait du bien. Je ne sais pas depuis quand je n'ai… Merci. Vraiment.

— Ce n'est rien. Non seulement la nourriture est délicieuse, mais ce n'est pas cher, répliqua-t-il en posant quelques billets sur la table. On y va ?

Dehors, il glissa un peu d'argent aux deux adolescents qui avaient accepté de surveiller sa voiture, et à un mendiant installé sur le trottoir. Certains auraient fait ça pour impressionner Sasha, mais elle sentait qu'il était sincère.

— Tu es généreux, dit-elle quand ils furent montés en voiture.

— Je peux me le permettre, répondit-il simplement en s'engageant dans la rue.

— Beaucoup de gens riches ne se soucient pas des autres.

— Dans ce cas, ne devenons jamais comme eux…

Il lui prit la main et, pour une raison qu'elle ne s'expliqua pas, elle le laissa faire. Elle se sentait bien, à sa place – comme avec Zorro, le soir du bal. Enfin, il la lâcha et emporta avec lui la paix qu'elle avait ressentie. Son portable vibra et elle y jeta un coup d'œil. Elle avait manqué des appels de TJ, de Lincoln et de sa mère. Rangeant son téléphone dans un soupir, elle se tourna vers la fenêtre.

— Quelque chose ne va pas ?

— Non. Tout roule.

C'était un mensonge…

Sur le chemin, la musique remplaça leur discussion enjouée. Jake eut la délicatesse de ne pas poser de questions. Il se gara devant la maison de Val et contourna la voiture pour ouvrir la portière de Sasha. Ils remontèrent l'allée en silence. Déjà, elle regrettait de voir cette soirée finir.

— Merci encore, Jake. C'était extra.

Il hocha la tête, sans répondre, et l'embrassa sur le front. Serrée dans ses bras, elle sentit son cœur battre et devina que le sien devait s'emballer aussi. Enfin, il s'écarta.

— Entre. Je veux être sûr que tu sois en sécurité avant de partir.

Elle plaça son pouce sur la serrure digitale et la porte s'ouvrit en douceur.

— À plus tard, lança-t-elle depuis le hall.

Il la regarda un long moment, les mains dans les poches, puis retourna à sa voiture. Après avoir passé cette soirée à observer son visage et ses lèvres sensuelles, Sasha n'avait plus le moindre doute. Elle suivit des yeux les phares qui disparurent au coin de la rue, hantée par un mélange de malaise et d'excitation qu'elle n'avait encore jamais ressenti. Elle avait soudain l'impression que tout ce qu'elle avait connu jusqu'à présent était sur le point de disparaître.

# - 6 -

Jake venait d'entrer dans son bureau afin de préparer une visioconférence quand son portable sonna. Il jeta un coup d'œil à sa montre, puis décrocha.

— Linc ! Je comptais t'appeler plus tard. Je n'ai que cinq minutes devant moi… Quoi de neuf ?

Une courte pause suivit, puis son ami répondit :

— C'est ce que je voulais te demander. Que se passe-t-il entre Sasha et toi ?

Jake ne fut pas surpris. Il attendait même cette question depuis le vendredi, quand il avait entendu Sasha parler avec son fiancé. Le ton de sa voix, par contre, l'étonna. Lincoln paraissait soupçonneux, alors qu'il lui avait demandé de veiller sur elle. Pourquoi l'interroger ainsi ? Bien sûr, Jake était attiré par Sasha. On ne pouvait qu'être sensible à sa beauté. Mais il ne trichait pas et il ne charmait jamais les femmes déjà prises. Briser un couple ne l'intéressait pas. Il était aussi un très bon joueur de poker et sentit que ça allait lui être utile, aujourd'hui…

— Je la protège, comme tu le voulais.

— C'est tout ce que tu fais ? La protéger ?

— Lincoln. On se connaît depuis des années et on est sur le point de s'associer. Si tu as une question à me poser, fais-le et vite. Une réunion m'attend.

— Très bien. Passes-tu beaucoup de temps avec elle ?

Le sourire de Jake s'évanouit et il fit de son mieux pour camoufler son impatience grandissante.

— Pas vraiment. Je l'ai vue au brunch de mes parents, le jour de son arrivée, et nous avons dîné ensemble vendredi. Ce n'était pas un rencard. Elle te parlait au téléphone quand je suis arrivé, tu te souviens ?

Lincoln ne répondit pas immédiatement et Jake reprit :

— Écoute, je suis très occupé. On n'a qu'à se rappeler plus tard.

— D'accord, mais je tiens à te dire une chose au sujet de ma fiancée. Sasha est brillante et parfois un peu légère, hélas. C'est ma faute, et de celle de sa famille, j'imagine. Comme elle est la seule fille de sa fratrie, nous l'avons toujours protégée. Je la connais depuis l'enfance et nous l'avons couvée au point qu'elle ne sait pas toujours prendre les meilleures décisions. C'est pour ça que je voulais que tu veilles sur elle : elle ne doit pas se laisser manipuler par les riches dragueurs de Chicago…

— D'après ce que j'ai vu, je pense que tu la sous-estimes.

— Tu ne la connais pas. Moi, si. Et j'ai seulement peur d'avoir commis une erreur en donnant au loup les clés de la bergerie.

— Je suis honnête, Lincoln, lui rappela Jake sèchement. Jamais je ne ferais intentionnellement du mal à qui que ce soit. Maintenant, je dois vraiment filer. À plus tard.

Il n'eut heureusement pas le temps de réfléchir à cette conversation ou de se mettre en colère. Il alluma son ordinateur au moment où son assistant lançait la conférence, et passa les quarante minutes qui suivirent à discuter avec deux potentiels nouveaux clients d'Atlanta. Sportifs de haut niveau, ils semblaient parfaits pour le type d'investissements qu'il proposait. Il finit par accepter de se déplacer pour les rencontrer en personne le week-end suivant. Jusqu'au soir, il resta plongé dans son travail, puis dîna avec son frère aîné, Desmond, qui rentrait tout juste d'un voyage d'affaires en Afrique et en Chine. Bref, il s'écoula plus de douze heures entre l'appel de Lincoln et le moment où il put enfin téléphoner à Sasha. Rentré chez lui, fraîchement douché et vêtu d'un jogging confortable, il se cala dans son fauteuil préféré pour composer son numéro.

— Salut, beauté, dit-il lorsqu'elle répondit.

— Bonsoir, Jake.

Sa voix, calme et distante, le déstabilisa un peu.

— Linc t'a appelée ?

— Comment le sais-tu ?

— Parce qu'il m'a téléphoné aussi, juste avant ma première réunion.

— Et… ?

— Il a l'air de s'inquiéter au sujet de nous deux ; à tort, si tu veux mon avis.

— Qu'a-t-il dit ?

— Il voulait savoir si nous passions beaucoup de temps ensemble, ou si nous *sortions* ensemble.

Il entendit Sasha pousser un soupir de frustration.

— Linc peut se montrer possessif. J'ai toujours été un électron libre et, même si je vivais une relation sérieuse, je ne voudrais pas être enchaînée. C'est juste que… Laisse tomber. Je suis désolée que tu te retrouves mêlé à tout ça.

— Aucun problème. Puisqu'il m'a demandé de te chaperonner, j'imagine que j'étais déjà impliqué.

Il se leva et, pieds nus, se rendit dans sa cuisine pour contempler le contenu de son frigo.

— Puis-je te poser une question ?

— Dis toujours, répondit-elle.

— C'est personnel et tu as le droit de ne pas répondre…

Il attrapa une bouteille d'eau pétillante et l'emporta dans sa chambre.

— Es-tu amoureuse de lui ? De Linc ?

Un très long silence suivit.

— C'est…

— Compliqué ? demanda-t-il. On dit souvent ça, en effet.

— Les relations ne sont pas des choses faciles.

— C'est-à-dire ?

Elle s'éclaircit la voix.

— J'ai du mal à en parler.

— Je comprends, mais ça peut aider, tu sais.

De nouveau, elle parut hésiter.

— Tu me promets que ça restera entre nous ?

— Bien sûr.

Comme il ne voulait pas s'allonger sur son lit pour une conversation aussi importante, il grimpa sur le vélo d'appartement qu'il n'avait pas utilisé depuis des mois et se mit à pédaler doucement.

— OK… Lincoln et moi nous connaissons depuis toujours. Nos parents sont de grands amis et nous avons passé beaucoup d'étés dans le même quartier de Sag Harbor.

— Comment vos parents se sont-ils rencontrés ?

— Nos deux mères étaient dans la même fac et le père de Lincoln, Elijah, étudiait à proximité. Il a connu mère à cette époque.

— Tu appelles ta maman « mère » ?

— Oui.

— C'est un peu formel, non ?

— Mes parents préfèrent ça. Bref, mon père a rencontré ma mère après avoir décroché son diplôme, pendant un stage au Capitole.

— Je ne savais pas qu'elle faisait aussi de la politique.

— Non, elle cherchait juste un époux de haut standing.

Grand-mère insistait. Le plan a marché et, quand mes parents se sont mariés, la mère de Lincoln était demoiselle d'honneur. Elle a rencontré son mari ce soir-là.

— Les familles sont donc restées liées.

— C'est ça.

— Puis Lincoln et toi êtes passés de l'amitié à l'amour.

— Je crois que nos mères ont toujours rêvé que nous finissions ensemble. Avec du recul, je comprends qu'elles nous ont poussés l'un vers l'autre en vacances, pendant les soirées mondaines où nous allions, ce genre de choses. Quand je suis partie en pension en Suisse, Lincoln venait me voir avec des amis. Peu à peu, nous sommes devenus un couple. Ça nous semblait naturel.

Jake cessa de pédaler, songeur.

— C'est une belle histoire, mais un mot essentiel manque. D'où ma question : l'aimes-tu ?

— Pas comme une future épouse devrait aimer son fiancé, avoua-t-elle à mi-voix.

— Dans ce cas, pourquoi te marier à un homme que tu considères plus comme un ami qu'un amant ?

— Je ne me marie pas.

Elle avait parlé si bas que Jake crut avoir mal entendu.

— Pardon ?

— Ce que je vais te dire doit rester absolument secret, Jake. Lincoln est le seul à savoir.

— Ne t'en fais pas, répondit-il en reprenant son mouvement sur le vélo. Je te promets de rester muet.

— Nous ne sommes plus fiancés. J'ai quitté Lincoln juste avant de venir ici.

De nouveau, il se figea. Il but une gorgée d'eau, le temps de digérer l'information. Cet aveu n'aurait pas dû le rendre heureux, et pourtant…

— Pourquoi faites-vous semblant d'être encore ensemble, dans ce cas ?

— Il tenait à attendre la fin des fêtes pour rendre la nouvelle publique ; et j'ai accepté parce que… Pour être honnête, l'idée de devoir tout avouer à mes parents me terrifie.

— Ils seront peut-être déçus, mais ils comprendront, non ?

— Je ne pense pas. Nous avons fêté nos fiançailles devant nos amis. Beaucoup de gens sont au courant.

— Oui, mais ta famille doit te soutenir. Ton bonheur est plus important que l'opinion publique, après tout.

— Si c'était le cas, ils en seraient déjà informés. Mais, chez nous, la réputation l'emporte sur le reste. Le scandale est pire que la mort. Je pourrais embarrasser nos deux familles et faire naître des rumeurs dans tout notre cercle social. Franchement, je doute même d'avoir le courage d'annoncer cette rupture en public, d'aller jusqu'au bout…

— Veux-tu savoir ce que je pense ?

— Non, mais j'imagine que tu vas me le dire.

Jake entendit une pointe de sourire dans sa voix et fut soulagé. Enfin, l'atmosphère paraissait se détendre.

— Je pense que tu ferais une erreur en te mariant pour satisfaire les autres. Ce ne serait juste ni pour toi, ni pour Linc, ni pour ta famille.

— Tu as raison mais ça ne te regarde pas, Jake.

Ce dernier commentaire le troubla. Pourquoi s'impliquait-il tant dans la vie de Sasha ? Il serra les dents pour réprimer la première réponse qui lui vint et resta calme.

— Avant ton arrivée, TJ et Lincoln m'ont demandé de garder un œil sur toi, donc je considère que ça me concerne. Tu es belle, intelligente, captivante. Je comprends que Linc s'inquiète…

— Mon frère et lui ne voient que la petite fille qui est partie en pension en Suisse. Ils sont incapables de comprendre que j'ai grandi, que je suis indépendante.

— Je crois que Linc voit en toi la femme qu'il veut épouser, remarqua Jake.

— Je te l'ai dit : nous avons grandi ensemble. Nous nous apprécions, mais ce n'est pas suffisant. Linc est un stratège. Il sait exactement ce qu'il veut, dans la vie. Moi, j'ai encore besoin de temps pour me décider.

— Tout à fait. C'est pourquoi tu dois ralentir, ne serait-ce que pour comprendre le monde qui t'entoure et la place que tu veux occuper.

— Vraiment ?

— Oui, vraiment.

— Puisque tu es soudain devenu un expert en amour, parle-moi un peu de tes relations. Avec qui sors-tu ? Prévois-tu de te marier ?

L'image d'un masque de tigresse passa devant les yeux de Jake. Il revit un corps nu, baigné de lune. Un tatouage de libellule luisant de sueur. En un éclair, son corps s'échauffa.

— Quoi ? lança-t-elle. On donne sa langue au chat ?

*Un chat, oui.* Le mot était bien choisi.

— Je ne vis rien de sérieux, mais il y a une femme.., Il y a quelque temps, nous nous sommes rencontrés pendant une fête. Nous nous sommes un peu amusés, entre adultes consentants, et le courant est passé tout de suite, si tu vois ce que je veux dire.

Un long silence suivit, comme s'ils étaient tous les deux plongés dans leurs petits mondes.

— As-tu… Enfin… Sortez-vous ensemble ?

La voix de Sasha venait de prendre des accents plus sensuels mais, perdu dans ses pensées, il ne le remarqua pas.

— Je veux la retrouver. Hélas, c'était un bal masqué. Je

ne sais pas exactement à quoi elle ressemble, juste qu'elle était belle. J'ai honte de l'admettre, mais je ne connais même pas son nom. Elle n'a pas voulu me le dire.

— Oh.

— Je la retrouverai malgré tout. Elle était *spéciale.*

— Si tu penses encore à elle, c'est qu'elle t'a laissé une sacrée impression.

— Je ne dis pas que je la demanderai en mariage dès que je l'aurai revue, mais oui. Elle était impressionnante. Si jamais je devais épouser quelqu'un, ce serait une personne capable de me captiver comme elle l'a fait. Pas juste une femme que j'*apprécie*, qui est « une bonne amie de ma famille ».

La conversation dériva ensuite sur d'autres sujets. Ils parlèrent de sport, des œuvres caritatives de Val, du voyage à Washington que Sasha avait prévu pour Thanksgiving. Quand il raccrocha, Jake ne songeait plus à elle, mais à sa mystérieuse tigresse. Il ne savait pas vraiment pourquoi il avait parlé d'elle. Sans doute Sasha était-elle douée pour écouter et l'avait poussé à la confidence. Il n'avait encore mentionné à personne les événements du bal. Le simple fait d'avoir ravivé ses souvenirs renforça sa détermination. Il découvrirait qui était cette femme masquée et, une fois de plus, s'abandonnerait entre ses griffes…

# - 7 -

Sasha s'écarta du bureau et du discours écrit par Val qu'elle était censée relire. Qu'elle avait *essayé* de relire. Elle se leva, s'étira et alla se camper devant la fenêtre pour profiter du soleil. Elle avait besoin de réfléchir. Depuis qu'elle avait compris que Jake était Zorro et qu'elle lui avait parlé, quelques jours plus tard, son amant secret n'avait plus quitté ses pensées. Elle était hantée par ses aveux, les sentiments qu'il avait dévoilés sans le savoir.

« Il y a une femme… Le courant est passé tout de suite… Je veux la retrouver… Elle était spéciale… »

Il n'avait pas su qu'il parlait justement à son amante d'un soir, et cette pensée la distrayait de son travail ! Comment allait-elle pouvoir tout lui avouer sans le mettre en colère ? Sans qu'il se sente trahi ? Elle n'en dormait plus… Plus elle parlait à Jake ou passait de temps avec lui, plus elle se sentait proche de cet homme. Au départ, elle n'avait ressenti qu'une vague attirance pour lui, en regardant ses photos sur Internet. À présent, elle savait aussi qu'ils étaient compatibles – physiquement, mentalement – et que le courant « passait », comme il l'avait si bien dit.

Comparer deux personnes était mesquin, mais elle ne pouvait s'en empêcher. Le dimanche qui avait suivi son dîner avec Jake, elle avait rappelé Lincoln. Ils avaient réussi à rester polis, presque aussi détendus qu'autrefois. Il ne lui avait pas parlé de son ami et s'était concentré sur toutes les choses qu'ils avaient faites ensemble : leurs voyages, les concerts auxquels ils avaient assisté. Clairement, pour lui, ils étaient toujours en couple. Mais Sasha savait que leur relation était bien finie ; et elle se sentait un peu coupable. Jake était tout l'opposé de Lincoln. Il était intelligent et élégant, amusant et sexy. Il savait faire preuve de force sans devenir macho. Non pas que Lincoln fût un homme mauvais. Mais il n'était pas… Jake. Il espérait raviver son amour. Elle était sûre du contraire, de plus en plus chaque jour. Épouser un homme tout en en aimant un autre aurait été mal.

*Mince…* Était-elle réellement *amoureuse* ?

Non, il était trop tôt pour ça. Elle rejeta cette idée avec fermeté. Elle était juste stressée par l'approche des fêtes, par Lincoln et par ses retrouvailles futures avec leurs deux familles. Elle allait encore passer une semaine à la Pointe avant de devoir rentrer chez elle, ce qui voulait dire qu'elle aurait encore l'opportunité de voir Jake et de le pousser à développer pour elle les sentiments qu'il ressentait pour… eh bien… *elle*. La tigresse du bal. Après avoir passé des heures à réfléchir à ce dilemme, elle comprit que c'était trop. Elle avait besoin d'aide. Qui pouvait-elle appeler ? Elle fit les cent pas dans le salon et un nom finit par lui apparaître. Reign. Bien sûr. Pourquoi n'y avait-elle pas pensé plus tôt ? Elle lui envoya un texto, Reign répondit immédiatement et elles décidèrent de déjeuner ensemble le lendemain. Ceci fait, Sasha put enfin se concentrer sur le discours de Val et téléphoner à ses parents, à qui elle n'avait pas parlé depuis trop longtemps. Cette conversation l'épuisa et elle emprunta la voiture de Valencia pour s'offrir une virée shopping à Chicago. C'était le meilleur remède aux coups de blues. Elle éclusa toutes les boutiques de luxe du centre-ville, puis rentra chargée de paquets, l'esprit enfin en paix. Pour la première fois depuis des semaines, elle put dormir comme un bébé !

Le lendemain, elle revêtit une de ses nouvelles tenues, une combinaison portefeuille lie de vin, assortie de ses bottes préférées, de longues boucles d'oreilles et d'un bracelet en bois. Elle avala un rapide petit déjeuner avant de rejoindre Val et ses amies au country club pour finaliser le gala qui devait couronner leur distribution de cadeaux de Noël. Elle prit ensuite l'autoroute pour retrouver Reign. La journée était aussi ensoleillée que la veille et on sentait à peine la fraîcheur saisonnière. Elle entra dans le restaurant choisi par son amie – un établissement chaleureux au décor un peu bohème – et la repéra tout de suite.

— Comme tu es élégante ! dit Reign après l'avoir embrassée.

La serveuse leur apporta les menus. Sa coiffure afro et ses piercings semblaient tout à fait correspondre à l'ambiance.

— Chicago possède de superbes restaurants, remarqua Sasha.

— J'en ai découvert des sympas à Washington aussi, répondit Reign. J'essaie de passer chez Busboys and Poets dès que je suis là-bas.

— J'adore cet endroit. Une de mes amies, Carol Cooper, travaille avec les artistes. As-tu vu leurs œuvres ?

— Non, et j'ai honte de l'admettre car j'adore les fresques qu'ils ont faites dans la salle du restaurant.

— Tu sais quoi ? Lors de ton prochain passage à Washington, je m'arrangerai pour que tu visites leur atelier.

— Merci !

Sasha consulta le menu, surprise.

— Tout est végan ? Je sais que tu m'as prévenue, mais…

— Ne t'en fais pas : tout le monde s'étonne, la première

fois. Mais je te promets que tu vas adorer. Qiana, la propriétaire, est une amie et son chef est exceptionnel. Tu mangerais tes chaussures s'il les cuisinait pour toi !

— Es-tu végane ?

— Non, pas vraiment. J'aime trop le poisson et la viande !

Elles éclatèrent de rire, puis passèrent leur commande et la serveuse leur apporta rapidement du thé. Sasha fut conquise dès la première gorgée.

— Ils devraient vendre ça au tonneau ! Merci encore d'avoir accepté de me voir aujourd'hui, Reign. Je sais que tu es très occupée…

— Ton timing était parfait : je comptais t'appeler. Je me sens un peu coupable de n'avoir pas passé plus de temps avec toi pendant ton séjour.

— Grâce à Val, je ne me suis pas ennuyée. Jamais je n'aurais cru que rassembler des dons pour Noël soit si prenant… Mais je ne me plains pas : tout le monde a été très accueillant et ma marraine est adorable.

— C'était très gentil à toi de venir l'aider, surtout avec la préparation de ton mariage. Qu'en pense ton fiancé ?

Sasha était venue parler de Jake, pas de Lincoln, mais elle répondit tout de même.

— Il n'est pas ravi.

— Est-il venu te voir ?

— Non, il travaille beaucoup.

— Que fait-il ?

— Il est consultant et entrepreneur. En fait, Jake et lui envisagent de s'associer.

— Raison de plus pour passer un week-end ici, ou même une soirée. Le trajet n'est pas si long, en avion, remarqua Reign. J'ai une idée : on va bientôt donner une fête pour l'anniversaire de mon petit copain. Vous devriez venir !

— C'est gentil et je serais ravie d'y assister, si je suis en ville. Mais Linc ne pourra pas se déplacer.

— Ah… C'était juste une suggestion…

— Et puis, zut ! Tu mérites de savoir, soupira Sasha. J'ai rompu avec lui.

— Oh non ! Et moi qui parle de fêtes, de mariage.

— Ce n'est rien. Tu ne pouvais pas savoir.

— Que s'est-il passé ? Laisse tomber. Tu n'as sans doute pas envie d'en parler…

— En fait, si. C'est une des raisons pour lesquelles je suis là. J'ai grandi avec deux frères têtus et j'aurais bien besoin des conseils d'une fille, pour changer.

— Dans ce cas, je t'écoute. En parlant de ça, ils servent de l'alcool ici. Es-tu sûre de ne pas vouloir pimenter ton thé ?

Sasha éclata de rire.

— Non. Pas besoin.

— Comme tu veux. Si c'est la voiture qui t'inquiète, tu pourrais toujours commander un Uber, tu sais.

— C'est bon, répondit Sasha. J'ai des décisions importantes à prendre et je veux garder l'esprit clair.

Une assiette de hors-d'œuvre arriva et Reign dégusta avec joie le houmous maison pendant que Sasha parlait.

— Linc et moi ne nous entendons plus vraiment depuis un moment. Je crois que je me laissais juste porter par les événements, sans réagir. Je l'aime beaucoup, c'est un véritable ami, mais je ne peux pas l'épouser. J'ai mis fin à nos fiançailles avant de venir ici et nous ne l'avons pas encore annoncé. Nos familles nous croient très amoureux…

— Aïe. C'est dur.

— Plus que tu ne l'imagines.

— Penses-tu que tes parents seront déçus ?

— C'est peu de le dire. Nos familles sont liées depuis des décennies et mon mariage avec Lincoln serait leur rêve.

— Mais pas le tien ?

— Non. Pas du tout.

— Dans ce cas, tu dois leur en parler, Sasha. Ils s'en remettront. Reste fidèle à toi-même.

— Ça semble facile tant que je suis à Chicago, mais l'idée d'en parler à mes parents, à mes frères, me rend malade. J'ai toujours fait ce qu'on attendait de moi : pension, bal des débutantes, cocktails mondains… La totale. J'ai passé ma vie à obéir sans me poser de questions. Et je n'en peux plus !

Reign leva la main avec entrain.

— Tu prêches une convaincue ! Je suis comme toi.

— Vraiment ?

— Je ne parle pas de fiançailles, mais je sais ce qu'on ressent quand on naît dans une famille exigeante. Mon père pensait que tous ses enfants lui succéderaient à la tête de l'entreprise. Il ne l'a jamais dit, mais nous le savions.

— J'ai vu les pubs. Votre firme est très entreprenante. D'ailleurs, je te croyais en charge des relations publiques ?

— Oui, et je suis fière du travail accompli. Je ne déteste pas mon emploi, mais si j'avais eu le choix, j'aurais fait autre chose de ma vie…

— Quoi ?

— Je rêve d'être influenceuse, répondit Reign sans hésiter. J'aimerais avoir un blog ou un podcast. J'adore les vêtements, j'aime visiter différents endroits, découvrir de nouvelles cultures… Mais nous ne sommes pas là pour parler de moi. Es-tu sûre que tu ne peux pas régler tes problèmes avec ton ex ?

— Oui, c'est fini. Je suis déjà passée à autre chose. En fait, j'ai même craqué pour un homme…

— Non ?!

— Si.

Sasha ravala sa nervosité. Le moment qu'elle avait redouté était arrivé.

— Il s'agit de ton frère.

— Jake ?

Elle acquiesça et Reign leva les yeux au ciel.

— Ma chérie, *tout le monde* aime Jake. Ne renonce pas à ta bague de fiançailles pour si peu.

— Pourquoi dis-tu ça ? Y a-t-il quelque chose que je devrais savoir à son sujet ? Une raison pour ne pas sortir avec lui… s'il me le proposait ?

Reign se laissa aller contre son dossier, les bras croisés.

— Depuis combien de temps vous connaissez-vous ?

En entendant ça, Sasha sentit qu'elle ne pouvait pas lui avouer ce qui s'était passé au bal. Admettre qu'elle était attirée par Jake n'était pas la même chose que révéler qu'ils avaient *déjà* couché ensemble. Le secret lui pesait de plus en plus, mais elle n'était pas encore prête à dévoiler cet épisode intime et merveilleux… Pas tant que Jake ne saurait pas la vérité.

— Nous… nous sommes vus quelques fois, dit-elle prudemment. En tant qu'amis. Linc a demandé à ton frère de veiller sur moi pendant mon séjour ici.

— Dans ce cas, c'est qu'il ne connaît pas Jake ! C'est un aimant à filles. Elles tombent toutes sous son charme, sans même qu'il essaie de les séduire ! Écoute, Sasha, j'adore mon frère. C'est un homme bien, vraiment. Mais il aime les femmes et, à mon humble avis, il n'est pas prêt à se poser. Je ne dis pas que c'est ce que tu cherches et je ne prétends pas savoir avec qui tu devrais sortir. Nous sommes adultes. Mais si jamais tu es intéressée par une relation sérieuse, il n'est pas l'homme de la situation.

— J'étais curieuse, c'est tout.

Reign lui prit la main avec douceur.

— Si tu veux mon avis, tu as déjà bien assez à faire, entre ton ex qui s'accroche et ta famille qui ignore votre rupture…

— Tu as raison.

— J'ai conscience que ce n'est sans doute pas la réponse que tu attendais, s'excusa son amie.

— Je voulais ton avis et je t'en remercie.

— Vas-tu le suivre ?

— Peut-être. Peut-être pas.

Reign soupira.

— Je te jure… Mes frères et leur fichu magnétisme. Ils devraient vendre leur recette.

— S'ils y arrivent, vous serez milliardaires.

— Et Jake sera enfin applaudi pour autre chose qu'ouvrir sa grande bouche !

Sasha adorait passer du temps avec Reign. Celle-ci avait beau se plaindre, elle aimait ses frères. D'ailleurs, ses conseils au sujet de Jake avaient été honnêtes, mais elle ne s'était pas laissée aller à le dénigrer. La franchise d'une amie et la tendresse d'une sœur réunies.

Leur conversation dériva ensuite sur d'autres sujets et, au moment de payer, Sasha avait enfin pris une décision. Elle devait dire la vérité à son amant secret. Toute la vérité. Elle était bel et bien la tigresse qu'il rêvait de dompter…

# - 8 -

— Tout va bien, mon pote ? Tu as l'air distrait.

Jake regarda son client et s'obligea à repousser le texto qu'il venait de recevoir de Reign dans un recoin de son esprit. Ces quelques mots ne faisaient qu'aggraver son dilemme entre la femme mystérieuse du bal et Sasha McDowell. Le fait qu'il soit attiré par la fiancée de son futur associé était déjà bien assez pénible comme ça… Elle prétendait qu'ils avaient rompu, mais comment en être sûr ? Des couples se défaisaient et se refaisaient tous les jours. Il était aussi frustré de n'avoir pas encore découvert le nom de sa tigresse – mais la chasse n'était pas terminée. Il était au contraire plus motivé que jamais, à présent. Même si Sasha était réellement célibataire, Jake ne se sentait pas le courage de se déclarer. Il était sur le point de lancer un cabinet de conseil indépendant d'Eddington Enterprise, sans doute avec Linc. Il ne pouvait pas se permettre de laisser ses désirs le détourner de son but. Celle qu'il voulait était sa tigresse, pas Sasha.

— Désolé, Michael. Que disais-tu ?

Ils étaient installés dans l'alcôve d'une boîte de strip-tease privée. Son client étendit ses longues jambes devant lui et le dévisagea d'un air circonspect.

— Y a-t-il un souci ?

— Pas du tout. Pourquoi cette question ?

— Parce que la plus belle danseuse du club vient de passer, toute nue, et tu n'as pas levé les yeux de ton portable.

— Je te l'ai dit avant de venir, répondit Jake en haussant les épaules. Les boîtes de strip-tease ne sont pas mon truc.

— Et je t'ai assuré qu'ils servent ici le meilleur steak de toute la région.

— Dans ce cas, passons notre commande et finissons-en.

— On attend Levi, tu te souviens ? Potentiel futur client, si tout se passe bien… C'est pour ça qu'on est venus.

— Tu lui as bien dit de venir à 18 heures ?

— Oui, et il n'est que 18 h 15. Être en retard est une obligation, pour les types comme nous. Profite donc du spectacle. Qu'est-ce qui presse tant ?

— Je dois prendre un avion à 21 heures, pour rentrer à la maison.

Michael lui adressa un sourire entendu.

— Un rencard ?

— Quelque chose comme ça. Envoie un texto à ton ami pour savoir où il en est.

Au même instant, un géant s'arrêta près de leur table et, cette fois, Jake leva les yeux. Il serra la main de Levi Williams, l'un des plus grands joueurs de football de la saison et camarade de Michael. Reconnaissant son visage, deux danseuses vinrent leur proposer une danse privée, mais ils refusèrent. Body Language était un club huppé et populaire parmi les personnalités en vogue. De nombreux accords à six ou sept chiffres s'étaient conclus dans cette salle, autour d'un déjeuner. Quand les clients de Jake passaient en ville, ils aimaient s'y rendre et lui aussi, autrefois, avait apprécié ce genre d'établissement. Mais ce soir, il n'était pas d'humeur. La réunion n'avait pas encore commencé, et il était déjà pressé d'en avoir fini. Néanmoins, il afficha un grand sourire et se lança dans une discussion légère, pour contenter les ego des deux sportifs et tenter d'obtenir la gestion d'un nouveau portefeuille de plusieurs millions de dollars.

Deux heures plus tard, il quitta le club, le ventre plein, un gros chèque en poche, après avoir gagné la confiance d'un joueur de talent bien décidé à ne pas dilapider tout son argent dès qu'il se retirerait de la scène sportive.

Son vol prit du retard et il n'arriva pas à Chicago avant minuit. N'importe qui, à sa place, serait allé se coucher immédiatement mais, pour un homme occupé comme lui, la nuit ne faisait que commencer. Il était hors de question qu'il manque la fête de Trenton. Non seulement celui-ci était le petit ami de sa sœur, mais Reign lui avait écrit pour lui dire que Sasha serait présente. Il bondit donc dans sa voiture et alla directement au centre-ville, sans souci des feux rouges. Arrivé devant l'immeuble, il confia sa Rolls-Royce Dawn nacrée au voiturier et traversa le hall pour monter à la Suite 21, un loft transformé en club privé par Trenton et quelques-uns de ses amis, tous athlètes professionnels. À la sortie de l'ascenseur, il se trouva devant deux videurs intimidants qu'il connaissait bien.

— Salut, Jake ! lança l'un.

— Ta sœur t'attendait, renchérit l'autre en lui donnant une grande tape dans le dos.

— Merci, les gars.

Il entra dans la salle principale du loft et se trouva plongé dans le monde des sportifs de haut niveau : belles femmes peu habillées, hommes chargés de platine et de diamants… Au milieu de cette foule, le jean noir, le col roulé Hugo Boss et la Rolex que Jake portait paraissaient presque modestes. Des basses de hip-hop pulsaient sous ses pieds et il traversa la pièce en saluant toutes ses connaissances tout en cherchant le visage qui, dans ses rêves, se mêlait souvent à celui de la tigresse inconnue d'Halloween. Il marcha. Il scruta. Et il la vit. Perchée sur un tabouret de bar. Entourée par des vautours – exactement le genre de prédateurs dont il était censé la protéger. Sasha n'avait peut-être pas besoin d'être secourue, mais il décida tout de même de s'interposer.

— Pardon, dit-il au premier homme du groupe, un basketteur qui le dépassait d'une bonne tête.

— Salut, Jake ! Ça va ? répliqua l'autre avec un sourire.

Il ne répondit que par un petit signe de tête. Il avait atteint son but : tout le groupe s'était tourné vers lui, oubliant Sasha. Connaissant bien ses talents de conseiller financier, ils s'écartèrent comme la mer Rouge devant Moïse. Jake s'approcha de Sasha. Étrangement, il ne parvint pas à lui sourire.

— Bonsoir.

— Bonsoir, répondit-elle d'un air ravi.

— As-tu un instant ? Il faut qu'on parle.

Sa brusquerie parut la surprendre.

— De quoi ?

Il jeta un coup d'œil autour de lui à la recherche d'une table libre. En vain. Il allait avoir du mal à trouver un coin intime…

— C'est important.

Elle hésita et il eut peur qu'elle refuse mais, au bout de quelques instants, elle descendit de son tabouret pour le suivre. Il fit de son mieux pour ne pas se laisser séduire par la robe courte en laine jaune qu'elle portait, assez sobre comparée aux tenues des autres femmes. Celle-ci épousait sa silhouette en sablier comme une seconde peau et mettait son teint parfait en valeur. Il prit son bras d'une main légèrement possessive et la guida au milieu d'une forêt de visages admiratifs – voire envieux.

— Tu es ravissante, ce soir, murmura-t-il à son oreille.

— Merci…

Ils atteignirent le hall.

— Où allons-nous ? demanda Sasha.

— Loin de la foule, pour pouvoir s'entendre sans crier.

Il tenta d'ouvrir les autres portes du hall, mais elles étaient verrouillées.

— Que fais-tu ?

Oh ! il aurait dû se poser cette question lui-même ! Dès qu'il l'avait vue dans ce bain de richesse et de testostérone, il avait eu besoin de l'en éloigner. Mais il ne pouvait pas l'admettre. Il se contenta de s'adosser au mur, les bras croisés, pour la regarder avec attention.

— Bon, déclara-t-elle avec un sourire amusé assorti d'une moue perplexe. Nous sommes seuls, maintenant.

Jake n'aurait pas su dire s'il était plus gêné par son expression ou par le fait qu'elle était dangereusement près de lui. Deux pas de plus, et ils auraient pu entamer un slow. Ou s'embrasser. Il aurait préféré la seconde option…

— Je t'écoute.

Il plissa les paupières. Quelque chose dans ses gestes lui parut soudain familier. Le visage masqué de sa tigresse flotta devant ses yeux et il se concentra. Ce regard. Ces lèvres. Ce cou délicat. Était-ce possible ? Non. Il lui avait posé la question et elle avait tout nié. Elle n'avait pas assisté au bal. D'ailleurs, l'autre soir, pendant leur dîner, elle avait été gentille mais n'avait pas flirté avec lui. Elle lui avait à peine rendu son étreinte devant la maison de Val. Sa tentatrice mystérieuse lui faisait perdre la tête. C'était pour ça qu'il la voyait partout, même en Sasha.

— Qu'y a-t-il ? insista-t-elle.

Il s'écarta prudemment avant de répondre :

— Tu avais un sacré public, là-bas.

— Oui, c'est fou ce qui peut arriver dans une fête, dit-elle en haussant les épaules. On rencontre des gens, on cause…

— Ne laisse pas trop ces types t'approcher.

D'un seul coup, son sourire s'évanouit et elle croisa les bras à son tour.

— Écoute, Jake, tu n'es pas mon garde du corps. J'ai quitté Washington pour me libérer de ce genre d'interrogatoires !

— J'ai promis à Linc de veiller sur toi. Et à ton frère.

— Je ne suis pas une gamine. Je n'ai pas besoin qu'on me surveille, répliqua-t-elle sèchement.

— Peut-être pas, mais je connais ces hommes. Certains sont mes clients. Tu es exactement le genre de belle femme qu'ils apprécient.

— Et… ?

— Je sais aussi qu'ils peuvent se montrer charmants, mais tu ne dois pas les laisser t'embobiner.

— Ta sœur sort avec un athlète. Lui as-tu délivré le même sermon ?

— J'ai essayé. Elle refuse d'écouter.

— Bien. Elle est assez grande pour savoir ce qu'elle fait.

Son expression se radoucit et elle reprit :

— Tu t'inquiètes pour moi, et c'est mignon. Mais je suis capable de me défendre. J'ai besoin de me détendre, tant que je suis à Chicago. De vivre, sans me sentir épiée ou jugée. Je veux juste m'amuser, Jake, sans qu'on vienne me rappeler à l'ordre. D'ailleurs, ce que je fais ne te regarde pas.

Elle s'approcha, joueuse.

— Tu n'as pas besoin de t'en faire, d'accord ?

Son sourire si sexy fleurit de nouveau. Bon sang. Il vit aussi autre chose dans sa moue amusée : le cran de sa tigresse… Ses lèvres semblaient appeler les baisers.

Cherchant à se distraire, il regarda avec attention sa main gauche aux doigts nus. Même si elle avait quitté Lincoln, il ne pouvait pas se permettre de sortir avec elle ; pas s'il espérait s'associer avec son ex. Sasha et lui étaient destinés à n'être que des amis, au mieux.

— Tu as encore oublié ta bague ? N'es-tu pas fiancée ?

— Je te l'ai dit, soupira-t-elle. J'ai quitté Linc.

— Oui, en secret. Je suis le seul à savoir…

— Lincoln le sait aussi. Et ta sœur.

— Reign ?

— Je le lui ai confié quand nous avons déjeuné ensemble.

Cette nouvelle fit plaisir à Jake, mais ça ne signifiait pas que Sasha pouvait faire ce qu'elle voulait. Ce comportement aguicheur exacerbait ses sentiments pour elle, et ce n'était pas bon.

— C'est bien, mais votre rupture n'a pas été rendue publique, lui rappela-t-il. Ce qui veut dire qu'une photo de toi en train de flirter avec des athlètes étalée sur tous les réseaux sociaux pourrait faire des dégâts. Ta famille serait gênée et, aux yeux du public, Linc passerait pour un cocu.

Sasha s'approcha encore un peu. *Trop*, songea-t-il.

— Est-ce pour ça que tu m'as entraînée ici ? Pour me parler de mon ex ?

C'était une question valable. Maintenant qu'il était là, plongé dans ses beaux yeux en amande, tandis qu'elle souriait avec malice, un poing sur sa hanche, il ne se souvenait plus ce qui l'avait poussé à quitter le loft où la fête battait son plein. D'un autre côté, il aurait été absurde de ne pas profiter de cet instant de calme. Ses lèvres étaient si proches des siennes et son parfum l'enveloppait comme une brise fleurie…

Elle dut avoir la même idée car, sans lui laisser le temps de réagir, elle plaça les mains sur son torse, se hissa sur la pointe des pieds et l'embrassa. Il ferma les yeux. Un gémissement lui échappa tandis qu'il essayait vainement de lutter contre l'inéluctable. Finalement, son instinct prit le dessus. Sans bouger, il savoura la douceur de ce baiser, la pression de cette poitrine contre la sienne. Il aurait voulu l'enlacer mais se retint. Un bout de langue timide effleura ses lèvres. Elle passa les bras dans son cou et ouvrit la bouche, l'invitant à réagir. Une sirène d'alarme sonna à ses oreilles, accompagnée par une sensation indéfinissable. Le corps nu de sa tigresse lui apparut dans un flash, mais il l'ignora et s'abandonna aux baisers de Sasha.

Ce fut comme si on venait de craquer une allumette. Leur étreinte, d'abord furtive, se transforma en danse sensuelle. Leurs langues se rencontrèrent, se perdirent, se cherchèrent, avec une facilité déconcertante. Comme s'ils avaient déjà fait ça… Sans réfléchir, Jake caressa les bras de Sasha, puis ses fesses à travers le cachemire de sa robe. Elle soupira, redressa la tête et l'embrassa de plus belle. Jake laissa remonter une de ses mains, à la recherche du téton qu'il sentait pointer contre son pull. Il l'avait presque atteint quand un éclat de rire brisa le charme. À contrecœur, il écarta Sasha avec fermeté.

*Cette femme embrasse comme la tigresse. Elle lui ressemble tant…*

Pourtant, c'était impossible. Elle ne pouvait *pas* être la féline sexy du bal.

— Que fais-tu ? demanda-t-il, plus durement qu'il l'aurait voulu.

Elle le perturbait tant qu'il ne put contrôler ses émotions. Sasha paraissait troublée aussi. Elle prit quelques profondes inspirations.

— Je suis désolée.

À présent, elle ne lui rappelait plus l'audacieuse tigresse

avec qui il avait couché. Elle était de nouveau la fille fragile, timide et inexpérimentée dont Linc lui avait parlé.

— Essaies-tu de me rendre fou ?

— Je ne sais pas ce qui s'est passé. C'est juste… arrivé.

— J'imagine que tu vas blâmer les effets de l'alcool.

— Je pourrais, mais je n'ai pas bu.

— Vraiment ?

Elle secoua la tête.

— Reign m'a proposé de louer une voiture avec chauffeur, mais j'ai préféré conduire. Et je ne bois jamais quand je prends le volant.

Jake ferma les yeux, calma son propre souffle, et décida d'alléger l'atmosphère.

— Prétends-tu que ma présence suffit à t'enivrer ? demanda-t-il donc avec un petit sourire.

— Parfaitement !

Il fit de son mieux pour garder son sérieux, mais en fut incapable et éclata de rire avec elle.

— Viens. Retournons à l'intérieur. Mais sache que je vais te garder à l'œil. Je ne veux pas que tu commettes la même imprudence avec un des dragueurs présents ce soir.

Il voulut lui prendre la main, comme si c'était la chose la plus naturelle au monde, mais elle préféra passer son bras autour de sa taille. Il l'enlaça alors par les épaules et la serra contre lui. Au moment où ils atteignaient la porte du loft, l'ascenseur s'ouvrit. Ils poursuivirent leur route sans y prêter attention et ne se lâchèrent qu'une fois dans la salle où la fête battait son plein. Jake profita de l'inattention des invités pour déposer un petit baiser au bout des doigts de sa compagne.

— Sasha ?

Il ralentit, mais elle souffla brusquement entre ses dents :

— Marche.

Ils traversèrent la pièce si vite qu'on aurait pu croire que le diable était à leurs trousses. Jake voulut demander ce qui se passait, mais la réponse jaillit dans son dos.

— Sasha ! Attends !

Elle perdit un instant son sourire et se retourna, avec une joie forcée.

— Ah, je savais bien que c'était toi ! lança la femme qui les suivait. Je suis Chrissie ! Chrissie Moore. On s'est rencontrées au Kentucky Derby, il y a deux ans, tu te souviens ?

— Salut Chrissie, répondit enfin Sasha. Que fais-tu là ?

La nouvelle venue regarda Jake, puis Sasha, et parut soudain moins enjouée.

— J'allais te demander la même chose…

— J'aide ma marraine à mettre sur pied son gala de charité de Noël. Et toi ?

— J'habite à Chicago. Je suis arrivée l'an passé, après avoir travaillé chez McCormick.

— Oh. Cool.

— C'est un centre de conférences.

— J'en ai entendu parler.

Après avoir de nouveau dévisagé Jake, Chrissie reprit :

— Où est Lincoln ?

— À Washington.

— Je vous croyais fiancés.

— Ne vous en faites pas, intervint Jake avec la diplomatie propre à sa famille. Linc et moi sommes collègues. Il m'a demandé de veiller à la sécurité de sa fiancée.

Il tendit la main avec aisance.

— Jake Eddington.

Chrissie parut impressionnée.

— D'Eddington Enterprise ?

— Le seul et l'unique.

— Oh. J'ai travaillé avec votre firme, indirectement. Votre sœur Maeve a été une de mes premières clientes, chez McCormick. Elle voulait organiser un sommet international d'avocats chez nous, mais il a finalement eu lieu en visioconférence.

— Je suis ravi de vous rencontrer.

— De même.

— Comment connaissez-vous Reign ? C'est mon autre sœur et l'hôtesse de cette réception.

— Je n'ai pas eu le plaisir de lui parler. J'accompagne juste une amie… et je pense l'avoir déjà perdue de vue.

— Dans ce cas, nous allons vous laisser la chercher, répondit-il en entraînant Sasha plus loin. Bonne soirée !

— Sasha, attends. Vas-tu rentrer chez toi pour Thanksgiving ?

— Oui.

— Super. Maman et moi allons passer les fêtes avec les Trotter et je suis sûre qu'on se verra !

Elle embrassa Sasha sans entrain, puis s'éloigna enfin.

— Allons à l'étage, proposa Jake. Il y aura moins de monde…

Il voulut prendre la main de Sasha, qui se déroba.

— D'accord, mais ne fais pas ça.

— Ne sois pas paranoïaque. Chrissie sait que je t'accompagne à la demande de Linc.

Ils gravirent le grand escalier en colimaçon et arrivèrent dans un salon dont la baie vitrée offrait une vue imprenable sur le lac Michigan.

— Je crois qu'elle nous a vus, souffla Sasha. Tout à l'heure. Quand on… s'embrassait dans le hall.

— Elle a peut-être vu que j'avais mon bras autour de tes épaules ou que je t'ai fait un baisemain, mais c'est courant entre amis.

— Ce qui a eu lieu avant l'est déjà moins, reprit-elle, clairement contrariée. Pour une fois que je baisse ma garde et que j'essaie de m'amuser, il fallait que je tombe sur une des cousines de Linc !

— Penses-tu qu'elle va lui parler ?

— Je pense que d'ici la fin de la soirée, mon ex saura tout ce qu'elle a vu, ou cru voir, et connaîtra la couleur de tes chaussettes.

— Ce n'est peut-être pas si terrible.

— Si. Je le sens. Je vais passer mon Thanksgiving à être interrogée comme une criminelle…

— Tu devrais peut-être passer les fêtes ici, avec Val. Ou ma famille.

— C'est très tentant, mais mes parents refuseront. Tu risquerais de te retrouver avec une meute de McDowell et de Trotter devant ta porte, prête à te déchiqueter.

— Ça ne me dérangerait pas. Les Eddington ne fuient pas le danger. Ils foncent droit dessus.

# - 9 -

Hélas, Sasha n'eut même pas besoin d'attendre Thanksgiving. Les retombées de la soirée commencèrent dès le lendemain, à 6 heures du matin. Lincoln ouvrit le bal en lui téléphonant. Elle ne répondit pas, sachant qu'il enverrait immédiatement un texto. Ça ne manqua pas.

Es-tu encore avec Jake ? Chrissie vous a vus à une fête, hier. Elle m'a tout raconté. J'espère pour toi que tu ne sors pas avec lui. S'il a trahi ma confiance, tes parents et tes frères seront très déçus, et je te jure que je le détruirai en public !

Elle roula dans son lit et plaqua un oreiller sur son visage, dans l'espoir de se rendormir. Hélas, elle ne put fermer l'œil. Très vite, son téléphone sonna de nouveau. Cette fois, c'était TJ. Consciente que sa famille n'arrêterait pas de la harceler en quête de réponses, elle décrocha.

— Il est trop tôt pour te souhaiter bonjour, lança-t-elle. Que veux-tu ?

— On m'a dit que tu as eu une soirée mouvementée.

— Linc m'a déjà écrit. J'ai croisé Chrissie, hier soir, et j'étais sûre qu'elle allait ouvrir sa grande bouche…

— Apparemment, elle avait une bonne raison de le faire.

Sasha tassa ses oreillers contre la tête de lit et s'y adossa.

— Quelle raison ? J'ai juste rencontré Jake à une fête.

— Elle dit aussi que tu as agi de manière… inappropriée avec lui. Ce sont ses mots.

— Je m’en moque.

Sa réponse manquait de panache, mais c’était tout ce qu’elle avait trouvé. Si embrasser Jake entre deux portes était inapproprié, alors elle était en effet coupable... Mais Chrissie ne pouvait pas les avoir vus. Elle était arrivée juste après. De quoi avait-elle *vraiment* été témoin ? Rien de grave. Rien de scandaleux. Du moins, c’était la version que Sasha allait défendre.

— Ment-elle ? Vous ne vous êtes pas embrassés ?

— On discutait et on riait. Il m’a peut-être touché la main ou enlacée. En ami. Chrissie a vraiment besoin d’apprendre à se mêler de ses affaires !

— Et Lincoln ? Il dit qu’il t’a téléphoné, hier soir, et qu’il est tombé sur ton répondeur. Tu n’as pas rappelé ou répondu à son texto. Doit-il aussi s’occuper de ses affaires ?

— Oui, tout comme toi.

Sasha fit ensuite une chose dont elle s’était toujours crue incapable. Elle raccrocha au nez de son grand frère, chargé par leurs parents de la protéger depuis l’enfance. Sa culpabilité fut immédiatement remplacée par un profond sentiment de libération, à tel point qu’elle parvint enfin à se rendormir. Comme un bébé.

Lorsque son réveil sonna deux heures plus tard, elle vit qu’elle avait manqué un appel de sa mère. Rien d’étonnant à ça : elle s’y attendait. Elle savait aussi que ses parents avaient dû discuter bien avant de chercher à entendre sa version. Sans doute avaient-ils aussi parlé à Ruthanne, la mère de Linc. Pendant un instant, elle eut l’impression de redevenir l’adolescente timide qui faisait tout pour éviter le conflit ou pour ne pas attirer gêne et honte sur sa famille. Elle se souvint des maltraitances qu’elle avait subies en pension et qui l’avaient conduite à simplement accepter sa vie sans protester, de peur de souffrir encore. Elle se doucha et se prépara à rencontrer le représentant d'une chaîne de supermarchés, tout en songeant aux nombreuses fois où elle avait cédé aux désirs des autres. Elle voulait s'affirmer, à présent, mais avait-elle la force de s'opposer à ses proches ?

Refusant de laisser ces pensées assombrir sa journée, elle prit la voiture de la fille de Val et quitta la maison. Une fois qu'elle fut sur l'autoroute, elle rappela sa mère.

— Bonjour, Sasha.

— Bonjour, mère. J'ai dû rater ton coup de fil.

— Oui. Il y a une heure.

— J'étais occupée. Je suis d'ailleurs en route pour discuter avec un donateur potentiel qui a promis des colis et des bons cadeaux pour la collecte de Val.

— Si tu es pressée, je vais aller à l'essentiel. J'ai entendu des nouvelles alarmantes, ce matin, et j'espère sincèrement qu'elles ne sont pas vraies.

Sasha connaissait bien cette tactique : paraître déçue pour lui briser le cœur… Mais il était temps qu'elle tienne tête à ses parents, qu'elle leur montre qu'elle était une jeune femme sûre d'elle et déterminée. N'avait-elle pas réussi à convaincre des mécènes de proposer de nouveaux lots pour la collecte de sa marraine ? Des ateliers de nutrition, de jardinage urbain, de stylisme et de cuisine équilibrée, par exemple… Suivant les conseils d'Ivy, la femme de Desmond, elle avait aussi rassemblé des jouets éducatifs pour les enfants. Sa famille allait bien devoir se résoudre à accepter la personne qu'elle était devenue et qui gérait au nom de Val un budget d'un million de dollars.

— Je ne vois pas de quoi tu parles, dit-elle.

— Oh ! si. Au contraire, répliqua sa mère. On raconte que tu te montres un peu trop amicale avec l'un des fils

Eddington. C'est parfaitement déplacé, Sasha. Tu es fiancée et tu dois te soucier de ta réputation !

« Je ne suis pas fiancée ! », voulut-elle crier. Mais le moment était mal choisi pour cet aveu. Pamela McDowell était déjà assez remontée comme ça.

— J'aurais apprécié que tu me demandes ce qui s'est vraiment passé, au lieu de prendre des rumeurs pour argent comptant, mère. J'ai été invitée à une fête. Jake y était aussi. Nous avons discuté et – oui – il a pu me prendre le bras en toute amitié. Bref, rien de tout ça ne mérite que vous vous mettiez dans un état pareil, quoi qu'en dise Chrissie.

— Il ne t'a pas embrassée ?

Sasha fut heureuse d'être arrêtée à un feu rouge, car cette question la prit par surprise. Elle était convaincue que Chrissie ne pouvait pas avoir vu *ce* baiser. Elle avait en revanche pu surprendre Jake quand il avait embrassé ses doigts avec tendresse, à la porte du loft…

— Embrassée ? dit-elle en riant de son mieux. Nous avons discuté, rien de plus. Je ne sais pas pourquoi Chrissie a tenu à en parler à son cousin, mais elle a clairement réussi à créer des problèmes là où il n'y en avait pas.

— Peu importe. Tu dois te concentrer sur l'essentiel : ton mariage. Il est temps de fixer une date, Sasha.

— Je rentre la semaine prochaine, mère. Nous en discuterons à ce moment-là.

Pamela parut se satisfaire de cette réponse, et commença à lui décrire tout ce que Ruthanne et elle avaient déjà prévu sans lui demander son avis. Arrivée devant l'immeuble où elle était attendue, la jeune femme put mettre fin à la conversation avec soulagement et prit quelques instants pour se calmer avant de quitter sa voiture. Elle aurait le temps de songer au meilleur moyen d'annoncer sa rupture à sa famille plus tard. D'abord, elle devait à tout prix parler à Jake et lui avouer qu'elle était la tigresse du bal. Elle avait prévu de le faire la veille, mais l'apparition de Chrissie avait tout gâché. Quoi qu'il en soit, quand elle reviendrait après Thanksgiving, elle serait officiellement célibataire et pourrait enfin apporter à Zorro les réponses qu'il attendait tant…

# - 10 -

Jake acheva une réunion matinale et prit la route du country club. Il était tendu, depuis que la cousine de Lincoln avait gâché la fête de la veille. Elle avait brisé l'alchimie qui se développait entre Sasha et lui. Durant tout le reste de la soirée, celle-ci avait été anxieuse, préoccupée. Il comprenait, d'une certaine manière. Seuls Reign, Linc et lui savaient que ses fiançailles avaient pris fin. La famille Trotter était influente, à la capitale. Le grand-père de Lincoln était un archevêque à la retraite et sa congrégation l'admirait toujours. Jake avait appris très tôt comment fonctionnait l'élite : les ragots étaient le carburant préféré des gens riches et on faisait en général tout pour s'en préserver. Un scandale était toujours dramatique. C'était pour ça que Sasha n'osait pas annoncer sa décision à sa famille, mais elle allait bien devoir s'y résoudre, tôt ou tard. À moins que…

Il n'avait pas dormi de la nuit en songeant que son hésitation pouvait avoir d'autres causes. Avait-elle réellement tourné la page ? Elle admettait que Lincoln et elle, ainsi que leurs familles, avaient une longue histoire commune. Ils s'aimaient, même s'ils ne ressentaient pas une passion brûlante l'un pour l'autre. Sasha était-elle prête à se marier tout de même, pour sauver la face et protéger le statut de ses parents ? Possible. On ne se mariait pas toujours par amour… Il songea aussi aux liens étroits qui rassemblaient tous les Eddington. Les conflits n'étaient déjà pas faciles à régler sans qu'ils impliquent les personnes qu'on chérissait le plus. C'était pourquoi il avait peur qu'elle change d'avis et retourne auprès de son ex. Très peur. Parce qu'il avait compris autre chose, pendant la fête.

Sasha était sa tigresse.

Il ne lui avait pas posé la question directement, mais il en était presque sûr. Cette idée l'avait d'ailleurs traversé plusieurs fois et il l'avait rejetée. Mais leur baiser avait tout changé. Dès qu'il avait senti ses lèvres, sa langue, il avait compris. Son corps avait réagi de la même manière que le soir du bal. Il avait fréquenté beaucoup de femmes. Seulement, Sasha et la tigresse masquée avaient été les seules à le faire vibrer comme ça.

Pourtant, elle n'était officiellement arrivée en ville que le lendemain du bal. Quand il l'avait rencontrée au brunch de sa mère, elle avait été si différente de son amante secrète… L'impensable était-il vraiment arrivé ? C'était plus que probable – et c'était un grave problème, car ça aurait voulu dire qu'il avait couché avec l'ex-fiancée de son futur associé. Ça aurait voulu dire que Sasha lui avait menti, l'avait trompé, et il détestait cela plus que tout.

D'un autre côté, si elle n'était *pas* sa tigresse, ses ennuis étaient loin d'être réglés. Leur attirance était clairement réciproque et, s'il en croyait ce qui s'était passé au loft, Sasha avait l'intention d'y céder. Comme lui. Hélas, s'il laissait parler ses désirs, il creuserait un gouffre entre les Eddington, les Trotter et les McDowell. Ces familles étaient très influentes à la capitale, et Jake avait prévu de prendre la région d'assaut si son cabinet était un succès. Pire encore, le père de Sasha était membre de la SOMA, la fraternité d'élite que Derrick dirigeait depuis les dernières élections. Bref, si son secret était éventé, les répercussions seraient ingérables. Les frères de Sasha étaient de bons amis. Linc ferait un partenaire redoutable en affaires. Son père Elijah Trotter était aussi un frère de la Société de Ma'at. La situation risquait vite de déraper… Et une seule personne pouvait encore sauver Jake. Il alluma son kit mains libres et passa un appel.

— Jake ! Je pensais justement à toi.

La voix de Sasha le fit sourire, pour la première fois depuis son réveil.

— En bien, j'espère.

— Si c'était un peu mal, voire carrément coquin, ça te poserait un problème ?

— Possible.

— Un problème situé sous la ceinture ?

En un éclair, il se crispa.

— C'est un peu provocateur, tu ne crois pas ?

— Que dire ? Tu me rends plus audacieuse…

— Audacieuse… comme une tigresse ?

Il serra le volant, à la fois nerveux et excité, en attendant sa réponse.

— Ouais, répliqua-t-elle enfin. On peut dire que les tigres sont audacieux.

— Où es-tu, Sasha ?

— J'allais rejoindre Val et ses amies au country club pour le déjeuner.

— Parfait. J'y vais aussi.

— Je t'inviterais bien à nous accompagner, mais je ne pense pas que tu aies envie de parler du gala de charité.

— Ne t'en fais pas : je dois retrouver un client. Mais si tu pouvais prendre quelques minutes pour me voir avant de manger, j'en serais ravi.

— Pourquoi pas après ? Ou ce soir ? Je n'aurai que dix minutes devant moi avant mon rendez-vous.

— Il ne m'en faut que cinq. Il y a plusieurs salons privés, près du restaurant. Je vais essayer d'en réserver un et je t'envoie un texto pour te tenir au courant.

— Ça a l'air sérieux. Que se passe-t-il ?

*Le mot « tigresse » ne t'a pas suffi pour comprendre ?*

— C'est au sujet de nous deux. À tout de suite.

Jake arriva au club et se dirigea immédiatement vers le salon qu'il avait retenu depuis sa voiture. Il trouva la pièce vide. Sasha n'était pas encore arrivée. On avait déjà déposé sur la table une carafe d'eau au citron et à la menthe ainsi que deux verres en cristal. Passant devant sans s'y arrêter, Jake alla se camper face à la fenêtre. Des nuages menaçants avaient voilé le soleil et la température chutait. Pourvu que ce ne soit pas un signe de ce qui l'attendait, et que sa relation avec Sasha ne prenne pas, elle aussi, un tour orageux…

Enfin, la porte s'ouvrit et elle entra, entourée par une aura d'énergie délicieuse. Ou bien était-ce de la nervosité ?

— Salut ! Désolée pour le retard. Une vieille dame a eu un accident devant moi et je ne pouvais pas la laisser attendre les secours toute seule…

Elle jeta un coup d'œil à sa montre et ajouta :

— Laisse-moi envoyer un texto à Val pour lui dire que j'arriverai un peu plus tard que prévu.

Le temps qu'elle pianote sur son téléphone, Jake retrouva son calme. Malgré sa frustration, il ne pouvait s'empêcher de trouver Sasha ravissante dans sa robe Chanel noire si classique, rendue moins sévère par des escarpins pailletés et un rang de perles grises. Elle avait tout d'une jeune femme sérieuse et posée ; et rien de la tentatrice du bal.

— OK, dit-elle en rangeant son portable.

Elle accrocha son manteau à une patère et posa son sac avant de le rejoindre devant la fenêtre.

— Je suis contente de te voir.

Elle l'enlaça et, bien qu'il n'en eût pas envie, il la laissa faire. Un instant. Il s'écarta avant de sentir sa colère se muer en désir et d'oublier pourquoi il était venu. Autant aller droit au but. Il s'écarta, les mains dans les poches, et la dévisagea.

— Jake ? Qu'y a-t-il ? Tu as l'air contrarié.

— J'ai une question à te poser, et je veux une réponse sincère.

— D'acco-ord…

Elle paraissait déjà moins sûre d'elle, mais attendit.

— As-tu assisté au bal masqué d'Halloween, à Chicago, cette année ?

Son expression fut une réponse en soi.

— Oui, admit-elle en baissant les yeux.

— Tu es la tigresse.

Elle acquiesça.

— Nous avons couché ensemble.

Lentement, elle leva son regard envoûtant sur lui.

— Oui.

Pendant quelques secondes, tout s'arrêta. Le temps. Les pensées de Jake. Le monde. Soupçonner cela était une chose, mais le *savoir*… Sasha était la femme qui avait hanté ses rêves, la femme qu'il avait voulu retrouver pour la coucher dans son lit. La vérité descendit en lui comme un feu brûlant qui dévastait tout sur son passage. Il était à la fois excité et furieux.

— Pourquoi, Sasha ? Pourquoi m'avoir séduit ?

— Ça m'a paru… une bonne idée, sur le moment… ? murmura-t-elle avec un sourire contrit.

— Ce n'est pas drôle ! Officiellement, tu es toujours fiancée. As-tu oublié que Linc et moi devons nous associer ? Ou qu'il m'a demandé de te protéger pendant ton séjour ici ? Dis-moi un peu ce qu'il va penser, quand il apprendra ce qui s'est passé !

— Je comprends ta colère, Jake. Ce n'est pas ta faute, et pas entièrement la mienne non plus. Quand nous avons couché ensemble, je ne savais pas qui tu étais. Reign m'avait juré que tu ne serais pas au bal, que tu devais assister à un match important des Bears. Ceci dit, je ne regrette rien. Je t'ai admiré de loin pendant des années et tu m'as toujours intriguée. Je n'ai pas l'intention de raconter ce qui s'est passé à qui que ce soit ; mais si ma famille l'apprend, j'assumerai l'entière responsabilité de cet écart. Je dirai que je t'ai piégé. Je gérerai la réaction de Linc. Tu ne seras pas impliqué.

Il la dévisagea avec attention.

— Je crois qu'il est un peu tard pour ça.

— Je suis navrée. Je m'excuse. Ce que j'ai fait était égoïste. Je n'ai pas songé aux conséquences…

— Tu aurais dû me révéler qui tu étais quand je t'ai posé la question, le lendemain.

— C'est vrai. Tu m'as déstabilisée et j'ai été terrifiée d'apprendre que tu étais au bal. Mais je n'étais pas encore sûre que tu sois bien Zorro.

Elle se redressa, d'un air de défi.

— Comme je l'ai dit : je m'excuse d'avoir menti, mais je ne regrette pas ce que nous avons fait. C'était merveilleux et j'aimerais beaucoup recommencer.

— Bon sang, Sasha !

Il s'écarta pour mettre plus de distance entre eux, de peur de l'exaucer en la déshabillant sur-le-champ.

— C'est un vrai sac de nœuds. Je ne sais même pas…

La sonnerie du portable de Sasha l'interrompit et elle consulta l'écran.

— C'est Val, dit-elle avant de décrocher. Je suis là,

Val ! Êtes-vous déjà au restaurant ?... Le salon Grand Slam ?... Oui, je sais où c'est. J'arrive.

Puis, raccrochant, elle récupéra ses affaires.

— Je dois filer. Puis-je espérer arranger les choses ?

— Non.

— Je vais annoncer ma rupture à ma famille ce week-end. Je voulais attendre Noël, mais ce sera trop tard. Quand je reviendrai, je serai officiellement célibataire et nous pourrons peut-être reparler de tout ça.

— De quoi veux-tu parler ? De tes mensonges ? Du fait que tu as peut-être ruiné une opportunité professionnelle unique pour moi ? Détruit ma réputation ? Non. Je crois que nous n'avons plus rien à nous dire, Sasha.

— OK...

Son murmure avait été si bas qu'il eut du mal à l'entendre. Il la regarda partir et revint se camper devant la fenêtre. Jusqu'à ce jour, il avait été consumé par le besoin de savoir qui était sa tigresse mystérieuse. À présent, il aurait tout donné pour oublier son nom.

# - 11 -

Avouer la vérité à Jake avait été une terrible épreuve. À tel point que Sasha boucla sa valise dès la fin de sa réunion au club et s'envola pour Washington deux jours plus tôt que prévu. Elle était tellement bouleversée qu'elle n'eut même pas la force de refuser que Lincoln vienne la chercher à l'aéroport. Ils n'avaient pas encore parlé à cœur ouvert. Leurs textos s'étaient concentrés sur des nouvelles triviales au sujet de leurs amis communs. TJ lui en voulait toujours de lui avoir raccroché au nez et faisait le mort. Sasha n'essaya pas de le contacter. Elle aimait sa famille, mais il était temps pour elle de se montrer telle qu'elle était : une femme accomplie, et plus l'écolière timide qui avait dû supporter des années de harcèlement au pensionnat et surmonter un terrible chagrin d'amour en France pour oser s'affirmer enfin.

Quand elle arriva au retrait des bagages, Lincoln l'attendait déjà. Le voir lui rappela immédiatement la tâche qui l'attendait. Elle devait mettre fin une bonne fois pour toutes à cette relation fictive entre eux. Le plus tôt serait le mieux. Elle était encore hantée par la douleur qu'elle avait lue dans les yeux de Jake. Son rejet – compréhensible – l'avait brisée. Si elle voulait avoir la moindre chance de se réconcilier avec lui, d'obtenir son pardon et d'accorder à leur histoire une réelle chance, elle devait se séparer de Lincoln pour de bon. Son aventure avec Jake pouvait-elle devenir sérieuse ? Était-ce un simple flirt d'un soir ? Une chose, au moins, était claire. Elle avait *besoin* de savoir.

— Te voilà ! lança Lincoln en l'enlaçant.

Ce câlin la surprit, mais ils avaient été amis pendant des années et elle s'appuya sur cette affection pour le lui rendre.

— Salut, Linc.

— On ne s'est pas vus depuis quatre semaines, mais ça m'a paru une éternité. Tu es magnifique !

— Merci…

— Oh ! oh. Qu'y a-t-il ? Est-ce que tout va bien ?

Sasha eut du mal à ne pas le regarder comme s'il avait soudain eu trois têtes. Non, tout n'allait pas bien ! Avait-il oublié qu'ils étaient séparés ? Ou bien avait-il déjà tourné la page sur leur histoire ?

— Je suis juste fatiguée, soupira-t-elle. Ces derniers jours ont été épuisants et ma décision de rentrer plus tôt a bousculé mon emploi du temps. Mais je suis là.

— Oui. J'ai été étonné d'apprendre par ta mère que tu avais changé tes plans. Elle aussi a été surprise que tu ne m'en aies pas parlé d'abord.

— Lincoln…

— Je sais. On fait une pause, répondit-il avec un regard complice. Mais c'est notre petit secret.

Sasha ne saisit pas immédiatement pourquoi le comportement de Lincoln lui paraissait si étrange. Comme le hall d'un aéroport n'était pas le lieu idéal pour une discussion sérieuse, elle le laissa bavarder de tout et de rien jusqu'à sa voiture. Une fois qu'ils furent en route, elle se décida enfin à aborder le sujet qui lui importait vraiment.

— Linc, je crois que nous devons faire l'annonce.

— Au sujet de notre rupture ? demanda-t-il tranquillement. Non, je ne pense pas.

— Je sais que c'est Thanksgiving, mais mère m'a dit que

nous devions tous nous retrouver après le repas. Ça nous permettrait de parler à nos deux familles d'un seul coup.

— Combien de temps encore vas-tu jouer à ça, Sasha ? La dernière fois, nous nous sommes séparés pendant… quoi ? Deux mois ? Et nous avons aussi fait une pause pendant l'été, à la fin du lycée. En général, c'est l'homme qui hésite, mais je sais que ça peut aussi arriver aux femmes et c'est pourquoi j'ai été patient. Seulement, il est temps pour nous de mûrir.

Elle avait bien sûr envisagé qu'il puisse prendre leur rupture à la légère… Et elle avait eu raison. C'était pourquoi elle *devait* rendre la chose officielle le plus tôt possible.

— Penses-tu vraiment que je ne suis pas assez mature pour savoir ce que je veux ?

— Ce n'est pas ce que j'ai dit.

— Tu l'as sous-entendu. Je ne suis plus une enfant, Linc. Et je sais que je ne changerai pas d'avis. Les autres fois, j'ai ignoré mes propres sentiments et je suis revenue. Mais je l'ai fait pour toi, pour TJ, pour nos parents et le reste du monde… Aujourd'hui, je prends enfin une décision pour *mon* bien.

Lincoln ne répondit pas. Elle fut étonnée de le voir si calme et jeta un coup d'œil dans sa direction. Souriait-il ? Pensait-il à son partenariat avec Jake ? Croyait-il qu'elle se raviserait, juste pour attirer sur eux les faveurs du public ? Un mariage n'était pas une opération de communication !

— Tu sais que je tiendrai toujours à toi. Mon affection ne s'éteindra pas ; mais ce que je ressens pour toi est de l'amitié sincère, pas de l'amour. Je n'aurais pas dû rester à tes côtés alors que mon cœur me disait que je commettais une erreur.

— Grand-mère et grand-père sont ici.

*Ah*. Voilà donc l'arme qu'il avait gardée en réserve.

— Tes grands-parents sont de retour à Washington ? Ils ont juré de ne plus passer un seul hiver dans le Nord-Est après leur installation à la Barbade.

Cette fois, Lincoln sourit franchement.

— Grand-père est très excité à l'idée de notre mariage. Il tient à officier et il a déjà prévu un grand déjeuner pour nous ce dimanche, à Fogo de Chão.

Dans la région de Washington, l'évêque Archibald Trotter était une légende. Il avait été le conseiller spirituel de plusieurs présidents et avait su à de nombreuses reprises faire entendre la voix de la raison lors de crises politiques ou sociales. Sans doute avait-il célébré plus de mariages et de baptêmes que tous les révérends locaux réunis. Bref, son nom était encore source d'admiration dans tout l'État…

— Salopard, lâcha Sasha.

— Quoi ? Ce n'est pas moi qui l'ai invité !

— Non, j'imagine que c'est ta mère et que tu étais au courant dès le départ.

— Voyons, Sasha. Pourquoi veux-tu me quitter ? Parce que tu as peur ? Ou est-ce à cause de Jake ? J'admets que c'est un grand businessman et j'ai hâte de travailler avec lui ; mais si tu envisages de construire quoi que ce soit avec lui, je pense que tu devrais savoir une ou deux choses à son sujet.

— Comme quoi ?

— Il traite les femmes comme des mouchoirs jetables.

— Et comment le sais-tu ?

— J'ai mes sources.

Préférant détourner la conversation, Sasha demanda :

— Combien de temps tes grands-parents vont-ils rester ?

— Moins d'une semaine. Nous les reverrons à Noël. Toute la famille a prévu de passer les fêtes à la Barbade et je sais que tu adores cette île. Nous allons passer un bon moment, là-bas, je te le promets.

Sasha soupira. Rien ne se passait comme prévu, depuis l'atterrissage de son avion !

— J'aimerais leur parler avant leur départ et leur demander une session de conseil conjugal, pour savoir s'ils estiment juste de se marier avec quelqu'un dont on n'est pas amoureux.

Ce dernier commentaire effaça le sourire satisfait de Lincoln. Bien. La graine était plantée. Envisager d'annoncer leur rupture devant leurs deux familles était déjà assez pénible, mais devoir le faire en présence des grands-parents de son ex allait être encore pire. Ils étaient mariés depuis plus de cinquante ans et considéraient cette institution comme sacrée. Avec un peu de chance, cela jouerait en faveur de Sasha si elle parvenait à être honnête avec eux. Aurait-elle la force de le faire ? Et quel serait le prix à payer ?

Le repas de Thanksgiving passa. Aucune annonce ne fut faite. Sasha ne parvint pas à trouver le courage de gâcher la fête. Tout le monde s'amusait tant… Sauf elle, bien sûr. Elle eut l'estomac noué pendant toute la soirée. À la demande de Lincoln, et pour éviter les questions gênantes, elle se résigna à porter la bague de fiançailles de deux carats qu'elle n'avait pas touchée depuis plus d'un mois. Lincoln, TJ et son autre frère Brandon furent inséparables. Chrissie fit comme s'il ne s'était rien passé à Chicago et aucune rumeur ne se répandit. Le seul plaisir de Sasha fut ses retrouvailles avec les grands-parents de Lincoln, qu'elle aimait beaucoup. Elle parvint même à s'entendre avec Millie, la sœur aînée très conservatrice de son ex. À la fin du repas, elle décrocha cependant une victoire symbolique en obtenant de Cora, la grand-mère de Lincoln, la promesse d'une discussion privée avant son départ. Elle lui avouerait toute la vérité. Cora serait assez sage pour lui dire quoi faire.

Cette décision la tranquillisa, et elle fut même ravie à l'idée d'assister le lendemain à un match des Wizards avec Lincoln ainsi que leurs frères et sœurs. Ils se retrouvèrent donc ensemble le vendredi, installés au premier rang des gradins, jouant à reconnaître les stars présentes dans le public. Malgré tout, Sasha ne put s'empêcher de songer qu'elle se serait plus amusée avec Jake... Ils n'avaient pas parlé depuis leur rendez-vous au club. Dès qu'elle aurait rendu sa bague à Lincoln, elle comptait bien tenter de négocier une trêve. Elle sentait qu'elle aurait plus de chances de réussir en lui parlant en face et pas au téléphone.

Soudain, Lincoln lui donna un coup de coude et la tira de ses pensées.

— Regarde : on passe à la télé !

Elle leva les yeux sur l'écran géant et vit que la « kiss cam » s'était arrêtée sur eux. Un tonnerre d'encouragements monta des tribunes. Linc ne lui laissa pas le temps de réagir et l'embrassa à pleine bouche, avant de saisir sa main gauche, où brillait la bague, et de la lever bien haut. La foule rugit. Sans doute pensait-on qu'ils venaient de se fiancer. Elle ravala sa fureur et dissimula sa gêne sous un sourire. Dès que la caméra se détourna à la recherche d'un autre couple à piéger, elle se leva d'un bond.

— Je m'en vais, annonça-t-elle avant de tourner les talons.

# - 12 -

Les aveux de Sasha empêchèrent Jake de se concentrer sur son travail pendant les jours qui suivirent. Assis en compagnie de son père, de son frère et de son meilleur ami Cayden Barker dans la salle d'un restaurant pour un déjeuner entre hommes, il se sentait plus perdu que jamais. Au bout d'un moment, Cayden parut s'apercevoir de son silence et demanda :

— Qu'y a-t-il, vieux ? Tu ressembles à un gamin dont le chiot vient de disparaître.

Jake fit de son mieux pour sourire. Sans succès.

— Ce n'est rien. Je crois que je suis un peu fatigué.

— Fatigué de quoi ? demanda Desmond. J'ai jeté un coup d'œil aux cours de la Bourse, ce matin, et nos investissements crèvent le plafond. Le portefeuille de tes clients ne s'est jamais aussi bien porté.

— C'est vrai.

— Donc, le travail ne peut pas te causer autant d'inquiétude que ça, en ce moment.

— N'as-tu pas prévu de te lancer dans une nouvelle affaire avec TJ McDowell ? demanda Derrick.

— Avec un de ses amis, Linc Trotter.

— Vraiment ? Petit cachottier ! gloussa Cayden.

— Je ne cache rien, je n'ai juste pas encore parlé de ce projet car il est en phase embryonnaire pour l'instant.

— Qu'as-tu en tête ? s'enquit Desmond.

— Il s'agit d'un cabinet de conseil financier indépendant. J'ai remarqué que mes clients ont souvent des questions au sujet de leurs placements et je pensais monter une équipe d'experts pour proposer des séminaires aux athlètes pros qui cherchent à faire fructifier leur argent. Bien sûr, les investissements seront gérés par Eddington Enterprise.

— Et le rôle de Lincoln, dans tout ça ?

— Avec de telles sommes en jeu, la politique n'est jamais loin. En particulier la législation en matière de finances. Linc serait un parfait guide pour m'aider à naviguer dans les eaux troubles de la capitale.

Desmond parut songeur.

— Je ne savais pas que vous vous connaissiez si bien.

— Nous fréquentons les mêmes cercles. Il y a quelques mois, j'ai croisé TJ, il m'a demandé quels étaient mes projets et je lui ai parlé de mon idée. Comme il se spécialise dans la création d'entreprise, la gestion des dépôts de bilans et les organismes caritatifs, j'ai pensé qu'il pourrait avoir envie de travailler avec moi ; mais il n'a pas le temps. Il a mentionné Linc, avec qui j'ai déjà discuté quelques fois. Nous envisageons de passer à la vitesse supérieure après les fêtes.

Cayden but une gorgée, l'air préoccupé.

— Est-ce pour ça que tu es si discret sur la scène sociale, ces derniers temps ?

— Discret ? Pas du tout ! On t'a mal informé.

— S'est-on aussi trompé au sujet de tes sentiments pour Sasha ?

Jake fit de son mieux pour ne pas froncer les sourcils et paraître détendu.

— Visiblement, Reign a parlé de ses soupçons à ta femme. Dis à Avery que ma sœur ne sait rien.

— Sasha ? La fiancée de Linc ? intervint Derrick. Ils sont toujours ensemble, n'est-ce pas ?

Trois paires d'yeux dévisagèrent soudain Jake.

— D'après ce que je sais, oui…

— Dommage, soupira Cayden en repoussant son assiette. C'est une belle femme. Intelligente. Avery essaie de la recruter pour son entreprise.

— Comment est-ce possible ? Sasha vit à Washington.

— Si Avery en avait le pouvoir, elle la pousserait à déménager…

— Linc est un Trotter, rappela Derrick. Il ne quittera jamais la capitale.

— Et toi, Jake ? Serais-tu prêt à partir là-bas ? demanda Cayden.

— Je pourrais acheter une maison dans la région, si nécessaire, mais mon foyer sera toujours la Pointe du Sable.

Après le déjeuner, Jake retourna à son bureau et travailla dur avant de rejoindre un de ses amis pour regarder un match des Bulls. Il rentra chez lui après minuit, bien décidé à poser quelques questions à Reign. En chemin, il se rappela fermement qu'il *en voulait* à Sasha, qu'il ne se préoccupait pas de son avenir et qu'il n'avait aucune intention de la revoir quand elle reviendrait à la Pointe. Hélas, il ne parvenait pas à l'oublier – une chose qu'il n'était bien sûr pas prêt à admettre devant qui que ce soit.

Au lieu de se garer près de son aile privée du manoir, il alla directement du côté où vivait sa sœur. Si elle dormait, ça n'allait pas durer… Il entra et passa directement dans sa suite en appelant :

— Reign ! Tu es réveillée ?

Quelques secondes plus tard, elle émergea de sa chambre en pyjama.

— Maintenant, oui, dit-elle en bâillant. Pourquoi m'as-tu tirée du lit ?

Elle se laissa tomber sur son canapé, posant ses pieds nus sur la table basse. Il prit place dans un fauteuil, à côté.

— Sasha te manque ? demanda-t-elle.

— Je ne vois pas de quoi tu parles mais, apparemment, tu n'as pas la langue dans ta poche…

— Je ne me confie qu'à la famille. Elle est rentrée chez elle pour Thanksgiving, c'est ça ?

— Oui.

— Dans ce cas, tu *sais* de quoi je parle. Je ne t'en veux pas : elle est vraiment très belle. Elle est aussi la sœur de TJ et… « fiancée », ajouta-t-elle en faisant de petits signes des doigts pour imiter des guillemets.

— J'en ai conscience. Qu'as-tu à boire, ici ?

— J'ai de tout.

— Veux-tu un verre ? demanda-t-il en se levant.

Elle refusa et il alla se chercher une bière. Quand il revint, il était bien décidé à détourner la conversation, bien qu'il soit initialement venu pour parler de Sasha.

— Tu ne m'as pas raconté ton voyage à Los Angeles…

— Il faisait chaud. Il y avait du monde. Mais le défilé d'Ace et London a été un grand succès, comme toujours.

Jake acquiesça, sans se soucier du regard taquin de Reign.

— Alors… Tu es venu me réveiller pour parler mode ?

— En dehors de son boulot, que sais-tu de son fiancé ?

— Son mari, tu veux dire. Ace.

— Je ne parle pas de London…

— Mais de la fille au sujet de laquelle je ne sais rien ? acheva-t-elle en riant. Elle ne m'a pas dit grand-chose au sujet de Lincoln.

— Je croyais que tu avais déjeuné avec elle.

— Oui et, au risque de te choquer, les femmes ne

parlent pas *que* de mecs. Je sais qu'il a une sœur aînée et que son père est un politicien.

Jake connaissait déjà la réputation d'Elijah Trotter. C'était son fils qui demeurait une énigme pour lui.

— Ne me sors pas les dernières actualités des tabloïds. Je m'intéresse à la vie privée de Linc.

— Je sais, grand frère ! Apparemment, sa famille et les McDowell sont amis depuis longtemps mais, honnêtement, Sasha ne m'a rien dit de plus.

— De quoi avez-vous parlé, alors ?

Reign haussa les épaules.

— De mon voyage. De la Pointe. De toi.

— Moi ? demanda-t-il d'un air innocent.

— Elle voulait savoir où tu as étudié, si tu sortais avec quelqu'un, ce genre de choses…

— Et que lui as-tu dit ?

— La vérité. Tu es un vrai gigolo.

Jake faillit recracher sa gorgée de bière.

— Reign !

Sa sœur éclata de rire.

— Je plaisante. Tes secrets sont bien gardés avec moi.

— Je ne suis pas un gigolo.

— Bien sûr que non. Tu aimes juste varier les plaisirs.

— Je suis un homme célibataire en bonne santé. Quel mal y a-t-il à ça ?

— Aucun.

— Je suis même assez exigeant en ce qui concerne les femmes, ajouta-t-il.

— Pourquoi essaies-tu de te justifier ? On dirait que Sasha et toi vous êtes bien amusés, à la fête…

— Tu nous as vus ensemble ?

— Brièvement. J'ai voulu vous parler, mais quelqu'un

vous a abordés et, quand j'ai essayé de vous retrouver, Sasha avait disparu.

— Elle est partie tôt.

Devait-il réellement tout raconter à Reign ? Il préféra s'en tenir à ce qu'elle savait déjà.

— La femme qui nous a salués est une cousine de Linc.

— Ce n'est pas important, si ?

— Ça pourrait. Sasha et moi nous… amusions. Ce n'était rien, mais la cousine a pu nous surprendre.

— Sasha n'est plus fiancée. Tu le sais, n'est-ce pas ?

— Oui, mais ce n'est pas officiel. Sa famille l'ignore.

— Oh ! répondit simplement Reign d'un air entendu.

— Elle compte faire l'annonce cette semaine.

— Joyeux Thanksgiving !

— C'est ça.

Reign se leva et bâilla de nouveau en se dirigeant vers sa chambre.

— Je ne veux pas te mettre à la porte, mais je prends un avion tôt demain matin pour assister à un match de Trenton… Tu sais, ça fait bien longtemps que je ne t'ai pas vu aussi intéressé par une femme. Sache que j'apprécie beaucoup Sasha. Elle t'aime bien aussi. Je ne vois vraiment pas pourquoi tu résistes.

— Elle m'a menti.

— À propos de quoi ?

— C'est à elle de t'en parler, si elle veut.

— Pourquoi a-t-elle menti ?

— Je ne sais pas.

— Dans ce cas, tu devrais peut-être lui poser la question. Bonne nuit, Jake.

Thanksgiving fut une fête joyeuse en famille. Néanmoins, Jake ne put oublier les paroles de Reign. Ou Sasha. Il fut tenté de l'appeler plusieurs fois, surtout le soir où elle avait prévu d'annoncer sa rupture à sa famille. Mais son silence le dissuada. Si elle rendait vraiment la chose officielle, il se permettrait de lui demander pourquoi elle lui avait menti après le bal, en sachant qui il était vraiment. En fonction de sa réponse, il envisagerait ou non de la revoir.

Le vendredi, il fut obligé d'admettre qu'il avait hâte qu'elle revienne à la Pointe. Il était prêt à suivre les conseils de Reign et à entendre sa version de l'histoire. Sa mère apprit par Val qu'elle avait prévu d'arriver le lundi. Il n'avait donc plus d'autre choix qu'attendre et fut ravi de recevoir une invitation de Cayden pour la soirée. Ça lui changerait les idées… Il alla donc au bar sportif où ils s'étaient donné rendez-vous, se gara devant le poste du voiturier et se fondit dans la foule bruyante qui occupait déjà la salle. Il reconnut quelques visages familiers et fut chaleureusement accueilli par certaines femmes mais ne s'arrêta pas avant d'avoir atteint le salon VIP, à l'étage.

— Jake ! Comment ça va ? lança le videur en lui tendant la main. Cayden est déjà arrivé.

Il lui indiqua une table, derrière lui. Cayden et plusieurs de leurs amis étaient en effet là. Il souhaita une bonne soirée au videur et les rejoignit, ne s'arrêtant que pour échanger quelques mots avec un client bien connu sur Instagram. Quand il se glissa sur la banquette près de Cayden, celui-ci lui donna une tape dans le dos.

— Il était temps !

— Que veux-tu ? Je suis un homme occupé.

— Ce n'est rien.

— Je n'étais pas venu depuis longtemps, reprit Jake en regardant la salle. J'aime beaucoup ce qu'ils ont fait de cet endroit.

Le mur de téléviseurs et l'écran de projection permettaient

aux clients de regarder différents matchs en même temps. La plupart des chaînes transmettaient des compétitions locales, mais on voyait aussi les rendez-vous majeurs des ligues nationales. Jake admira le décor sophistiqué, mélange de pierres apparentes, de parquets en acajou, de tables en acier et de fauteuils recouverts de cuir brossé.

— Vois-tu tout le potentiel de ce bar ? demanda Cayden.

— Quoi ? As-tu l'intention de l'acheter ?

Son ami hocha la tête.

— J'aimerais le privatiser, ajouter un restaurant à ce niveau et transformer le deuxième étage, qui sert d'espace de stockage, en salon VIP. À nous deux, on pourrait ressusciter la magie de « Jake & Bake » !

Ils rirent de leur ancien surnom, datant du lycée. Cayden se pencha vers lui, les yeux pétillants d'enthousiasme.

— Quoi de mieux, pour un homme qui gère les placements de tous les grands sportifs du pays, qu'un bar à son nom ?

— Ça pourrait être un problème… J'ai besoin de garder mes distances avec mes clients pour rester professionnel.

— Je comprends. Dans ce cas, que dirais-tu de devenir un associé silencieux ? Un simple actionnaire ?

— C'est une bonne idée.

Son portable sonna et il le tira de sa poche avant de grimacer en reconnaissant le nom affiché sur l'écran.

— En parlant de problème… Linc Trotter.

Cayden haussa un sourcil intrigué et Jake décrocha.

— Jake Eddington. Salut, Lincoln… Non, tu ne me déranges pas… Je suis dans un bar, je me détends un peu… Oh ! Vraiment ?… Oui, c'est détaillé. Ça me plaît… Qu'en penses-tu ?

Il sourit et leva son pouce à l'attention de Cayden.

— Je suis content d'entendre ça, Linc. Et que tu m'aies

appelé. Je ne voulais pas que notre petite dispute au sujet de Sasha nous empêche de bosser ensemble… Pas de souci, vieux ! J'aurais eu la même réaction à ta place. Je comprends… Non, la semaine prochaine me va bien… Parfait, on se rappelle.

Il raccrocha, l'estomac noué. Thanksgiving était passé et Lincoln avait toujours l'air d'un homme prêt à se marier. Sasha n'avait-elle donc rien dit ? Il n'avait pas envie de mentir à son potentiel associé au sujet du bal masqué, ou des sentiments de plus en plus ancrés qu'il éprouvait pour Sasha.

— Linc a lu ma proposition et elle lui plaît, expliqua-t-il à Cayden. Nous allons discuter de la structure à donner au cabinet, la semaine prochaine. Il a déjà contacté des investisseurs.

— Et tu ne seras pas gêné de devoir travailler au contact de Sasha ?

— Non.

— Mais elle est bien le « problème » que tu as mentionné avant de décrocher, non ?

Jake acquiesça. Cayden n'était pas au courant de la rupture secrète, ou de ce qui s'était passé le soir d'Halloween. Mieux valait se taire pour le moment, tant que Sasha ne serait pas officiellement célibataire – si elle l'était un jour. À en croire le ton léger de Linc, Jake commençait sérieusement à en douter.

Ils commandèrent à manger et discutèrent un long moment. De nouveaux matchs commencèrent sur les écrans. Jake se concentra malgré lui sur le téléviseur installé derrière Cayden. Les Wizards jouaient, ce soir, et le simple fait de voir une équipe de Washington sur le terrain le fit penser à Sasha. Comment allait-elle ? Que faisait-elle ? Il l'imagina en train de lâcher sa bombe pendant le week-end et songea à la déception qu'elle allait devoir affronter. Ses parents lui en voudraient-ils beaucoup ? Qui serait là pour l'aider à traverser cette épreuve ? Si seulement il avait pu se tenir à ses côtés… Il faillit appeler TJ, mais renonça. Son ami adorait le basket. Il était sans doute quelque part dans les tribunes, en ce moment même. Il se tourna vers le grand écran de projection qui montrait une autre de ses équipes favorites. Partout, la mi-temps approchait. Pendant un instant, il envisagea de rentrer regarder la fin de la rencontre chez lui.

— Oh ! regarde les amoureux !

Étonné par cette remarque à demi sarcastique, il dirigea son regard vers le téléviseur que contemplait Cayden. Celui-ci se pencha à son oreille pour murmurer :

— N'est-ce pas Sasha ?

Jake n'en crut pas ses yeux. Oui, c'était bien Sasha sur la « kiss cam ». Et Lincoln se tenait à ses côtés. Il l'embrassait. Sans comprendre ce qui se passait, Jake le vit ensuite lever bien haut la main de Sasha. À son annulaire brillait un diamant. La bague de fiançailles qu'elle n'avait jamais portée, à la Pointe… La foule poussa de grands cris et un vertige le saisit. Apparemment, Sasha et Linc étaient bel et bien toujours ensemble. Elle lui avait de nouveau menti. Elle ne reviendrait pas en célibataire, lundi. Peu importait ce qui l'avait poussée à changer d'avis. Les faits étaient là, clairs comme de l'eau de roche.

*Quel idiot !* Désormais, il allait lui falloir oublier définitivement la soirée du bal et la tigresse qui l'avait si facilement séduit. Ce secret resterait enfoui en lui, pour toujours, tout comme leur nuit de passion. La copine d'un de ses clients lui avait dit un jour que les voies du Seigneur étaient impénétrables, et ça semblait être le cas. Ce qui venait de se passer était un signe. S'il voulait travailler avec Linc, il devait accepter que celui-ci était fiancé à Sasha. Il devait accepter aussi que cette fille n'avait aucune moralité. Au fond, connaître enfin la vérité à son sujet était une bénédiction.

# - 13 -

Ils étaient dans la voiture depuis vingt minutes, et Sasha n'avait pas encore adressé la parole à Lincoln, qui l'avait suivie hors du stade jusque dans le parking. Comme ils avaient été accueillis par une horde de paparazzi, elle avait laissé son ex ouvrir la portière de la limousine et y monter avec elle sans protester. À présent, derrière les vitres teintées, elle pouvait enfin réagir à ce qu'il avait fait, lui forçant littéralement la main en public.

Pensait-il réellement avoir remporté une victoire ?

Son geste lui avait ouvert les yeux. Sasha était plus sûre d'elle que jamais : en décidant d'annuler leurs fiançailles, elle avait fait le bon choix. Elle ne reviendrait pas en arrière. En ce qui la concernait, le couple qu'elle avait formé avec Lincoln était mort et enterré. Elle n'avait aucune envie de décevoir ses grands-parents, leurs familles et Dieu seul savait qui d'autre, mais elle ne pouvait pas mentir plus longtemps. Grâce à Jake, elle avait compris une chose essentielle. Le mensonge n'apportait jamais rien de bon. Son choc et sa colère, quand elle s'était retrouvée sous le feu des projecteurs du stade, son regard abasourdi répété sur tous les écrans géants avaient donné naissance à une détermination de fer. Elle voulait être enfin libre de choisir sa vie, de sortir avec l'homme qu'elle voulait, sans se plier aux exigences des autres. Pour la première fois, ce désir supplantait sa peur des conséquences qui suivraient inévitablement son annonce. Une tension soudaine crispa ses épaules et elle fit un effort pour se détendre dans un profond soupir.

Elle se tourna ensuite vers Lincoln, qui contemplait le défilement des rues par la fenêtre.

— Je n'arrive pas à croire que tu aies fait ça, dit-elle.

— Ce n'était pas prévu.

Quand il se tourna, elle vit qu'il semblait sincère.

— Je veux bien croire *cette* partie, dit-elle en se détournant pour fixer l'avant de la voiture.

Le simple fait de le regarder la mettait en rage, et elle ne pouvait pas se permettre de laisser parler sa colère.

— Par contre, quand tu nous as vus sur cet écran, tu as consciemment décidé d'étaler devant vingt millions de téléspectateurs une relation qui est déjà finie. Tout comme tu as orchestré la visite de tes grands-parents. Tu essaies de me contraindre à accepter une chose que je ne désire pas.

— Que voudrais-tu que je fasse ? Que je te laisse partir bras dessus, bras dessous avec un homme qui a trahi ma confiance et celle de ta famille ?

— Jake n'a trahi personne, répliqua-t-elle.

— Mais tu ne nies pas que tu sors avec lui.

— Ceci n'a rien à voir avec lui.

Elle prit une grande inspiration et le regarda de nouveau.

— Et, non, Jake et moi ne sortons pas ensemble. Mais je ne nie pas qu'il existe une attirance mutuelle entre nous.

— Chrissie avait-elle raison ? Étais-tu avec lui lors de cette fête ?

— Nous sommes venus séparément et nous nous sommes croisés. J'avoue que nous avons un peu flirté.

Elle s'interrompit un instant, puis lâcha :

— Je l'ai embrassé.

— C'est ce que ma cousine a dit ! Et j'imagine que tu as fait bien pire…

Il était hors de question qu'elle lui avoue ce qui s'était passé au bal. Elle préféra revenir au point central de la conversation.

— Même si nous étions déjà séparés en secret, je n'aurais pas dû faire ça. N'en veux pas à Jake : c'était ma faute. J'ai fait le premier pas. Je sais que ce n'est pas agréable à entendre pour toi et j'aurais aimé que toute cette histoire finisse autrement.

Elle commença à retirer sa bague de fiançailles.

— Ne fais pas ça !

— Linc, c'est terminé. Il est temps que tu l'acceptes. Je n'aurais pas dû céder à tes demandes et entretenir le mensonge en portant ce diamant, ce week-end.

— Et notre repas de dimanche ? Mes grands-parents sont si excités. Tout le monde sera là.

— Dans ce cas, tout le monde apprendra ma décision. Ce sera très dur pour moi, mais je dois assumer la situation.

Elle lui tendit sa bague, mais il se tourna obstinément vers la vitre.

— Par pitié, ne fais pas ça. Je refuse de la reprendre.

— Je ne peux pas la garder.

— Et je n'en veux pas, insista-t-il, les dents serrées.

Le silence qui s'installa pendant le reste du trajet fut une torture et Sasha ne fut pas étonnée de sentir des larmes monter quand ils arrivèrent devant son immeuble.

— Linc…

— Ne dis rien, d'accord ? Nous avons déjà traversé ça et je pense que tu es sincère, cette fois. Alors, va-t'en.

— Nous étions amis et j'espère qu'un jour cette amitié pourra renaître.

Il ne répondit pas.

— J'aurai toujours de l'affection pour toi. Je suis désolée. Je ne voulais pas te faire du mal.

— Chauffeur, coupa-t-il. Accompagnez Mlle McDowell jusqu'à sa porte.

Sasha plaça fermement la bague sur la banquette avant de quitter la voiture. Un flot de tristesse l'envahit et elle laissa ses larmes couler, enfin. Elle souffrait d'avoir dû avoir cette conversation avec Lincoln et paniquait déjà à l'idée de ce qui allait se passer ensuite.

Ce fut encore pire qu'elle l'avait imaginé. Le dîner fut un désastre, à cause d'elle. La journée commença pourtant bien, comme la veille où elle avait enfin fait la paix avec TJ. Lincoln avait paru accepter sa décision et elle envisagea d'annuler son rendez-vous avec grand-mère Cora. Elle n'avait plus besoin de conseils conjugaux. Néanmoins, Linc tint à ce qu'elle attende la fin du repas du dimanche pour faire son annonce. Elle accepta de mauvaise grâce et, dès son arrivée, comprit que c'était une mauvaise idée.

— Voilà la future épouse ! clama le grand-père quand elle entra. Nous sommes si heureux de t'accueillir dans notre famille.

— Tu es si belle, ma fille, ajouta sa femme. Avez-vous déjà pensé à votre voyage de noces ? La Barbade est un endroit de rêve toute l'année…

Pendant l'apéritif, Sasha endura les spéculations de sa mère et de Ruthanne au sujet des dates et de la liste des invités. Étant donné le statut des deux familles et la réputation de M. McDowell au Capitole, elles hésitaient entre trois cents et cinq cents convives. À chaque fois que Sasha levait les yeux sur Lincoln, elle le vit sourire d'un air satisfait, comme un joueur d'échecs qui sait que son adversaire est piégé. Même le stoïque M. Trotter se fendit de quelques commentaires au sujet de sa future position d'épouse au sein de l'élite du pays.

Quand il lui suggéra de s'inspirer des succès en société de Pamela et de Ruthanne, des exemples à suivre selon lui, quelque chose en elle se brisa. Quelque part entre les assiettes de salade et le début d'une nouvelle chanson d'amour diffusée dans la salle, elle se surprit à donner de petits coups de fourchette sur son verre pour attirer l'attention de toute la tablée.

— J'ai une annonce à vous faire, lança-t-elle en ravalant la terreur qui lui nouait l'estomac.

Elle essuya rapidement une humidité traîtresse au coin de son œil et s'agrippa au bord de la table.

— *Nous* avons quelque chose à dire, poursuivit-elle en se tournant vers Lincoln, qui refusa de croiser son regard. En fait, j'aurais dû en parler plus tôt, mais ce week-end a été si joyeux, grand-père et grand-mère sont là, et ça a juste…

Elle but une gorgée d'eau, ignora la moue contrariée de sa mère, but encore. *Tu peux le faire !*

— Il y a environ deux mois, Lincoln et moi nous sommes séparés. Il n'y aura pas de mariage.

Elle serra les dents, prête à essuyer des cris de surprise. Son père semblait sous le choc. Sa mère et Ruthanne la dévisagèrent d'un air horrifié. M. Trotter se contenta de froncer le nez avec dédain.

— Que s'est-il passé, ma chère ? demanda Cora, la seule qui paraissait sincèrement s'inquiéter pour elle. Est-ce pour cela que tu voulais me parler ?

Sa compassion renforça la volonté vacillante de Sasha. Elle se redressa et soutint son regard avec reconnaissance.

— Oui, dit-elle. J'avais besoin de vos conseils. Lincoln et moi avons rompu en secret au mois de septembre, mais il espérait que je change d'avis. Je sais à quel point notre mariage comptait pour vous tous et j'ai accepté de retarder l'annonce. Mais ma décision est prise et il est temps que vous le sachiez.

— Sasha ! glapit sa mère à mi-voix. Rassieds-toi. Ce n'est ni le moment, ni le lieu pour ce genre de discussion.

Puis, reprenant son ton chaleureux habituel, elle demanda à son fils :

— TJ, veux-tu me passer la panière ? Ces petites miches aux herbes de Provence sont un délice.

TJ obtempéra en silence. Ruthanne but une gorgée d'eau, son époux s'éclaircit la voix puis essuya son front en sueur avec son mouchoir. Le père de Sasha brisa enfin le silence.

— Tu as entendu ta mère. Nous voulons que tu règles ce problème avec ton fiancé en privé.

— Non, père, répondit-elle sans se soucier des tremblements qui la traversaient. Ce que j'ai à dire ne peut pas attendre.

— Nous sommes ici en famille, intervint l'évêque Trotter avec autorité. Il s'agit clairement d'une épreuve pour votre fille et j'aimerais que nous la laissions parler.

Oh ! Elle aurait pu embrasser le vieil homme !

— Merci, monsieur Trotter. C'est dur, en effet, et je sais qu'il ne s'agit pas de la conversation à laquelle vous vous attendiez. Je m'excuse sincèrement de vous mettre dans l'embarras. J'ai beaucoup de respect pour vous tous et je regrette de vous décevoir. C'est pourquoi je ne peux pas taire la vérité plus longtemps. J'ai quitté Lincoln juste avant que ma marraine m'invite à la Pointe du Sable pour que je l'aide à préparer sa collecte de Noël. Linc m'a demandé de repousser mon annonce jusqu'au nouvel an. Il espérait que nous pourrions trouver un terrain d'entente d'ici là, mais c'est impossible.

Son ex refusait toujours de la regarder.

— Je tiens à souligner qu'il n'est coupable de rien. C'est moi. Je ne ressens pas pour lui ce qu'une épouse devrait ressentir. Nous nous connaissons depuis toujours et je le considère comme mon meilleur ami. Rien de plus. Je suis navrée.

— Qu'as-tu à dire, fils ? demanda M. Trotter.

— Que puis-je dire ? gronda Lincoln entre ses dents. Elle a pris sa décision. J'imagine que l'affaire est close.

Un lourd silence tomba autour de la table. Enfin, l'évêque Trotter reprit la parole :

— Quoi que nous puissions en penser, Sasha s'est montrée très claire. Personnellement, je considère qu'on ne devrait jamais laisser une mauvaise nouvelle gâcher un bon repas. Profitons donc de cette soirée, et je m'entretiendrai avec le jeune couple un peu plus tard.

C'était une bonne idée, mais personne ne parut savourer la fin du dîner. Nul, à l'exception de Cora, ne montra la moindre empathie pour Sasha ou ne tenta de comprendre sa décision. Elle se sentit mise à l'écart, tandis que l'on traitait Lincoln avec les égards dus à une victime. Les seuls regards qui se tournaient vers elle étaient chargés de mépris. Après le dessert, elle remercia les grands-parents Trotter d'être venus, déclina poliment l'offre de conseils de l'évêque, et s'approcha de sa mère, qui se tenait plus loin face à un tableau qu'elle regardait sans le voir.

— Comment oses-tu ? siffla-t-elle sans même lui jeter un coup d'œil. Je n'ai jamais été aussi humiliée de ma vie !

— Mère, je…

Pamela la fit taire d'un geste sec, à peine visible, et parvint même à sourire – mais son regard était glacial.

— Nous en parlerons plus tard et tu régleras le problème. Nous avons donné une fête pour tes fiançailles. La nouvelle a été rendue publique. Je refuse de te laisser ternir notre nom par égoïsme, immaturité, et nous jeter en pâture aux médias. Avec le temps, tout s'arrangera et nous tirerons un trait sur cet épisode regrettable. Je te laisse jusqu'au gala de Val pour reprendre tes esprits et, à ton retour, nous fixerons la date du mariage.

Sasha prit une profonde inspiration.

— Il n'y aura pas de mariage, déclara-t-elle.

Pamela s'approcha, baissant encore plus la voix.

— Dans ce cas, n'espère plus d'argent de ton père ou moi. Nous récupérerons ton appartement et ta voiture. Défie-nous encore, et tu en subiras les conséquences. Si tu insistes pour prendre cette décision déplorable, ne te donne même pas la peine de revenir après le gala.

# - 14 -

Le lundi matin, Jake fut réveillé par la sonnerie de son portable. Il espéra que ce fût Sasha, mais le numéro était celui de Lincoln…

— Il est 7 heures du matin, grommela-t-il en bâillant. J'espère que tu m'appelles pour une bonne raison.

Un silence lui répondit et il se redressa dans son lit.

— Allô ?

— Tu as un sacré culot.

— Pardon ? Que se passe-t-il ?

— Tu le sais très bien !

— Non, répliqua Jake en se levant pour enfiler sa robe de chambre. Je ne comprends pas du tout.

Oh ! si. Il comprenait trop bien…

— Avais-tu prévu de me voler Sasha dès le début ? Est-ce pour ça que tu as essayé de m'embarquer dans ton cabinet de conseil ? Pour avoir une excuse valable de fréquenter ma future épouse ?

Jake passa dans sa cuisine et glissa une capsule de café serré dans sa machine. Une telle conversation allait nécessiter une boisson forte, et il était bien trop tôt pour de l'alcool.

— Linc, après t'avoir vu avec Sasha à la télé l'autre soir, je ne m'attendais pas à ce genre d'appel de ta part, dit-il.

— Elle m'a tout raconté.

Jake se crispa. Il avait presque l'impression de jouer au

poker sans connaître sa main. Faisant de son mieux pour paraître détendu, il répondit :

— Étant donné ce qui s'est passé pendant le match des Wizards, ça ne devait pas être si terrible.

— Vas-tu nier que tu as passé du temps avec elle ? Que vous avez flirté, et plus encore ?

— Tu savais déjà que nous allions nous voir. C'est même toi qui m'as demandé de la garder à l'œil, et je ne t'ai rien caché.

— N'essaie même pas de justifier ton comportement ou de me faire croire que c'est ma faute ! Je te croyais honnête. Je pensais même m'associer à toi pour t'aider à monter ton cabinet.

— Je ne justifie rien. Et je refuse de me disputer au sujet de ce que tu penses savoir sur Sasha et moi, ou de ce que quelqu'un t'a raconté. Surtout à une heure pareille.

— Je n'arrive pas à croire que je t'ai fait confiance, que j'étais motivé pour travailler avec toi !

— Dois-je en déduire que notre partenariat est tombé à l'eau ?

— Espèce de sale fils de…

— Laissons nos mères en dehors de tout ça, coupa Jake en buvant une gorgée de café.

— Tu as l'air bien sûr de toi, mais sache que je peux te détruire. Tu n'as aucune idée de ce qui va te tomber dessus !

— Linc, je ne suis pas homme à accepter les menaces. Si tu répands la moindre rumeur malveillante sur moi ou ma famille, je te promets que tu vas vite te retrouver dans une situation intenable.

Sur ce, Jake raccrocha. En colère contre Lincoln et Sasha, il résista à l'envie de lancer sa tasse contre le mur. Au lieu de ça, il alla enfiler un jogging et se rendit dans la salle de sport du manoir pour exorciser sa fureur.

Une heure et demie plus tard, il se sentit enfin assez calme pour entamer sa journée de travail. Il avait déjà reçu un texto de son assistant lui annonçant que son premier rendez-vous était annulé et envisagea de profiter de ce répit pour aller prendre son petit déjeuner dans un nouveau restaurant à la mode, mais changea d'avis et se mit en quête de sa mère. Elle était souvent dans la serre, à cette heure-ci. Avec un peu de chance, elle aurait de bons conseils à lui donner au sujet de ce qui s'était passé entre Sasha et lui.

Il la trouva au milieu de ses plantes préférées, comme il l'avait prévu. Mais elle n'était pas seule : Val était là aussi, l'air sombre.

— Bonjour, mesdames !

Mona leva les yeux et sourit.

— Bonjour, fils. Quelle bonne surprise. À quoi dois-je le plaisir de ta visite ?

— Un client a annulé son rendez-vous. J'ai donc eu envie de déjeuner avec ma mère préférée…

Il attrapa une grappe de raisins sur la table, puis salua Val.

— Bonjour, madame Baldwin.

— Bonjour, Jake, dit-elle avec un sourire un peu triste.

Jake s'assit, conscient qu'il les avait interrompues.

— Navré. Étiez-vous en train de parler de choses personnelles ? Si c'est le cas, je peux m'en aller.

Mona jeta un coup d'œil à Val, qui secoua la tête.

— Non, tout va bien, répondit celle-ci. La nouvelle que je suis venue annoncer à ta mère sera bientôt rendue publique, de toute manière. Sasha a mis fin à ses fiançailles avec Lincoln.

— Oh.

Dire qu'il était surpris aurait été bien loin de la réalité.

Même après sa discussion avec Linc, il ne s'attendait pas à entendre une telle chose et dut lutter pour rester de marbre.

— Waouh…

— Sa famille est très contrariée. Trop, si vous voulez mon avis. Sa mère a même menacé de la déshériter.

— Tu plaisantes ! s'écria Mona, clairement choquée.

— Si seulement. La pauvre fille essaie juste d'écouter son cœur. Ils devraient être fiers qu'elle ait eu le courage de dire la vérité au lieu d'accepter un mariage qui ne lui convient pas, juste pour sauver la face. Hélas, les McDowell et les Trotter ne voient pas ça de cet œil-là, et c'est bien dommage. Lincoln non plus ne s'est pas montré compréhensif, ce qui n'aide pas.

Jake fut traversé par un flot de questions auxquelles seule Sasha pouvait répondre.

— Vous aide-t-elle toujours à organiser le gala de Noël ?

— Oui. Heureusement pour elle, elle a au moins ça pour se changer les idées. Quand je me suis couchée hier soir, à plus de minuit, elle travaillait encore.

— Elle est déjà de retour ?

— Son avion a atterri hier. Elle n'aurait dû rentrer que ce matin, mais avec tout ce qui s'est passé, elle a eu besoin de s'éloigner de ses parents au plus vite.

Le chef de la famille approcha et salua Jake en souriant.

— Bonjour, monsieur Eddington. Que désirez-vous manger, ce matin ?

— Rien, merci. Je ne reste pas.

— Je croyais que tu voulais déjeuner avec nous…

Il se leva et embrassa sa mère sur la joue.

— Ça aurait été un plaisir, mais je viens de me souvenir que j'avais quelque chose d'urgent à faire.

Sur le chemin du parking, il tira son téléphone de sa

poche et appela Sasha. La colère qui l'avait habité depuis le match venait de laisser place à une inquiétude sincère.

— Sasha ? C'est moi, Jake.

— Salut, dit-elle d'une voix grave et brisée.

— As-tu pleuré ?

Un silence.

— Non.

De toute évidence, c'était un mensonge…

— Val est ici, avec ma mère. Elle nous a tout raconté.

— Tu penses sans doute que je l'ai bien cherché.

— Où es-tu ? Il faut qu'on parle.

— Je n'ai pas besoin de ta pitié, Jake !

— Es-tu chez Val ?

— Oui, chuchota-t-elle.

— Alors, ne bouge pas. J'arrive.

Peu de temps après, il se gara dans l'impasse où habitait Mme Baldwin, remonta l'allée et frappa à la porte. Il actionna la poignée. Le verrou n'était pas tiré.

— Sasha ? appela-t-il en entrant.

Un long silence répondit, puis :

— Je suis là.

Il suivit sa voix et la découvrit dans le salon, roulée en boule sur le canapé avec un plaid autour des épaules. Il s'assit près d'elle et la prit dans ses bras. Ils ne dirent rien tandis que les larmes muettes de Sasha mouillaient son costume sur mesure.

— Ma famille refuse de me parler, murmura-t-elle enfin d'une voix tendue.

— Ils sont en colère…

Elle secoua la tête et se redressa pour se moucher.

— C'est plus grave que ça. J'ai commis le pire des crimes à leurs yeux : je les ai mis dans l'embarras. Ils ont honte de moi.

— Parce que tu as quitté un homme que tu n'aimais plus ? C'est ridicule !

— Oui, mais c'est ce qu'ils ressentent. Pour mes parents, les apparences sont tout. J'ai violé le code d'honneur de la bonne société.

Elle se leva, attrapa un autre mouchoir et s'épongea les yeux avant de se camper près de la fenêtre, dos à Jake.

— Toute ma vie durant, j'ai obéi aux ordres. J'ai fait ce qu'on attendait de moi. J'ai suivi les règles. J'ai fait de mon mieux pour être la fille qu'ils voulaient et, d'une certaine manière, j'ai réussi. C'était la même chose avec mes frères. Dès ma naissance, on leur a dit qu'il fallait qu'ils me protègent et me guident. Je les aime. Ils ne font que ce que mon père leur a appris, respectant sa discipline militaire sans jamais se plaindre de son manque d'affection. TJ a même hérité de sa morale inébranlable. En grandissant, j'ai donc appris à me soumettre, à ne pas faire de vagues et à prétendre que ça m'allait. Mais le prix à payer était si élevé…

— Quel prix ? demanda Jake avec douceur.

Elle revint s'asseoir sur une chaise en face de lui.

— Moi. Mon sacrifice.

Elle lui raconta ses années de pension, sa solitude, la pression qu'on lui infligeait, le harcèlement incessant des autres élèves. Ça avait été un choc brutal, pour une fillette protégée et préservée par tous depuis son enfance.

— Que s'est-il passé quand tu en as parlé à tes parents ?

— Je n'ai abordé le sujet qu'avec ma mère, une fois. Père ne s'en serait pas soucié.

— Et qu'a-t-elle dit ?

Un sourire amer fleurit à ses lèvres.

— En gros, de serrer les dents et de ne surtout pas salir notre nom en donnant à l'école des raisons de se plaindre de moi. Mes frères et moi avons toujours été conscients de la réputation de notre père et du poids de nos actions dans l'opinion publique. Il ne fallait surtout pas que nous ralentissions son ascension en politique. Bref, quel que soit le problème, les solutions proposées par ma mère n'étaient jamais pensées pour moi mais pour protéger le statut de père et le sien.

Pendant un instant, Jake fut trop furieux pour répondre. Comment pouvait-on faire porter un tel poids à son enfant ?

— Je ne veux pas manquer de respect à ta mère, commença-t-il enfin, mais je peux t'affirmer que toutes ces inquiétudes futiles ne valent rien. Ce sont tes sentiments qui comptent. Ce qui t'est arrivé était grave et n'aurait pas dû être ignoré. Tu es plus importante que la politique ou l'opinion des gens. Et si personne ne te l'a jamais dit, maintenant c'est fait.

Elle sourit de nouveau, d'un air plus convaincu.

— Merci, Jake. Je ne suis pas sûre de te croire, mais c'est agréable à entendre.

— J'ai aussi autre chose à te dire. Une chose plus désagréable…

— Oh ! non. Je ne suis pas sûre d'avoir la force de supporter des mauvaises nouvelles supplémentaires.

— Je sais, mais je dois t'en parler. Linc m'a appelé.

— Quand ?

— Ce matin.

Jake lui résuma leur conversation et lui décrivit la colère de Lincoln, sans prendre la peine de répéter ses menaces.

— Quoi qu'on puisse lui dire, il me tient pour responsable de votre rupture. Il prétend que tu lui as tout raconté…

— Je lui ai parlé de la fête de Trenton, mais pas de… l'autre chose.

— Il n'est pas au courant que nous avons couché ensemble.

— Non, et même s'il l'apprenait, je l'avais déjà quitté quand c'est arrivé. Je ne t'avais même pas croisé, à l'époque, et il le sait. Il laisse juste parler sa frustration.

Jake passa la main sur sa joue fraîchement rasée. Comment avait-il pu se retrouver mêlé à cette affaire si compliquée ? Et pourquoi ce drame avait-il dû arriver maintenant, alors qu'il était sur le point de lancer sa firme et allait devoir passer les six prochains mois à voyager pour consolider son réseau ? Il n'avait pas peur de Lincoln, bien sûr ; mais la moindre rumeur à son sujet risquait de décourager des investisseurs ou des clients potentiels. Il allait devoir passer son temps à éteindre l'incendie plutôt qu'à travailler.

Son téléphone sonna, lui rappelant qu'il avait une réunion. Il aurait voulu discuter de tant de choses avec Sasha, mais le temps lui manquait. Et il devait réfléchir à la suite…

— C'est le travail, dit-il. Je dois y aller. Est-ce que tu te sens mieux ?

— Un peu, répondit-elle en se levant à sa suite. Merci d'être passé.

Il l'enlaça et elle se nicha au creux de ses bras, la tête posée sur son épaule. En dépit du chaos qui les entourait, cet instant parut parfait à Jake. Il en voulait toujours à Sasha de lui avoir menti, mais commençait à apprécier l'honnêteté dont elle avait fait preuve depuis. En apprendre plus sur son passé l'aidait à comprendre pourquoi elle avait agi ainsi. Cela n'excusait pas ses choix, ni ne les justifiait ; mais ça lui permettait de voir les choses de son point de vue. Il sentit qu'il était à sa place ici, pour la réconforter, et qu'elle était faite pour se lover contre lui. C'était presque comme si une main invisible écrivait leur histoire à leur place. Plus tard, ils parleraient de tout ce qui s'était passé entre eux et des conséquences que cela risquait d'avoir. Pour le moment, en revanche, Sasha avait besoin d'être soutenue – pas jugée. Elle avait besoin d'amis et pas d'adversaires. Elle avait besoin d'un héros… Et Jake était là pour tenir ce rôle. Seul le temps leur dirait s'ils avaient raison ou tort.

# - 15 -

Sasha n'avait jamais été aussi reconnaissante d'avoir du travail et remerciait intérieurement les amies de Val qui avaient accepté l'ensemble de ses suggestions concernant la collecte de Noël et le gala de charité. Tous ces préparatifs lui prenaient assez de temps pour l'empêcher de penser au tour dramatique que sa vie avait pris. Ses journées étaient bien remplies et passaient vite. Elle n'eut pas le loisir de songer à la perte de l'amour de ses parents ou aux textos agressifs de Linc. Elle n'eut pas l'occasion de s'interroger sur ses sentiments de plus en plus intenses pour Jake. Ils ne s'étaient pas revus depuis qu'il était passé chez Val pour la consoler, mais il l'appelait chaque jour.

Alors qu'elle pensait à lui, justement, son portable se mit à sonner et elle répondit, le sourire aux lèvres.

— Bonjour, monsieur Eddington.

— Bonjour, mademoiselle McDowell.

— Je n'ai pas vraiment le temps de discuter, ce matin, mais je peux bien t'accorder quelques minutes…

— Je suis honoré.

— À raison.

— Tu sembles aller mieux.

— Oui, en effet. Je souffre toujours, je suis toujours triste, mais la vie continue.

— C'est comme ça qu'il faut le voir. Qu'as-tu prévu de faire, aujourd'hui ?

— J'ai rendez-vous avec Reign. Elle a promis de me présenter à ses connaissances, pour m'aider. Son amie London, le mannequin qui a épousé le couturier…

— Ace Montgomery, acheva-t-il pour elle. Je les connais.

— Elle a accepté ma demande de dernière minute et va nous aider à mettre sur pied un programme destiné à apprendre aux bénéficiaires de la collecte comment se mettre en valeur pour trouver du travail. C'est très excitant. Je suis sûre qu'elle saura booster leur confiance ! Je dois aussi rencontrer le directeur d'une école d'hôtellerie, un homme qui gère plusieurs sites Internet et…

Elle jeta un coup d'œil à son agenda.

— Et téléphoner à quelques agences de communication, pour convier leurs clients au gala. Ensuite, avec un peu de chance, je pourrai faire une pause pour déjeuner.

— Ha ! Tout ça avant midi ? Je ferais mieux de te laisser travailler, dans ce cas.

— Ne t'en fais pas. Tu étais aussi sur ma liste du jour.

— Pour quelle raison ?

— Nous sommes tous les deux très occupés, en ce moment, et je voulais t'inviter à dîner ce week-end pour te remercier d'être venu me consoler lundi. J'aimerais aussi parler de tout ce qui s'est passé depuis que je suis arrivée à la Pointe.

— C'est envisageable.

— Parfait. Vendredi ou samedi ?

— Laisse-moi vérifier mon planning, et je te rappelle.

— OK. Et… Jake ?

— Oui ?

— Merci d'avoir téléphoné. J'apprécie beaucoup ta prévenance.

— Aucun problème. Linc n'a peut-être plus envie de

m'adresser la parole, mais je tiens tout de même à protéger son ex-fiancée.

La mention de Lincoln assombrit l'humeur de Sasha. Elle n'avait toujours pas reçu de nouvelles de sa famille et ses frères lui manquaient beaucoup. Avant de se remettre au travail, elle décida d'appeler TJ.

— Allô ? lança une voix crispée dans l'écouteur.

De toute évidence, il lui en voulait encore…

— Salut, TJ. Je suis contente que tu m'aies répondu, cette fois.

— J'ai hésité. Tu t'es vraiment plantée en beauté, Sasha. Lincoln ne méritait pas d'être traité comme ça. Quelle mouche t'a piquée ?

— Je sais que ma décision vous a paru soudaine et irrationnelle, l'autre jour ; mais ce n'était pas notre première rupture, juste la dernière. Crois-moi, Linc et moi avons souvent parlé de mes doutes concernant notre histoire.

— Alors, pourquoi as-tu prétendu que vous étiez toujours ensemble ? Tu portais encore sa bague, bon sang !

— C'était son idée, pas la mienne. Je l'ai fait parce qu'il… me l'a demandé, et parce que je savais ce qui se passerait si je me montrais devant vous sans elle. Votre réaction, à tous, est exactement ce que je craignais : vous avez pris le parti de Lincoln sans même penser à moi. Comme d'habitude, vous vous souciez plus des apparences que de mon bonheur.

— N'essaie pas de te faire plaindre, petite sœur. Tu n'es pas la victime, dans cette affaire. Tu es en couple avec Linc depuis quatre ans, et tu le plaques sans prévenir après avoir passé quelques semaines à Chicago avec ce bon à rien de Jake Eddington qui collectionne les femmes comme des timbres ! Jamais je n'aurais pensé que tu serais assez naïve pour te laisser berner par un type comme lui.

Une unique larme roula sur la joue de Sasha. Elle la laissa tomber et en ravala une autre.

— Tu sais quoi, TJ ? Tu es mon frère et je t'aime. Mais nous ne nous connaissons plus. Tu te souviens de la petite fille à laquelle tu donnais des ordres et qui était incapable de prendre la moindre décision. Tu n'as jamais pris la peine de t'intéresser à la femme que je suis devenue. Contrairement à ce que toute la famille pense, je suis intelligente et j'ai mûrement réfléchi cette décision. J'ai pesé toutes les options et j'ai agi en conscience. Préférerais-tu que je me condamne à un mariage sans amour, juste pour protéger les apparences ? Te soucierais-tu davantage de mon malheur, ou de l'opinion du public ?

— Tu parles de Lincoln comme s'il était un criminel. C'est un homme bon, Sasha. Un frère pour Brandon et moi.

— Exactement. C'est aussi ce que je ressens pour lui : je le vois comme un frère, pas un époux. Nous n'avons pas commencé à sortir ensemble parce que nous nous plaisions, tu sais. Nous l'avons fait parce que c'était ce que vous attendiez de nous. Je pense qu'il a fini par tomber amoureux de moi, au fil du temps. Hélas, cet amour n'est pas réciproque.

— Sors-tu avec Jake ?

Sasha réfléchit quelques instants avant de répondre.

— Non, mais je l'apprécie beaucoup.

— C'est bien ton problème, petite sœur. Tu ne sais pas ce que tu veux !

— Je sais que je ne veux *pas* passer ma vie avec Lincoln. Nous nous sommes séparés avant mon départ pour la Pointe du Sable. Jake n'est pas responsable de mon choix. D'ailleurs, c'est un homme bon aussi. Si tu ne le pensais pas, tu ne lui aurais pas demandé de veiller sur moi.

TJ eut un petit rire amer.

— Ni Linc, ni moi ne commettrons cette erreur de nouveau.

— Tu n'auras pas à le faire. Je suis capable de me débrouiller. S'il te plaît, dis à mère que je l'aime et qu'elle me manque. J'espère qu'elle me rappellera bientôt, conclut-elle avant de raccrocher.

Certes, ce fut désagréable, mais elle était heureuse d'avoir pu parler à son frère. Cette courte discussion lui donna l'impression de ne pas être une paria, rejetée par tous ceux qu'elle aimait.

Ce soir-là, elle dîna avec Val, qui l'aida aussi à y voir plus clair.

— On n'a qu'une vie, Sasha, lui dit-elle. Tu dois construire la tienne comme tu l'entends. Personne ne peut prendre ce genre de décisions à ta place, et personne ne le devrait. Ne l'oublie jamais.

Le week-end arriva. Étant donné que les préparatifs du gala étaient presque achevés, Val et ses amies s'offrirent quelques jours de détente au spa de l'hôtel Bouvó, un établissement de luxe à la sortie de Chicago. Elle invita Sasha, qui déclina. Elle avait d'autres projets. À commencer par un repas avec Jake. Il l'avait rappelée pour lui confirmer qu'il était libre le vendredi soir. Elle s'habilla donc avec beaucoup de soin d'un sweat-shirt très court et doré associé à un pantalon large à rayures, et d'un long manteau en cuir noir pour se protéger du froid. Ses cheveux, fraîchement lavés, gardèrent leurs boucles naturelles. Elle opta pour un maquillage simple, mais céda à l'envie de porter un gloss pailleté et un fard à paupières noir en l'honneur de cette soirée si spéciale. Jake avait insisté pour passer la prendre et refusait de lui dire où ils allaient. Lorsqu'il arriva, à 19 h 30, vêtu d'un trench-coat en cuir digne de

*Matrix* et d'un pantalon de laine noire, elle comprit que leur destination importait peu. Tout ce qu'elle voulait, c'était être avec lui.

Une fois dans la voiture, il lui jeta un coup d'œil intrigué.

— Quoi ?

Il pencha la tête et inspira profondément.

— Jake ! Que fais-tu ?

— Tu portes le parfum que tu avais le soir du bal…

— Oui, répondit-elle, surprise.

— As-tu évité de le mettre depuis, de peur que je devine que tu étais la tigresse ?

— Plausible, mais non. J'en avais mis un peu avant de prendre l'avion, mais j'avais oublié le flacon chez moi et j'ai dû emprunter ceux de Val. Tu as une bonne mémoire.

— Il y a certaines choses que l'on n'oublie pas.

Sa voix sensuelle sous-entendait qu'il ne parlait pas que de son parfum. Sasha se souvenait aussi de chaque instant de cette unique nuit d'amour et, maintenant qu'elle était officiellement célibataire, elle avait hâte de goûter de nouveau à cette alchimie.

— J'ai appelé TJ, dit-elle.

— Comment ça s'est passé ?

— Comme je m'y attendais. Ma famille n'a pas l'air de comprendre que je veux être amoureuse de l'homme avec qui j'envisage de me marier.

— Ils comprennent. Mais ça contrarie leurs projets.

— J'espère qu'ils s'en remettront d'ici le week-end prochain. Je ne veux pas qu'ils ternissent le gala.

— Ont-ils prévu de venir ?

Cette question la troubla. Elle avait hâte de les revoir et, en dépit de ce qui s'était passé, n'imaginait pas qu'ils puissent renoncer au dernier moment.

— Ma mère, TJ et sa copine sont invités. Oh ! Seigneur ! La mère de Linc aussi doit y assister !

— Penses-tu qu'elle sera là ?

— Je ne sais pas. Il faut que je l'appelle… et que je m'assure de placer ta maman et tes sœurs très loin d'elles, à table.

— Ne t'en fais pas. Elles ne laveraient jamais leur linge sale en public. Par contre, si elles se croisent aux toilettes…

— Ça pourrait poser problème ?

— D'après mon père, Mona n'a jamais eu la langue dans sa poche.

Sasha rit malgré elle.

— Quoi ? L'idée de voir ma mère se crêper le chignon avec quelqu'un t'amuse ?

— Non, admit-elle. Je pensais à la mienne, et ce ne serait pas un beau spectacle !

— On dirait que tu as encore des soucis à régler…

— Ouais, soupira-t-elle.

— TJ a-t-il parlé de moi ?

— Oui.

— Qu'a-t-il dit ?

— Je préfère ne pas le répéter.

À sa grande surprise, Jake éclata de rire à son tour.

— TJ a toujours été un connard… Sans vouloir t'offenser. Je ne lui en veux pas, pas plus qu'à Linc. Si jamais je soupçonnais un type de tourner autour de ma sœur ou de ma copine, je réagirais sans doute de la même manière.

En l'entendant prononcer le mot « copine », Sasha se sentit fondre de l'intérieur.

— Quel sac de nœuds !

— C'est la vie, ma belle.

Ils arrivèrent au restaurant et s'installèrent à table. Après avoir passé commande, Sasha reprit la parole.

— Jake, nous en avons déjà parlé, mais je tiens à m'excuser encore une fois pour t'avoir menti. Ce qui s'est passé au bal n'était pas prévu et, quand j'ai compris qui tu étais, j'aurais dû te dire la vérité. Je ne regrette rien de ce qui est arrivé entre nous, mais la manière dont j'ai géré la situation ensuite n'était pas juste. C'était malhonnête.

Elle soutint son regard et y vit une tendresse sincère.

— Si c'était à refaire, je ne commettrais plus cette erreur. Penses-tu pouvoir me pardonner ?

— Pardonner n'est pas oublier, tu sais.

Elle acquiesça.

— J'aurais aimé que tu me dises tout au brunch, quand je t'ai interrogée. Néanmoins, je ne pense pas que tu voulais faire du mal à qui que ce soit. Tu imaginais sans doute avoir pris la bonne décision, sur le moment. Cette affaire est compliquée, mais oui : je te pardonne.

— Merci, monsieur Eddington.

— De rien, mademoiselle McDowell.

La conversation fut plus légère après ça et se poursuivit pendant tout le repas.

— Veux-tu un dessert ? demanda enfin Jake.

— Non merci, je n'en peux plus. Peut-on en commander un à emporter ?

— Bien sûr.

Ils quittèrent le restaurant et Sasha fut ravie que Jake lui propose une petite promenade à travers la ville. Elle n'avait pas envie que cette soirée se termine. Chicago offrait un spectacle fascinant, de nuit – surtout depuis le confort d'une voiture de luxe. Ils passèrent le long de Lake Shore Drive, de la rivière, du Millenium Park et de toutes les attractions touristiques locales. Jake lui montra l'immeuble que Cayden avait offert à Avery pour qu'elle installe son entreprise au rez-de-chaussée. Ils aperçurent les stades et la Willis Tower, le bâtiment le plus haut de Chicago. Lentement, la radio abandonna les classiques de hip-hop pour diffuser des chansons d'amour R&B. L'attraction entre Jake et Sasha devint plus palpable, même s'ils n'en parlèrent pas.

— Je ferais mieux de te raccompagner, dit-il enfin. Je ne voudrais pas que Val s'inquiète pour toi.

— Ne t'en fais pas. Elle a décidé de passer le week-end au spa pour se détendre avant le gala de la semaine prochaine.

— Hmm.

— Bonne idée, non ?

— En effet.

Rendue plus hardie par cette soirée, Sasha murmura :

— Je pourrais avoir besoin d'un massage, moi aussi.

— Essaies-tu de m'inviter à poursuivre cette soirée ?

Elle soupira.

— Hélas, je ne serais pas surprise d'apprendre que Linc me fait suivre par un détective privé. Il est mauvais perdant et peut être agressif quand il souffre.

— Je m'en suis déjà rendu compte.

— Comment ?

— Il m'a menacé, répondit-il sans rentrer dans les détails. J'espère pour lui qu'il n'a pas l'intention de ternir ma réputation. Je me moque de ce que les gens peuvent penser de moi personnellement mais, en affaires, les apparences sont essentielles.

— Jake, je suis vraiment désolée de t'avoir entraîné dans cette affaire.

— Ce n'est pas ta faute.

— Pas entièrement. Mais tout de même…

— Si j'avais su que tu étais la tigresse, je ne t'aurais jamais suivie dans cette chambre.

— Le regrettes-tu ?

— J'aurais juste aimé que la situation soit différente. Le cabinet que j'essaie de créer compte beaucoup pour moi. J'aime ma famille et je suis fier de mon héritage, mais j'ai besoin de bâtir quelque chose de différent, sans m'appuyer sur ce qu'a fait mon père… Nous vivons dans un tout petit monde. Ton père et moi sommes membres de la Société de Ma'at, tout comme M. Trotter. Nous naviguons dans les mêmes cercles. Si jamais Linc décide de dire à tout le monde que j'ai couché avec sa fiancée et que j'ai brisé son couple, ça aurait un impact sur moi et toute ma famille.

— Mais je n'étais plus sa fiancée quand c'est arrivé.

— Oui. Seulement, de nos jours, la vérité compte peu. Seule la perception importe. Il suffit de répéter un mensonge souvent et longtemps pour que les gens finissent par y croire. Je ne suis pas déçu de ne pas travailler avec Linc, au fond. Même sans cette affaire, le simple fait de voir comment il se comporte en situation de stress aurait suffi à me dissuader. Il a de grandes qualités, mais personne ne veut s'associer avec une tête brûlée. Ce qui se passe entre nous, par contre, est plus difficile à ignorer. Tu es belle, intelligente, gentille. Dans une autre réalité, je n'hésiterais pas à me jeter sur toi, chérie. Mais après tout ce qui s'est passé depuis que nous nous sommes revus, je ne pense pas que le moment soit venu pour nous. Je sais que c'est dur à admettre, ça n'en est pas moins vrai.

# - 16 -

Ces dernières paroles hantèrent Jake durant toute la semaine qui suivit. Il avait renoncé à elle, et c'était sans doute la chose à faire ; mais ça le démoralisait. Peu à peu, il commença à douter de la sagesse de sa décision. Était-il réellement obligé de sacrifier son désir le plus cher ?

Avec l'approche du gala, Sasha n'avait plus le temps de le voir ou de lui parler au téléphone. Ils ne communiquaient plus que par de rares textos. Elle lui manquait et il ne voulait pas la remplacer par qui que ce soit d'autre. Bref, son incapacité à suivre son cœur devenait un sérieux problème. Et Jake Eddington était réputé pour son talent de négociateur. Au travail, il surmontait toutes les épreuves sans peine. Hélas, résoudre un dilemme qui touchait à la fois à sa vie privée et à sa carrière risquait d'être bien plus compliqué.

Arrivant devant la station du voiturier, il s'efforça de repousser ces inquiétudes. Il sortit de son véhicule d'un pas léger et passa la porte du country club de la Pointe du Sable. À l'intérieur, une foule endimanchée, portant pléthore de bijoux et savourant du champagne, était déjà présente. Il traversa le hall bondé, cherchant Sasha des yeux, et ne s'arrêta que pour saluer quelques connaissances.

— Waouh ! Grand frère, tu es magnifique !

Il se retourna et vit Reign s'approcher de lui.

— Tu n'es pas mal non plus, répondit-il en prenant sa

main pour la faire tourner sur elle-même. As-tu trouvé cette robe lors du défilé de l'autre jour ?

— Oui. C'est une création d'Ace.

Toute la ville semblait s'être réunie ici pour le gala de Val et la liste des invités rassemblait certains des noms les plus connus de la haute société. L'ensemble du clan Eddington était venu soutenir l'initiative. Derrick avait même retenu plusieurs tables pour ses clients les plus riches et ses cadres.

— Où est Sasha ? demanda Jake en examinant la foule.

— Elle doit se trouver quelque part…

— Comment va-t-elle ?

— Sa famille n'est pas venue. Ça doit être dur. Elle sourit, mais je suis sûre qu'elle a le cœur brisé. Grâce à ses efforts, la collecte de dons a été un grand succès. Toute la ville semble ravie d'avoir pu assister à la distribution des cadeaux. Les ateliers de développement personnel étaient extra et se poursuivront demain. Apparemment, Mme Baldwin a déjà demandé à Sasha de l'aider de nouveau l'an prochain.

— Je suis content de savoir que cette journée s'est bien passée. Quel dommage que sa famille ne soit pas venue la féliciter…

— Je suis bien d'accord. Elle a fait un travail remarquable et peut être fière de ce qu'elle a accompli. Elle sera sans doute ravie de t'en parler. D'ailleurs, elle a aussi été honorée par le maire qui lui a offert les clés de la ville – sans doute sous l'impulsion de Val mais, d'après ce que j'ai vu, c'est mérité. Cette marque de reconnaissance a dû lui remonter le moral. Elle est contente de nous voir, mais notre présence ne remplace pas celle de ses parents. Je n'arrive pas à croire qu'ils la rejettent aussi brutalement, juste parce qu'elle veut vivre comme elle le désire. C'est absurde.

— Qu'est-ce qui est absurde ?

Cayden et Avery venaient de les rejoindre.

— La réaction des parents de Sasha, expliqua Jake. Ils avaient réservé une table pour le gala, mais ne sont pas venus. La famille de son ex non plus.

— Y a-t-il assez de convives pour occuper leurs sièges ? demanda Avery. Parce que je peux contacter du monde en deux minutes et remplir toutes les tables.

— Merci beaucoup, répondit Reign. Les amies de Mme Baldwin ont déjà téléphoné à quelques organismes pour les inviter à la dernière minute. Les jeunes femmes que tu vois là-bas sont super excitées de servir de bouche-trou.

— De bouche-trou ? Hilarant ! gloussa Avery.

— Ah, voilà Trenton, près du bar. Je crois que je vais aller me chercher un verre de vin…

— Je t'accompagne.

Les deux femmes s'éloignèrent et Cayden se tourna vers Jake.

— Alors ? Tu penses que ta copine va se remettre ?

Sasha n'était techniquement pas sa « copine », mais Jake ne corrigea pas son ami. Au contraire, l'idée lui plut.

— Elle est forte. Je pense qu'elle se sentira mieux que jamais, avec le temps.

— Quand rentre-t-elle à Washington ?

— Je crois qu'elle n'a pas encore prévu son retour.

— Avery adorerait la voir rester ici.

— Je suis sûr que Mme Baldwin partage son sentiment, répondit Jake.

— Si jamais elle décidait de passer plus de temps dans la région et de chercher un appartement, préviens-moi. Celui de ma mère est vide, tu sais. Elle y serait la bienvenue.

— Ta mère ne l'a-t-elle pas inscrit sur Airbnb ?

— On peut le retirer.

— Merci, vieux. Je lui en parlerai.

Soudain, le regard de Cayden se concentra sur quelque chose, derrière Jake.

— En parlant du loup…

Il se retourna et son cœur s'emballa. Sasha ressemblait à un ange. Sa robe blanche à paillettes, dévoilant une de ses épaules, la distinguait de la foule. D'ailleurs, elle lui aurait fait le même effet si elle avait porté un simple jean. Ses cheveux étaient rassemblés en chignon, laissant quelques mèches flotter sur ses épaules, et sa peau laiteuse semblait appeler les caresses. Cet ange avait le don de réveiller le démon en lui… Il la rejoignit et l'enlaça.

— Jake ! chuchota-t-elle. Calme-toi un peu…

— Pourquoi ? Ta famille n'est pas là.

Le regard de Sasha s'assombrit et il regretta immédiatement sa maladresse.

— Désolé. C'était indélicat de ma part.

— Hélas, c'est la vérité, répondit-elle avant de retrouver son sourire. Quelques membres de la sororité de Val sont venues de Baltimore, près de la capitale, et je suis sûre que mes parents entendront bientôt un compte rendu de tout ce qui se sera passé ici. Je ne veux pas que le canyon qui s'est creusé entre ma famille et moi s'élargisse davantage.

— En tout cas, tes parents ne savent pas ce qu'ils perdent. Tu es absolument fabuleuse, ce soir.

Son regard se mit à pétiller.

— Merci.

— Je crois que tu mérites aussi des félicitations. Notre maire ne distribue pas des récompenses à n'importe qui.

Il vit ses joues s'empourprer de fierté.

— J'ai été surprise, mais très heureuse. J'ai travaillé dur

pour faire de ce gala un événement majeur. Voir que mes efforts sont enfin reconnus signifie énormément pour moi.

— Peut-être est-ce le début d'une longue suite d'honneurs.

— Nous verrons bien.

— Es-tu toujours officiellement au travail ?

— Techniquement, non. La société d'Avery s'est chargée de planifier la soirée pour nous. Val et moi sommes enfin libres de nous amuser, après le marathon de ces dernières semaines.

— Dans ce cas, allons chercher du champagne pour trinquer à ta réussite.

Ils n'eurent hélas pas le temps d'achever ce premier verre avant que Val ne vienne chercher Sasha pour la présenter à certains invités de marque. Jake eut à peine l'occasion de lui parler de nouveau durant le reste de la soirée. À chaque fois qu'il l'apercevait, de nouvelles personnes l'accaparaient – dont certains des célibataires les plus convoités de la ville, à son grand regret. Néanmoins, il tenta de s'amuser en compagnie de sa famille et de quelques amis présents. La seule personne avec qui il avait vraiment envie de parler était dans la même salle que lui, mais elle lui paraissait si inaccessible qu'il eut du mal à profiter de la fête. Enfin, aux alentours de minuit, tandis que le gala touchait à sa fin, il la vit assise à une table, en train d'écrire un texto. Il bondit sur cette opportunité de l'avoir enfin pour lui seul.

— Tu es très populaire, dit-il en s'asseyant près d'elle.

Il prit soin de ne pas trop rapprocher sa chaise, conscient qu'on pouvait encore les observer. Il ne voulait ni mettre son futur cabinet de conseil en danger, ni causer de nouveaux ennuis à Sasha.

— J'ai l'impression que des noms de personnes et d'organismes caritatifs dansent la java sous mon crâne…

— Rassure-toi, ton trouble ne se voit pas.

— Je ne peux pas me permettre de paraître mal à l'aise.

— Ne laissons jamais personne voir notre terreur.

— Mon cher, répondit-elle en adoptant un ton précieux, les gens comme nous ne sont jamais terrifiés. Nous sommes juste un peu ébranlés, et toujours en privé.

— Laisse-moi deviner… Une imitation de ta mère ?

— La seule et unique Mme Pamela Renee Johnson McDowell en personne.

— Je pourrais dire que j'ai hâte de la rencontrer, mais…

— Tu ne veux pas mentir ? Je comprends. Je l'aime, mais elle est la digne héritière de ma grand-mère, qui naviguait dans les hautes sphères de l'élite de Harlem. Comparée à elle, mère passerait presque pour une roturière. On lui a enseigné dès la naissance à adopter les traditions de la bonne société, comme elle a tenté de le faire avec mes frères et moi. Elle ne s'était pas attendue à avoir une rebelle à la maison…

— Et tu ne pensais sans doute pas en devenir une.

— Bien au contraire ! dit-elle en étouffant un bâillement.

— Tu as l'air épuisée.

— Je le suis.

— Ai-je la moindre chance de te convaincre de me laisser te raccompagner, voire même t'offrir un bon café en route ?

— Pas ce soir, Jake. Je suis debout depuis près de vingt-quatre heures et j'ai encore quatre ateliers à organiser demain. Quand ce sera fini, je pourrai enfin me détendre et passer une bonne nuit.

— Lundi, alors ? Je te propose de t'inviter pour le déjeuner. Il y a encore certaines choses dont j'aimerais te parler.

— Ça me semble envisageable, mais je vais devoir consulter Val d'abord. Certains de ses invités comptent passer quelques jours en ville et elle pourrait m'inclure dans ses plans.

— Quand rentres-tu à Washington ?

Une ombre furtive passa dans son regard.

— Je ne sais pas.

— Tout ce qui m'importe, c'est d'avoir une chance de discuter avec toi avant ton départ.

— Envoie-moi l'adresse du restaurant auquel tu penses pour lundi, et je te préviendrai si je peux venir.

Jake aurait voulu l'enlacer de nouveau mais, en se levant, il se contenta de poser la main sur son épaule. Puis, ne voyant plus sa famille dans la salle, il décida de rentrer.

Hélas, la nuit fut longue et agitée. Il se retourna dans son lit, sans trouver le sommeil, le corps en feu. Il voulait sortir avec Sasha, mais ne se trouvait pas en mesure de le faire sans s'attirer les foudres de Lincoln et des McDowell. Ni elle, ni lui n'avaient besoin de problèmes supplémentaires… Avec tout ce qui allait se jouer dans les prochains mois, la création de son cabinet et les efforts de Sasha pour se réconcilier avec ses parents, pouvaient-ils réellement prendre le risque d'écouter le désir ardent qui les rapprochait ?

# - 17 -

Val avait bel et bien des projets pour le lundi. Afin de remercier le comité qui avait travaillé dur sur la collecte avant même l'arrivée de Sasha, elle avait loué un bus de luxe pour emmener ses hôtes dans l'élégant centre commercial de Pleasant Prairie, au Wisconsin voisin, où les plus grandes marques proposaient des prix alléchants sur tous leurs produits. Pendant le trajet, toutes ces dames purent savourer des déjeuners gourmets provenant du restaurant indien préféré de Val, du vin pétillant et des cocktails sans alcool, tout en écoutant de la musique. Sasha fut du voyage, et elle apprécia cette escapade plus qu'elle l'aurait cru. Elle avait tant eu besoin d'une petite pause !

Elle avait été seule presque toute sa vie, à l'exception d'une ou deux amies proches pendant ses études. Elle n'avait jamais connu le genre de sororité qu'elle voyait chez Avery et Reign, ou entre Val et ses compagnes du comité. Travaillant ensemble depuis des années, elles se connaissaient intimement. Elles étaient grands-mères, mères, filles ou amies, et n'hésitaient pas à parler librement, exposant leurs opinions sans peur du jugement. Elles riaient, répétaient des potins au sujet des célébrités du pays… Si Sasha ne partagea avec elles aucun détail au sujet de sa vie, elle les écouta avec attention, baignant dans cette ambiance bienveillante et légère.

Un seul nuage vint ternir cette journée. Elle n'avait

toujours pas reçu de nouvelles de sa famille. Même si Pamela n'avait pas non plus appelé Val, elle avait des yeux partout. Sans doute était-elle déjà au courant du succès du gala et de la récompense remise à sa fille par le maire. Son silence était si douloureux… Ses parents tenaient-ils tant à lui imposer la vie qu'ils avaient planifiée pour elle ? Étaient-ils donc incapables de l'aimer telle qu'elle était et de se sentir fiers de sa réussite ?

Ce soir-là, alors qu'elle savourait une tisane, bien au chaud sous un plaid, avec sa marraine, Val annonça :

— J'ai parlé à ta mère.

Choquée, Sasha reposa sa tasse.

— Je ne savais pas qu'elle t'avait téléphoné.

— Elle ne l'a pas fait. C'est moi qui l'ai appelée. Tu es ma filleule et je tenais à lui dire ce que je pense de son comportement odieux, à quel point je suis fière de ce que tu as accompli et quelle magnifique opportunité de voir leur fille briller ils avaient manquée en refusant de venir au gala.

Un flot de gratitude emplit le cœur de Sasha.

— Tu lui as vraiment dit tout ça ?

— Oh oui, et bien plus encore. Nous nous connaissons depuis l'adolescence, et je sais un certain nombre de choses à son sujet que les autres ignorent. Je lui ai rappelé certaines situations et émotions qu'elle a pu ressentir quand elle avait ton âge et qu'elle semble avoir oubliées. Elle peut intimider le monde entier, mais pas moi.

— Comment a-t-elle réagi ?

— Elle était sur la défensive, mais elle m'a écoutée. Au fond d'elle, elle sait que j'ai raison. Je lui ai aussi déclaré qu'elle devait te parler dès que possible et entendre ton ressenti sans te juger.

— Penses-tu qu'elle le fera ?

— Seul l'avenir nous le dira. En attendant, tu es la bienvenue chez moi, aussi longtemps que tu le souhaites. Tu as tenté plusieurs fois de te réconcilier avec ta famille et tu as été rejetée. Maintenant, la balle est dans leur camp.

Cette discussion aida Sasha à remonter la pente. Au lieu de se lamenter, elle réfléchit à un avenir qui n'inclurait pas ses parents ou Washington. Sur les recommandations d'Ivy, elle consulta une thérapeute holistique. La séance dura deux heures. Elle lui parla de son complexe d'infériorité, des attentes de sa famille et du traumatisme qu'elle avait vécu en pension, à des milliers de kilomètres de chez elle. Elle s'ouvrit aussi au sujet de Lincoln, de Jake et des conséquences de sa rupture. La thérapeute l'écouta en silence, prenant des notes, puis lui livra quelques suggestions – en particulier, entamer un journal pour y déverser ses émotions et planifier le futur qu'elle désirait. Ce fut étrangement libérateur. Quelques jours plus tard, elle avait déjà pris plusieurs décisions importantes. Elle allait écrire une dernière lettre à ses parents et ses frères, un ultime rameau d'olivier de sa part, avant de suivre les conseils de Val et de les laisser revenir vers elle. De son côté, elle prévoyait de rester en Illinois pour le moment. Val lui offrit sa chambre d'amis, mais elle préféra chercher un logement en location. Et, plus important encore, elle allait cesser de se raccrocher à son passé. Dans deux mois, son père organiserait sa collecte de fonds annuelle pour la campagne présidentielle et elle souffrirait de ne pas être incluse. Elle allait manquer l'excitation des préparatifs, un rendez-vous incontournable pour toute la famille. Ces fêtes données par son père étaient toujours grandioses et des artistes de premier plan s'y produisaient. Le lieu, le menu, le programme étaient toujours impressionnants ; et c'était, aux yeux de Sasha, l'un des rares avantages à être une fille d'ambassadeur. Mais, pour la première fois depuis son retour de Suisse, il se pouvait qu'elle soit absente. Elle n'appellerait pas sa famille et ne s'offrirait pas une invitation à six chiffres pour la soirée – ses finances ne lui permettaient plus de dépenser une somme aussi exorbitante. Au lieu de ça, elle décida de rentrer à Washington pour le week-end et de vider l'appartement que ses parents lui avaient autrefois acheté. Sous deux jours, toute sa vie serait transférée à Chicago. Elle téléphonerait aussi à Ruthanne pour lui demander de manger avec elle. Elle avait toujours respecté la mère de Linc, et celle-ci méritait une explication en privé. Enfin, quand tout ceci serait fait, elle s'autoriserait un instant de vulnérabilité en ouvrant son cœur à Jake. Elle ne pouvait pas encore parler d'amour, mais ce qu'elle ressentait pour lui était plus profond et plus fort que tout ce qu'elle avait éprouvé jusqu'à présent… Elle le désirait, elle aimait sa compagnie. Son intelligence. Son style. Sa classe. Elle voulait passer plus de temps avec lui et avait hâte de le lui faire savoir.

À la fin de la semaine suivante, elle avait écrit ses lettres. Si elle attendait nerveusement les réponses, un poids s'était néanmoins envolé de ses épaules. Elle avait informé sa famille qu'elle comptait rester à Chicago et passer les fêtes avec Val, ainsi que sa fille Valencia qui venait de rentrer et resterait chez elle quelques semaines. Jake avait passé son temps à voyager, pour son cabinet et Eddington Enterprise. Ils avaient échangé de nombreux textos, mais avaient peu parlé. Sasha était heureuse qu'ils aient réussi à garder le contact malgré tout. Jake, lui, se montrait plus réservé. Un flot de questions en suspens les séparaient encore. Elle voulait apprendre à mieux le connaître… Pourvu que sa curiosité soit réciproque.

Noël fut différent, cette année-là, mais agréable. La douleur d'être loin de sa famille fut apaisée par un appel vidéo très long et chargé en émotion. Les Trotter étaient à la Barbade, lui annonça TJ sans qu'elle l'interroge. Les McDowell, eux, s'étaient contentés de se rassembler en petit comité. Nul ne le dit, mais il était clair que leur clan n'était pas au complet : elle leur manquait. Brandon tourna la caméra vers une pile de cadeaux.

— Pour ton retour, déclara-t-il.

Chez Val, les filles restèrent entre elles. Sasha n'avait pas vu Valencia depuis près de dix ans mais, en dépit du sérieux de sa profession, la docteure était amusante, au fait des actualités mondiales comme des derniers potins mondains, et sut les faire rire. Elles se lièrent un peu plus en préparant le repas avant d'ouvrir leurs présents. Pendant toute cette journée, Sasha songea à Jake. Ils s'étaient envoyé un message le matin pour se souhaiter un joyeux Noël, mais elle était un peu déçue qu'il ne l'ait pas appelée. Sans doute était-il occupé avec sa famille. Après le dîner, elle décida qu'elle en avait assez d'attendre. Elle refusa d'accompagner Val et sa fille au cinéma et, une fois seule, téléphona à Jake.

— Joyeux Noël, monsieur Eddington ! lança-t-elle avec une légèreté un peu feinte.

— De même, mademoiselle McDowell. As-tu passé une bonne journée ?

Elle lui résuma rapidement ses activités du jour.

— Ma marraine et Valencia sont sorties voir un film, acheva-t-elle.

— Sans doute le dernier blockbuster que la moitié de ma famille a tenu à voir. J'ai voulu les accompagner à la dernière minute, mais il n'y avait plus de place.

— Comment s'est passé ton Noël ?

— C'était… très vivant. L'addition des petits à notre groupe m'a rappelé l'émerveillement de mon enfance. Maman tient aussi toujours à offrir un souper aux plus nécessiteux. Elle dit que personne ne devrait passer cette journée seul.

— Que fais-tu, maintenant ?

— J'allais sortir boire un verre avec des amis. Et toi ?

— Je ne sais pas encore…

Si elle tentait de paraître détendue, son cœur, lui, s'alourdit. Une part d'elle avait espéré pouvoir le voir. Mais non. Il sortait avec des amis – des *amies* aussi, sans doute. C'était son droit. Il lui avait dit que leur histoire n'avait aucune chance de durer, que le moment était mal choisi pour eux. Mais, quand on ressentait une telle attirance, cela avait-il vraiment de l'importance ? Sasha était en train de se laisser séduire par un homme qui avait déjà tourné la page…

— As-tu aussi des projets pour le nouvel an ?

Elle n'était pas sûre de vouloir connaître la réponse, mais ne put s'empêcher de poser la question.

— Il y a toujours des choses à faire dans une grande ville, répondit-il, évasif.

— J'aimerais le passer avec toi.

Elle aurait dû se montrer aussi franche bien plus tôt.

— En amis, ajouta-t-elle pour le rassurer.

— Dans ce cas, si tu as une idée sympa, préviens-moi.

Sasha raccrocha, troublée. Elle n'envisageait pas sa vie à Chicago sans Jake. Val était merveilleuse. Reign, Avery et Willow devenaient des amies précieuses. Le gala lui avait même permis de rencontrer une foule de nouvelles têtes ; néanmoins, son cercle restait restreint et, bien que Val lui ait présenté quelques jeunes célibataires de son entourage, elle n'était pas vraiment intéressée.

À l'approche du réveillon, elle se prépara donc à faire une chose qui ne lui était encore jamais arrivée : fêter la nouvelle année seule. C'était déprimant, mais moins que de passer la soirée avec une foule d'inconnus ivres, sans personne à embrasser quand sonnerait minuit. Elle décida de consacrer ce temps à son journal et de planifier les mois à venir pour prendre sa nouvelle vie en main. Si elle n'était pas avec Jake, elle pouvait au moins faire quelque chose de productif.

Elle était dans un magasin, achetant de quoi organiser sa petite fête privée, quand son portable sonna. Son cœur se mit à tambouriner quand elle lut le numéro.

— Salut, Jake.

— Salut, beauté. Que fais-tu ?

— Un peu de shopping…

— Le passe-temps favori des filles.

— Exactement. Et toi ?

— Je me détends, et je pense au réveillon.

Elle ne voulut pas laisser l'excitation prendre le dessus. Elle examina le rayon papeterie et attrapa un ravissant journal neuf, recouvert de feuilles d'or et de cristaux.

— Vraiment ? demanda-t-elle d'un air innocent.

— Oui. Sais-tu ce que tu vas faire ?

— J'organise une petite fête.

— Sans m'inviter ?

— Une fête pour une personne…

Elle lui expliqua rapidement ce qu'elle avait en tête.

— C'est une nouvelle vie, pour moi, et je pensais célébrer le nouvel an en mettant en place un plan pour trouver mes marques dans cette ville, ainsi qu'une liste de projets.

Il ne répondit pas et elle vérifia qu'ils n'avaient pas été coupés.

— Jake ?

— Est-ce vraiment ce que tu veux faire ?

— Disons que c'est la meilleure option, pour l'instant.

— Aimerais-tu attendre minuit avec moi ?

— Seulement si tu le désires vraiment.

— Il y a une chose que tu devrais savoir à mon sujet, Sasha : je fais toujours ce que je désire et je ne laisse personne me forcer la main.

Le grand soir arriva. Sasha avait beau se répéter que la proposition de Jake n'ouvrait absolument pas la porte à une relation entre eux, elle ne put réprimer son excitation. Ils ne s'étaient pas revus depuis qu'ils avaient dîné ensemble à Chicago. Lorsqu'il l'avait appelée, la veille, pour lui demander où elle voulait aller, elle lui avait laissé carte blanche. Après tout, il connaissait la ville mieux qu'elle. Aucun d'entre eux ne voulait assister à la grande fête donnée chaque année au country club et, si Jake avait reçu une dizaine d'autres invitations, il craignait d'attirer trop l'attention sur eux en s'y montrant avec elle. Mieux valait prévoir un petit repas en tête à tête.

« Mets une tenue confortable, avait-il simplement dit, et prends ta trousse de toilette. Personne n'a envie de se retrouver sur les routes un soir de réveillon. »

À 17 h 30 tapantes, la sonnette retentit.

— Veux-tu ouvrir ? demanda Val depuis la cuisine.

— Vas-y, répondit-elle. Je suis presque prête.

Quand elle entra dans le salon moins de dix minutes plus tard, sa marraine et Jake étaient en train de discuter tranquillement. Il était si beau, avec un simple pull et un jean, ayant abandonné sa veste en cuir sur l'accoudoir du canapé. Il se leva et l'enlaça brièvement.

— J'oublie que vous vous connaissez, dit Sasha.

— Mme Baldwin et ma mère sont amies, corrigea-t-il. Je suis plus proche de Valencia. Elle est un peu plus âgée que moi, mais nous nous sommes fréquentés au club, à l'époque où j'essayais de me faire une place parmi les copains de Desmond…

— J'ai vu grandir tous les enfants Eddington, ajouta Val en souriant, et je dois dire qu'ils sont devenus des adultes exceptionnels. Derrick et Mona sont de super parents.

Elle observa Sasha, remarquant son grand pull, son legging en velours côtelé et ses bottes.

— Si je peux me permettre, reprit-elle, vous n'avez pas l'air de vous rendre à une fête élégante…

— Nous avons eu notre dose de galas pour la saison. Ce soir, Jake a suggéré une soirée au calme, et ça me va bien.

Le regard de Val s'attarda un instant sur le sac à roulettes qu'elle avait descendu.

— Je suis contente de voir que vous ne laissez pas l'opinion publique dicter vos vies. Vous êtes deux personnes extraordinaires, capables de construire un avenir radieux. Et vous faites un très beau couple.

— Val ! coupa Sasha.

— Je dis juste que vous allez bien ensemble. En toute innocence…

L'étincelle qui pétillait dans ses yeux semblait néanmoins contredire cette dernière remarque. Jake se pencha pour l'enlacer et déposer un baiser sur sa joue.

— Merci, madame Baldwin. Je prendrai bien soin de Sasha. Allez-vous passer le réveillon au country club ?

— Oui, et mon chauffeur a l'ordre de venir me récupérer à minuit cinq !

— Bonne année, madame Baldwin.

— Bonne année, Val !

Jake attrapa le sac de Sasha et le porta jusqu'à sa voiture. Lorsqu'elle fut assise à côté de lui, elle demanda enfin :

— Où allons-nous ?

— À Chicago.

— Mais encore ?

— Dans une résidence privée que possède mon beau-frère.

Elle haussa un sourcil surpris.

— Ne t'en fais pas. Ce n'est pas un piège pour te séduire.

— Vraiment ? Dommage.

Ils éclatèrent de rire. Jake lui prit la main, la serra fort, puis la relâcha.

— Je me suis dit que nous pouvions laisser le reste du monde fêter la nouvelle année à grand bruit et faire l'inverse : profiter d'une nuit au calme pour apprendre à mieux nous connaître. Je sais que ça semble ennuyeux, mais je pense que tu vas apprécier ce que j'ai prévu.

Ils arrivèrent bientôt devant un immense immeuble avec gardien, tout de granite et d'acier. L'ascenseur les conduisit jusqu'à l'un des plus hauts étages et Sasha sentit son cœur battre plus vite en débouchant devant une double porte imposante. Jake ouvrit grâce à une carte magnétique et s'effaça pour la laisser passer.

— Après toi.

Sasha pénétra dans un coin de paradis. De petits globes lumineux blancs occupaient tous les coins de la pièce, projetant des reflets dansants sur les chandeliers de cristal et le mobilier immaculé. Des orchidées parfumées et des jacinthes remplissaient une myriade de vases de toutes tailles. D'immenses baies vitrées occupaient tout le mur du fond, offrant une vue de carte postale sur la ville illuminée et les eaux sombres du lac Michigan. Une musique douce les enveloppa comme un édredon. Un feu ronflait dans la cheminée. Au milieu du salon, on avait installé deux tables de massage ainsi qu'un guéridon garni d'huiles, de serviettes et de pierres chaudes.

— Un massage de couple ? demanda-t-elle, étonnée.

— Pour commencer, oui. Je me suis souvenu que tu en avais envie.

— C'est parfait !

Elle examina un peu plus longtemps les lieux. Sur la droite du salon s'ouvrait une salle à manger aménagée avec soin pour un repas à deux. D'autres portes donnaient sur le reste de l'appartement, mais Sasha n'eut pas besoin de partir en exploration pour deviner que sa soirée allait être mémorable. Elle se jeta au cou de Jake et le serra fort dans ses bras.

— C'est magnifique, et tellement attentionné… Merci !

Elle leva la tête et l'embrassa furtivement. C'était risqué, mais elle ne put s'en empêcher. Elle ne voulait pas lui paraître trop audacieuse. D'ailleurs, en voyant la réaction réservée de Jake, elle se rappela qu'elle devait rester prudente, quoi qu'il arrive. Mais ce baiser était mérité. Il avait transformé une triste soirée solitaire, loin de sa famille, en réveillon magique.

Elle indiqua d'un geste la table garnie de porcelaine fine, de verres en cristal, de serviettes en tissu et de bougeoirs de platine.

— Tu as dit que ce serait un réveillon simple…

Il haussa les épaules.

— Oui, mais comme Mme Baldwin nous l'a rappelé, c'est quand même le nouvel an.

— Au milieu de toute cette beauté, j'ai l'impression que je ne devrais pas porter une tenue aussi négligée.

— Tu as raison.

Devant son regard alarmé, il sourit et ajouta :

— Ne t'en fais pas, j'ai tout prévu.

Et il avait raison. Quand elle pénétra dans sa chambre, après un massage de rêve, elle se trouva face à un dressing rempli de boîtes en carton portant des griffes de designers et de housses de vêtements. Elle ouvrit la première pour découvrir une mini-robe rose pailletée, avec un col haut et des manches longues. Elle n'aurait pas pu trouver mieux si elle avait choisi ce vêtement elle-même. Les boîtes contenaient plusieurs paires de chaussures, toutes à sa taille. Elle repoussa des escarpins fermés, des bottines, pour choisir une paire de talons aiguilles sexy garnis de rubans qui s'enroulaient autour de ses jambes. Elle trouva aussi des bijoux raffinés, du maquillage et un flacon de son parfum préféré. À chaque boîte qu'elle ouvrait, elle avait un peu plus de mal à se convaincre que la soirée resterait platonique… Pressée de remercier dignement Jake, elle se plongea très vite dans le bain moussant préparé pour elle et se retrouva dans le salon avant même que soit sonnée la clochette du souper. Elle se campa devant l'immense fenêtre et contempla la vue. Était-il possible que ceci soit devenu sa nouvelle vie ?

— Bonsoir, mademoiselle McDowell.

Elle se retourna lentement et rejoignit Jake, un grand sourire aux lèvres. Il était plus beau que jamais, dans un costume sobre sur mesure qui épousait ses formes à la perfection. Ses boucles souples luisaient dans la lumière tamisée et ses yeux noirs l'hypnotisèrent. Mais ce furent ses lèvres qui l'attirèrent en premier. Elle passa les mains dans son cou et l'embrassa longuement, comme elle rêvait de le faire depuis le bal d'Halloween.

Elle sentit Jake se crisper, mais ça ne dura pas. Elle se coula contre lui, pressant sa poitrine sur son torse à travers l'étoffe soyeuse de sa robe. Sa langue effleura ses lèvres, impatiente. Il soupira et se laissa faire. Ses bras forts l'attirèrent un peu plus à lui. Ses mains explorèrent tout son corps. Ses cheveux. Ses épaules. Son dos. Ses fesses.

Leurs langues se mirent à valser, comme ce premier soir, dans la chambre obscure du manoir. Sasha était affamée, mais ce qu'il avait prévu pour le souper ne l'intéressait plus. Elle voulait Jake. Ici. Maintenant. Elle n'avait aucune envie d'attendre une seconde de plus !

Il s'écarta d'elle et ils restèrent campés l'un en face de l'autre pendant un instant. Le souffle court et le corps en feu. Il ajusta son pantalon, masquant tant bien que mal la preuve de son désir, et posa sur Sasha des yeux brûlant d'excitation.

— Le dîner sera servi dans cinq minutes, parvint-il à dire. John a passé des heures à le préparer, et il serait vraiment dommage de le gâcher en le réchauffant plus tard, tu ne crois pas ?

— D'accord…

— Tu as faim, n'est-ce pas ?

Elle le dévisagea de la tête aux pieds, sans honte, puis caressa du bout des doigts la bosse qui se devinait sous sa braguette.

— J'ai un appétit vorace, ce soir, dit-elle.

Jake ravala sa salive et lui prit la main.

— Ne faisons pas attendre notre chef.

Comme s'il avait attendu ce signal, John, le cuisinier privé de la famille, apparut à la porte de la salle à manger.

— Monsieur Eddington. Mademoiselle McDowell. Le repas est servi.

# - 18 -

Un loft privé. Une robe sensationnelle. À quoi Jake avait-il donc pensé ? Une myriade de réflexions le traversèrent tandis qu'il posait la main au bas du dos de Sasha pour la conduire dans la salle à manger. Lorsqu'il l'avait rejointe au salon et l'avait vue debout devant la baie vitrée, sa silhouette sensuelle dessinée en ombre chinoise devant les lumières de la ville, vêtue d'une toilette qui semblait taillée pour épouser son corps à la perfection, il avait à peine réussi à contrôler son désir. Il avait voulu se jeter sur elle, lui arracher ce morceau de tissu hors de prix et la faire sienne. Il avait eu envie de lui faire l'amour devant cette fenêtre ; d'abord vite, cédant à sa passion, puis plus lentement, pour savourer pleinement chaque instant qu'ils avaient à passer ensemble. Il avait désiré l'embrasser pour effacer sa douleur, lécher sa peau pour la laver de ses mauvais souvenirs, et jeter aux orties le peu de ressentiment qu'il éprouvait encore. Mais il ne l'avait pas fait. Car, bien qu'il ait envie de sortir avec elle, de la serrer dans ses bras, trop d'obstacles se dressaient encore entre eux. Il l'avait rejointe dans ce lit sans réfléchir, sans la connaître, le soir du bal. À présent, il allait devoir faire preuve d'une discipline d'acier pour ne pas reproduire cette erreur.

Une fois assis à table, ils découvrirent d'élégants menus imprimés à l'encre dorée sur un épais papier crème. Ils lurent en silence, tandis que le chef attendait patiemment à quelques pas de là.

— John, vous vous êtes surpassé, ce soir ! déclara Jake. Tout cela semble délicieux. N'est-ce pas, Sasha ?

— Absolument. Le nom des plats suffit à me faire saliver.

— Dans ce cas, je vais vous apporter l'entrée immédiatement. Mais, d'abord…

John alla chercher une bouteille de champagne, placée dans un seau de glace.

— Puis-je vous proposer un verre ? Cette bouteille provient de la cuvée exclusive des vignobles Drake et il n'en existe que quelques centaines au monde.

— Merci d'avoir choisi cette occasion pour l'ouvrir, répondit Jake. Elle sera sans doute exceptionnelle, comme cette soirée.

L'ardeur de Jake et Sasha s'apaisa lentement, devant une assiette de coquilles Saint-Jacques parfaitement saisies accompagnées de caviar et de toasts au sésame. Suivirent une soupe froide à la cacahuète et une délicieuse salade. Le champagne coula à flots. Ils se détendirent peu à peu, et se mirent à échanger avec légèreté. Ils discutèrent du gala de Val, des voyages de Jake, de Noël. Enfin, Jake sentit qu'il avait repris assez de contrôle sur ses émotions pour parler de Sasha – et d'eux.

— J'ai bien réfléchi, dit-il en avalant une huître fumée saupoudrée d'épices délicates. Tu devrais sans doute quitter la capitale pour prendre un nouveau départ. Ailleurs.

Sasha leva les yeux d'un air presque timide.

— As-tu un endroit spécifique en tête ?

— Bien sûr ! Ici, à Chicago. Plus précisément, à la Pointe du Sable.

— Pourquoi penses-tu que ce serait une bonne idée ?

Il attrapa son verre d'eau avant de répondre.

— La Pointe est un endroit très agréable. C'est une petite communauté liée. Certes, les potins vont bon train, mais on n'y croise que des gens que l'on connaît et tout le monde s'entraide. C'est aussi proche de Chicago, qui est une des plus formidables villes du Midwest. Beaucoup de gens tiennent à toi, ici. Val a adoré ton travail et, d'après Cayden, Avery aimerait que tu la rejoignes au sein de son entreprise.

— Et toi ? Es-tu l'une de ces personnes qui tiennent à moi ? demanda-t-elle.

— Tu m'as plu dès l'instant où je t'ai vue au bal, avant même de savoir qui tu étais vraiment. Jamais je ne voudrais te séparer de ta famille et j'aimerais pouvoir discuter avec Linc de ce qui s'est passé. Mais oui, Sasha, ce qui t'arrive compte pour moi. Je sais que j'ai dit que rien n'était possible entre nous… Seulement, si tu vivais dans la région, et si tu étais disponible, j'adorerais passer d'autres soirées avec toi.

— Ça me plairait beaucoup aussi, répliqua-t-elle, le regard luisant d'un immense soulagement. J'ai vu une thérapeute, tu sais…

— Comment ça s'est passé ?

— Assez bien, en fait. Elle m'a aidée à prendre quelques décisions importantes. J'ai écrit à mes parents et mes frères pour leur dire que la balle est dans leur camp. Hier, j'ai même décidé d'assister à une collecte de fonds prestigieuse organisée par mon père pour les présidentielles – une chose que j'hésitais à faire à cause du prix du billet et parce que j'avais peur du fossé creusé entre ma famille et moi. C'est un événement essentiel pour tisser un bon réseau à Washington. Quelle que soit la carrière que je choisirai d'épouser, j'aurai besoin de contacts… Et puis, j'adore ces soirées annuelles.

— J'imagine que ce n'était pas une décision facile. Je suis fier de toi.

— Merci. Je me sens assez bien dans ma peau, depuis quelque temps, surtout quand je pense au choix le plus drastique que j'ai fait… M'installer à Chicago.

Un sourire flotta sur les lèvres de Jake malgré lui.

— Tu m'as laissé te vendre cette ville comme un commercial, alors que tu avais déjà ta réponse ?

— Je voulais entendre tes arguments.

— Et comment étaient-ils ?

— Très convaincants.

— Prévois-tu de rester chez Val ?

— Non, je veux trouver un endroit à moi.

— Je pense pouvoir t'aider, dans ce cas…

Il lui parla de la proposition de Cayden.

— Ou bien, ajouta-t-il en jetant un rapide coup d'œil autour de lui, si tu préfères le centre-ville, je pourrai peut-être négocier avec Victor, l'époux de Maeve, pour te permettre de rester ici.

— Dans ce loft phénoménal ? J'ai du mal à l'imaginer…

Elle regarda aussi la salle illuminée.

— En fait, si. Je me vois très bien ici.

— Je vais voir ce que je peux faire.

— Inutile, coupa-t-elle à regret. Je ne serai jamais en mesure de m'offrir ce luxe.

— Ai-je parlé de loyer ?

Elle secoua la tête en soupirant.

— C'est très généreux de ta part, Jake, mais je ne peux pas accepter. Je viens à peine de me libérer d'une relation avec un homme qui essayait de me contrôler… Je ne dis pas que c'est ce que tu veux faire ! ajouta-t-elle quand il s'apprêta à protester. Tu n'es pas comme Linc. Je souhaite juste que ce nouveau chapitre de ma vie m'appartienne totalement. Que je réussisse ou non, que j'échoue ou pas, je tiens à être la seule responsable de ce qui m'arrivera.

— L'appartement de la mère de Cayden serait plus abordable et tu pourrais directement négocier le loyer avec elle, suggéra-t-il.

— Je serais ravie de lui en parler. La Pointe est une ville ravissante… Mais je pense que je serais plus à mon aise à Chicago.

Ils s'interrompirent pendant que John leur apportait le plat suivant, de succulents médaillons de bœuf de Kobé accompagnés de semoule, de choux de Bruxelles, de tomates confites et de morilles. Jake dévora la moitié de son assiette avant de reprendre le fil de la conversation.

— Il y a encore une chose que tu devrais savoir…

— Quoi ? demanda Sasha.

— J'ai l'intention d'annuler officiellement l'accord que j'avais proposé à Linc concernant notre partenariat.

— Ne l'avais-tu pas déjà fait ?

— Pas par écrit.

— Ça ne devrait pas poser de problème, si ?

— Uniquement s'il insiste pour traîner mon nom dans la boue en prétendant que j'ai couché avec sa fiancée et que j'ai brisé votre couple.

Sasha pâlit.

— Il n'oserait pas… C'est un mensonge et il le sait !

— N'oublie pas qu'il s'est servi de cette menace pour s'assurer que notre relation reste strictement amicale.

— Je lui parlerai, Jake. Je parlerai à mes frères, et à mes parents. Ils ne sont peut-être pas ravis que j'aie quitté Linc, mais ils ne le soutiendront pas s'il se met à te calomnier.

— Je ne t'ai pas dit ça pour que tu agisses à ma place. Cette affaire ne concerne que Linc et moi. Je dois la régler seul. La semaine prochaine, après les vacances, je lui demanderai un entretien. Je tiens à ce que nous ayons une conversation franche et posée. Je veux sortir avec toi, Sasha, et je refuse de me cacher. Je n'ai aucune envie de te garder dans l'ombre comme si j'avais honte de toi ; tu es un joyau précieux et tu mérites de briller en pleine lumière. Quant à moi, je serai l'homme sur qui cet éclat se reflète…

John fit discrètement son apparition à la porte.

— Monsieur ? Je viens vous annoncer que le dessert a été servi sur les assiettes, comme vous l'avez demandé. La cuisine est propre et tout est rangé. Le réfrigérateur et les placards sont remplis, ainsi que la cave à vin. Vous avez tout ce qu'il vous faut pour les prochains jours. Vous ne me l'aviez pas demandé, mais j'ai préparé un plat pour le petit déjeuner qu'il vous suffira de réchauffer demain matin. Il reste aussi un peu de bœuf au frais, ainsi que des tortillas et assez de garniture pour des tacos, des enchiladas ou une grosse salade composée.

— Comme toujours, vous vous êtes surpassé, John, et vous avez excédé mes désirs. Dépêchez-vous de rentrer pour célébrer la nouvelle année avec votre épouse !

John jeta un coup d'œil à sa montre.

— 23 heures. Parfait. Je vous remercie encore de nous avoir offert une nuit dans cet hôtel de luxe, juste à côté. Ma femme est aux anges.

— Je vous en prie. Bonne année à vous deux.

— Si vous n'avez besoin de rien d'autre, je vais me retirer et vous laisser profiter du reste de votre soirée. Permettez-moi aussi de vous adresser tous mes vœux pour la nouvelle année, dit le chef avant de quitter l'appartement.

Les masseuses étaient parties depuis longtemps. Jake et Sasha se retrouvèrent seuls. En un éclair, l'atmosphère changea…

— Veux-tu que nous mangions notre dessert au coin du feu ? suggéra Jake.

Le regard de Sasha lui fit comprendre qu'elle aurait préféré remettre à plus tard la symphonie de chocolat et de vanille de John. Ou bien la lécher sur son corps nu. Elle entra néanmoins dans son jeu.

— Oui, si tu veux.

— Désires-tu un café, pour aller avec ?

— Bonne idée.

— Dans ce cas, suis-moi dans la cuisine ! Pensais-tu que j'allais te servir comme si tu étais Cléopâtre ? gloussa-t-il.

Une fois de plus, la tension sexuelle entre eux retomba. Elle l'accompagna dans la pièce voisine, alluma le percolateur et entreprit de leur préparer des cafés. Jake les corsa d'une larme de liqueur chocolat-caramel. Puis ils s'installèrent sur le divan, leurs cuisses s'effleurant au milieu des coussins, pour profiter du feu et de la vue sur la cité.

— Mon Dieu, Sasha ! soupira Jake après avoir entamé son gâteau. Je crois que ce dessert, quel que soit son nom, est encore meilleur que le sexe !

— Vraiment ? Veux-tu vérifier ?

— Tu n'es plus juste une tigresse, mais une tentatrice…

— Et toi, tu me tentes. Point. Je n'ai couché avec personne depuis le soir du bal.

Elle trempa son doigt dans la sauce au chocolat et le lécha langoureusement, sans quitter Jake des yeux.

— Ce que tu es sexy…

Elle trempa de nouveau son doigt dans le délice concocté par John et le tendit à Jake, qui le goba. Sa vision se troubla. Son sexe se redressa. Il récupéra un peu de crème à la vanille dans son assiette et l'étala sur les lèvres de Sasha. Elle s'allongea, pour le laisser s'étendre au-dessus d'elle et lécher avec bonheur la chair tendre de sa bouche.

Puis elle prit le dessus, le repoussa pour se hisser à cheval sur ses genoux et déboutonna sa chemise. Il la retira, ainsi que son T-shirt. Sasha recouvrit son torse et ses tétons de crème pour les dévorer, tout en se frottant à lui. Elle pinça son téton entre ses dents.

— Ah !

Il posa les mains sur ses cuisses et retroussa sa robe soyeuse pour dévoiler la peau veloutée de ses cuisses. Le string qu'elle portait ne suffit pas à freiner ses ardeurs. Glissant une main entre eux, il la pénétra d'un doigt. Elle était si chaude…

Elle poussa un petit cri, abandonna son torse et fondit sur ses lèvres comme un oiseau de proie. Leur baiser fut long, lent, sensuel. Elle ne l'interrompit que le temps d'enlever sa robe et de l'abandonner par terre. Son soutien-gorge en dentelle mettait en valeur les courbes généreuses de ses seins. Jake contempla un instant son ventre ferme, ses hanches voluptueuses. De nouveau, elle chercha sa bouche avec fièvre. D'une main experte, il dégrafa son soutien-gorge et celui-ci, s'ouvrant par-devant, libéra sa poitrine. Le feu faisait danser des reflets d'ambre sur sa peau. Il se pencha et joua du bout de la langue avec ses tétons jusqu'à les faire pointer et durcir, tout en explorant sa fleur secrète avec ses doigts. Sasha passa alors une main entre eux à son tour pour saisir son sexe à travers ses vêtements.

Il sentait son corps entier s'embraser – et elle seule pourrait éteindre cet incendie.

— Attends, murmura-t-il. Écarte-toi un peu.

Elle obéit, le laissant se relever. Il retira rapidement ses chaussures et son pantalon. Sasha, elle, ne portait plus que son string et ses escarpins vertigineux. Baignée par la lumière des flammes, elle ressemblait à une déesse, une nymphe. Elle l'avait ensorcelé, et il céda avec joie à son pouvoir, pressé de s'abandonner à cette danse hypnotique. Il déposa un préservatif sur la table basse, mais le moment n'était pas encore venu de l'utiliser. Il repoussa Sasha au fond du divan et se mit à genoux, le visage entre ses cuisses offertes. Il écarta la dentelle du string avec sa langue et la dévora, la lécha, suça sa perle gonflée, tout en glissant un doigt dans son anus.

— C'est si… si… bon, murmura-t-elle.

Ses hanches se mirent à s'agiter, trahissant l'arrivée de son orgasme.

— Oh ! mon Dieu ! Jake !

Il la sentit basculer, s'envoler.

Il avait hâte de la rejoindre au septième ciel et enfila son préservatif avant de soulever Sasha dans ses bras pour la porter jusqu'au mur. Il la plaqua contre la cloison, dans une position parfaite, et la pénétra avec une lenteur délicieuse, insoutenable. Il se retira presque entièrement, recommença. Sasha passa ses jambes autour de ses hanches pour s'agripper à lui. Elle essaya d'accélérer le rythme, mais Jake refusait de se presser. Il attendait cet instant depuis des semaines. Il voulait en savourer chaque seconde. S'écartant du mur, il la fit glisser le long de son sexe à la force des bras. Il la souleva, la laissa redescendre, encore et encore. Elle gémit, se débattit, s'ouvrit tout entière pour lui. Ses cuisses serrées luttaient pour le garder profondément enfoui en elle. Ses mains se refermèrent sur ses fesses dans l'espoir de rendre leurs mouvements plus intenses.

Ils se laissèrent glisser au sol, puis envahirent la table de la salle à manger. Enfin, ils parvinrent jusqu'à l'immense lit de la chambre principale. Jake embrassa son tatouage, cette libellule qui avait tant hanté ses rêves, et suivit chaque ligne d'encre du bout de la langue.

— Je l'adore, dit-il. Je savais depuis le début que ce dessin serait la preuve que j'avais enfin retrouvé ma tigresse…

Elle se retourna, caressant son sexe.

— Et moi, j'adore ça.

Elle se pencha et le lécha comme s'il était un trésor précieux avant de le gober tout entier. Sa langue jouait avec la pointe sensible, ses mains caressaient ses testicules. Jake ne put s'empêcher de glisser les doigts dans ses boucles soyeuses. Il ôta les épingles qui retenaient son chignon et ses cheveux retombèrent magnifiquement sur ses épaules. Quelques mèches chatouillèrent ses cuisses, ajoutant à son excitation.

Il la laissa faire aussi longtemps que possible, puis, sentant qu'il allait perdre le contrôle, il la coucha sur le côté, souleva sa jambe et la pénétra de nouveau. La douce rondeur de ses fesses contre son bassin l'obligea à accélérer le rythme. Il perdit conscience de ce qui l'entourait. Tout ce qui comptait était cet instant, et il aurait voulu que cela dure toujours. Il donna un puissant coup de reins. Elle ondula sous lui, souleva sa jambe davantage. Il alla plus loin. Elle se frotta plus fort contre lui. Plus vite, encore plus vite, jusqu'à ce que le monde éclate en un million de fragments autour d'eux. Jake s'abandonna à l'orgasme le plus intense de sa vie. Sasha jouit aussi, pour la deuxième fois, ce soir.

Il se laissa ensuite retomber sur le matelas moelleux et l'attira dans ses bras.

— C'était si bon, bébé, souffla-t-il.

— Si, si bon, confirma-t-elle.

Lentement, leurs respirations accélérées se calmèrent et le grondement d'un feu d'artifice s'invita dans leur petit nid d'amour. Ils se retournèrent vers la fenêtre et virent des corolles colorées illuminer le ciel. Au loin, des centaines de fusées explosèrent en même temps.

Jake embrassa Sasha, la serrant plus fort.

— Bonne année, mademoiselle McDowell, murmura-t-il.

— Merci, monsieur Eddington, répondit-elle en l'embrassant. Bonne année.

# - 19 -

Pour Sasha, cette nuit eut quelque chose de magique. Durant la semaine qui suivit, tout son univers prit un éclat différent. Elle *se sentait* différente aussi. Ce qu'elle ressentait pour Jake n'avait rien à voir avec tout ce qu'elle avait pu éprouver auparavant. Sa famille lui manquait toujours, bien sûr. À chaque fois qu'elle pensait à Linc, une pointe de culpabilité l'envahissait encore. Mais, pour la première fois depuis qu'elle l'avait quitté, elle savait qu'elle allait s'en sortir.

Jake et elle passèrent le 1er janvier dans l'appartement de Victor – mangeant, discutant, faisant l'amour. Grâce au talent inné de Jake au lit, elle se sentait à présent libérée et parfaitement comblée. Il y avait si longtemps qu'elle n'avait pas eu de raison d'être aussi satisfaite de ses propres accomplissements, et son travail pour Val lui avait fait beaucoup de bien sur ce plan. Côtoyer enfin Jake à sa guise, après sa rupture retentissante, lui fit comprendre qu'elle avait passé sa vie à tenter de plaire aux autres, sans se soucier de ses besoins. La récompense que lui avait remise le maire de la Pointe avait restauré sa confiance en elle, son assurance minée par les années de harcèlement qu'elle avait traversées à l'école. Le rôle qu'elle avait joué dans le succès immense du gala de charité et la thérapie qu'elle avait entamée lui avaient donné la force de s'opposer à sa famille et d'exorciser ce besoin de ployer devant les exigences des autres. Elle avait exploré plusieurs pays seule depuis ses quatorze ans ; mais construire un projet de bout en bout, être acclamée et non critiquée pour son travail… C'était une nouvelle expérience pour elle. Et elle aimait ça.

Elle s'étira, songeant à la vitesse à laquelle sa vie s'était transformée depuis que Jake était là pour l'illuminer. Les Eddington étaient une famille de rêve, et pas uniquement sur le papier. Elle ne connaissait pas encore très bien Desmond ou Maeve, mais Reign et Avery étaient vite devenues des amies. Elle avait d'ailleurs prévu de les retrouver, plus tard, pour passer du temps entre filles. Néanmoins, elle avait une chose très importante à faire avant ça. Elle aurait préféré régler cette affaire en personne. Hélas, le temps lui manquait et elle avait hâte de laisser cette pénible conversation derrière elle. Elle attrapa donc son téléphone, composa un numéro et retint son souffle.

— Allô ?

— Ruthanne. C'est moi, Sasha.

Il y eut un silence. Elle imagina sans peine la mère de Linc retrouver sa contenance. Si elles étaient des femmes très différentes sur bien des plans, en matière de décorum, elles restaient très semblables.

— Bonjour, Sasha. Comment vas-tu ?

— Bien… et vous ?

— Je me porte bien. Que puis-je faire pour toi ?

— Je voulais avoir l'opportunité de vous parler en privé, pour vous dire à quel point je vous admire et m'excuser pour la manière dont se sont achevées mes fiançailles avec Linc.

— La vie est pleine de surprises, répondit Ruthanne. J'admets que c'en était une. Mais Lincoln est jeune, beau, intelligent et déterminé. Il saura rencontrer une autre femme capable de lui offrir l'amour qu'il mérite.

— J'en suis convaincue aussi. C'est pourquoi je ne pouvais pas accepter ce mariage. Linc est un homme bien. Il a le droit d'avoir une épouse capable de l'aimer avec sincérité. J'aurai toujours de l'affection pour lui. Nos familles demeurent liées et j'aime à penser que nos relations pourront rester cordiales – voire amicales, avec le temps.

— Bien entendu. Je n'avais pas imaginé autre chose.

— Mère et moi n'avons pas encore vraiment parlé, avoua Sasha.

— Pamela est une des femmes les plus fières et obstinées que je connaisse. Elle a été dévastée d'apprendre que ses plans étaient bouleversés et qu'elle n'allait pas pouvoir organiser le mariage de l'année pour sa fille. Laisse-lui du temps. Elle t'aime, tout comme ton père et tes frères. Tu as le droit d'être heureuse, Sasha, et je te souhaite de connaître ce bonheur.

Ces paroles la réconfortèrent beaucoup et, en raccrochant, elle se sentit bien plus légère. Elle se doucha et se prépara à passer un après-midi amusant avec Reign et Avery.

Alors qu'elle sortait, son portable sonna. Elle fut abasourdie en reconnaissant le nom affiché sur l'écran. Elle lâcha immédiatement son sac et s'assit sur la première chaise qu'elle trouva.

— Bonjour, mère.

— Bonjour, Sasha.

— C'est... Je suis... contente de t'entendre.

— Quoi qu'il puisse se passer, je reste ta mère, tu sais.

Sasha ravala une bouffée d'émotion.

— Je reste aussi ta fille, qui t'aime énormément.

— Ton père et moi avons reçu tes lettres. Tes frères aussi.

— Les avez-vous lues ?

— Bien sûr !

— On m'a dit que certains sentiments étaient souvent mieux exprimés par écrit, dit Sasha. J'ai voulu essayer.

— Et tu as eu raison. Nous t'avons entendue et nous avons décidé d'accepter ta décision de rompre tes fiançailles. Cela ne nous fait pas plaisir. Personnellement, je pense que tu commets une grave erreur. Mais ce sera à toi d'assumer les conséquences de tes choix.

— Merci, mère. Je suis contente que tout le monde ait su écouter mon point de vue. J'ai parlé à Ruthanne et elle semble me comprendre aussi. Elle m'a souhaité beaucoup de bonheur pour la suite.

Un silence gêné suivit. Sasha se rendit soudain compte que sa mère n'était pas la seule à ne plus la connaître : elle non plus ne savait pas vraiment qui était Pamela. Elle ne l'avait vue que dans ses rôles de mère et d'épouse d'ambassadeur. Mais Sasha était convaincue qu'elle l'aimait et le montrait à sa manière.

— L'une des raisons de mon appel concerne la levée de fonds du mois de mars, que ton père organise. Nous sommes ravis d'avoir su convaincre des célébrités de premier plan et de grands artistes d'y assister. Bien sûr, tout Washington sera là. Nous espérons que tu seras rentrée à la maison à temps pour y faire une apparition.

Ainsi, Pamela avait accepté la rupture, mais pas les autres décisions de sa fille… Néanmoins, cet appel inespéré se passait trop bien pour qu'elle le souligne.

— Je n'étais pas certaine d'être la bienvenue, répondit-elle. Mais j'adore cette soirée et je serai ravie de venir.

— Les Trotter seront installés à notre table.

Sasha sentit ses épaules s'affaisser. Voilà ce qu'elle avait craint. La pique discrète. La manipulation sournoise.

— Linc aussi ?

— Ne vient-il pas chaque année ?

— Mère, je ne pense pas que…

— Sasha, nos familles sont amies depuis toujours. Lincoln et toi avez grandi ensemble. Tu l'as dit toi-même. Nous acceptons votre séparation, tout comme Lincoln. Est-ce vraiment trop te demander de le tolérer pour une soirée, de profiter d'un bon repas et de discuter courtoisement avec lui ? Quand rentreras-tu à Washington ?

— Je viendrai le samedi précédant la soirée.

— Comptes-tu rester à la Pointe jusqu'en mars ?

— Oui.

C'était ce qu'elle avait écrit dans sa lettre.

— Val m'a parlé du succès de son gala. Il paraît que tes efforts ont été dûment récompensés. Après avoir lu ton courrier, ton père a discuté avec son ami Bill Brooks.

— Le maire semble avoir beaucoup d'estime pour père…

— Et pour toi, apparemment.

— Vraiment ?

— Est-ce pour aider Val que tu restes ?

Sasha jeta un coup d'œil à sa montre et se leva.

— Ça, et peut-être un autre travail. Je suis sur le point d'aller rejoindre des amies. L'une d'elles possède une entreprise d'événementiel. Elle nous a aidées à organiser le gala et souhaiterait que je rejoigne son équipe.

— Essaies-tu de trouver un emploi ? s'écria Pamela, comme si sa fille venait de lui annoncer qu'elle envisageait de devenir dealeuse de drogue.

— J'ai adoré préparer la collecte de Val. Je suis douée pour ce genre de choses.

— Seigneur, Sasha. À quoi est-ce que tu joues ? Pourquoi rends-tu ta vie plus compliquée en rabaissant ainsi tes ambitions ? Tu n'es pas faite pour trimer toute la journée !

— Je dois y aller, mère, coupa-t-elle. Passe le bonjour à père et à mes frères pour moi. Si tu veux, je viendrai même le vendredi d'avant la levée de fonds, pour que nous puissions déjeuner ensemble, toutes les deux.

— Nous verrons. Au revoir, Sasha.

Sur le chemin du country club, Sasha rejoua dans sa tête toutes les conversations qu'elle avait eues avec sa mère. Depuis toujours, Pamela se montrait exigeante, tyrannique. Elle avait des opinions bien arrêtées, mais pas une once de compassion. Combien de fois lui avait-elle fait un compliment ? Ses bonnes notes à l'école, ses succès étaient considérés comme des acquis et ne semblaient pas mériter le moindre « bravo »…

Pendant son enfance, sa mère avait tenté de faire d'elle une parfaite élève, une future débutante. Puis, au lycée, elle était devenue la fille de l'ambassadeur, qui devait endosser le rôle d'une hôtesse charmante ou d'une invitée attentive et souriante lors des soirées mondaines. Dès ses fiançailles, Pamela l'avait fait passer par un véritable camp d'entraînement pour qu'elle devienne la parfaite épouse. Elle ne parlait que des *bons* amis, des *bons* clubs. Des *bonnes* tenues. Du *bon* mari qui saurait se couler dans leur cercle élitiste. Sasha comprit soudain que, si sa mère avait fait tout ça par amour et pour des raisons qu'elle jugeait bonnes, celle-ci avait aussi agi en sergent – comme son père militaire le lui avait enseigné. Et elle comprit aussi autre chose : Pamela McDowell avait été la première personne à la harceler, bien avant ses camarades de classe… Cette révélation lui fit l'effet d'une douche froide. Mais tout ceci était terminé. Sasha n'était plus une fillette timide et effrayée. Comme une chenille devenue papillon, elle s'était métamorphosée en femme sûre d'elle, autonome. Elle savait qui elle était, ce qu'elle voulait. Jake était peut-être prêt à jouer les chevaliers blancs pour la protéger, mais elle prit soudain conscience qu'elle était aussi capable de se débrouiller seule quand la situation l'exigeait.

# - 20 -

Jake n'aurait jamais cru pouvoir se contenter d'une seule femme. Pas avant sa quarantaine, au moins. Il était heureux dans son rôle d'oncle rigolo entouré par des conquêtes ravissantes venues du monde entier et disposées à flirter avec lui. Mais Sasha avait changé sa vision des choses. Depuis deux mois qu'ils sortaient officiellement ensemble, elle avait su retenir son intérêt et combler son puissant appétit sexuel. Seule. Elle était intelligente, une qualité qu'il appréciait beaucoup, imprévisible, ce qu'il apprit à aimer aussi, et pas collante, contrairement à certaines de ses ex. Toute sa famille tenait énormément à elle. Elle avait trouvé sa place, à ses côtés.

Un seul problème restait en suspens... Lincoln Trotter. Sa présence menaçante en arrière-plan ternissait sa liaison avec Sasha. Ils ne se cachaient plus, bien sûr, mais ils évitaient aussi de trop se montrer ensemble. Ils se contentaient de sorties calmes au restaurant. De concerts. De soirées au cinéma. De quelques événements privés au club. Ils passèrent le week-end de la Saint-Valentin en Californie avec Reign et Trenton pour y rejoindre les icônes de la mode Ace et London Montgomery. Ils profitèrent d'un séjour inoubliable à Malibu avec un ami de Jake et son épouse. Sasha avait décidé de louer l'appartement de Tami, à la Pointe, mais ils passaient le plus clair de leur temps ensemble dans le loft de Victor, chargé de doux souvenirs et éloigné des regards indiscrets.

L'unique chose qui pesait encore sur eux était l'incertitude que représentait Lincoln. Jusqu'à présent, il n'avait pas décidé de répandre de rumeurs mensongères à leur sujet, mais Jake avait besoin de confirmer la rupture de leur partenariat par écrit, grâce aux talents d'avocate de Maeve. Il avait déjà rassemblé des experts renommés pour former sa future équipe et avait noué des liens avec les entraîneurs de plusieurs équipes de premier plan. S'il manœuvrait bien, ceux-ci pourraient lui apporter un riche vivier de clients potentiels. Hélas, un commentaire déplacé, un éclat de la part de Linc risquait de tout gâcher et de détruire le dur labeur qu'il avait accompli ces derniers mois…

Un autre souci le hantait aussi. Sasha avait prévu d'assister à une soirée dans la capitale, où les McDowell et les Trotter partageraient la même table. Lincoln serait sans doute là aussi, bien décidé à prétendre qu'ils étaient de nouveau ensemble – voire, pour un œil extérieur, qu'ils ne s'étaient jamais séparés. Sasha avait cédé aux suppliques de sa mère. Leur trêve était encore si fragile qu'elle n'avait pas voulu risquer une nouvelle dispute. Bien sûr, Jake comprenait cela. Il avait proposé de retenir une table aussi, au nom de sa famille, pour être à proximité… Mais elle avait eu peur de la réaction de sa famille, et de Lincoln.

— Bon sang ! gronda-t-il en se levant brusquement de son fauteuil de bureau pour attraper son portable.

Sasha était peut-être obligée de se montrer diplomate, mais Jake refusait de laisser qui que ce soit le contrôler. Il fit défiler sa liste de contacts et appuya rageusement sur le bouton d'appel. Puis il prit une profonde inspiration dans l'espoir de se calmer.

— Qu'est-ce que tu veux encore ?

Il ignora le ton agressif de Linc. Il avait une mission, et rien ne pourrait l'en détourner.

— Je pense me déplacer à Washington, la semaine prochaine, pour le travail, dit-il. J'espérais que nous pourrions en profiter pour nous voir.

— Pourquoi ?

— Parce qu'il faut qu'on parle.

— De quoi ?

— De Sasha.

— Je refuse de discuter d'elle avec toi.

— OK. Dans ce cas, écoute-moi simplement.

Il attendit, craignant presque que Linc lui raccroche au nez. Quand il vit qu'il était toujours en ligne, il poursuivit :

— Je ne t'ai jamais trahi avec Sasha. Elle m'a dit que vous aviez rompu avant son arrivée à la Pointe. J'ai tout de même gardé mes distances car la nouvelle n'avait pas été rendue publique. Il y avait encore une chance pour que vous vous réconciliiez et je ne voulais pas me dresser en travers de votre chemin. Étais-je attiré par elle ? Oui. L'attirance était mutuelle, d'ailleurs. Plus nous passions de temps ensemble, plus nous nous sentions à l'aise. On plaisantait, on parlait, et c'est ce que ta cousine a vu le soir de la fête. Je me sentais coupable, même si vous n'étiez techniquement plus ensemble. Puis j'ai vu le match des Wizards à la télé et vos visages sur la « kiss cam ». Dès cet instant et jusqu'à son retour, après Thanksgiving, j'ai agi comme si vous étiez de nouveau fiancés.

Linc garda le silence un moment, absorbant sans doute toutes ces informations.

— Et maintenant ?

— Nous avons dîné ensemble pour le réveillon et nous avons commencé à nous fréquenter après ça.

— Tant mieux pour toi.

— Linc, écoute… Je te respecte. Tu es un grand professionnel. Nous naviguons dans les mêmes cercles. Je ne veux pas d'animosité entre nous et je n'ai aucune envie d'entendre circuler des mensonges sur mon compte.

— Ah. Voilà la vraie raison de ton appel. Eh bien, si tu attends une promesse que je ne dirai à personne ce qui s'est passé quand tu as commencé à sortir avec elle, oublie ça. Pendant les vacances, j'ai rencontré un blogueur influent qui adorerait décrocher un scoop de ce genre : comment l'un des célèbres fils Eddington a couché avec la fille d'un ambassadeur des États-Unis et brisé un couple resté solide pendant des années…

— Ce type de scoop porte un nom, coupa Jake. C'est de la diffamation. Si jamais tu vendais ce mensonge, tu signerais ta ruine et celle de ta famille. Laisse mes avocats faire leur boulot, et votre réputation ne vaudra plus rien.

— Qui menace qui, maintenant ?

— Ce n'est pas une menace, Lincoln, mais une promesse.

— Tu ne me fais pas peur ! répliqua ce dernier.

*Peut-être pas*, songea Jake. Mais il n'allait pas abandonner la lutte pour autant. Déjà, Linc semblait moins sûr de lui.

— Je vais être honnête, reprit-il. J'ai été surpris de découvrir cette facette de ton caractère. J'avais hâte de travailler avec toi mais, bien sûr, ce n'est plus possible. Mes avocats sont en train de rédiger un document officiel pour acter la dissolution de notre association. Tu le recevras la semaine prochaine et, au cas où tu aies dans l'idée de saboter ça aussi, n'oublie pas l'accord de confidentialité que tu as signé quand nous avons commencé à envisager un partenariat. Tu ne pourras pas le contourner.

Plus tard, ce soir-là, il rapporta cette conversation à Sasha.

— Je t'ai causé tant de problèmes, soupira-t-elle. En

dépit de ses nombreux défauts, Lincoln est un homme d'affaires très doué…

— C'est vrai.

— Et je t'ai coûté ton futur partenaire.

— Ce n'est rien. J'ai déjà quelqu'un d'autre en tête.

— Vraiment ? Qui ?

— Ton frère.

— Je ne pense pas que TJ soit intéressé. Il est très proche de Linc.

— Pas lui. Brandon. Crois-tu qu'il serait prêt à entendre ma proposition ?

— Peut-être. C'est un homme bien et il est très différent de TJ. Il est méthodique, posé. Il aime observer en silence avant d'agir et a fini premier de sa promotion, à la fac.

— Il a étudié à Cornell, c'est ça ? Un master d'économie ?

Elle parut surprise.

— As-tu aussi fait des recherches sur ses antécédents judiciaires ?

— Ce sera pour la semaine prochaine…

Elle eut l'air effarée, puis parut comprendre qu'il plaisantait et sourit.

— Quand as-tu prévu de consulter *mon* casier ?

Jake se pencha pour l'embrasser sur la tempe.

— Tu as déjà été lavée de tout soupçon.

Il laissa un doux silence s'installer avant d'annoncer :

— J'ai prévu d'assister à la levée de fonds de ton père. Je te fais confiance, Sasha, mais je ne peux pas en dire autant de Linc.

— Je ne sais pas… Est-ce une bonne idée, après ce qui s'est passé ? Je comprends pourquoi tu l'as appelé, mais j'aurais préféré que tu le fasses après cette soirée.

— J'avais l'impression de te cacher et je ne voulais plus attendre.

— Nous nous sommes déjà montrés ensemble. Notre relation n'est pas un secret.

— Non, mais le fantôme de Linc ne nous a jamais lâchés. Si ce n'était pas le cas, tu n'aurais pas si peur de me voir à Washington. Es-tu en colère ?

Elle vint se nicher dans ses bras.

— Non, dit-elle. Je veux juste que la soirée de père se passe bien, comme d'habitude. Je n'ai pas envie de causer davantage de problèmes.

— Les places ont-elles toutes été vendues ?

— Techniquement, oui, mais nous gardons toujours quelques tables sous le coude pour les stars, les dignitaires et les hôtes de marque qui pourraient se déclarer à la dernière minute.

— Pourrais-je être l'un de ces hôtes de marque ?

— Tu sais que j'adore passer du temps avec toi, mais...

— Quoi ? coupa-t-il. N'as-tu pas confiance en moi ?

Elle lui adressa un sourire un peu amer.

— Tout comme toi, je ne me fie pas à Lincoln. Ma famille ne serait pas ravie non plus.

Durant la semaine qui suivit, Jake et Sasha passèrent beaucoup de temps ensemble. Le vendredi, il lui proposa de la conduire à l'aéroport, et leurs adieux furent chargés en émotion.

— Je vais finir d'emballer mes affaires et je serai de retour mercredi, dit-elle. Tu remarqueras à peine mon absence.

Cela aurait dû être vrai, mais ce n'était pas le cas. En quelques mois à peine, Sasha était devenue une partie essentielle de la vie de Jake...

Ce soir-là, il arpenta les immenses salles du manoir de ses parents en quête d'une distraction. Percevant des voix étouffées dans la salle de jeux, au rez-de-chaussée, il s'y rendit et découvrit son père en pleine partie d'échecs avec Desmond. Il s'approcha et se laissa tomber dans l'un des fauteuils moelleux installés près de la table.

— Où sont les autres ?

— Sortis, répondit Derrick sans lever les yeux.

— J'avais deviné…

— Ivy dîne avec sa mère, précisa Desmond, et les autres sont à Chicago, au théâtre.

Jake soupira, alla chercher une bouteille d'eau dans le mini-frigo, puis revint s'asseoir. Cette fois, son père se détourna un instant du plateau d'échecs.

— Veux-tu parler de ce qui te préoccupe ?

— Pas vraiment, répondit Jake en buvant une gorgée et en essayant de mettre en ordre les événements de ces deux derniers jours.

Desmond s'écarta de la table et fit signe à son père de mettre leur partie en pause, avant de prendre son verre de whisky.

— De toute évidence, il s'agit de Sasha, dit-il.

— Ouais.

— Qu'y a-t-il, fils ? Je pensais qu'elle avait quitté son fiancé, ajouta Derrick avec douceur.

— C'est le cas, mais…

— Mais quoi ?

— C'est compliqué. Sa famille ne soutient pas sa décision. Ils avaient d'autres projets pour elle et ont refusé de lui adresser la parole pendant des semaines.

— Savent-ils qu'elle sort avec toi ?

Jake soupira de plus belle.

— TJ s'en doute. Lincoln, lui, le sait.

— Lincoln… Trotter ? demanda Desmond. N'aviez-vous pas prévu de travailler ensemble ?

— Oui, mais ce n'est plus d'actualité.

— Tu devrais ratifier cette décision par écrit, fils.

— J'y travaille, papa. Les documents lui seront envoyés par coursier la semaine prochaine.

— Pourquoi as-tu ressenti le besoin de lui parler de Sasha ? reprit son frère.

— Il a essayé de prétendre qu'elle l'avait trompé, mais nous n'avons commencé à nous voir qu'après leur rupture. Je voulais éviter qu'il puisse se réfugier derrière la moindre excuse pour nous salir, comme s'il n'avait pas été au courant.

— C'était noble de ta part, mais l'ex de Sasha n'a pas besoin de savoir avec qui elle sort…

Jake leur résuma la situation, depuis la rupture secrète jusqu'à la « kiss cam » et la déclaration officielle de Sasha devant ses parents, qui avaient menacé de la déshériter. Il ne cacha que cette soirée fatale d'octobre, au bal. Sasha et lui avaient décidé de garder cet événement secret.

— Lui as-tu dit ce qui arrivait aux gens qui tentent de se dresser contre nous ?

— Je lui ai fait comprendre qu'il valait mieux ne pas nous menacer, sous peine de recevoir la visite de nos avocats.

— Menés par notre sœur, gloussa Desmond.

— Exactement. Maeve est redoutable.

— Tout comme son mari.

— Oui, ils forment une équipe de choc.

— Pourquoi la famille de Sasha tenait-elle tant à ce qu'elle épouse Trotter ? demanda Desmond. Je sais que son père est très influent à Washington ; mais à moins qu'un de ses frères ne décide de se lancer en politique après lui, cette union ne leur apporterait pas grand-chose.

— Je n'ai jamais pensé à ça. TJ n'a pas parlé de ce genre de carrière, mais ça lui ressemblerait bien. Peut-être est-ce pour ça qu'il a tant défendu Linc. Il ne pensait pas qu'à l'avenir de Sasha, mais aussi au sien…

— Ont-ils lu ton CV ? Sasha n'a rien perdu en te choisissant, bien au contraire !

— Merci, papa.

— Alors, pourquoi fais-tu une tête d'enterrement ?

— Son père organise une grande levée de fonds pour son parti chaque année, et elle a lieu ce week-end. Sasha s'y est rendue pour essayer de faire la paix avec sa famille, mais j'ai un mauvais pressentiment.

— C'est-à-dire ?

— Les Trotter, y compris Linc, y seront aussi. À la même table. Ils sont très proches des McDowell, et Sasha craint que ce soit une manœuvre de sa mère pour ressusciter leur relation. Elle m'a promis qu'elle s'en sortirait et je la crois… Mais j'aurais voulu être là pour elle. Hélas, elle a pensé que ce serait une mauvaise idée.

— Est-ce une soirée privée ?

— Non.

— Dans ce cas, pourquoi n'y vas-tu pas ?

— Je ne veux pas la gêner ou donner à Lincoln une bonne raison de mettre ses menaces à exécution.

— Nous ne laissons jamais personne nous marcher sur les pieds, fils, lui rappela Derrick. Et jamais nous ne permettons à qui que ce soit de nous empêcher d'obtenir ce que nous voulons.

Jake passa le reste de la soirée à discuter. Leurs conseils l'aidèrent beaucoup et il quitta la salle de jeux plus sûr de lui. Une fois rentré dans son aile du manoir, il passa une série de coups de téléphone, terminant par Val, la marraine de Sasha.

— Bonsoir, madame Baldwin. C'est Jake Eddington.

— Jake ? Quelle bonne surprise ! Malheureusement, Sasha n'est pas ici. Ne l'as-tu pas emmenée à l'aéroport ?

— Si, et c'est pour ça que je vous appelle.

— Oh ?

— Je viens de retenir une table pour la soirée de son père et j'aurais aimé que vous soyez ma cavalière…

Le samedi soir, à exactement 8 heures moins cinq, juste avant le début du repas, un groupe de personnes rayonnantes, vêtues de toilettes exquises, entrèrent dans la salle de bal. Même parmi la foule élégante conviée à la soirée, ces gens se distinguaient. Les Eddington étaient venus en masse et se frayèrent un chemin jusqu'à leur table, au pied de l'estrade. Jake ouvrait la voie derrière le serveur qui les guidait, flamboyant dans son costume bleu sombre coupé sur mesure et sa cravate rayée aux couleurs du drapeau américain. La table prévue pour dix était bien remplie : Derrick et Mona, Desmond et Ivy, Reign et Trenton, Avery et Cayden, ainsi que Val s'y installèrent. S'ils n'avaient pas assisté au mariage d'un ami au Costa Rica, Maeve et Victor seraient également venus… Jake observa la salle et repéra bien vite les McDowell assis plus loin en compagnie des Trotter. Sasha lui tournait le dos et ce fut TJ qui le vit en premier. Il donna un coup de coude à sa sœur, qui pivota sur sa chaise. Leurs visages apprirent deux choses à Jake : TJ n'était pas ravi de le voir, mais Sasha, si. Surprise, certes, mais enchantée – comme en attesta bien vite son immense sourire.

Elle s'excusa auprès de ses parents et s'approcha.

— Bonsoir, tout le monde ! lança-t-elle avant d'embrasser sa marraine sur la joue, puis Jake.

— Salut.

— Salut.

— Tu es là.

— En chair et en os.

— Et tu as amené Val !

— Je pensais que tu serais contente de la voir.

Elle se pencha à son oreille et baissa la voix.

— Je trouve formidable que toute ta famille soit venue pour te soutenir. *Nous* soutenir.

Puis, lui prenant la main, elle ajouta :

— Viens. J'aimerais te présenter à mes parents. Val, veux-tu nous accompagner ? Mère sera ravie de te voir : elle ne s'attendait pas à ce que tu viennes.

— Je ne sais pas si elle sera ravie, murmura sa marraine en se levant, mais j'accepte de te servir de bouclier face à Pamela. Ne t'en fais pas pour ça !

Tous les regards de la salle parurent les suivre tandis qu'ils approchaient de la table des McDowell. Pamela perdit un instant son sourire en apercevant Jake ; mais le retrouva dès qu'elle vit Val à ses côtés.

— Que fais-tu là ? demanda-t-elle avant de l'embrasser.

— Je ne pouvais pas refuser une invitation pour voir ma meilleure amie. Connais-tu Jake Eddington ?

— Non, mais j'ai beaucoup entendu parler de lui…

— Nous ne devons pas toujours croire les rumeurs, répliqua Val avec douceur. Jake, voici Mme Pamela McDowell. Pamela, je te présente Jake.

— En vous voyant, je ne m'étonne plus de la beauté de votre fille… Vous rencontrer enfin est un plaisir.

Clairement séduite par le fameux charme Eddington, Pamela parut s'adoucir un peu, mais sa voix resta ferme.

— Nous verrons, dit-elle.

Jake se tourna ensuite vers son époux et le salua à la manière des membres de la Société de Ma'at.

— Ambassadeur McDowell, nous nous retrouvons.

— Nous sommes-nous déjà croisés ?

— Très brièvement, oui. À l'assemblée annuelle organisée aux Bahamas. J'étais venu avec mon père, Derrick, qui est aussi présent ce soir.

— Derrick Eddington ? Ce vieux voyou ! s'exclama le père de Sasha avant de se tourner vers sa femme. Je te prie de m'excuser, ma chère. Je dois aller le saluer.

Jake échangea ensuite quelques mots avec un TJ réservé et un Brandon ravi, ainsi qu'avec leurs cavalières. Lincoln fut bien obligé de se lever à son tour. Toute la salle observait.

— Tu n'aurais pas dû venir, dit-il sans perdre son sourire de façade. Tiens-tu vraiment à me renvoyer ta trahison au visage devant ces gens ?

— J'accompagne ma famille, au nom de mon père et de la Société de Ma'at, dont beaucoup d'invités sont membres. Mon père tient à soutenir l'ambassadeur McDowell, avec qui il partage de nombreuses valeurs. Je suis aussi accompagné de Mme Baldwin. Et, oui, je suis également venu pour Sasha. Nous ne sommes qu'une famille perdue au milieu de mille convives. Je suis assis à ma table, Sasha est à la tienne. Je suis assez confiant pour envisager de passer une soirée agréable, sans me disputer avec qui que ce soit. Et toi ?

Le repas se passa bien mieux que ce que Jake avait craint. Lorsque les desserts furent servis, beaucoup de gens quittaient déjà leurs places attitrées. À la fin du souper, l'ambassadeur et son épouse rejoignirent même Val à la table de Jake. Une ancienne camarade de classe d'Ivy, devenue conseillère municipale d'Atlanta et connaissant bien TJ, insista pour les présenter. Ivy et Desmond allèrent donc occuper les sièges libérés par les parents de Sasha et discutèrent avec son frère. Plus loin, Cayden et Brandon étaient aussi en pleine conversation. Reign accomplit même le miracle de tirer la sœur aînée de Lincoln de sa coquille, pendant un temps. Bref, la soirée tint ses promesses en termes de liens sociaux et de réseautage. Jake et Sasha observèrent leurs familles et virent Lincoln disparaître peu à peu dans la foule. Oui, c'était définitivement un gala réussi, pour eux !

— Je n'arrive pas à y croire, lui glissa-t-elle à l'oreille tandis que la fête touchait à sa fin. Je ne pensais pas que nos pères se connaissaient si bien…

— Ils font partie de la fraternité, tout comme moi.

— Tu ne m'as pas dit que tu avais prêté serment !

— On ne prête pas serment pour entrer à la Société de Ma'at. Si on a de la chance, on est sélectionné, puis testé par les frères.

— Ça change tout, répliqua-t-elle d'un air émerveillé. Ma mère va… Laisse tomber.

— Ne fais pas semblant de me fréquenter uniquement à cause de ma position.

— Non, bébé, chuchota-t-elle. Je suis avec toi à cause de tes attributs les plus intimes et… excitants.

Ils éclatèrent de rire, puis Jake la conduisit jusqu'à la piste de danse. Là, ils affichèrent enfin officiellement leur relation de couple devant les Trotter, les McDowell et toute la foule des invités.

# - 21 -

*Un an plus tard*

Les rayons du soleil se reflétaient sur les centaines de tentes qui avaient transformé le luxueux spa de la Salamandre, en Virginie, en palace éphémère. Des milliers de perles et des mètres de tulle ornaient les chaises alignées. Un dais assorti avait été dressé en face, pour accueillir le pasteur qui allait recevoir les vœux de Jake et Sasha. La liste d'invités mêlait personnalités politiques et sportives, acteurs, chanteurs, mais aussi des personnes moins connues – en particulier des amis de classe des futurs époux. Ils avaient convié tous ceux à qui ils tenaient, qui les avaient aidés à se construire et à trouver le bonheur. L'amour sincère de Sasha pour Jake avait même réussi à convaincre Lincoln de les laisser en paix. Quand son nom s'afficha sur son portable tandis qu'elle finissait de se maquiller, elle ne tressaillit pas mais sourit.

Je te souhaiterai toujours le meilleur. J'espère que Jake te rendra heureuse chaque jour de ta vie.

Elle répondit par une émoticône en cœur et, étrangement, sentit des larmes lui monter aux yeux.

— Il m'a fallu une demi-heure pour peaufiner ces ombres, prévint la maquilleuse. Ne pleurez pas !

— Promis.

Elle tint parole, tout comme elle allait parvenir à ne pas

gâcher les cascades de boucles créées par la coiffeuse ou à salir ses escarpins ornés de cristaux pendant la soirée. Elle n'allait même pas trébucher une seule fois sur l'immense traîne de soie, de dentelle et d'organza brodé de perles qui terminait sa robe blanche et or – un exploit !

Au creux de son décolleté était niché le diamant jaune de cinq carats en forme de goutte que Jake lui avait offert le matin même, au petit déjeuner. Bref, en dépit de son excitation, elle était certaine qu'elle parviendrait à garder son calme. Sans doute était-ce parce qu'elle savait, au fond d'elle, que cette journée était écrite… Elle n'avait pas toujours rêvé de se marier, mais son cœur lui soufflait que Jake était son âme sœur.

Au moment où sa préparation fut terminée, la porte du boudoir s'ouvrit sur son témoin, Reign, et quatre de ses neuf demoiselles d'honneur. Un flot d'acclamations s'élevèrent.

— Tu es renversante !

— Waouh, Sasha ! Quelle robe somptueuse !

— Tu es la plus belle des mariées.

— Merveilleuse ! Fabuleuse !

— J'adore ta coiffure ! Est-ce que ce sont des diamants ?

— Tu es si jolie !

— Bon sang, combien de mètres fait cette traîne ?

Reign lui tendit enfin un mug couvert, les yeux brillants de larmes.

— Mon frère a tellement de chance, murmura-t-elle. Tiens, je t'ai fait une infusion de camomille avec du citron et du miel. Ça devrait te détendre.

— Et si ça ne marche pas, renchérit l'une des demoiselles d'honneur, j'ai de la vodka !

Elles l'aidèrent à ajuster sa robe, prirent quelques photos, l'embrassèrent une dernière fois, puis furent chassées par Avery et son équipe. Sasha travaillait désormais à mi-temps pour elle et lui avait demandé d'organiser la cérémonie. Aidée par deux jeunes femmes qui portèrent sa traîne, la future mariée quitta enfin le boudoir et descendit dans le hall du spa. Son père, splendide dans un smoking anthracite, l'attendait en souriant, luttant contre son émotion.

— Aujourd'hui, je confie ma ravissante fille à son époux, lui dit-il d'une voix rauque, mais tu seras toujours mon bébé.

Un millier de personnes se levèrent lorsqu'ils s'engagèrent ensemble entre les sièges, au cœur du jardin. Sasha reconnut immédiatement de nombreux visages mais, en faisant ces derniers pas vers sa nouvelle existence, elle ne vit que Jake. Était-il réellement là, attendant de devenir le seul homme de sa vie ? Jamais elle n'aurait cru avoir la chance de vivre un tel rêve. Son cœur s'emplit de fierté lorsqu'elle regarda les hommes qui l'entouraient, prêts à les accompagner pour ce moment si spécial. Desmond était son témoin. Cayden, son meilleur ami, souriait. TJ et Brandon paraissaient détendus, heureux. Et Trenton, le petit ami de Reign, les dépassait du haut de sa taille de basketteur. Mais aucun d'eux ne put la distraire. La seule étoile qui brillait à ses yeux, son soleil, était Jake – et il les éclipsait tous. Elle embrassa son père, avant de prendre le bras de son fiancé. Le regard qu'il posa sur elle était rempli d'une telle adoration qu'elle aurait pu s'y noyer. Elle dut essuyer une larme au coin de ses yeux et fit de son mieux pour se souvenir des vœux qu'elle avait préparés. Chacun des mots qu'elle allait prononcer était gravé au plus profond de son âme.

Jake dut s'obliger à respirer profondément. L'apparition de Sasha lui avait coupé le souffle. Son éclat semblait ternir celui des lumières installées sous le dais. Elle marcha vers lui et il sentit son cœur s'emballer. Était-ce bien vrai ? Cette femme si belle, si sincère, si intelligente allait-elle devenir son épouse ? D'un seul coup, le pasteur interrompit ses pensées et lança d'une voix forte :

— Nous sommes rassemblés en ce jour pour être témoins de l'union de cet homme et de cette femme.

La voix de Sasha, lorsqu'elle prononça ses vœux, fut douce mais assurée. Jake, lui, sentit ses paroles vibrer dans le silence. On récita des poèmes, on chanta des airs classiques ; mais seul le « oui » de sa promise allait rester inscrit dans sa mémoire. Quand il put enfin l'embrasser, il eut l'impression d'être au paradis.

Dès la fin de la cérémonie, on les escorta jusqu'à leur suite. Les habilleuses aidèrent Sasha à ôter sa somptueuse et encombrante robe pour enfiler à la place un stupéfiant fourreau blanc orné d'un nuage de tulle doré. Elle réapparut dans le salon de la suite et se jeta dans les bras ouverts de Jake.

— Bébé, tu es ravissante, dit-il, penché à son oreille, en lui caressant le dos. L'autre robe était très belle, mais je préfère celle-ci.

Du bout du doigt, il suivit la ligne de la fermeture Éclair invisible. Sasha éclata de rire.

— Parce qu'elle sera plus facile à enlever ?

— Tout à fait. D'ailleurs, j'aimerais oublier la soirée pour rester ici avec toi…

Elle esquiva ses mains, de plus en plus audacieuses.

— Je pense qu'on nous chercherait.

— Je m'en moque, répondit-il en l'attirant de nouveau à lui.

— Peut-être, mais nos mères, John et toute l'équipe ont travaillé si dur pour organiser cette fête. Nous leur devons de faire une apparition, non ?

— À peine mariés, et les ennuis commencent déjà…

Ils redescendirent néanmoins dans la salle de bal et le DJ les annonça formellement :

— Mesdames et messieurs, permettez-moi de vous présenter M. et Mme Jake et Sasha Eddington.

Ils dansèrent, parlèrent, savourèrent le bœuf Wagyu, les homards frais importés du Maine, le champagne primé. Jake obtint la jarretière et Sasha lança son bouquet dans la foule. Bref, il se passa des heures avant que les jeunes époux puissent enfin faire leurs adieux à leurs proches. Dès le lendemain, ils s'envoleraient à bord d'un jet privé pour explorer le monde pendant leurs trois semaines de lune de miel. Mais, en attendant, ils sortirent discrètement de l'hôtel, réservé pour les invités, et rejoignirent le charmant manoir dressé au bout de la rue. Propriété d'un cheik, la bâtisse était opulente et somptueuse. L'endroit les émerveilla. Enivrés par le champagne et leur bonheur, ils s'embrassèrent à chaque pas. Jake ouvrit la fermeture Éclair de la troisième tenue de Sasha, une combinaison moulante sous laquelle elle ne portait rien… Il voulut la déshabiller avant même d'avoir atteint la chambre, mais elle l'en empêcha, insistant pour prendre une douche rapide avant de consommer leur mariage – dans toutes les pièces et toutes les positions imaginables.

— Je te rejoins, dit-il lorsqu'elle se glissa dans la salle de bains.

— Pas cette fois, répondit-elle avec un sourire mutin. Enlève tes vêtements et attends-moi. Je ne serai pas longue.

Elle n'eut pas besoin de le répéter. Il se déshabilla très vite, ouvrit les draps et éparpilla quelques pétales de rose sur le lit avant d'approcher le seau à champagne et les flûtes que l'on avait posés sur la table. Puis il s'allongea au milieu des coussins et contempla le plafond en écoutant le bruit de l'eau provenant de la pièce voisine. Il imagina sans peine la peau veloutée de Sasha sous le jet et ses cheveux plaqués sur son corps sensuel.

— Bébé ? Qu'est-ce qui te prend autant de temps ?

— J'arrive ! lança-t-elle en riant.

La porte s'ouvrit enfin. Jake se redressa, et vit une queue fauve et noire se balancer dans l'entrebâillement. Il ne put s'empêcher de sourire quand elle apparut, vêtue d'un costume sexy de tigresse assorti d'un masque.

— Bonsoir, belle inconnue, murmura-t-il.

— Je cherche quelqu'un, dit-elle en grimpant dans le lit. Il s'appelle Zorro. L'as-tu vu ?

— Non. Je crois qu'il n'est pas là…

Elle lui tendit alors un masque noir, qu'elle avait caché dans son dos.

— Dans ce cas, tu ferais mieux de le trouver. C'est avec lui que je veux faire l'amour, ce soir.

Jake prit le masque et l'enfila.

— Zorro est arrivé, déclara-t-il en l'attirant dans ses bras pour l'embrasser avec fièvre.

Il entreprit ensuite d'apprendre un nouveau jeu à sa tigresse. Pas un jeu de secrets, cette fois, mais de séduction… Et la partie dura jusqu'au petit matin.

Retrouvez prochainement,
dans votre collection

# PASSIONS

**Une famille pour Becky, de Marie Ferrarella - N°1083**

Steve a absolument besoin d'une gouvernante pour sa fille, Stephie ! Il sollicite alors une entreprise et ne s'attend pas à voir arriver chez lui une belle jeune femme du nom de Becky Reynolds. Steve est aux anges, car la douceur de cette dernière apaise vite les relations entre sa fille et lui. Mais il lui est impossible d'ignorer que Becky l'attire de plus en plus, menaçant ce nouvel équilibre…

**Le secret de l'héritier, de Zuri Day**

Trahie une nouvelle fois par son petit ami, Reign Eddington se le jure : l'amour et elle, c'est terminé ! Jusqu'à ce qu'elle rencontre Abe Baiden, qui travaille dans l'école de sa belle-sœur. Reign est séduite par sa gentillesse et sa beauté, et se laisse aller à une idylle passionnée entre ses bras. Mais elle déchante vite quand elle apprend qu'Abe lui a menti sur son identité ! Comment a-t-il pu la manipuler alors qu'elle lui avait confié son cœur ?

---

**Une semaine dans ses bras, de Cynthia St. Aubin - N°1084**

SÉRIE : LES HÉRITIERS KANE 2/3

Charlotte est sous le choc : tandis qu'elle enquête sur un club de boxe clandestin pour son roman, elle y découvre Mason Kane, le fils de son patron et l'homme qu'elle désire depuis deux ans ! Mason connaît désormais son petit secret et lui fait alors une proposition inattendue : il l'invite une semaine sur la Côte d'Azur afin qu'elle explore son monde… et les plaisirs sensuels. Charlotte accepte, intriguée et excitée, tout en sachant que cette liaison ne sera qu'éphémère…

**Sous le charme d'un Irlandais, de Rachel Lee**

Diane ne sait plus où donner de la tête : elle a changé de travail, déménagé à Conrad City et élève depuis peu Daphne, la fille de sa cousine, sans rien y connaître en bébés ! Mais son nouveau collègue Blaine lui vient en aide, cochant toutes les cases de l'homme parfait. Bientôt l'Irlandais ne quitte plus ses pensées, cependant Diane reste sur la défensive et se demande si elle peut à nouveau faire confiance à un homme…

**Ce baiser interdit, de Maisey Yates - N°1085**

Série : Irrésistibles ranchers 3/3

Le rêve de Cara ? Acheter un hôtel supposément hanté. Son problème ? Elle doit y dormir une nuit avant de l'acquérir. Jace, son meilleur ami, propose tout de suite de l'accompagner, rendant la perspective de cette nuit encore plus troublante car Cara est amoureuse du beau rancher depuis l'adolescence... Mais, alors qu'elle embrasse Jace pour la première fois, Cara est prise de doute : ne vient-elle pas de détruire leur précieuse amitié ?

**Sous le feu de la passion, de LaQuette**

Keely est ravie : elle est à Royal afin de créer la robe de mariée d'une célèbre actrice, une immense chance pour sa carrière de styliste ! À la suite d'une coupure de courant, elle doit séjourner dans le ranch de Jacob, un ami des mariés. Ce dernier est bien trop séduisant et la déconcentre... jusqu'à ce que la passion s'enflamme entre eux ! Mais Keely a été claire avec lui : elle veut juste une liaison sans engagement, bien que son cœur lui crie l'inverse...

---

**Le retour de Jack Buchanan, de Maureen Child - N°1086**

Série : Petits secrets, grands amour 1/4

*Jack Buchanan, vivant* ? Impossible. Rita est sous le choc en voyant l'homme qu'elle a tant aimé pousser la porte de sa boulangerie. L'homme qui ne lui a plus donné signe de vie depuis leur brûlante étreinte et que tous pensaient disparu en mission. Mais surtout l'homme qui toise son ventre arrondi d'un air réprobateur avant de faire volte-face. Le cœur battant, Rita se lance à sa poursuite. Il est à présent temps d'avoir la conversation qu'elle redoute... et espère à la fois.

**La fuite d'une mariée, de Sarah M. Anderson**

Série : Petits secrets, grands amour 2/4

Quand un homme lui tend la main pour l'extraire de sa limousine accidentée, Kate sent un violent tremblement la parcourir. Sans doute le contrecoup du choc. Après tout, elle vient de s'enfuir de son mariage, abandonnant son fiancé au pied de l'autel. Une décision qu'elle a prise difficilement, forcée de s'avouer qu'il ne ferait jamais battre son cœur. Comment, dans ces conditions, pourrait-elle ressentir des émotions aussi fortes pour un parfait inconnu ?

## Pour le bonheur de Lily, de Cat Schield - N°1087

« Qui est le père ? » Quand Kyle – l'homme qu'elle aime plus que tout et dont elle vient d'apprendre qu'elle porte l'enfant – prononce ces terribles paroles, Melody sent le sol se dérober sous ses pieds. Comment peut-il l'accuser d'infidélité, pour un simple bouquet de roses envoyé par un admirateur secret ? Terriblement blessée, Melody sait qu'elle doit partir. Sa priorité est à présent de protéger ce bébé. Pourtant, la seule idée de quitter Kyle lui brise le cœur…

## Un printemps à Wolff Mountain, de Janice Maynard

Dès qu'elle a croisé les yeux bleus de Larkin, Winnie a senti l'air s'embraser autour d'eux. Une sensation délicieuse, contre laquelle elle s'est promis de lutter. Car elle vient de l'engager pour qu'il assure sa protection, et il n'y aura qu'une relation professionnelle entre eux. Mais, quand il lui propose de le suivre à Wolff Mountain, sa détermination vacille. Si près de lui, sera-t-elle encore capable de résister à l'attirance qui la pousse entre ses bras ?